Eva Besser lebt auf dem Land, teilt Bett und Job mit einem diplomierten Gernegroß und träumt davon, noch einmal ganz von vorn zu beginnen. Vielleicht so wie ihre Freundin aus Kindertagen, die beizeiten den Absprung aus der Provinz geschafft hat?
Die Begegnung mit einem Top-Vermögensverwalter erscheint Eva als Wink des Schicksals, sie startet zum Run auf die Großstadt. Hier scheint es allerdings von schicken Karrierefrauen nur so zu wimmeln, die Eva plastisch vor Augen führen, wie unterentwickelt die Weibchenmasche bei ihr selbst ist. Schon will sie die Segel streichen und in ihr Dorf zurückkehren, wo Eva ihrem Adam allenfalls ein paar züchtige Äpfelchen darbieten muß, als ein gefragter Großstadt-Adam mobil macht. Aber warum? Sucht Manfred Bosse bloß eine Kinderfrau für seinen Sohn?
Ein zweiter Adam bietet mit, eine Rivalin schießt quer, und Eva läuft zu Hochtouren auf. Sie enttarnt das doppelte Spiel von zwei cleveren Apfeldieben und erliegt dem dritten – natürlich erst, nachdem sie durchschaut hat, daß dieser Michael Meinhard keinesfalls so harmlos ist, wie er tut. Er wird schon sehen, was er davon hat...

Lea Wilde, geboren 1950, lebt mit ihren vier Söhnen in Köln, hält Deutschkurse ab und schreibt Fachliteratur – aber nicht nur. Im Fischer Taschenbuch Verlag erschien ihr Roman ›Männer aus zweiter Hand‹ (Band 13084).

Lea Wilde

Adam,
rück den Apfel raus

Roman

Fischer Taschenbuch Verlag

Die Frau in der Gesellschaft
Herausgegeben von Ingeborg Mues

Originalausgabe
Veröffentlicht im Fischer Taschenbuch Verlag GmbH,
Frankfurt am Main, November 1997

Gesetzt aus der New Baskerville
mit QuarkXPress 3.31
auf Power Macintosh 8100 im Verlag
Druck und Bindung: Clausen & Bosse, Leck
ISBN 3-596-13767-5

Inhalt

Die Apfel-Lüge

Der Ort Lieberhausen hat seit achthundert Jahren eine »bonte Kerke«, täglich frische Eierkuchen von der Größe eines Wagenrades, und er hat mich, Eva-Maria Besser. Angesichts der Tatsache, daß es mich erst seit achtunddreißig Jahren gibt und ich nicht den Vorzug genieße, hier geboren worden zu sein, ist es vermutlich nur fair, daß neunundneunzig Komma neun Prozent aller Besucher die Kirche dort schräg vor meinem Fenster und hinterher den Landgasthof ansteuern, den ich nicht sehen, dafür aber riechen kann.

Im Moment sticht allerdings der Geruch von sauren Gurken den Eierkuchen aus. Daran ist das offene Glas auf meinem Schreibtisch schuld, und während ich mit den Fingern ein besonders saftiges Exemplar herausfische und hineinbeiße, bin ich mir voll bewußt, gleich dreifach zu freveln:

Essen im Dienst!

Kleckern im Dienst!

Meinem Dienstherrn meine Arbeitskraft entziehen!

Mein Dienstherr ist seit dreizehn Jahren mein Liebhaber, seit acht Monaten Besitzer dieses typisch bergischen Schieferhauses und frischgebackener Betreiber des Instituts »QuellKlar«. Dieser Name ist seine Erfindung, ebenso wie die Holzdielen zu meinen Füßen auf sein Geheiß hin kornblumenblau gestrichen, die Wände himmelblau gekälkt und von den Türleisten bis zum Bilderrahmen alles eingebläut wurde. Lediglich die Fici Benjamini durften grün bleiben. Die wenigen Möbel sind weder blau noch grün. Ich sitze auf einem durchsichtigen Stuhl vor einem durchsichtigen Tisch, weil das dem Diplompsychologen Adam Wasser zufolge ein Sinnbild für geistige Transparenz darstellt und unsere Patienten in klare Gebirgsquellen verwandeln wird.

Im Moment plagt mich eher dieses Senfkorn, das sich unter eine Zahnkrone verirrt hat. Meine Zungenspitze pult auf Teufel

komm raus, erwischt endlich den Übeltäter und befördert ihn ans Tageslicht. Kaum zu glauben, wie solch ein Winzling einen quälen kann. Weg damit!
Während ich den Papierkorb füttere, der ebenfalls auf »quellklar« getrimmt und deshalb durchsichtig ist, muß ich zwangsläufig wieder an Adam denken. Ich sehe ihn schon vor mir, wie er dem senfgelben Sudelpunkt nachspürt, nach dem Schuldigen fragt, dabei mich ansieht und ein quellklares Geständnis von mir erwartet.
Dann warte mal schön, Junge!
Leider paßt Adam Wasser nicht in diese Klarsichtabfallröhre und genaugenommen auch nicht zu mir, obwohl er genau das behauptet. Seine Begründung liegt auf der Hand: Adam und Eva gehörten schon im Garten Eden zusammen, so einfach ist das. Er und ich knüpfen unmittelbar an das Paradies und die Erbsünde an.
»Erblüge!« mosert es in mir.
Meine Vorgängerin hat damals einen besonders köstlichen Apfel erwischt, angeblich einen aus der verbotenen Abteilung. Dann hat sie den Apfel ihrem Adam hingehalten, damit der sich mit ihr zusammen daran delektierte. Das soll der Anfang vom Ende gewesen sein, woran mir seit geraumer Zeit Zweifel kommen.
Mein Kopf klärt sich, ich sehe einen Kerl vor mir, der meiner Geschlechtsgenossin weismachen wollte, die leckersten Früchte seien tabu für sie. Und warum? Vielleicht hatte jener Adam bloß schlechte Zähne oder Angst, seine Gespielin könnte ohne ihn mehr Spaß haben. Auch die Reaktion von dem Typen paßte: Evas Naschsucht bekam die Schuld an der Vertreibung aus dem Paradies in eine Welt, wo ER malochen mußte. Na und?
Ich lausche nach nebenan, wo derzeit mein Adam malocht. Ab dem zweikommaachtfachen Steigerungsfaktor für Privatpatienten wird er voll aktiv, wogegen all jene, die für quellklares Wohlbefinden nicht aus der eigenen Schatulle löhnen können oder wollen, bei mir landen. Daran bin ich laut der jüngsten Erkenntnisse von Adam ebenfalls selbst schuld. Rückblickend bezeichnet er meine besseren Examensergebnisse, mein Aufbau-

studium und meine Kassenzulassung als Indiz für die »unreflektierte Anpassung des weiblichen Geschlechts an fremdgesteuerte Normerwartungen«.
Sinnend verfolge ich den Weg des abtropfenden Gurkensaftes über die Acrylplatte hinab in die Acrylröhre, wo nun mein Senfkorn zu schwimmen beginnt. Das gefällt mir ebenso wie der Müßiggang, den Adam nicht ahnden kann, einfach weil nebenan der Privatrubel rollt. Im Gegensatz zu mir stört es ihn auch kein bißchen, wenn einer ihm das Geld cash auf den Tisch packt. Ich habe Adam schon erwischt, wie er die Scheine glattstrich, geradezu liebevoll und auf eine Weise, die er sonst höchstens noch seinen reinseidenen Socken und gelegentlich mir zukommen läßt.
Was seine Fußbekleidung betrifft, ist mein Adam ein Snob. Ton in Ton muß sie sein, stets vom Feinsten und voll tiefer Symbolik. Ich versuche mich darauf zu besinnen, welche Farbe er heute zu seiner auf »Hemmschwellenabbau bei der Kundschaft« zielenden Jeanskluft trägt.
Etwa Rot? An roten Sockentagen hat er Lust auf mich oder Doppelkopf.
Gerade als ich in meine dritte Gurke beißen will – die sind grün, Grün ist okay –, bollert es gegen meine Tür. Frechheit! Laut Plan ist mein nächster Patient erst in vierzig Minuten fällig. Ich brülle »Moment!« und überlege, wohin mit der Gurke. Muß ja nicht sein, daß ein Neuzugang mich so erwischt. Weil der Schraubdeckel klemmt und die Tür trotz meines Protestes aufspringt, stopfe ich die Gurke kurzerhand in meine Hosentasche. Eine Unart von mir, meine Taschen gleichen Rumpelkammern, als kleines Mädchen habe ich dort sogar lebendiges Getier verstaut. Adam spricht von einer ernsthaften Neurose, konnte mich aber bislang nicht zu einer Therapie überreden, nicht einmal zu einer kostenlosen.
Den Mann da kenne ich nicht. Sehr nobel, jedenfalls was den Anzug, das Brillengestell und den ihn umwehenden Aftershave-Duft betrifft. Sein Auftritt ist eher ungehobelt.
»Ich möchte jetzt sofort …« Er prescht auf mich zu.
Wo sind wir denn hier? Sicherheitshalber bringe ich den

Schreibtisch zwischen uns beide und zeige auf den Besucherstuhl: »Am besten nehmen Sie erst mal Platz, und dann sehen wir weiter, okay?«
»Nichts ist okay.« Er schnaubt und schnieft einmal kurz durchs linke Nasenloch hoch, was die Aura des Gentlemans ebenfalls mindert.
Es dauert, bis ich ihn dann endlich doch ordentlich plaziert habe. Psychologisch betrachtet ist es einfach nicht gut, von unten nach oben zu therapieren, weil die meisten dann glauben, sie könnten einem auf dem Kopf herumtanzen.
»So«, sage ich, »und jetzt verraten Sie mir bitte einmal hübsch der Reihe nach, weshalb Sie überhaupt hier sind.«
»Wegen Pity. Wenn Sie nicht augenblicklich Pity herausrücken, stürme ich diesen Laden.«
Pity gleich Mitleid, übersetze ich stumm und überlege, daß niemals zuvor einer so unverblümt menschliche Anteilnahme von mir gefordert hat. Und obendrein auf englisch.
»Natürlich tut es mir leid, daß Sie ein Problem haben«, sage ich besänftigend und will schon meine Hand als Verstärker einsetzen, weil die meisten Menschen an ihren Körper gerichtete Botschaften einfach williger aufnehmen – als mir penetranter Gurkengeruch in die Nase steigt. Besser nicht! Lieber spende ich noch einen verbalen Nachschlag: »Aber das bekommen wir schon wieder hin, okay?«
»Ich will Pity! Sofort!«
Ich schweige irritiert. Was muß passiert sein, daß ein solch stattliches Mannsbild sein Bedürfnis nach menschlichem Mitgefühl auf dem Niveau eines Dreijährigen artikuliert? Der Mensch ist eindeutig auf die Wiederherstellung seiner heilen Kinderwelt fixiert. Das wird eine harte Nuß, allerdings eine, die möglicherweise gar nicht von mir geknackt werden darf, weil sein Outfit nach zweikommaachtfachem Steigerungsfaktor riecht. Plus Gefahrenzulage. What a pity!
»Rücken Sie sofort meinen Sohn heraus!« Diesmal lehnt er sich mit dem ganzen Oberkörper über die Tischplatte und funkelt mich zum Greifen nah über den filigranen Metallrahmen einer Brille an, in welche dezent der Name DER Marke eingraviert ist.

Was auch nichts nützt, denn nicht einmal Herr Armani vermag soviel Verrücktheit zu kaschieren.
Ich zucke zurück. Vielleicht sollte ich doch froh sein, ihn an Adam abtreten zu dürfen. »Mit einem Sohn kann ich Ihnen nicht dienen, ehrlich nicht.«
Er zuckt ebenfalls zurück, nimmt die Designerbrille ab, zückt ein Taschentuch, poliert seine Gläser, atmet tief durch und mustert mich erneut: »Sind Sie hier eigentlich alle verrückt?«
Ich? Wir? Ich verwahre mich entschieden dagegen und steuere die Verbindungstür an, die ich nur im äußersten Notfall öffnen darf. Das hier ist einer. Hundertprozentig.
»Mir reicht's«, sage ich über die Schulter, »ich hole jetzt den Boß aus seiner Sitzung.«
»Na endlich!« Feinstes Kammgarn, umweht von einem Duft, den ich kenne – allerdings nicht in Kombination mit einem Herrensakko –, schiebt sich an mir vorbei. Der Mann umrundet Adam und stürmt auf einen kleinen Jungen zu, der soeben mit einer Spielzeugpistole auf den Boden zielt, wo acht Papptafeln ausgebreitet liegen.
Dreikommafünffacher Steigerungsfaktor, schießt es mir durch den Kopf. Diese Spezialtherapie für angestaute Aggressionen setzt Adam stets bei besonders zahlungskräftigen Patienten ein. Ich nehme mir vor, ihm einfach keine Verordnung mehr zu unterschreiben, wenn er jetzt schon kleine Kinder für seine lukrativen Psychospielchen mißbraucht. Über meiner Empörung vergesse ich glatt, daß ich ihn um Hilfe bei meinem eigenen Patienten bitten wollte, der soeben seinem Patienten die Pistole aus der Hand windet: »Hör sofort damit auf!«
Ich nicke zustimmend. Auch Irre haben Lichtblicke.
Adam greift nun seinerseits nach dem Ballermann aus rotem Kunststoff. Rot wie seine Socken und Leinenschuhe: »Ich habe Ihnen schon eben darzulegen versucht, Herr Bosse, daß es höchst schädlich ist, wenn Sie sich in die Behandlung Ihres Sohnes einmischen.«
Warum nennt Adam meinen Neuzugang, der laut Anmeldung »Müller« heißt, »Bosse«? Was zugegebenermaßen eher zu dessen »Hier-komme-ich-die-Welt-gehört-mir«-Aura und dem kate-

gorischen »Rücken Sie sofort meinen Sohn heraus!« von vorhin paßt.
Mir geht ein Kronleuchter auf. Bosse & Bosse. Vater & Sohn. Lediglich die Rolle der acht englischen Ladys, deren Namen auf den acht Papptafeln zu meinen Füßen stehen, ist mir noch nicht klar. Eine gewisse »Jenny Eagle« hat sich schon drei Schüsse eingehandelt.
»Wetten, daß dein Spitzname ›Pity‹ ist?«
Keine Antwort. Ich fühle mich hilflos. Leicht aggressiv. Dabei will ich nur zwei ausgewachsenen Kerlen zeigen, wie es sich friedlich therapieren läßt.
»Und deine kleine Freundin Jenny Eagle hat dich geärgert?«
»Quatsch, die ist doch ’ne alte Hexe! Die sind alle Hexen.« Der Junge zieht den Spielzeugpistolenlauf einmal quer über alle acht Karten.
»Nurses«, sagt die fremde Männerstimme hinter mir, »insgesamt hat Pity acht englische Kinderfrauen verschlissen, sie haben ihn ›Pity‹ getauft, korrekt heißt er übrigens Peter, Sie verstehen?«
Trotz des sich verstärkenden Duftes eines Rasierwassers, das ich zu kennen glaube, und der leicht konfus gesetzten Worte verstehe ich immerhin so viel, daß gesagte Nurses unabhängig voneinander mit dem Jammerruf »What a pity!« auf den Sohn des Hauses reagierten, an dem dieser Ausruf dann als Spitzname hängenblieb.
Sehr begeistert scheint Peter-Pity davon nicht zu sein. Er knurrt: »Scheiße!«
»Wir haben eben vereinbart, daß du deine Wut nur noch an unseren Feindsymbolen ausläßt«, erinnert Adam und zeigt auf die acht in Vergessenheit geratenen Papptafeln am Boden. Es ist eine Spezialität von ihm, solche Regeln aufzustellen, mit denen er verhindern will, daß Patienten sich an ihm selbst abreagieren.
»Deine Socken sind auch Scheiße!« Der Junge zielt nun genau auf die roten Socken, woraufhin Adam ihm kurzerhand den knallroten Schießprügel entwindet.
»Nicht mit mir, Bursche!«
Gegen die Titulierung »Bursche« scheint Peter-Pity ebenfalls et-

was zu haben. »Du hast gesagt, ich soll alles aus mir rauslassen, jedes Fitzchen Wut, mir fehlen noch die Anny und die Helen und die letzte Tussi mit den Pferdezähnen und dem ›Darling‹. Gib!« Der blitzschnelle Haken des Jungen und der Treffer auf hemmschwellenreduzierendes Jeansblau veraten den geübten Kicker, der nun triumphierend seine Beute hochhält.
»Gib, bitte!« mahnt es hinter meinem Rücken.
»Du kleines Rattenaas«, keucht es vor mir, »ich fordere Schmerzensgeld.«
Zwei Konkurrenzdüfte bedrängen mich nun hautnah. Für meinen Geschmack einen Touch zu liebliches After-shave von hinten und Veilchenpastillenaroma, das aus mir unerfindlichen Gründen mit Adams roten Sockentagen gekoppelt ist, von vorn. (Zu blauen Socken kaut er ausschließlich Pfefferminziges und zu gelben Socken saure Drops.) Dazu das PENG auf drei noch unversehrte Kinderfrauen im Pappkartenformat. Mir reicht es. Nicht umsonst bin ich die ersten fünfzehn Jahre meines Lebens wie ein Junge aufgewachsen. Ein knappes Ausweichmanöver nach links, dann halbschräg vor, kurzes Abtauchen und Vorschnellen, schon bin ich Besitzerin dieses roten Ballermanns. Das Fenster steht offen. Also ab mit dem Ding!
PLOP. Ein satter Sound, dem etliche abgeschwächte metallische Plops folgen. Das war garantiert kein Blumenbeet. Ich scheine einen Volltreffer gelandet zu haben.
Der Junge krakeelt lautstark, doch das ist nichts gegen die Aufführung eines Psychologen, der mir seine Diplomarbeit und jede einzelne Kassenabrechnung in einem Haus verdankt, das er nur besitzt, weil sein Onkel beizeiten abgehimmelt ist. Jetzt blafft er mich an und kriegt sich nicht mehr ein vor lauter Sorge um seinen neuen Kombi, der unter dem Fenster parkt und ebenfalls aus dem Erbe von Onkel Heinrich finanziert wurde. Ich verstehe »Körperverletzung« und »Schadenersatz«, während diese abartigen Rotfüße ballerinagleich abzuheben und das Jeansblau kopfüber ins Freie zu katapultieren drohen.
Der zweite Volltreffer bleibt jedoch aus. Adam läßt von seiner Schadensbegutachtung ab und wendet sich mir zu: »Und was hast du dazu zu sagen, Eva-Maria?«

»Deine roten Füße paßten prima zu deinem Auto und dem Ballermann da unten«, sage ich und umkreise die knallrote Triologie mit meinem Zeigefinger. Wir haben eine Grundregel, derzufolge wir uns nie vor Patienten fetzen. Das hat er nun davon.
»Gurke!« Adam schnappt nach Luft, lehnt sich zurück und entgeht erneut nur knapp dem Fenstersturz. »Du hast während der Arbeitszeit Gurke gegessen.«
Blitzschnell fährt meine Hand in die Hosentasche, zieht die angebissene und saftlose Gurke hervor und steckt sie ihm zwischen die Lippen: »Der Rest ist für dich!«
»Cool!« Peter alias Pity ist kaum noch zu halten. Er besteht darauf, seine Behandlung bei mir fortzusetzen, weil ich »für 'ne Frau« echt bemerkenswert sei und er sowieso »'nem Doc in Mädchenschuhen« nichts abgewinnen könne.
Ich könnte dem Jungen verraten, daß nicht einmal der »Doc« stimmt. Was ich natürlich unterlasse. Noch bin ich hier angestellt, gegenüber den Kassen bin ich sogar die Chefin, das verpflichtet. Obwohl dieses Vater-Sohn-Pärchen mit acht Nurses im Handgepäck eine echte Bereicherung des Lieberhausener Einerleis sein könnte, lehne ich die erbetene Therapie ab.
Doch Adam Wasser ist weit entfernt von Dankbarkeit. Kaum hat er sich von meinem Gurkenknebel befreit, startet er zum Rundumschlag: »Raus! Alle miteinander!« Mit dem Gemüse in der Hand scheucht er uns Richtung Tür und scheint nicht einmal zu bemerken, daß er soeben auf den dreikommafünffachen Steigerungsfaktor verzichtet und gleichzeitig seine roten Seidensocken beträufelt. Unten Gurkengeruch und oben Veilchenpastillen. Na ja!

Weil mein nächster Patient sich noch nicht sehen läßt, lasse ich mich auf ein kurzes Gespräch mit diesem Mann ein, der natürlich kein Lieberhausener, sondern durch und durch Großstädter ist. Außerdem scheint er sich mit der Anlage von fremdem Kapital eine goldene Nase zu verdienen. Lediglich privat ist das Glück ihm weniger treu. Zuerst ging ihm die Ehefrau durch, dann vergraulte Peter-Pity sämtliche Kinderfrauen. Mister Nobel scheint ernsthaft in Schwulitäten zu sein.

»Meine Nerven liegen blank, dieser Boy gönnt mir noch nicht einmal den ungestörten Genuß einer romanischen Pfeilerbasilika.« Er zeigt aus meinem Fenster. »Eigentlich wollten wir nur die Kirche dort besichtigen, aber dann stach mir diese für ein Fachwerkhaus absolut untypische kornblumenblaue Haustür mit dem Praxisschild ins Auge. ›Therapie QuellKlar.‹ Ich hielt es für einen Wink des Himmels.«
»Jetzt muß ich wenigstens nicht mehr die doofen Heiligenbildchen da drüben angucken.« Der Junge wirft mir einen pfiffigen Blick zu. Einäugig, weil das rechte Auge unter dem Pony verschwindet. Dann vergnügt er sich erneut damit, aus den ausliegenden Visitenkarten von Adam – der bekäme die Krise – Miniaturstarfighter zu basteln und auf die ersten vorbeiziehenden Besucher der Abendandacht abzuschießen.
Ich lasse ihn gewähren. Die meisten Lieberhausener tragen sowieso Hut, das dämpft. Dafür erfahre ich nun von dem großen Bosse, daß der Ruhm unserer »bonten Kerke« eng mit seinem Heiligen Köln verknüpft ist, wo wir bereits anno 1174 in der Chronik des Severinsklosters erwähnt wurden.
»Ich bin ein Liebhaber von romanischen Kirchen.« Manfred Bosse sieht mich an, als ob ich mich umgehend seiner Passion anschließen sollte.
Sein Filius erspart mir die Antwort: »Und von englischen Weibern.«
»Frauen«, verbessere ich.
»Wenn die anfangen, den Boß ›Darling‹ zu nennen, nenn ich sie Weiber«, kontert Peter-Pity.
Interessant, denke ich. Das ändert die Sachlage entschieden und mildert auch die Kulturbesessenheit des großen Bosse. Nicht etwa, daß ich es gut fände, wenn einer mit der Kinderfrau rummacht, doch es wirft immerhin ein menschliches Licht auf diesen Mann.
»Kinder«, sagt Manfred Bosse und wirft mir einen hilfesuchenden Blick aus Augen zu, deren Farbe ich leider wegen der getönten Brillengläser nicht erkennen kann. »Dabei habe ich Pity jetzt sogar einen eigenen Hund geschenkt. Amante e Principessa ist ein wunderschönes Rassetier, ein Königspudel, Sie soll-

ten sie kennenlernen. Vielleicht könnten Sie die Gespräche mit meinem Sohn ja sozusagen privatissime fortsetzen?«
»Smilie würde dir gefallen, glaube ich.« Ganz kurz riskiert Peter-Pity zwei Augen. »Bei mir heißt sie Smilie.«
Ich sehe auf das rote Blinken der Telefonanlage, die lediglich lautlos bleibt, weil ich den Lautsprecher ausgeschaltet habe. Es braucht nicht viel Phantasie, um mir vorzustellen, wer mich dort nonstop anblinkt. Eben hat auch der Türgong angeschlagen, mein nächster Patient wartet, und Adam zündelt vermutlich nicht nur sockenfarbenmäßig...
»Sorry«, sage ich, »geht wirklich nicht, aber ich kenne da eine Kollegin in Köln, ich gebe Ihnen die Nummer.«
Manfred Bosse gibt mir im Gegenzug seine Visitenkarte: »Falls Sie es sich doch noch anders überlegen.« Dann gehen die beiden.
»Dr. Manfred Bosse, Vermögensverwalter«, lese ich auf der doppelten Karte aus pastellgrauem Papier, das sich wie Rohseide anfühlt. Wenn sein Büro nur halb so nobel aussieht, geht's ihm wahrlich nicht schlecht. Nur Pity scheint ihn am ungestörten Genuß seines Wohlstandes und anderer Liebhabereien zu hindern. Reichlich verzogen, das Bürschchen hat's faustdick hinter den Ohren. Ich bin mir sicher, daß er mit seiner Haartolle mehr als nur das rechte Auge abdeckt. Wie es sich anhört, mag er einen Hund namens »Smilie« – den sein Vater »Amante« nennt – lieber als die meisten Zweibeiner. Es muß etwas zu bedeuten haben, wenn ein erwachsener Mann für seinen Sohn einen nicht sehr netten Kosenamen benutzt und bei einem Königspudel dessen Stammbaum zitiert: »Amante e Principessa – Geliebte und Prinzessin.« Ein verdammt komischer Name für den Spielgefährten eines Elfjährigen.
Während mein nächster Patient sich auf dem unbequemen Stuhl aus durchsichtigem Plexiglas zurechtrückt, sehe ich von meinem Fenster aus den beiden Bosses nach. Sie bewegen sich gegen den Strom der Kirchgänger. Es sind immer dieselben, allen vornweg die Honoratioren. Die roten Socken fehlen. Adam muß es schwer erwischt haben, wenn er darauf verzichtet, sich seinen Platz als Nachfolger von Onkel Heinrich in der Ge-

meinde zu sichern. Adam wollte sogar schon heimlich wieder in die Kirche eintreten, aus der er zu Studentenzeiten als überzeugter Atheist ausgetreten ist.
Vater und Sohn sind nun nicht mehr zu sehen. Ich wende mich meinem Patienten zu. Hans Müller, diesmal der echte, sicherheitshalber habe ich nachgefragt. Die Mühe hätte ich mir allerdings sparen können, denn die Leidensgeschichte von einem, der seine Frau lieblos findet, weil sie seinen Rennmäusen den freien Auslauf in der Wohnung mißgönnt, paßt zu dieser Kleinstadt wie das Eierlegen zur Henne.
»Etwas muß der Mensch doch haben, oder?« Der Mäusefan sieht mich beifallheischend an.
Ich nicke, was aber keinesfalls dem Notstand vor mir gilt.
»Na eben, Sie verstehen das auf Anhieb, versteht ja jeder vernünftige Mensch, aber die Frau meckert nur rum und fegt nicht mal die paar Kötel zusammen.« Offensichtlich ermutigt, beginnt Hans Müller, die Konsistenz des Mäusekots zu beschreiben. Geradezu liebevoll, so wie junge Mütter gelegentlich den Inhalt einer Babywindel analysieren. Mein Thema ist das nicht, was endlich auch der Mann vor mir begreift und aufsteht, noch bevor seine fünfzig Minuten verstrichen sind: »Nächstes Mal will ich zu Ihrem Kollegen, der ist wenigstens ein Mann.«
Gleich und gleich …, denke ich und verfolge mit der noblen Visitenkarte die Zickzacklinie, welche der Handballen des nicht weniger noblen Kartenbesitzers auf meiner Schreibtischplatte zurückgelassen hat.
Etwas muß der Mensch doch haben? Fragt sich bloß, was!
Alles, was sich mir momentan bietet, sind reichlich Schmierage und ein Stück Pappe. Letzteres stecke ich ein. Dafür habe ich eine Telefonnummer hergegeben. Nicht meine eigene, auch nicht die der Institution »QuellKlar«. Ich habe mir eingebildet, diese Empfehlung meiner Freundin sei ein fairer Mittelweg. Sie und ich sind in Meckenheim aufgewachsen und haben zusammen in Bonn studiert. Sie ist sehr hübsch und seit ihrer zweiten Scheidung Großstädterin und Single aus Überzeugung.
Ich bin laut Personalausweis ledig, seit vierzehn Jahren mit demselben Mann und fast genauso lange mit dem Unnenberg liiert.

Das ist der Hausberg von Lieberhausen. Bei klarem Wetter kann ich nun bis zum Kölner Dom sehen. Bei Regen, Hagel, Schnee bleiben mir immerhin die »bonte Kerke« und der Eierkuchen, so groß wie ein Wagenrad. Letzterer macht dick, erstere einfältig.
So wie's aussieht, bin ich die personifizierte Einfalt. Zwei Bosses haben die Himmelspforte vis-à-vis verschmäht und sind bei mir gelandet, und was tue ich? Ich schicke sie wieder weg.
Die Kirchenglocke arbeitet heute abend mit Nachschlag. DINGDONG. Wahrscheinlich hat der Küster die fehlenden Schäfchen registriert. Schon höre ich unten die Haustür gehen und sehe Adam über die Straße hasten. DINGDONG. Meinetwegen können sie bimmeln, bis sie schwarz werden.
Selbst ein Elfjähriger macht schon einen Bogen um bunte Heiligenbildchen, die ich mir jahrelang angetan habe. Adam zuliebe. Dem lieben Gott zuliebe. Weil meine Mutter mich so erzogen hat. Ein Löffelchen für Papi-Mami-Adam-Eva.
Es ist kein Zufall, daß in unserer »bonten Kerke« die Seelenwaage und das Jüngste Gericht unmittelbar auf die Darstellung von »Adam und Eva« folgen. Die beiden präsentieren sich garniert mit rotbackigen Äpfeln, die eine Lust fürs Auge sind. Mehr ist nicht erlaubt. Aber wer wird schon al fresco und bloß vom Anschauen satt?
Dreizehn Jahre lang habe ich die brav in ihrem Wandbild ausharrende Eva bewundert.
Dreizehn Jahre lang habe ich Adam Wasser in die »bonte Kerke« begleitet und ihm vorgemacht, wann er knien, stehen oder sitzen darf. Dem Erbonkel zuliebe.
Nach dreizehn Jahren habe ich das Zeug zur Lieberhausener Eva. Fast.

Im Obergeschoß riecht es nach Ei. Intensiv. Dieser Geruch bestätigt meine Einschätzung seiner Gemütslage. Adam ist sehr down und will mich heftig bestrafen.
Nicht, daß ich gegen Hühnereier allergisch wäre. Es ist die Art, wie er zehn, elf, zwölf Stück davon zehn Minuten lang kocht, abschreckt, abpiddelt, halbiert, das Eigelb herauspult, nochmals

mit Küchenkrepp nachwischt und schließlich in rasantem Tempo eine jungfräulich weiße Hälfte nach der anderen in seinem Mund verschwinden läßt. Manchmal frage ich mich, ob er überhaupt noch kaut. Und dann sein Atem... Vor allem begleitet mich dieser Eierdunst seit neuestem in ein gemeinsames Bett. Darauf besteht Adam, weil wir viel »nachzuholen« hätten und außerdem auch für die Nachbarn als »völlig normales Paar« gelten sollten.

Welcher normale Mensch verschlingt schon auf einen Schlag ein Dutzend Eier? Ohne Eigelb, weil das seine Blutfettwerte und seine schlanke Linie nicht vertragen.

»Wohl bekomm's!« Ich ziehe die Küchentür rasch wieder zu und beschließe zu baden.

Viel Schaum, viel Duft. Seit kurzem bin ich von Apfelblüten aus dem Hause Avon zu einem Badezusatz übergewechselt, den eine umwerfend schicke Parfümerieverkäuferin mir bei meinem letzten Ausflug in die Großstadt für meinen Mann empfohlen hat. Eigentlich wollte ich nämlich Adams Duftmarke entgegenwirken, die er von seinem Onkel übernommen hat. Es ist ätzend, Tag für Tag ein Badezimmer benutzen zu müssen, das antiseptisch und obendrein hustenstillend riecht. Auf mich übt es genau die entgegengesetzte Wirkung aus, denn ich huste los, sobald Adam sein Vollbad startet. Trotzdem habe ich das Nobelzeug aus der Herrenserie für mich selbst behalten.

Auf dem Flakon ist eine Wildkatze im Sprung abgebildet, der Name ist eher simpel. Ein englischer Männername mit dem Zusatz »II«, was nahelegt, daß es bereits einen ersten wohlduftenden »Mark pour homme« gegeben hat.

Die Wanne von Onkel Heinrich ist bauchig, wie er selbst es war, und bietet mir und »Mark II« jede Menge Platz. Die fröhlichen weißen Zipfelkrönchen rücken meiner Nase immer näher und bringen mein Kurzzeitgedächtnis in Schwung. Kenne ich doch. Da war doch was. »Hier-komme-ich-die-Welt-gehört-mir«, mein Schaumbad ist sein Duftwasser, ist ja ein Witz!

»Daß du dich nicht schämst!« Mit einem Suppenteller voll jungfräulicher Eihälften plaziert Adam sich dicht neben mir und redet. Er redet in einem fort. Er hört gar nicht mehr auf: Ich ver-

schwende teures Wasser, weil ich fast täglich bade, ruiniere solcherart ihn und die Umwelt, von meiner Haut ganz zu schweigen, und erst mein Unterbewußtsein: »Was verrät uns das, wenn eine Frau um die Vierzig anfängt, sich in überteuerten Herrendüften zu suhlen?«
»Du wirst es mir sagen!« Leider. Ich könnte abhauen, aber weil ich mich im Gegensatz zu der Eva in der »bonten Kerke« sehr wohl auch ohne Apfel von Adam unterscheide, lasse ich es bleiben. Er hat noch immer seine roten Socken an. Ich will nichts provozieren. »Ist heute kein Doppelkopf?«
»Heute ist die Stunde der Wahrheit.« Es gluckst. Wieder eine Eihälfte weniger.
Ich könnte auch tauchen. Seit dem Tod von Onkel Heinrich zelebriert Adam mindestens einmal pro Woche eine »Stunde der Wahrheit«. Oder seit meinem Einzug hier, das läßt sich schwer auseinanderhalten, weil zwischen diesen beiden Ereignissen nur die von Adam anberaumte Anstandsfrist von sechs Wochen lag. Warum habe ich nicht darauf bestanden, auch noch das Jahrgedächtnis abzuwarten?
Mit der Präzision eines Roboters geht mein Chef-Liebhaber sein Eiweiß und mein Frausein an. »Du willst dich der simplen Tatsache verschließen, daß du kein Teeny mehr bist und dich der Menopause näherst«, schließt er pünktlich zum Einwurf der letzten Eihälfte.
»Menopause? Das wüßte ich aber.« Mir reicht's. Ich ziehe den Stöpsel, lasse »Mark II« abgurgeln und entsteige der Wanne am Kopfende, weil Adam mir den bequemen Ausstieg unten blockiert und starrt. Er starrt, als ob er soeben erst begriffe, daß ich mich erheblich von der Lieberhausener Eva-mit-Apfel-und-sonst-nichts unterscheide.
»Ach sooo!« Seine Augen heften sich an meinen Busen, werden schmal, listig. »Sooo ist das also.«
»Das ›so‹ ist ein Busen. In der genetischen Anlage führe ich ihn seit achtunddreißig Jahren«, ich betone die soeben von ihm gefälschte Zahl, »der Ausbau ist circa sechzehn Jahre jünger und in C-Körbchen der Größe fünfundsiebzig zu Hause. Reicht dir das?« Das Handtuch ist zu klein, es reicht nicht rumdum, woran

aber nicht meine Maße schuld sind. Adam hält Badetücher für Verschwendung.

»Mich führst du nicht hinters Licht.« Sein Finger steuert den klaffenden Stoff an.

»Pfoten weg!«

»Siehst du!« Er nimmt meinen Protest gegen die prophezeite Menopause und mein Ausweichmanöver vor seinen Grapschfingern als Beweis für etwas, das ich erst nach und nach begreife. Anfangs denke ich, er will nur haben, was zu seinen roten Socken paßt. Dann halte ich es für die Neugier von einem, der sich als Experte in BH-Größen großtun will. Oder ob es um eine neue Verhütungsmethode geht, auf die er anspielt?

»Seit dreizehn Jahren passe ich auf wie der Teufel, daß du deine Pille nicht vergißt.«

»Ist ja ein Ding!« Seit dreizehn Jahren, der Grund liegt auf der Hand und jetzt unter der Erde. Onkelchen hätte ihn enterbt, klarer Fall.

»Und kaum hat Onkel Heinrich die Augen zugemacht, und ich passe einmal nicht auf, trickst du mich aus. Ich hab's geahnt.« Seine Fingerspitze zeigt auf meinen Nabel. »Wann?«

»Du denkst, ich wäre …?«

»Ich weiß!« Er addiert die sauren Gurken, meinen Widerspruchsgeist, mein Sympathisieren mit diesem »widerlichen Kind« und meine »schwellenden Formen«: »Du bist schwanger.«

Es ist herrlich, schwanger ohne Kind im Bauch zu sein.

Vor ein paar Jahren habe ich noch davon geträumt, an einem Klein-Adam all das zurechtrücken zu können, was mich beim Großformat stört. Heute nicht mehr. Meine Träume sind realistischer geworden. Ich gehe schwanger mit Hetzgedanken und »Mark II« und neuen künstlerischen Motiven. Meine Eva ist weder blond noch sein Rippenstück, äußerlich könnte sie glatt mein Zwilling sein, innerlich ist sie mir noch eine Nasenlänge voraus. Der Einfachheit halber taufe ich sie »Eva die Zweite«. Pour femme, versteht sich.

Der Gurkentopf, den mir die Mutter einer kleinen Patientin mitgebracht hatte, ist leer. Die Kekspackung, die ich mir selbst gekauft habe, ist ebenfalls leer. Mein Magen knurrt, weil ich heute sowohl Frühstück wie Mittagessen habe ausfallen lassen.

Ersteres, um möglichst rasch Adam zu entkommen, der sich mir zwischen Malzkaffee und Weizenkeimbrot als »ausgetrickster Vater in spe« präsentierte. Laut seiner Lesart heißt das Verzicht auf meine »beste Bohne«, ohne die ich mich morgens wie tot fühle, gekoppelt mit Keimlingen zwischen den Zähnen und schlechter Laune, und davon viel.

Der Gipfel ist jedoch dieses »Ich muß weg! Übernimm du bitte!« vor einer halben Stunde, als ich gerade an einen Gang zum Metzger dachte.

Solange Lieberhausen noch auf Touristen hofft, was bis Mitte Oktober der Fall ist, verkauft Metzger Meyer auf Papptellern und an Stehtischen Jäger-, Wiener und Lieberhausener Schnitzel. Die regionale Schnitzelvariante steht für ein längliches Hacksteak, wahlweise mit Ketchup oder Mayonnaise, das ich grundsätzlich nicht nehme, weil ja irgendwo die Reste von Snack eins und zwei Wiederverwendung finden müssen. Adam als gebürtiger Lieberhausener macht mir nicht umsonst tagtäglich vor, was Sparsamkeit heißt: Nur nichts wegwerfen! Notfalls alles durch den Fleischwolf jagen!

Ich hatte mich gerade für paniertes Fleisch à la Austria entschieden, als Adam mir seine Termine unterjubelte. Statt »Wiener Schnitzel« habe ich nun die Schenkerin des Gurkentopfs im Visier. Anfangs war deren Tochter Sabrina meine Patientin, wovon noch die Senfkornschlieren in meinem Acrylabfallkorb zeugen. Doch seitdem die Parademutter sich nicht mehr damit begnügt, für ihre Familie, den Hausarzt, den Pastor oder mich einzuwecken und zu backen, sondern sich mit einem Souvenirladen selbständig gemacht hat, wird sie vom Chef betreut. Wenigstens theoretisch.

»Nochmals danke für die Gurken neulich.« Ich werfe einen hoffnungsvollen Blick auf die wuchtige Tasche der Frau.
»Jaja, meine Gurken, aber das ist jetzt vorbei. Mein Mann staunt nicht schlecht.«
Ich gönne es ihr von Herzen und mit dem Kopf, nur mein Bauch streikt. Hunger. Die Karteikarte vor mir fordert Arbeit an einer pummeligen Zehnjährigen, die seit August aufs Gymnasium in Bergneustadt geht und plötzlich Angst vorm Aufstehen, Busfahren, Überfahrenwerden, Zuspätkommen und in Wahrheit vor dem Henkelmann ihrer Mutter hat. »Das Kind kann doch nicht sechs Stunden ohne was Warmes im Bauch sein!« war der Schlüsselsatz für alle Sitzungen auf Krankenschein.
»Und wo steckt Sabrina?« Ich befehle mir, keinen einzigen Gedanken mehr an meinen eigenen Bauch zu verschwenden, der seit achtzehn Stunden leer ist.
»Die ißt jetzt immer bei einer Mitschülerin in der Stadt, wegen meines Geschäfts, sie gewöhnt sich schon noch an Spaghetti und Pizza.« Die Frau ruckt vor, was auf dem durchsichtigen Stuhl so aussieht, als ob ihr gut gefülltes Marineblau mit doppelreihigen Messingknöpfen im luftleeren Raum schwebte.
»Spaghetti«, wiederhole ich sehnsüchtig, »Pizza. Welche Sorte?«
»Alle, weil die Eltern doch eine Pizzeria haben. Glauben Sie, das schadet?«
»Den Eltern?« Ich nähme »Spinace«, das ist meine Lieblingssorte. Heute dürfte es aber auch eine simple »Margherita« sein. Egal. Hauptsache Essen.
»Nicht den Eltern. Sabrina.« Die Frau schüttelt den Kopf. »Ich bin doch wegen meiner Tochter hier. Also, das ist jetzt so mit ihrer Schulangst, angeblich hat sie keine mehr, aber sie wird viel zu dünn und vergißt ständig ihr Pausenessen und sogar die Buletten, die sie so mag.«
Ich deute an, Sabrina könnte ein neues, geslimtes Schönheitsideal entwickelt haben, das besser zu ihrem neuen Umfeld paßt. Meine Andeutungen werden immer plastischer und sozusagen quellklar. Doch es ist, als ob ich gegen eine Wand anredete.

»Was sollen denn da die Leute denken?« hält die korpulente Karrierefrau mir immer wieder entgegen. »Am Ende glauben die, ich vernachlässige das Kind wegen meines Ladens.« Als sie endlich geht, ist sie sauer auf mich, weil sie den weiten Weg umsonst zurückgelegt, garantiert ein halbes Dutzend »bonte Kerken« weniger verkauft und meinethalben sogar die Schweinskopfsülze mit Bratkartoffeln verpaßt hat, die der Gasthof nebenan heute auf der Mittagskarte anbietet: »Nächstes Mal will ich wieder zum Chef persönlich für mein gutes Geld.«
Von wegen Chef! Ob ich doch noch zum Metzger…?
Kirchturmuhr, Türgong und Telefon schlagen gleichzeitig an. Wiener adé!
Ich betätige den Türdrücker, hebe den Hörer ab und denke Böses: »QuellKlar!«
»Bosse«, sagt die Männerstimme. Eine von der Sorte »Hierkomme-ich-mir-gehört-die-Welt«.
Mir gehört nicht mal ein Schnitzel. Draußen pocht es. Mit Hungerloch innen und Druck von draußen bin ich einfach nicht auf Himmelszeichen geeicht, zumal die gewöhnlich nicht per Telefon und obendrein Schlag auf Schlag erfolgen. »Hab ich Ihnen nicht die Nummer meiner Kollegin in Köln gegeben?«
»Pity will nicht.« Bedeutungsschwere Pause. »Er will nur Sie!«
Draußen pocht es heftiger. Können Adams Privatkunden keine Klinke allein runterdrücken? ER will nur mich. Ein Gefühl wie zweimal Wiener auf einen Schlag. ER ist sein Sohn, erinnert die Zentrale in meinem Kopf. Adams kornblumenblaue Tür ist gleich Schrott. »Moment!« Ich reiße die Tür auf, nicke dem nächsten Patienten-Duo zu, wiederhole mein »Moment!« und laufe zurück ans Telefon.
Ein Schreibtisch aus Acryl ist quasi nicht vorhanden, bis frau ihn spürt. Ich spüre ihn heftig, was wunderbar ist, weil der Schmerz mir beweist, daß ich nicht bloß träume.
Ich bin verabredet. In Köln. Während die nächste Mutter mir beseligt von ihrer Hinterglasmalerei vorschwärmt, massiere ich liebevoll diese pochende Stelle an meiner rechten Hüfte. Heute abend wird's ein blauer Fleck sein, übermorgen ein grüner, beim Rendezvous ein gelber. Angeblich hat Peter-Pity ein Ge-

schenk für mich. »Er gibt keine Ruhe!« hat sein Vater gesagt, und obwohl ich weiß, daß auch das nobelste After-shave der Welt nicht über Amtsleitung zu duften vermag, rieche ich »Mark II«. Was genaugenommen kein Wunder ist, weil sein Riechwasser mein Badezusatz ist...

»... stellen Sie sich das vor, dieses Kind weigert sich einfach, seinem Papi zum Geburtstag einen ordentlichen Abraham zu malen.« Die Frauenstimme ist umgeschlagen. Sie paßt nicht zu meiner Schnupperorgie, ebensowenig wie das Motiv eines Patriarchen aus dem Alten Testament.

»Abraham ist doof«, sagt die Tochter der Künstlerin und knabbert emsig weiter an Nägeln, die schon reichlich ausgefranst aussehen.

»Dein Papi heißt so, dein Papi ist nicht doof, und wenn du nicht sofort mit dem Nägelbeißen aufhörst, mußt du jetzt jede Woche zur Therapie.«

»Dann schieß ich den ollen Abraham mit dem roten Ballermann von dem richtigen Irrenarzt mausetot.«

»Was sagen Sie dazu?« Die Mutter meint mich, keine Frage.

»Keine Bange«, sage ich, »dafür stelle ich sowieso keine Verordnung mehr aus.«

Der Teufel ist los. Die Sechsjährige will weiter auf Abraham anlegen, und die Mutter findet, daß ich meine Befugnisse entschieden überschreite: »Mal sehen, was Ihr Boß dazu sagt, ist ja unerhört.«

Boß? Ein Reizwort, das mich schnurstracks über eine gemeinsame Duftstraße davonträgt. Bei mir gibt's die Bosse sogar im Plural und in echt. Darüber bekomme ich nicht einmal mehr das Schließen der Tür hinter zwei Patienten mit, die ebenso wie die Vorgängerin mit dem Souvenirladen in Zukunft nur noch von Adam behandelt zu werden wünschen.

Einfach phantastisch! Sein Terminkalender füllt sich, drei telefonische Neuanmeldungen gebe ich gleich dazu, am kommenden Freitag ist er voll ausgebucht.

Ich bin's auch. Ich treffe mich mit einem Mann, der mir weismachen will, sein Sohn lehne jede weitere Therapie und jede neue Kinderfrau ab, wenn er nicht zuerst die »Gurkenfrau« wiedersehen und ihr sein Geschenk persönlich übergeben darf. Angeblich habe ich es Peter-Pity »rundum angetan«.

In den nächsten beiden Tagen bin ich voll im Streß.
Wann zuletzt habe ich es jemandem »rundum angetan«? Meine Reise in die Vergangenheit mündet in Bonn, wo vor vierzehn Jahren und fünf Monaten ein gewisser Adam Wasser vor Freude nicht mehr zu halten war, als er die von mir verfaßte Diplomarbeit mit der höchstmöglichen Benotung zurückbekam: Summa cum laude. Für mich selbst hatte ich lediglich ein »cum laude« herausgeholt, was mir damals gleichgültig war. Schließlich war Adam zum Dank rundum von mir angetan. Damals war das so. Mittlerweile zieht er es vor, mich für meine bessere Gesamtnote büßen zu lassen. Wahrscheinlich hätte ich mir auch noch die Äpfelchen abschnüren und an seiner Stelle zur mündlichen Prüfung und zum Klausurtermin gehen sollen.
Ein kurzes Abtasten meiner beiden C-Körbchen überzeugt mich davon, daß weder Adam noch Lieberhausen mich geplättet haben. Sogar ein Elfjähriger hat auf Anhieb erkannt, daß es sich lohnt, bei mir anzudocken, weshalb es mit dem Teufel zugehen müßte, wenn sein Vater blind für derlei wäre.
Was ziehe ich am Freitag an?
Wie erkläre ich Adam meinen Ausflug in die Großstadt?
Ich verwerfe Shopping, Arzttermin und Museumsbesuch, weil mein Liebster seit meinem Einzug in sein Haus auch über meine rein privaten Aktivitäten säuberlich Buch führt. Freitags einzukaufen grenzte an Wahnsinn, bei meinem Gynäkologen war ich erst neulich, und Kultur findet generell am Sonntag statt, basta!
Dann fällt mir mein Bruder ein, der auf das gemeinsame Geburtstagsgeschenk für unsere Mutter wartet. Wir haben vereinbart, daß ich es Paul via Parcel Service zuschicke und er es stellvertretend in der Schweiz überreicht. Das reicht, denn neben ihm käme ich mir doch bloß wieder überflüssig vor. Fünfzehn Jahre lang habe ich als halber Bub die Spur gelegt, dann erblickte der echte Schniedelwutz das Licht der Welt. Es ist nicht Pauls Schuld, daß er den Senkrechtstart in die Wiege gelegt be-

kam und mit seinen dreiundzwanzig Jahren als Headhunter von sich reden macht. Trotzdem muß ich nicht auch noch zuschauen, wenn er sich mit Blick auf Schweizer Bergkolosse und Mutters Hausmannskost feiern läßt. Es tut gut, etwas Eigenes in petto zu haben. Kurz entschlossen greife ich zum Telefon.

»Du kommst doch sowieso durch Köln«, sage ich, »wir treffen uns einfach in der Nähe vom Hauptbahnhof, und ich geb dir das Geschenk.«

Paul will nicht. Er passiere keineswegs »sowieso« die Domstadt, der Flughafen liege weitab, er habe etwas gegen »konfuse Weiber«, und außerdem fliege er über Düsseldorf weiter: »Wenn du unbedingt deinem Kaff entkommen willst, treffen wir uns eben auf der Kö.«

Diesmal bleibe ich hart: »Ohne was in der Hand kannst du bei Mutter einpacken!« Das wirkt.

Zuletzt bleibt mir noch der Disput mit meinem Chef-Liebhaber, der wechselweise mit Roten-Socken-Leinenschuhen und Häme versucht, mir den freigenommenen Freitag wieder auszureden: »Beginnt bei dir etwa der Mutterschutz schon per Zeugungstermin?«

Blähfrosch, denke ich. Mein neu entdeckter Apfelzauber schärft meine Sinne für das, was hinter solchen Sprüchen steckt. Hosenschiß! Ich habe kein Erbarmen mit ihm, ich zahl's ihm mit gleicher Münze zurück: »Family first!« Den Spruch habe ich mir dreizehn Jahre lang anhören müssen.

Adam ist sehr sauer. Dagegen schmecken die Gurken seiner Souvenirladenbesitzerin wie süße Drops.

»Natürlich kenne ich die Kölner City«, habe ich am Telefon benebelt von seinem und meinem »Mark II pour homme« gesagt und hastig mitgeschrieben, daß die »Domterrassen« gleich am Bahnhof liegen, zu DEM Hotel gehören und im kulturellen Herzen der Rheinmetropole ein Stück Kaffeehauscharme aufrechterhalten. »Denkmalgeschützt«, wie er betonte.

Diesen Zettel halte ich in der Hand, als ich via Rolltreppe in die Bahnhofshalle gleite. Reichlich düster ist es hier, weshalb ich meine Handtasche fest unter den Arm klemme und eilig den nächsten Ausgang ansteuere. Sonnenschein empfängt mich, das helle Licht gleißt auf Bussen, soweit das Auge reicht, von Denkmalschutz plus Hotel keine Spur. Ich mache kehrt und lande auf der anderen Seite vor einer Reibekuchenbude.

»Kennen Sie zufällig die Domterrassen?« frage ich eine Frau in der Warteschlange. Deren rundes Gesicht verzieht sich abfällig: »Rievkooche sin besser!« Drei, vier Leute mischen sich ein, plädieren kauend und nickend ebenfalls für Kartoffelplätzchen mit einem Klecks Apfelmus und verweisen mich endlich auf »das Café da oben hoch und dann rechts runter«.

»Oben hoch«, wiederhole ich, »rechts runter, danke schön.« Alles klar, denke ich, aber ich denke falsch, weil ich weder mit fünfmal »Hätten Se mal 'ne Mark für mich?« am Fuß der Treppe noch mit dem scharfen Wind oben auf der Plattform und erst recht nicht mit der Landung in einem Kreidegemälde gerechnet habe.

»Hören Se 'mal, Frollein, da hätt dä jode Mann en Iwichkeit dran jesesse!«

»Tut mir echt leid!« Ich springe aus dem Gesicht der heiligen Magdalena, lande vor einer Wäscheleine mit Papptafeln – ob das die Kölner Klagemauer ist? –, weiche einer Folkloregruppe rechts und einem Stelzenmann links aus und überlege, wo nach all diesen Störmanövern »rechts runter« ist. Ich überlege erneut falsch. Das Café entpuppt sich als »Reichard-Terrasse«, was nicht identisch mit den »Domterrassen« ist, die offiziell in »Atelier« umgetauft worden sind, obwohl jeder Einheimische sie weiter beim alten Namen nennt. Ebenso wie »runter« nicht »treppab«, sondern »entlang« bedeutet.

Also frage ich bei meinem zweiten Suchlauf ganz korrekt nach dem »Atelier«, wozu einfach jedem etwas einfällt. Vorzugsweise Kölsches und Künstlerisches, hier trägt man das Herz auf der Zunge, empfiehlt mir kölsche Kneipen und Galerien und warnt mich vor »Rasern«, bloß die von mir gesuchte Adresse gehört nicht zum Repertoire: »Hotel? Juppes, kennst du 'n Hotel mit nem Atelier zum Frinseln?« – Der vierte oder fünfte so befragte »Juppes« zeigt endlich auf ein Glashaus inmitten von Sonnensegeln, an dessen Schmalseite halb verdeckt durch einen roten

Baldachin in kunstvollen Schnörkeln sieben Buchstaben stehen, die sich mit viel Phantasie als »Atelier« lesen lassen.
»Danke«, stammele ich und haste vorwärts, was der nächste Fehler ist. Von rechts rast ein Rollbrett auf mich zu. Der Besitzer bleibt ein Schemen, aber eins mit Brüllstimme: »Kannste nich aufpassen, du doofe Tussi!« Die Tussi soll ich sein, keine Frage, und während ich noch überlege, ob an diesem Anwurf mein Äußeres oder bloß das Durchqueren der Rennmeile schuld ist, prescht schon der nächste Skater auf mich zu: »Verpiß dich!«
Vorsichtig und in Slalomlinien trete ich den Rückzug an. Lieber versauere ich in Lieberhausen, als daß ich mich hier zum Gespött mache. Doch auch der Plan mißlingt, denn kaum halte ich im Schutz von zwei Pflanzenkübeln, die einen roten Kokosläufer flanieren, nach dem Bahnhof Ausschau, erheben sich zwei Gestalten unter einem Sonnensegel und winken mir zu. Mir, der »doofen Tussi«.
»Hatten Sie Probleme?« ER schiebt mir den Stuhl unter den Po. Ich zupfe an meinem Rocksaum und meinen Haaren und überlege, ob ich meine Jacke überziehen soll. Darin gehe ich zwar vor Hitze ein, doch dafür sieht man die feuchten Placken unter meinen Armen nicht mehr. Ob ich Probleme hatte? Der Witz ist gut! Will der Typ mich veralbern?
»Nein«, ich stopfe mir die Jacke in den Rücken, »nicht die Spur! Ich bin nur gerade fast totgerollt, armgebettelt und wegen eines Pflastermalers geteert und gefedert worden, aber sonst geht's mir prächtig.«
»Gnädige Frau?« Der Kellner will etwas von mir, er zeigt auf meine Jacke, aber die bekommt er nicht: »Oder bügeln Sie auch?« Er bügelt nicht und begnügt sich mit einer Bestellung aus der Getränkekarte.
Das einen Touch zu glatte Lachen neben mir verbindet sich mit dem einen Touch zu lieblichen Rasierwasser: »Sie haben Humor, meine Beste!«
»Galgenhumor«, darauf ich.
»Und ich bin ein Galgenstrick.« Peter-Pity scharrt unter dem Tisch und schaufelt einen Schwung Kieselsteine über meinen linken Fuß.

Ich schaufele wortlos zurück. Mir reicht's.

»He!« Pity taucht ab, kommt mit einem Mokassin in der Hand zurück und läßt es Steinchen auf meine Füße rieseln, die ich heute morgen in »Mark II« gebadet, teuer bestrumpft und in Schuhe gezwängt habe, die ich zuletzt beim Schützenfest trug.

»PITY!«

»Das war SIE!« Der Junge zeigt auf mich.

»Logisch, und das warst du.« Ich kippe meinen linken Pumps aus und entledige mich in einem des Gegenstücks. Es ist eine Labsal, wenigstens ein paar Sekunden lang von diesen engen Dingern loszukommen.

»Laut Nurse eins bis acht ist das total unladylike.« Pity schleudert den Haarvorhang zur Seite, vermutlich um in den vollen Genuß meines damenhaften Errötens zu kommen.

»Schreib's dir hinter die Ohren: Ich bin keine Lady.« Meine nackten Zehen spreizen sich. Herrlich! »Eigentlich sollte ich sogar ein Bub werden, leider hat mir dann mein Bruder die Show gestohlen.«

»Der, den Sie gleich hier in Köln treffen?« wirft der große Bosse ein, dem ich ja irgendwie klarmachen mußte, daß ich keineswegs nur wegen ihm aus Lieberhausen anreise.

»Exakt der.«

»Ist Ihr Bruder etwa auch Psychologe?«

»Bestimmt nicht.« Ich gebe den »Headhunter« preis, mit dem sich sogar meine braven Eltern in der Schweiz schmücken, der sie kein einziges Semester an der Universität gekostet und mich trotzdem längst überrundet hat, der ihnen außer dem richtigen Geschlecht auch noch den Hauch der großen weiten Welt zuweht: »Mein Bruder Paul ist ein Naturtalent und dealt mit Chefköpfen. Ich bin die Landtrine geblieben. That's life!«

»Landtrinen sind dick«, Pity riskiert schon wieder zwei Augen. »Dick bist du eigentlich nicht, oder?« Das Ponydach schließt sich. »Höchstens da«, er zeigt wo, zweihändig, apfelförmig, bevor er weiterredet: »Aber das braucht ihr für die Babys und die Männer, sagt ...«

»Es ist nicht nötig, daß du weiterhin deine Kinderfrauen zitierst, PITY.«

»Das war keine von den Hexen, das war Patricia.«
Ich wüßte gern, wer diese Patricia ist, doch das weiß der große Bosse zu verhindern. Sehr eloquent, unterstützt von der Eiskarte und einer Aufzählung all jener Kollegen meines Bruders, mit denen er schon zu tun hatte: »Topleute mit einer Kombination aus solidem Wissen und gutem Riecher, überhaupt die Rezeptur für Erfolg, das ist in meiner Branche nicht anders.«
Ich frage nach. Schließlich bin ich nicht wild darauf, das äußere Bild einer Landpomeranze durch Stummheit abzurunden. Im Fragenstellen bin ich top, soviel ist immerhin bei vier Jahren Studium herausgekommen. In meinem Job habe ich die Kunst, anderen Leuten Löcher in den Bauch zu fragen und gleichzeitig nach Körperzeichen zu suchen, die ihre Worte Lügen strafen, weiter perfektioniert. Ich kann saubere Etiketten für hinter Glas malende Mütter und deren nägelkauende Töchter formulieren. Selbst fürs Stummsein finde ich notfalls noch eine tiefgründige Erklärung. Wer wie ich die Großmannssucht eines Adam mit dem Erbe von Onkel Heinrich kombinieren kann, durchschaut auch die Wechselwirkung von Fiskus, Großverdienern und Anlageberatern.
Mein letztes Statement scheint besonders gut anzukommen. »Ich jedenfalls würde mißtrauisch, wenn einer mir einen Batzen Geld rüberschöbe und gleichzeitig Nägel knabberte«, habe ich gerade resümiert, und weil der Wohlduft und das Lächeln des großen Bosse sich nun voll auf mich konzentrieren, schiebe ich noch rasch eine Typologie nach, die ursprünglich ebenfalls der Verhaltenstherapie dient, sich aber auch hervorragend zur näheren Beschreibung von Geldwäschern, Spekulanten, Hasenherzen und Hochstaplern eignet. Mit denen ich – abgesehen von der letzten Spezies – zwar keine konkreten Erfahrungen gesammelt habe, was aber durch die bunten Schilderungen meines Bruders mehr als ausgeglichen wird. Danke, lieber Paul!
»Hoppla!« Mein Vermögensverwalter winkt dem Kellner und ordert etwas, was dem Gesichtsausdruck des Befrackten nach zu urteilen teuer sein muß. Oder exklusiv, doch das dürfte in der Gastronomie auf dasselbe hinauslaufen.
Ich behalte recht, uns wird Champagner serviert, und obwohl

ich eben offensichtlich recht überzeugend dargelegt habe, welch scharfen Blick ich besitze, verweigere ich nun schlichtweg den Blick auf mich selbst. Zur Abwechslung ist es nicht übel, mehr zugetraut zu bekommen als die Zähmung von nägelkauenden Kindern oder aufmüpfigen Ehegesponsen. Zumal jeder meiner Erfolge in der Institution »QuellKlar« von Adam abkassiert oder von den auf ihre Hinterglasmalereien-Henkelmänner-Rennmäuse fixierten Versicherungsnehmern in Frage gestellt wird.

Manfred Bosse stößt mit mir an. Pity bekommt noch ein weiteres Eis. Und ich bin die Frau, die es Sohn und Vater gleichermaßen »angetan« hat: Als Kennerin der menschlichen Psyche und obendrein begabt zum Umgang mit »Geld und Geldsäcken«. Diese Formulierung stammt von mir, der große Bosse drückt es feiner aus, doch der Schampus verleiht mir den vollen Durchblick und bringt die Dinge auf einen einfachen Nenner: Ich bin Eva die Zweite. Gewitzt durch die Pleite meiner Urahnin, die zur Strafe als Freske in der »bonten Kerke« zu Lieberhausen ausharren muß. Mir passiert das nicht.

»Du hast einen kleben, Schwesterherz!«

»Die Marke stimmte.« Ich sehe zu Paul hoch, er überragt mich um glatte sechzehn Zentimeter, was aber im Moment ganz gut auszuhalten ist. Zumal ich bequem unter dem Sonnensegel sitze und beobachte, wie er zwischen Etikette und Wärmestau schwankt. »Du kannst dein Sakko ruhig ausziehen, sonst ist es nachher reif für die Altkleidersammlung.«

»Na hör mal, das ist von Armani«, mein Bruder klappt das Revers auf.

»Gibt's auch hübsche Brillengestelle von, solltest du mal probieren.« Ich verkneife es mir, die Musterbrille preiszugeben, der ich vor einer Viertelstunde noch genau hier gegenübergesessen habe.

»Seit wann kennst denn du dich mit Edelmarken aus?« Paul begutachtet die leere Champagnerflasche: »Nicht übel.«

»Ich bin auch nicht übel. Ich könnte sogar unter die Finanzhaie gehen.«

»Hat Adam noch einen zweiten Erbonkel in petto?«
»Ich sagte ICH.«
»Duuu?« Paul zupft sich an den Bartspitzen, die heute dunkel sind. Genau wie Brauen und Wimpern, das gibt seinen eher blaßblauen Augen etwas ungewohnt Markantes.
Meine dunkelbraunen Pupillen schlagen aus der Art und lassen die französische Verwandtschaft durchschimmern, auf die mein Vater nicht mehr sonderlich gut zu sprechen ist, seit Gauloises und Bordeaux ausbleiben. Jedenfalls überkommt mich angesichts der effektvollen Behaarung meines Bruders plötzlich der Verdacht, er könnte der Natur nachhelfen.
»Du färbst nicht zufällig?«
»Laß das!« Er wehrt meine Hand ab und spielt nun mit der leeren Flasche vor uns: »Und den Schampus hast du also mit einem Finanzhai getrunken? Wenn das dein Seelenklempner erfährt.«
»Der Sohn des Hais war dabei, falls es dich beruhigt.«
»Und dem sollst du 'ne Seelenmassage verpassen?«
»Vermögensverwaltung«, ich schiebe die Visitenkarte über den Tisch, »er hat mir tatsächlich einen Job in seiner Firma angeboten. Ist natürlich alles Blödsinn, trotzdem ...«
Trotzdem was? In meinem Kopf sucht es, während meine Hände das Geschenk von Peter-Pity abtasten. Es ist eingepackt, aber ich weiß, was drin ist: Saure Gurken aus Marzipan, die in einer Kölner Traditionskonditorei hergestellt wurden. Auf der beigefügten Karte steht mein Vorname. »Eva«, wer schreibt schon an »Eva«, ohne gleichzeitig das Paradies vor Augen zu haben? Zwar verraten die drei krakelig nach links geneigten Buchstaben den kindlichen Schreiber, doch das täuscht mich nicht. Kleiner Bosse, großer Bosse! Kleines Geld, großes Geld! Eva I und Eva II. Halleluja!
»Verstehe«, mein Bruder beugt sich vor, was den winzigen Bauchansatz, der ihn über seine Jahre hinaus »würdig« macht, Rollen schlagen läßt. Die Umschreibung »würdig« stammt von meiner Mutter. Sie ist begeistert, daß »der Junge endlich etwas auf die Rippen bekommt«. Außerdem nützt es den Geschäften, sagt sie.
Trägt Manfred Bosse Bauchansatz?

Mein Bruder redet weiter, redet davon, daß jeder einmal seinen echten Marktwert austesten müsse, allerdings vor Mogelpackungen zu warnen sei: »Aber damit hast du ja seit dreizehn Jahren Erfahrung, übrigens muß ich gleich los, wo ist das Geschenk für unsere Eltern?«
Ich übergebe es ihm. In Gedanken bin ich ganz woanders. In meinem Kopf verwandeln sich soeben saure Gurken in solche aus Marzipan, und versteinerte Evas springen aus ihrem Wandgemälde und lassen ihren Apfelzauber wirken. Cup C, ob es ihm aufgefallen ist?
Sogar mein Bruder scheint etwas von meiner neuen Aura mitzubekommen, denn er mimt den Kavalier und geleitet mich sicher zu meinem Bahngleis: »Nicht daß du mir nachher noch unter die Räuber gerätst, Schwesterherz! Ein Finanzhai reicht, hoho.«
»Grüß mir Bern!« Das Lachen wird ihm angesichts von Aare, Bärenzwinger und unseren Eltern schon noch vergehen. Nichts gegen das Flüßchen, das sich idyllisch durch die Kantonstadt schlängelt, die es problemlos mit jedem deutschen Kaff aufnehmen könnte. Die Braunbären haben mir ebenfalls nichts getan, sie tun mir sogar fast leid, weil sie tagtäglich das Stadtwappen hochhalten und für Touristen vor der Kamera posieren müssen. Unsere Eltern sind ebenfalls untadelig. Bloß hätte mein Vater in Meckenheim niemals die Falschparker denunziert, meine Mutter sich nicht endlos über's Möbelwachsen verbreitet und ich nicht Lust bekommen, die Braunbären loszuketten. Jedesmal, wenn ich die Aare, den Zwinger und die Berner Altstadt im Abteilfenster meines Zuges auftauchen sehe, überkommen mich solche Gelüste. Besser, mein Bruder fährt hin.
Ich finde den Kölner Bahnhof nun trotz der einbrechenden Dämmerung deutlich heller und freundlicher, könnte sogar glatt ein paar von diesen Reibekuchen verdrücken, sehe die Domspitzen beim Verlassen der Halle mit völlig neuen Augen und lächele den Schaffner an, der ebenfalls ein klein wenig kölscht, als er nach meiner Fahrkarte fragt.
Ich öffne meine große Umhängetasche und greife hinein: »Verflixt und zugenäht!«

Es müssen viele Kölner im Abteil des Nahverkehrszuges sein. Mitleid, Ratschläge, einer zückt sogar sein Portemonnai. Alles dreht sich um meine abhanden gekommmene Fahrkarte.
»Aber die Fahrkarte ist da!« protestiere ich und halte sie zum Abknipsen hin. Wie soll ich einem Abteil voll hilfsbereiter Menschen erklären, daß ich soeben meinem Bruder das falsche Paket mitgegeben habe? Marzipangurken für meine Mutter. Sie bringt mich um.

Beim Anblick von Adam, der mich unter seiner kornblumenblauen Tür empfängt, überkommt mich die Ahnung, daß meine Mutter das kleinere Übel wäre. Noch ahnt er nichts, trotzdem erkenne ich an seiner wirren Prinz-Eisenherz-Frisur, seinen eingerollten Zehen und dem freien Stück Sandale hinter der Ferse, daß ein Unwetter der Luxuskategorie im Anzug ist. Nie würde er sich sonst so der Öffentlichkeit präsentieren.
»Ich soll dich auch schön grüßen«, sage ich. »Dürfte ich wohl mal rein?«
»Du lügst!« Er weicht keinen Millimeter von der Stelle.
»Dann eben nicht.« Die Metzgerei mit den dreierlei Schnitzeln hat zu, doch zur Feier des Tages könnte ich mir ein Tellergericht im Gasthaus gönnen. Mir ist nach Feiern. Solo. Von Adam ist in dieser Aufmachung nicht zu befürchten, daß er mich begleitet.
»Ich bin in der ›Krone‹, falls du mich suchst.«
»Du bleibst!«
»Interessant!« Immerhin bleibe ich stehen, das gebieten die Höflichkeit und die hinter Glas malende Mutter, die zwei Häuser weiter hingebungsvoll ihre Gartenzwerge wässert. Sie nennt sie »naive Hausgeister«. Der mit dem blauen Käppi ersäuft gleich.
»Ich hoffe, du wirst nicht auch noch das Andenken von Onkel Heinrich besudeln wollen«, sagt Adam und tut einen Schritt vor. Um ein Haar wäre er aus seinen Schlappen geschlittert, aber er fängt sich in letzter Sekunde und zerrt an meinem Arm.
Er hat es der Beschwörung des Onkels zu verdanken, daß ich ihm folge. Heute, das spüre ich, ist meine »Stunde der Wahrheit« gekommen. Wenigstens was den »Heiligenschein« betrifft,

an dem Adam poliert, seitdem er mir den Tod seines Onkels verkündet hat: »Der Alte schikaniert mich nicht mehr!« Vier Tage später war die Testamentseröffnung, die meinen Lebensgefährten in einen Alleinerben und den Erblasser in einen Heiligen verwandelt hat.
»Onkel Heinrich war ein kleinkarierter Kacker, aber gemessen an dir ein Grandseigneur.« Das letzte Wort gefällt mir besonders gut, da schlägt meine französische Verwandtschaft durch.
»Was willst du damit sagen?« Er drückt die Haustür hinter uns ins Schloß.
Feige Socke! denke ich und setze mich vorsichtshalber auf die unterste Treppenstufe. Champagner plus Finananzhai plus Päckchentausch sind für eine Landpomeranze auf nüchternen Magen etwas zuviel. Oder bin ich noch »Eva II«? Die schaffte das mit links und ohne einen, der die Prüfungsfragen für sie löst.
»Was ich damit sagen will?« wiederhole ich gedehnt. »Das müßtest du eigentlich auch ohne ›summa cum laude‹ herausbekommen.«
»So ist das also!« Adam läßt heraus, wie er sich das zusammenreimt: »Du bildest dir wohl auch noch etwas darauf ein, vor zwanzig Jahren ein Lehrbuch auswendig gelernt zu haben?«
»Vierzehn Jahre und drei Monate«, verbessere ich, »falls du den Stapel Fachliteratur meinst, den ich zur Abfassung deiner Diplomarbeit gebraucht habe.«
»Damit lockst du heute keinen Hund mehr hinter dem Ofen hervor.«
»Therapierst du neuerdings Vierbeiner? Ich glaub, ich brauch ein Aspirin!«
Meine Kopfschmerzen übergeht Adam. Statt dessen berichtet er nun minutiös über Patienten, die sich »qua Zweibeiner leider in nur zu gut verständlichem Deutsch« über meine eklatanten Schwächen als Psychologin ausgelassen hätten.
»Mit Gurkentopf oder hinter Glas?« frage ich dazwischen.
»Du wirst primitiv.«
Meinetwegen bin ich primitiv, in jedem Fall bin ich ein Mensch, der praktische Beispiele bevorzugt. Also erkläre ich meinem

Chef-Liebhaber anhand des winzigen Unterschieds zwischen meiner und seiner beruflichen Qualifikation, was Sache ist: »Wir sind beide diplomierte Psychologen, wenigstens auf dem Papier, und ich habe obendrein die Zulassung, ohne die du keinen einzigen von deinen blauen oder rosafarbenen Zetteln und nicht mal Kasse abrechnen könntest. So in etwa mußt du dir den Unterschied vorstellen.« Erschöpft halte ich inne. Mein Schädel brummt, der Schampus gibt Pfötchen, von wegen paradiesische Neugeburt. Mein Apfelzauber ist wurmstichig, jedenfalls fühle ich mich hinter meinen coolen Sprüchen verflixt mürbe. »Hast du wirklich kein Aspirin?«

Adam schäumt. Er findet mich infam. Zuerst belüge ich ihn – die Schwester von »Frau Gurkentopf« hat mich nämlich in Köln gleich mit zwei Männern und einer Flasche Sekt beobachtet –, dann stelle ich unsere Partnerschaft in Frage. Erregt schreitet er auf und ab. Sogar seine Therapien verabreicht er gewöhnlich lustwandelnd, inspiriert von den blau gestrichenen Holzdielen unter seinen Sohlen. Diesmal ist ihm etwas im Weg. Er stolpert. »Wie kann jemand nur so chaotisch sein!« Er bückt sich.

Ich bereue. Heftig und inständig, es ist wirklich ein Kreuz mit meiner Unordnung, die schuld daran ist, daß er nun das Geschenk für meine Mutter hochhält.

»Was ist das?«

»Bademantel-Nachthemd-Nachtjäckchen«, antworte ich folgsam. Geblümt, meine Mutter mag das. Immerhin handelt es sich um eine Topmarke, hat die Verkäuferin mir versichert. Der Preis hat ihr recht gegeben.

»Größe vierundvierzig.« Er rückt mir das Etikett vor die Augen.

»Weiß ich auch so.« Meine Mutter begleitet ihren einzigen Sohn auch figürlich. Sie wird immer »würdiger«.

»Trotz deiner Umstände glaube ich nicht, daß du DAS brauchst. Und dann die Preise.« Adam holt tief Luft, bevor er mir ein Pappschildchen nach dem anderen hinhält: »Dreihundertachtzig-zweihundertzehn-zweihundertsechzig-Mark. Hast du im Lotto gewonnen?«

»Ist für meine Mutter, ich hab's bloß verwechselt, überhaupt habe ich in Köln drei Männer getroffen.« Zweieinhalb, weil Kin-

der nicht voll zählen, aber das »Würdige« an meinem Bruder kommt mit in die Waagschale, macht aufgerundet drei. »Und der Sekt war Champagner.«
Angeblich bricht nun für Adam eine Welt zusammen. Sie zerbirst sehr lautstark, was meinem Kopf kein bißchen bekommt. Nur kann ich schlecht auf die Aufzählung meiner Missetaten, die unserer Beziehung die Basis entzögen – »Ich weiß nicht, ob ich dir jemals wieder vertrauen kann!« –, erneut mit der Bitte um ein Aspirin reagieren.
»Im Moment ist mir nur flau.« Ich rappele mich am Treppengeländer hoch, erklimme Stufe für Stufe, höre ihn ins Gästeklo verschwinden – auch das ist symptomatisch – und erliege der Versuchung der halboffenen Küchentür.
Als Adam sich anschleicht, kaue ich gerade hingebungsvoll an einem Stück Rauchfleisch. Ohne sein labbeliges Brot und ohne Teller, so wie ganz früher, wenn ich mir ein Stück Wurst in die Hosentasche gestopft habe und bis abends mit der Dorfjugend zugange war. Himmlische Zeiten!
»Dir ist also flau!« Er entreißt mir das Rauchfleisch, nennt Gewicht und Preis und fügt der Liste meiner Mängel hinzu, daß ich ihn ruiniere: »Keinen Pfennig Miete zahlst du, die Praxis und das neue Auto gehen voll auf meine Kappe, und jetzt drückst du dich auch noch als Spätgebärende vor der Arbeit und gibst dich deinen Schwangerschaftsgelüsten hin.«
»Das mit dem Gebären kannst du getrost wieder vergessen.« Ich sehe auf den Schinkenzipfel zwischen seinen Fingern. »Lieber gebäre ich so was.«
Er starrt. Meine Brüste scheinen neuerdings eine magnetische Wirkung auf ihn auszuüben, sie verschlagen ihm die Sprache, lassen ihn schlucken und sabbeln wie ein Kleinkind: »Das ist nicht dein Ernst – ich habe schon wegen der Familienhaftpflichtversicherung nachgefragt – notfalls müßten wir eben heiraten – das ist nur wieder einer von deinen üblen Späßen.«
»Mitnichten«, sage ich.
»Bitte.« Er legt das Rauchfleisch zurück auf den Tisch und schiebt es langsam auf mich zu. Er läßt sogar ein Aspirin aus seiner Hosentasche folgen, doch ich verweigere die Annahme. Zu

spät. Soeben habe ich meine »Eva II pour femme« wiedergefunden, wenigstens einen Zipfel von ihr. Ich hänge mich dran, schwenke ein nicht vorhandenes Sektglas und tänzele zur Tür: »Salute!«
»Du bist ja betrunken!« Adam sieht mich an, sieht seine Flasche Eierlikör oben auf dem Geschirrbord an, greift danach und kontrolliert die Verschlußkappe.
»Keine Bange! Ich steh nicht auf deinem Altweibergesöff.«
»Das ist von einer Patientin«, protestiert er, »du weißt genau, daß ich schon mindestens ein halbes Jahr lang keinen Tropfen mehr angerührt habe.«
»Eben!« Bei einem Adam Wasser gibt es kein französisches Prickelwasser und abgesehen von Patientengaben überhaupt nichts Alkoholisches mehr. Seit dem Sprung in die Selbständigkeit sorgt er sich sehr um seine Gesundheit. Siehe Körnerbrot und Malzkaffee. »Auf deine Kundschaft steh ich übrigens auch nicht mehr. Schlaf süß!«
Er starrt mir nach, ich spür's, während ich mich mit »Schlummi« und »Rosinante« treppab taste. In seiner Praxis steht meine alte Schlafcouch, die ich aus meiner Junggesellinnenbude mitbringen durfte, weil sie farblich und stilmäßig mit seinem Interieur harmoniert. Bis vor acht Monaten hatte ich noch nichts gegen Kornblumenblau und Stelzfüße aus Kirschbaum. Mittlerweile mag ich meine Schlummerrolle und dieses zerfledderte Plüschpferdchen lieber, was vielleicht daran liegt, daß die beiden das Zeug zum fliegenden Teppich und Fabeltier haben. Hoffentlich wirkt der Zauber.
Alles, was mich am Alleinleben gestört hat, waren die Nächte, in denen »Schlummi« und »Rosinante« es zuließen, daß ein klapperndes Fenster oder murmelnde Stimmen mir angst machten. Meine Mutter führte derlei zwingend auf schlechte Eßgewohnheiten zurück. »Morgens wie ein Kaiser, abends wie ein Bettelmann!« lautete ihr Patentrezept. Ich glaube, ich könnte jetzt glatt noch den Rest Schinken und alles verdrücken, was Adams Küche an Magenbomben zu bieten hat. Leider müßte ich dazu nochmals die Treppe hoch. Lieber nicht.

Der nächste Tag beginnt mit dem Anruf meiner Mutter. Das ist ein schlechter Auftakt. Sie hat nämlich mein Geschenk bekommen und läßt keinen Zweifel daran, wie sie Marzipan im allgemeinen und diese Gurken im besonderen einschätzt. Ihre Stimme überschlägt sich förmlich, das Wort »Boshaftigkeit« kommt gleich mehrmals vor, und dann resümiert sie, daß ich ihr auf dem Umweg über diese symbolträchtige Gabe einen Lebensabend so sauer wie in Essigsud wünsche: »Und dann mußt du auch noch den armen Jungen mit hineinziehen.«

»Der Junge ist dreiundzwanzig«, erinnere ich, »überhaupt war's ein Irrtum, mein Gott!«

Bei der nachfolgenden Erläuterung des zweiten Gebotes »Du sollst den Namen undsoweiter« lege ich auf. Leise. Ich fühle mich noch nicht kräftig genug für weitere Mängelrügen.

In der Küche riecht es nach Kamillentee. Adam tunkt Zwieback und teilt mir mit, daß er soeben einen Termin bei Susanne vereinbart hat: »Um halb drei, eigentlich wollte sie wandern, aber sie ist eben ein durch und durch kooperativer Mensch.«

»Ich dachte, deine Susanne macht nur Paartherapie.« Mein Fall ist sie nicht. Jeder zweite Satz lautet: »Alles hat seinen Preis«, vor jedem Kinderwagen verdreht sie beseligt die Augen, sie selbst ist ohne Anhang, angeblich läßt ihr Beruf ihr keine Zeit zur Paarung. Immerhin hat sie bis zu meinem Einzug hier regelmäßig jeden Mittwoch mit Adam kooperiert. Mittwochs spielte Onkel Heinrich Doppelkopf, und ich hatte Fortbildung. Die Kaffeedose ist auch leer. Okay, trinke ich »Muckefuck«. Nicht mehr lange! Ich schwör's mir und »Eva der Zweiten« und stelle den Wasserkessel auf die Herdplatte.

Adam sieht mir zu, als ob Wasserkochen eine Offenbarung für ihn sei. »Ich habe diese Nacht lange über uns nachgedacht«, sagt er endlich. Der durchweichte Brocken Zwieback plumpst ihm dabei in die Bechertasse, ein Spritzer erwischt sein Jeansblau, trotzdem warte ich vergeblich darauf, schuld zu sein. Nichts. »Vierzehn Jahre«, fährt er fort und verlangt nicht einmal nach Fleckentferner, »das verbindet, jetzt könnte es aufwärts gehen.« Er zeigt auf ein kornblumenblaues Fensterkreuz: »Ich bin dir im Traum wieder nähergerückt.«

Ich tue einen Schritt von ihm weg. »Das kannst du dann ja alles Susanne erzählen, falls sie dich allein akzeptiert.«
»Natürlich habe ich dich und mich angemeldet. Es geht um unsere Zukunft.«
»Leider«, ich ziehe den pfeifenden Wasserkessel zur Seite, »habe ich schon eine Verabredung. Sorry.« Ich verzichte auf den Muckefuck. Im Bahnhof gibt es einen Kaffeeautomaten, Kekse und ein öffentliches Telefon.

Auf dem Weg zum Bahnhof werde ich dreimal gegrüßt. Am Kiosk erkundigt sich der Apotheker, ob bei uns auch wieder die Zeitung gefehlt habe: »Bald reißen in unserem friedlichen Lieberhausen noch Zustände wie in der Großstadt ein.« Der Kaffee aus dem Automaten schmeckt, als ob die Staubkruste auf der Wahltaste »schwarz« sich mit aufgelöst hätte. Als Milchkaffee gewinnt er auch nicht. Der Kioskbesitzer ruft mir zu, daß ich bei seiner Frau ruhig ein Pfund »beste Bohne« borgen könne, wenn die Mia ihre Maschine schon saubergemacht hätte und Adam deshalb darben müsse. Mia ist die Bäckersfrau, die außerdem meine Kaffeesorte führt und frisch mahlt. Vorausgesetzt, die Maschine ist noch nicht endgereinigt, was in aller Regel eine halbe Stunde vor Ladenschluß passiert. Ich lehne dankend ab und ziehe eine Fahrkarte. Irgendeine, weil ich nicht wirklich ein Ziel habe, sondern nur meine Ruhe haben will.
Ich darf bis Wiedenest fahren, wo der »heilige Brunnen« sprudelt und die Kirche in früheren Zeiten ein gutes Geschäft mit Ablaßzetteln machte.
Was bekomme ich heraus, wenn ich Adam die Absolution erteile? Opferkerzen und ein paar Groschen in den Klingelbeutel sind nicht mein Fall, rote Socken in Aktion auch nicht mehr unbedingt, die Sache mit der Versicherung ist ein Hammer. Laut Adam Wasser definiert sich die Familie also über eine gute Haftpflichtversicherung und eine Partnerschaft über die verbilligte Therapie bei einer Kollegin. Letzteres ist nicht wirklich neu.
Seitdem ich aus meiner eigenen Wohnung in das Schieferhaus von Onkel Heinrich umgezogen bin, beschwört Adam mindestens alle zwei Wochen die Notwendigkeit einer Verhaltens-

therapie. Es gibt vieles an mir zu beanstanden, was ihm in den dreizehn Jahren zuvor entgangen ist. Im Bett lese ich bis in die Puppen, manchmal knacke ich dabei sogar Äpfel, und mindestens dreimal habe ich hinterher nicht die Zähne geputzt. Wenn er schnarcht – er knirscht auch mit den Zähnen –, pflege ich ihm recht unsanft eine Faust in die Rippen zu stoßen, statt ihn sanft zu bitten, sich doch auf die Seite zu drehen. Als ob das etwas nützte! Tratschsüchtige Nachbarn fertige ich barsch an der Tür ab – manchmal sogar mit einer glatten Lüge –, und einem, der mich überschwenglich zum dritten oder gar vierten Mal an ein und demselben Tag begrüßt, nicke ich höchstens noch zu und bringe mich schleunigst vor Schüttelhänden-Bäckchenküssern-Quasselstrippen in Sicherheit. Die Liste meiner Verfehlungen ist jedenfalls endlos.

Anfangs habe ich Adams Vorschlag, meine Single-Gewohnheiten fachmännisch behandeln zu lassen, schlicht nicht ernst genommen. Erst peu à peu wurde mir klar, daß ich auf meine Tauglichkeit als offizielle Lebensgefährtin abgeklopft werden sollte. Wobei meine Kassenzulassung als Psychologin keine unwichtige Rolle spielte. Ein lächerliches Stück Papier, behauptet er zwar, nur daß er selbst es nicht bekommen hat. Die Supervisorin war schuld, überhaupt war ihm seine Zeit zu schade, also hat er mir »den Vortritt« gelassen. Was schon rein faktisch nicht stimmt.

Nach dem Studium hatten wir beide eine Planstelle bei der Familienberatung im Rheinisch-Bergischen Kreis ergattert. Dann kamen Therapeuten in Mode, Adam witterte prompt dickes Geld und meldete sich zum Aufbaustudium an. Leider fiel er trotz erheblicher Kursgebühren durch und ließ nun mir »den Vortritt«. Zwei Jahre lang opferte ich drei Abende pro Woche, etliche Wochenenden und jede Menge Kapital – für das ich einen Kredit aufnahm –, und obwohl ich rückwirkend sowohl die genossene Ausbildung wie auch meine Tätigkeit bei »Quell-Klar« in Frage stelle, bin ich heilfroh, kein Geld von Adam angenommen zu haben. Materiell betrachtet bin ich frei. Fragt sich bloß wofür.

Frau Vermögensverwalterin, wie? Kaum ernstgemeint, wahr-

scheinlich sucht ER doch nur eine Kinderfrau. Natürlich werde ich nicht dort anrufen und ein Angebot annehmen, das keins war. Mit Ablaßzetteln habe ich es trotzdem nicht.
Der nächste Zug, der einläuft, fährt mich nach Rösrath. Von dort gibt es eine Straßenbahnverbindung nach Köln. Dreimal lasse ich das Schicksal entscheiden, steige einfach zu und aus, lediglich am Kölner Hauptbahnhof entscheide ich mich bewußt für den Zoo.
Laut Pity ist der Zoo DIE Attraktion. Am liebsten mag er das Affenhaus, weil es seinen Kinderfrauen dort drinnen zu warm und zu stinkig ist und sie deshalb draußen warten: »Hintenherum flitze ich dann zu der alten Lokomotive, die Hexen sind so was von blöd!«
Es sind viele Leute in diesem Zoo. Ich gehe zum Affenhaus, gehe hinein und hinaus, finde auch den Spielplatz mit der ausrangierten Lokomotive, sehe alle möglichen Kinder – nur keinen Pity. Das Schicksal hat mich gefoppt. Abends fahre ich nach Lieberhausen zurück.

Abgesang auf Eva-mit-Apfel-und-sonst-nichts

Es riecht nach meiner »besten Bohne«. Seit genau sieben Tagen riecht es jetzt jeden Morgen so, wenn ich die Küche betrete. Auch der Tisch mit den kornblumenblauen, gedrechselten Beinen ist anders bestückt als sonst. Es gibt richtige Butter, Hörnchen und zwei Sorten von meiner Lieblingskonfitüre, die Adam »sündhaft überteuert« findet.
Trotzdem hat er sie gekauft. Gleich am Montagmorgen, nachdem ich von meiner Irrfahrt zurückgekommen war, standen die kleinen Töpfchen mit Erdbeer-Rhabarber- und Quittengelee auf dem Tisch. Ich hatte wieder unten auf der Couch geschlafen, wo man jeden Schritt und jedes Wasserlaufen mitbekommt. Er war leise, ist auf Zehenspitzen an mir vorbeigeschlichen, und ich habe die Schlafende markiert und überlegt, was ich tun

sollte, wenn ich die Augen aufschlüge. Ich habe sie aufgeschlagen, als es nach meiner »besten Bohne« zu duften begann, habe gestaunt, dann überkam mich der Hunger, ein bißchen Rührung war auch dabei. Jedenfalls bin ich abends in unser Schlafzimmer zurückgekehrt. Wir haben beide so getan, als ob daran nichts Besonderes wäre. Nur wenn er schnarchte, war es anders. Er hat sich entschuldigt, obwohl ich nichts gesagt und ihn erst recht nicht geknufft habe. Einmal haben wir sogar schon wieder zusammen Liebe gemacht. Es fällt mir schwer zu sagen, ob das wie sonst war. Ich glaube schon, denn ich fühlte mich dabei weder abgestoßen noch hingerissen, bloß danach konnte ich nicht zur Ruhe kommen. Ich lag wach und grübelte, wie lange es schon so ist. Lau, das ist das richtige Wort dafür. Wir sind in dieser Woche sehr vorsichtig geworden. Höflich auch.

»Hast du mir den eingegossen?« Ich zeige auf meine Tasse. Dumme Frage! Wer sonst?
Adam nickt. »Wo wir doch heute zeitlich knapper sind«, er zeigt aus dem Fenster Richtung Kirche, »nicht daß du dir den Mund verbrühst.«
»Ich hasse lauwarmen Kaffee.« Ich nehme die Tasse mit dem blaßblauen Streublümchenmuster, bei der es sich ebenfalls um Erbmasse von Onkel Heinrich handelt, und leere sie über der Spüle aus. Nicht nett, ich weiß. Vielleicht war ich's ja auch gar nicht selbst. Die Einflüsterungen von »Eva der Zweiten« häufen sich.
»Du hättest ihn mir geben können. Heiß ist sowieso schlecht für den Magen!«
»Heißt du Müllschlucker?« Ich sehe an Adam vorbei nach draußen auf die Straße, wo es für einen Sonntagvormittag ungewohnt lebhaft zugeht. Autohupen, Kindergeschrei, sogar Tierstimmen mischen mit. Der Pastor hatte die Idee, zum Erntedankfest nicht nur die Früchte des Feldes, sondern zugleich die Haustiere der Kleinen einzusegnen. Das liegt voll im Trend und lockt neue Touristen nach Lieberhausen.
Adam wirkt ebenfalls an der Initiative für ein »junges Stadtbild« mit, die jeden Mittwoch in der Rengser Mühle tagt, wo es außer

dem berühmten Eierkuchen gleich noch die komplette bergische Kaffeetafel mit Waffeln, süßem Reis, Rosinenbrot und Leberwurst gibt. Eine kuriose Mischung, aber durchaus passend für dieses Grüppchen, das sich als neue Elite versteht und deshalb für seinen Stammtisch gezielt einen Tag ausgesucht hat, der gemeinhin von Ärzten bevorzugt wird.
Soweit ich weiß, mischt auch die kooperative Paartherapeutin mit, die zu Onkel Heinrichs Zeiten dessen Abwesenheit nutzte, um mit Adam zu fachsimpeln und sich von ihm mit Hagebuttentee aus eigener Ernte verwöhnen zu lassen.
Es ist mir zuwider, aus einer Tasse zu trinken, die zuvor diese Heimtückerin an die Lippen geführt haben mag, während sie gleichzeitig meine Defizite zerpflückte. Das weiß ich definitiv, weil Adam nach jedem Date meinen »Schlummi« und meine »Rosinante« aufs Korn nahm, die »laut Aussagen einer Expertin« meine zwanghafte Fixierung auf real nicht existente Sexualpartner verrieten.
Mir ist nach Meuchelmord an verblichenen blauen Streublümchen. Trotzdem gibt es nur ein schwaches Echo, als ich die Tasse haarscharf neben Adams Ellbogen absetze. Das liegt an dem Wachstuch. So weit geht die innere Einkehr nicht, daß er auf das Plastikverhüterli für seinen restaurierten Bauerntisch verzichtete. Ebensowenig wie er auf seinen Mittwoch verzichtet, von dem er zuletzt in roten Socken und nach sauren Drops riechend zurückkam. Zu Rot gehört Veilchenpastillenduft, und diese Kombination wiederum gehört zu mir als real existierender Sexualpartnerin und sonst höchstens noch zum Doppelkopf. Die Sache stinkt zum Himmel. Ob ich seiner Tasse einen Schubs gebe?
»Du bist sehr reizbar heute.« Adam bringt meine leere Tasse in Sicherheit und trinkt aus seiner eigenen. Er schluckt laut. Unangenehm laut. »Vielleicht hätten wir deine Freundin besser doch nicht einladen sollen.«
»Vielleicht hättest du dir das besser eher überlegen sollen.«
Viertel vor zehn, in Anbetracht des erhofften Touristenbooms beginnt der Gottesdienst heute eine Stunde später. Barbara kommt immer auf den letzten Drücker.

Echt promoviert, echte Großstädterin, echt geschieden, das sogar zweimal, und eigentlich ist Adam gar nicht gut auf die Frau zu sprechen, die im selben Ort wie ich geboren wurde und ein paar Semester mit uns zusammen studierte. »Eine eingebildete Schnepfe!« findet er, und mir ist klar, daß sie ihm tief unter die Haut gehen muß, wenn er auf sein eindrucksvolles Fachchinesisch verzichtet, mit dem er seine Mitmenschen sonst klassifiziert. Jedenfalls hat er selbst ihre Anmeldung für dieses Erntedankfest entgegengenommen. Das war Anfang der Woche, als er vermutlich noch um meine Teilnahme bangte. Wie hätte das denn ausgesehen? So hat er zugestimmt, als Barbara ihr »Ist euch doch recht, daß ich am sechsten Oktober wieder Landlady bei euch spiele?« auf ihn losließ.

Ob ER inzwischen bei Barbara angerufen hat?

Bei mir hat Manfred Bosse sich jedenfalls nicht mehr gemeldet. Soviel zum Thema: »Hätten Sie nicht Lust, mir in meinem Office mit Rat und Tat zur Seite zu stehen? Überlegen Sie es sich in Ruhe, sie haben ja meine Karte!« Bildet der Mensch sich ernsthaft ein, ich fiele auf so etwas herein? Landpomeranze heißt nicht gehirnamputiert. Merk dir das, Junge!

»Du solltest etwas essen«, rät es neben mir. »Sonst wird dir wieder flau.«

»Keine Bange! DU mußt mich bestimmt nicht aus der Kirche tragen.«

Ob Adam die Story von meiner vorgetäuschten Ohnmacht und jenem hinreißenden Organisten behalten hat? Eigentlich fand ich selbst ihn nicht besonders aufregend, das Fohlen bei Schmittchens hat mich sehr viel mehr interessiert. Aber ich war fünfzehn und wollte endlich mit Barbara und den anderen Mädels mithalten, nachdem mir zu Hause ein echter Junge Konkurrenz machte. Paul war gerade geboren worden. Jedenfalls schwärmten alle in meiner Klasse von den starken Armen dieses Organisten, die einen auffingen, sobald die Meßdiener mit Weihrauchnebeln den nötigen Anlaß boten. Mich hat allerdings keiner getragen. Im entscheidenden Moment hüpfte mir Carlos aus der Tasche. Carlos war meine dressierte Maus, und ich mußte ihn vor meinen hysterischen Mitschülerinnen retten.

Hinterher hatte ich statt süßer Träume eine Woche Stubenarrest.
Adam sitzt noch immer am Küchentisch und stiert seine Tasse mit den Streublümchen an. Ob er sie zählt? Sie liebt mich – sie liebt mich nicht – sie nützt mir – sie nützt mir nicht…
Mir ist nicht nach seinem Kassensturz. Ich werde draußen auf unseren Besuch aus der Stadt warten.

Die »bonte Kerke« ist voll. Zum Glück haben wir feste Plätze in der zweiten Reihe, auf dem Schildchen steht noch »Heinrich Wasser«. Ich sitze zwischen Adam und Barbara, die wie erwartet erst in letzter Sekunde vorgefahren ist.
»Hübsches Wägelchen«, hat Adam gemeint und durfte zur Belohnung für sie einparken. Meine Freundin hat von kleinauf eine Begabung, andere Leute für sich einzuspannen und obendrein ein Lächeln zu kassieren. Wenn alles stimmt, was sie erzählt, bedanken sich ihre beiden Ex-Männer noch heute dafür, daß sie einer gesalzenen Abfindung exquisite Präsente zum Geburtstag, zu Weihnachten und sogar zum Ex-Hochzeitstag hinterherschicken dürfen. »Was nichts kostet, ist auch nichts«, hat Barbara mir ihre Sichtweise männlicher Denkungsart übersetzt. Das war beim letzten Erntedankfest, als Onkel Heinrich noch lebte, ich mühsam meinen Kredit abstotterte und von einem eigenen Pferd oder wenigstens einem Hund träumte. Barbara hatte als Kind beides, sie war allerdings nie besonders wild auf Tiere. Andernfalls regierte sie heute vermutlich über einen Rennstall und eine Hundezucht.
Während ich neben ihr in der Kirchbank sitze, ihr Parfüm rieche und aus dem Augenwinkel etwas Schwarzes wippen sehe, von dem ich weiß, daß es zu einer Kombination aus Hut und Kostüm gehört – von wegen »Landlady« spielen! –, gehen mir all diese Erinnerungen durch den Kopf. Einmal stößt Adam mich an, weil ich versehentlich sitzen bleibe, während alle anderen sich erheben. Der zweite Schubs kommt bei der Kollekte, als er neben mir in seinem Portemonnai zu suchen beginnt, mit Scheinen raschelt, sein großes Geld wieder wegsteckt und mir hastig »Hast du mal ’ne Mark?« zuraunt.

»Hast du mal 'ne Mark?« wiederhole ich, keuche, pruste und lache, derweil vor mir der Klingelbeutel aus verstaubtem Samt an der langen Stange schaukelt und die Köpfe in der ersten Reihe zu mir herumfahren. Aber ich kann nicht anders, weil mein Chef-Liebhaber soeben wortgetreu die Penner auf der Domplatte kopiert hat.

»Versuch's mal am Kölner Dom, vielleicht hast du da Glück!« Noch beim Reden laufen mir die Lachtränen übers Gesicht, sie schmecken genauso salzig wie die echten, das ist auch komisch, zum Kringeln komisch, Hilfe!

»Der Weihrauch ist schuld.« Adam zieht an der Stange, der Küster rückt näher und bekommt nun sogar einen Schein. »Außerdem hat sie heute morgen nichts gegessen.« Adam zwängt sich um Verzeihung bittend an dem Apothekerpaar vorbei und läßt meine Hand nicht los, die ebenso hemmungslos vibriert wie alles an mir: Hast du mal 'ne Mark – 'ne Mark – 'ne Mark...

Penner Adam geleitet mich hinaus an die frische Luft. Vorbei an vielen vertrauten Gesichtern, in denen Münder auf und zu klappen, was am frommen Gesang oder an mir liegen mag. Ich lache noch immer, das ermutigt die Verbeiner und die Kinder im Seitenschiff. Kichern, Bellen, Miauen, sogar ein paar Kanarienvögel sind dabei. Am liebsten streckte ich der gemalten Eva, die nichts als einen Apfel in der Hand und ein geschlechtsloses Männlein an ihrer Seite hat, die Zunge heraus. Das soll sie mir einmal nachmachen! Irgend jemand soll mir das nachmachen! So viel Leben gab's in der »bonten Kerke« noch nie, darauf wette ich.

»Das war eine Wahnsinns-Show!« sagt meine Freundin aus Kindertagen.

»Das war die Hölle auf Erden!« sagt Adam. Glücklicherweise kommt er nicht dazu, sich noch weiter über die von mir inszenierte Hölle auszulassen, weil er sich verpflichtet hat, einen Stand zu betreuen. Garantiert ist es ihm auch lieber, sich nach diesem Eklat nicht Seite an Seite mit mir zeigen zu müssen. Jedenfalls folgt er nur zu willig dem Winken seines Gehilfen zu dem Budenzauber in der Mitte des Kirchpatzes hin, wobei er

nach rechts und nach links grüßt und sich noch volkstribunmäßiger als sonst gibt.
Ich sehe ihm nach, wie er zwischen den selbsteingelegten Gurken unserer Souvenirladenbesitzerin und den Hinterglasmalereien der Nagelbeißmutter Position bezieht. Adam verkauft an diesem Sonntag Spazierstöcke, Plaketten der »Wanderfreunde« und Büchlein, von denen eins sogar aus der Feder seines Onkels stammt, dessen Steckenpferd die Heimatkunde war. Heinrich Wasser hat über die »Armutskultur des Fachwerkhauses« geschrieben und einen Verein zur Pflege oberbergischer Fachwerkdörfer ins Leben gerufen. Vorher hat er sich allerdings Schieferbeschlag für seine eigene Hausfront geleistet, und sein Neffe hat nun alle verbliebenen Holzteile kornblumenblau streichen lassen. Dafür dient der heutige Verkaufserlös dem Erhalt des reinen Holzwerks.
»Gibt's hier auch noch was anderes als Gurkengemüse und Heiligenbildchen?« fragt unmittelbar neben mir Barbara und produziert Schluckgeräusche. Sie erregt Aufsehen. Ihr Schwarz von Kopf bis Fuß schockt nicht weniger. Das gilt hierzulande noch als Trauerkleidung, allerdings dann nicht in der Minirockvariante.
»Bier«, antworte ich, »hier hast du die Wahl zwischen Bier, Limo und warmen Getränken.«
»Ich dachte eher an Veuve Cliquot.«
»Deinen Schampus bekämst du hier sowieso nur lauwarm, wenn überhaupt.«
»Sieh mal einer an! Voriges Jahr hättest du das noch für 'ne französische Ferkelei gehalten.« Sie kichert, das hatte sie schon ganz früher drauf. Wenn sie so kichert, sieht man den leichten Überbiß, den ihre Eltern trotz Zahnspange nicht beseitigt bekamen. Ihr einziger Schönheitsfehler.
Ich sehe an mir hinab. Von oben betrachtet erscheint mir mein Busen noch voluminöser. Alles andere ist normal proportioniert, trotzdem habe ich oft das Gefühl, alles starrte mir nur dorthin. Besonders in Kleidern ist das so. »Domterrassen«, sage ich, »da hatte ich neulich ein Rendezvous mit deinem Edelgesöff.« Ich sehe mich nochmals in das Pflastergemälde stolpern, mei-

nen Rock niederhalten, als durchgeschwitzte Windsbraut Platz nehmen und meinen ersten echten Champagner trinken.

»... damit und mit zwei Bosses«, ergänzt sie.

»Wie?« Ich bleibe stehen. »Sag das noch einmal! ER hat also wirklich bei dir angerufen?«

»Sollte er nicht? Schließlich hast du ihm meine Nummer gegeben.«

»Ja. Nein. Du behandelst ihn also jetzt?«

»Seinen Sohn«, sagt meine Freundin sanft, »nur seinen Sohn. Für IHN soll ich ein gutes Wort bei dir einlegen.«

»Spinn' nicht rum!«

»Kein Interesse? Schade! Nach dem Sketch eben«, sie zeigt auf die »bonte Kerke«, »dachte ich, du wärst endlich kuriert.«

»Ich habe keine Bleibe und kenne keine Menschenseele in Köln, überhaupt habe ich null Ahnung von Vermögensberatung.«

»Offensichtlich sieht dein Manfred Bosse das anders, und was den Rest betriff, mich gibt's ja auch noch. Wäre sogar ganz günstig, wo ich ständig auf Achse bin.« Barbara redet weiter, es ist von ihren Männern die Rede, den rein beruflichen Verbindungen, den Mischformen, einer ehemals großen Liebe und einem, der sie »voll gelinkt« hat: »Er ist nämlich andersrum, aber er hat etwas, ich sage dir ...« Alles an ihr gerät in Bewegung, doch diesmal scheint sie sich ihrer Wirkung auf die Außenwelt nicht bewußt zu sein, sogar ihre Formulierungen geraten in Unordnung, passend zu dem Tohuwabohu in meinem Kopf.

»Meschugge«, sage ich, »ganz schön verrückt.«

»Verrückt, ja.« Sie nickt. »Und schön auch.«

Ich komme nicht dazu, ihr anzuvertrauen, daß ich gar nicht sie gemeint habe. Zwei asymmetrische Haarschnitte lenken mich ab. Der Hund ist ein Königspudel, sauber getrimmt bis auf die Kräuselhaare über dem linken Auge. Bei dem Herrchen, das ihn am Halsband führt, decken glatte, flachsblonde Haare das rechte Auge ab.

»Das ist Smilie!« Pity strahlt mich an. »Ist der Segen für die Haustiere schon vorbei?«

Ich nicke.

»Daran ist ER schuld«, Pity zeigt hinter sich, »er mußte noch mit Patricia zanken.«
»PITY!« Manfred Bosse begrüßt mich mit Handkuß.
Hinterher mustere ich verstohlen meine Fingernägel, weil ich schon als Kind bekannt dafür war, den Dreck anzuziehen. Mann der Premieren, der mit dem ersten echt französischen Kribbelwasser, und nun dies. Diese Patricia war auch schon einmal im Gespräch.
»Verzeihen Sie, wir wären gerne pünktlich gewesen, aber leider...« Leider mußte Manfred Bosse dieser Patricia, die eine »bewährte Mitarbeiterin« ist, noch Instruktionen für München geben: »Sie fliegt in meinem Auftrag – normalerweise müßte ich selbst – aber da ich zur Zeit ohne Nurse bin – Sie wissen ja...«
Offen gestanden habe ich keinen blassen Schimmer mehr, was ich wirklich weiß oder wissen sollte. Es geht um einen Job, natürlich. Mit achtunddreißig ist es nicht zu spät, die Weichen neu zu stellen. Weg von der »bonten Kerke« und der Ur-Eva, die sich durch nichts von ihrem Adam unterscheidet außer durch diesen Apfel. In der modernen Variante ist es kein Stück Obst, sondern ein Zertifikat, das Adam Wasser und Eva Besser unterscheidet. Ich hab's, er kassiert. Ich kann nicht bis an mein Lebensende warten. Dreizehn Jahre Lieberhausen sind genug. Oder?
»Okay«, sage ich, »ich überleg's mir.« Pity jubelt. Smilie kläfft. Barbara organisiert aus dem Gasthof gegenüber eine Flasche nicht sehr guten und nicht sehr kalten Sekt: »Ist aber beser als nichts. Salute!«
Unser »Salute!« lockt Adam Wasser an. Plötzlich steht er hinter mir und will wissen, was das soll und wer das ist. Er zeigt auf IHN, während er meinen Ellbogen umklammert hält.
»Vielleicht mein zukünftiger Chef.« Ich versuche, meinen Arm zu befreien.
»Das geht nicht.« Adam Wasser zählt mir auf, warum das nicht geht. Dreizehn Jahre lang hat er in mich investiert, keine andere angeschaut und mich in sein Haus geholt, mir seine Patienten anvertraut, mir den Weg in die Selbständigkeit eröffnet. Er mir, er verkündet es vor aller Welt, wird immer lauter und rückt immer weiter weg. Es ist vorbei.

Die Rheinmetropole hat den Dom, »Rievkoche« und nunmehr mich, Eva Besser.
Die beiden Spitztürme sind Wahrzeichen, die Reibekuchenbude davor ist eine Institution, beides gehört zu meinem neuen Frühstückspanorama in Toplage. Meine Freundin wohnt und arbeitet umgeben von Versicherungspalästen und Historie, einrichtungsmäßig bevorzugt sie eher Hypermodernes, kulinarisch neigt sie bis Sonnenuntergang zur Askese.
Barbara frühstückt Pampelmuse und Mineralwasser. Im Bett. Das Mittagessen überschlägt sie. Erst am Abend aktiviert sie ihre Gourmetzunge.
Wenn ich noch länger bis abends warte, bin ich tot.
Im Moment schläft sie. Auch das ist normal für sie: »Im Schlaf überliste ich meine Gefräßigkeit!« Angeblich ist ihr Magen ab elf Uhr auf Enthaltsamkeit eingestellt, dann steht sie auf und verschwindet im Bad. Sobald sie herauskommt, steht das Telefon nicht mehr still. Von zwölf bis drei wickelt sie ihre »Hotline für Manager« ab, alle Behandlungen mit Augenkontakt finden danach statt. Ebenfalls mit Blick auf den Dom und diese Imbißbude, die Doppelverglasung hält unerwünschte Bratdüfte fern. Gegen Abend wechselt die Klientel, und auch nach nunmehr fünf Tagen gemeinsamen Wohnens ist es mir noch nicht gelungen, private Besucher und Patienten hundertprozentig auseinanderzuhalten. Nach ihrem ersten Schluck Kribbelwasser nennt Barbara nämlich ohne Ausnahme jeden beim Vornamen und küßt ihn ohne Rücksicht auf den Grund seines Kommens oder sein Geschlecht rechts und links auf die Wange. Lediglich bei den Mundküssern weiß ich Bescheid. Davon gibt es zur Zeit drei.
Hugo ist die erkaltende, ehemals große Liebe und ihr Steuerberater.
Armand hat den Auftrag, ihr Penthouse neu einzurichten. Er ist der Mann, der sie »voll gelinkt« hat und gewöhnlich zu zweit erscheint. Sein Freund Walter arbeitet in derselben Branche und ist der dritte Mundküsser.

Meine Phantasie ist schuld. Gerade stelle ich mir vor, was ich nicht live zu sehen bekomme.
Ein Fehler! Flotte Dreier mit schwankender Geschlechtskonstellation sind nichts für eine Unschuld vom Land. Ob sie wirklich zu dritt...? Ich muß plötzlich aufstoßen, erschrocken halte ich die Hand vor den Mund. Das Mineralwasser auf nüchternen Magen ist schuld. Selbst nach einem Sack voller Pampelmusen würde er noch knurren. Allmählich beginne ich die gelben Dinger mit dem roten Fruchtfleisch, das einem im Mund alles zusammenzieht, meine Innereien foppt und im Zweifelsfall noch meine letzte gute Bluse vollspritzt, zu hassen.
Apropos Bluse! Meine Kleidung ist ein weiteres Reizthema.
Angefangen hat es mit dem Notkoffer, den ich nach besagtem Erntedankfest gepackt und zu Barbara ins Auto geladen habe. Start in die große Freiheit, immerhin verfügte ich da noch über einen Stapel saubere Slips, BHs, Strümpfe, T-Shirts, drei Jeans, ebenso viele Blusen, ein Kleid und Schuhe zum Wechseln. Mein Nachthemd habe ich bereits entsorgt, weil Barbara bei dessen Anblick bald zusammengebrochen ist. Es handelte sich um ein Geschenk meiner Mutter, das zugegebenermaßen nicht sehr flott war. Im Muster ähnelte es den Streublümchentassen von Adam. Immerhin war es warm. Denn wenn auch die erste Oktoberhälfte sehr sonnig ist, werden die Nächte schon recht kühl. Seitdem meine Flanellblümchen im Müllschlucker gelandet sind, müssen meine Höschen und T-Shirts auch nachts herhalten und lassen meinen Vorrat noch rascher schrumpfen.
»Hol endlich deine Sachen ab! Oder laß sie dir schicken!« Barbara ist promovierte Psychologin mit einer Praxis, die offensichtlich beim halben Einsatz ein Vielfaches von dem abwirft, was ich an einem Acht-Stunden-Tag verdiente. Sogar was die Farbe ihres Rezeptblocks betrifft, geht sie eigene Wege. Auf frischem Gelb verordnet sie je nach Bedarf Selbsterfahrung oder Verhaltenstraining. Im Moment läßt mich ihr Gelb allerdings zu sehr an Pampelmusen denken, die ich zu hassen beginne. Barbaras Vorschlag zu meinem Kleiderdilemma ist auch nicht besonders nützlich. Er verrät ihre Unerfahrenheit mit einem Menschenschlag, wie er in Lieberhausen gedeiht.

Adam jedenfalls denkt gar nicht daran, mir meine Habe herauszurücken. Von meinem Badezusatz »Mark II pour homme« bis zum Hollandrad hält er alles unter Verschluß, weil ich zuerst einmal für den Schaden bei »QuellKlar« aufkommen soll. Er hat mir vorgerechnet, was meine kooperative Kollegin ihn kostet, die bloß dafür kassiert, daß sie seine Rechnungen über ihre Praxis laufen läßt. Nagelbeißen und Henkelmannverweigern muß sich als Diagnose in der Abrechnung für Paartherapie verflixt komisch ausnehmen. Mir hat er für vergleichbare Dienste keinen Pfennig gezahlt. Schließlich durfte ich mit ihm das Doppelbett von Onkel Heinrich und Tante Käthe selig teilen. Das gemeinsame Lager machte meine Unterschrift zur Formalität, mein böswilliges Verlassen desselben kitzelt den hinter Adams Blümchenmentalität lauernden Keulenschwinger hervor.
»Nimm dir einen guten Anwalt!« Barbara hatte natürlich sofort die richtige Adresse zur Hand.
Ich habe daraufhin im Telefonbuch nachgeschlagen, diese Sozietät beansprucht eine viertel Seite, das riecht förmlich nach viel Geld. Ich habe gar keins. Momentan bin ich schlicht blank, weil Adam natürlich auch unser gemeinsames Privatkonto gesperrt hat. Zwar trete ich am fünfzehnten Oktober meine neue Stelle an, doch im voraus bezahlt wird wohl nur bei Beamten. Bis Ende des Monats muß ich mit dem auskommen, was ich im Portemonnai habe. Das gibt meine Freundin für ein einziges Cremetöpfchen aus.
Ob ich einfach bei Manfred Bosse anrufe und vorschlage, ihm schon früher »mit Rat und Tat« zur Seite zu stehen? Laut Barbara wäre es das Dümmste, was ich machen könnte. Nachdem Adam mich vor meinem zukünftigen Chef niedergemacht hat, hält sie es für unbedingt notwendig, daß ich mein angekratztes Image aufpoliere: »Mach dich rar! Signalisier diesem Bosse, daß die Welt dir zu Füßen liegt! Schließlich hängt ja vielleicht noch mehr dran als ein ordentlich bezahlter Job, oder?«
Ich schaue aus dem Fenster. Im Moment liegt mir die Bude zu Füßen, vor der Leute mit und ohne Koffer anstehen. »Rievkooche«, drei Stück zu fünf Mark, Brötchen wären billiger. Mein Bauch knurrt unter der letzten sauberen Bluse, die Jeans haben

schon Beulen an den Knien, aber für den Bäcker reicht's. Ich werde in ein gutes Frühstück investieren, beste Bohne inklusive, danach sieht die Welt gleich anders aus. Hoffentlich.

Brötchen, Hörnchen, Weckchen, Röggelchen, Croissants. Naturbelassen oder mit Rosinen-Körnern-Nüssen-Mohn-Zwiebelstückchen-Schokolade vermengt. Wahlweise rund, länglich, kugelig, flach. Die große weite Welt der Großstadt umweht mich in der Bäckerei, die zu einer Kette gehört, in der es natürlich neben diversen Sorten auch meine »beste Bohne«, Butter und winzige Schraubgläser mit Konfitüre gibt. Ein Festschmaus, der mich ein Zehntel meiner Barschaft kostet, denn ich habe gleich für den Rest des Tages mit vorgesorgt.
Heute abend, das schwöre ich, überlasse ich Barbara allein ihren Wangen- und Mundküssern. Ich werde nichts vermissen, mir geht sowieso die Gourmetzunge ab, die sich an Wachteleiern und derlei delektiert. Überhaupt ist es mir peinlich, ständig von fremden Männern eingeladen zu werden, die laut Barbara beleidigt wären, wenn ich selbst bezahlte, was ich gar nicht könnte, weil ich schon nach den Wachteleiern pleite wäre.
Während ich an dem Stand vor der Hauptpost noch sechs Äpfel erstehe – das Kilo vier achtzig, bei uns in Lieberhausen wachsen sie im Garten –, beschließe ich, radikal zu kappen, was mich weder satt noch glücklich macht. Heute werde ich gleich zwei Happy-Brötchen-Apfel-Orgien zelebrieren. Eine jetzt gleich, die andere tonight im Bett, beide gepaart mit meiner besten Bohne, die ich schon förmlich rieche. Vor lauter Vorfreude hätte ich fast die Frau umgerannt, die gleichzeitig mit mir zuerst die Briefkastenmeile und dann den Aufzug ansteuert. Barbara hat wie üblich jede Menge Post, die andere auch.
Die Kabinentür gleitet vor uns auf, wir steigen ein, ich wende meiner Mitfahrerin höflich das Gesicht zu. Wir haben uns schon mehrmals flüchtig gesehen. Wir werden uns noch öfter sehen. Es ist seltsam, das zu wissen und trotzdem so zu tun, als ob wir nichts gemeinsam hätten, nicht einmal das Dach über unserem Kopf. Sie starrt an mir vorbei auf die Wand, obwohl diese außer ein paar Zahlentasten und einem Alarmknopf nichts zu bieten

hat. Ob sie am Ende fürchtet, ich hätte mir hier unbefugt Zutritt verschafft?

»Ich wohne nämlich zur Zeit hier!« Ich nicke zu dem Stapel Kuverts unter meinem Arm hin. »Bei Frau Dr. Barbara Schmittchen«, füge ich hinzu, als die andere stumm bleibt, »nicht daß Sie etwas Falsches denken.«

»Sie müssen d-r-ü-c-k-e-n«, erwidert die Frau.

»Ach ja! Sorry!« Einen Augenblick lang vergesse ich meine Einkäufe.

Es ist demütigend, zwischen fremden Füßen Semmeln und Äpfel einsammeln zu müssen. Sie trägt Stiefeletten mit Wildkatzenmuster, ich hätte vorher auf das Schuhwerk achten sollen. Von einer, die bei achtzehn Grad im Schatten ihren Modeherbst spazierenführt, ist nichts Besseres zu erwarten. Als sie aussteigt, stakst sie über mein Obst, als ob das Pferdeäpfel wären.

Ich liebe Pferde. Was sie fallen lassen weniger, trotzdem gäbe ich in diesem Moment den Naturprodukten von Fallada den Vorzug. Der Wallach gehört unserem Tierarzt und wird jeden Sonntag von mir ausgeritten. Wurde, verbessere ich mich und hebe das grün gewachste Ding auf, das fast von dem Absatz dieser Person perforiert worden wäre. Eigentlich ein ideales Gespann. So hübsch geclont. Lediglich der Geruch unterscheidet sie. Eine Parfümwolke dort und hier nichts. Sogar dicht unter meiner Nase riecht diese giftgrüne Frucht nach nichts. Bei uns in Lieberhausen gibt es jetzt den ersten Cox Orange, nicht sehr groß, aber köstlich. Ich fülle immer die große Schale auf dem Bauerntisch damit, und schon nach wenigen Minuten verbreitet sich der Duft. Bei dem Gedanken an diesen süßsäuerlichen Geschmack läuft mir das Wasser im Mund zusammen.

Wasser? ER heißt so, der andere ER, allmählich sollte ich mich daran gewöhnen, ihn klein zu schreiben und klein zu denken. Klein. Lau. Nicht einmal mein Fahrrad rückt er heraus. Ich beschließe, mein Kinnwasser hochdeutsch in »Speichelfluß« umzutaufen, was sich aber total unsinnlich anhört, da vergeht einem alles. Hoffentlich hat keiner in Hundekacke getreten und dann den Aufzug benutzt. Ich wische Brötchen und Äpfel an meiner Hose ab und konzentriere mich auf meine »beste Bohne«.

Es klappt nicht. Daran ist die wunderbare Maschine von Barbara schuld, die nur italienisches Kaffeemehl akzeptiert. Habe ich nicht. Sie auch nicht. Jedenfalls finde ich nichts dergleichen in dieser Küche, die einen Bocuse zum Jubeln brächte, solange er keinen Schrank öffnet. Ich tu's noch einmal, obwohl ich längst weiß, was mich erwartet: Abführtee, Kamillentee, Vitaminbrausetabletten und jede Menge peppige Lackdosen, so leer wie mein Bauch und der meiner Gastgeberin. Allerdings gibt es einen gewichtigen Unterschied zwischen unseren Hohlräumen: Sie kasteit sich freiwillig. Ich verhungere. Angesichts des Kahlschlags vor meinen Augen fällt es mir schwer, Barbaras Worte bei meinem Einzug nicht für blanken Hohn zu halten. »Fühl dich wie bei dir daheim«, hat sie gesagt, kurz pausiert und lächelnd hinzugefügt: »Nein, besser!«

Besser heiße ich, alles klar, tolles Wortspiel. Wer ist schon jemals von Worten satt geworden? Der Fight mit diesem chromblitzenden Gerät macht mich noch wahnsinnig, da könnte ich glatt Sehnsucht nach Adams ererbter Kaffeemühle und seinem Pfeifkessel bekommen. Die Gier auf meinen Kaffee wächst, läßt mich nicht mehr los und bringt mich auf die verrücktesten Ideen. Ich versuch's mit dem Teesieb, bastele einen Tassenfilter aus Pappkarton und Pergament, tausche das undurchlässige Papier gegen saugfähige Küchenrolle aus, fische in Wisch & Weg-Kügelchen und Mud und könnte heulen. Darüber vergesse ich glatt meine noch ofenwarmen Brötchen. Statt dessen reihe ich meine sechs Äpfel nebeneinander auf. Sie passen hervorragend zu Barbaras Interieur, dessen Form und Farbe ebenfalls keinen Unterschied zwischen privater und beruflicher Nutzung macht. Weiß dominiert, gepaart mit pastelligem Grau, dazwischen ein knallroter Stuhl aus Hartplexi, stahlblau versiegelter Zierspargel, ein giftgrünes Lackpolster. Passend zu diesen Wachsäpfeln. Ich drapiere sie auf dem grünen Lack und heule nun wirklich. Exzessiv. Landregenmäßig.

»Hallo!« Eine Hand tippt mir auf die Schulter. »Ist was mit dir?«

Ich sehe hoch. Barbara steht vor mir. Frisch geduscht, die Haare sind noch feucht, sie trägt einen hinreißenden Hauch von Slip und darüber nichts als wippende Spitzbrüstchen.

»Ich hab keine einzige saubere Unterhose mehr.« Danach heule ich erst recht. Wie soll ich dieser Gazelle klarmachen, daß ich an eine Waschmaschine gewöhnt bin, die meine spießigen Baumwollenen kocht und schleudert und mir frisch und weiß zurückgibt?

Barbara ist sehr lieb. Sie setzt sich zu mir und den giftgrünen Wachsäpfeln auf das grüne Polster, schlingt einen Arm um mich und erklärt mir, was mir fehlt: »Ein Mann, der dich wieder aufbaut – du hast das doch gar nicht nötig – er war ein Jammerlappen – jetzt bist du frei – begreif's endlich. Okay?«

»Okay.« Ich schniefe, sehe verlegen zur Seite, erwische die Aussicht auf einen kecken Busen von der Sorte, wie ich selbst ihn vor Adam – er mag »viel Holz vor der Hütten« – immer haben wollte, und wende blitzschnell den Kopf ab.

»He, du bist doch nicht etwa prüde?« Die Winzbrüstchen vibrieren.

»Höchstens neidisch.« Ich zupfe an meinem BH-Träger, der breiter als Barbaras Höschensteg ist.

»Laß ihn weg! Du hast tolle Titten! Einfach wahnsinnig!«

»Hast du schon mal freischwebenden Wahnsinn in Größe fünfundsiebzig C erlebt?«

»Mein erster Mann fuhr drauf ab wie 'ne Eins. Und so, wie dieser Bosse dich anpeilt, möchte ich wetten ...« Sie hält sich zwei von meinen Wachsäpfeln vor. »Du brauchst einfach eine neue Verpackung! Wie steht mir das?«

»Frag besser Armand.« Die neue Verpackung kann ich frühestens Ende Oktober angehen. Sogar zwei giftgrüne Äpfel sehen an ihr aus, als ob sie dorthin gehörten. Kunstobjektmäßig.

»Wenn schon Armand UND Walter.« Sie seufzt. »Manchmal stört Walter schon.« Sie läßt einen Apfel fallen, er kullert mir in den Schoß.

Ich springe auf, weil mir so ist, als ob Freund Walter soeben auf mir Platz nähme.

Barbara denkt anscheinend dasselbe. Sie grinst. »Keine Bange, der tut dir nichts, garantiert nicht, leider nicht.« Sie entwickelt eine Philosophie, derzufolge es äußerst praktisch wäre, wenn die beiden Männer von ihrer Verirrung befreit würden und zu

uns beiden Frauen fänden: »Das wäre DIE Nummer, wir wären sozusagen ihre Retterinnen.«
»Und wenn sie gar nicht gerettet werden wollen?«
»Sie müssen einfach. So, wie die beiden aussehen, wär's einfach eine Schande drum.«
Zum Glück piepst das Handy. Zwölf Uhr. Bis zum Schlafengehen wird Barbara vollauf beschäftigt sein. Mit Hotlinern, Wangenküssern, Mundküssern. Ich muß ihr noch sagen, daß ich heute abend zu Hause bleibe.
»Wasch einfach deine Dessous im Waschbecken aus oder bedien dich bei mir!« Barbara hat die Sprechmuschel flüchtig abgedeckt. »Und spätestens am Montag gehst du shoppen und trennst dich von Makkoripp & Co.« Sie nickt mir aufmunternd zu, rückt das pampelmusengelbe Mobiltelefon zurecht und beteuert ihrem Gesprächspartner, daß sie nicht ihn meint: »Nein, wirklich nicht!«
Sondern? Mittlerweile dürfte ich mich als Logiergast herumgesprochen haben. Zusammen mit meiner Schmutzwäsche trage ich das beschämende Gefühl ins Bad, daß demnächst auch die Beschaffenheit meiner »Dessous« die Runde macht: »Alle mal herhören, die Lieberhausener Monster sind ausgebrochen!« Gemessen an den drei seidigen Strings über dem spiralförmigen Handtuchtrockner handelt es sich bei mir zweifelsfrei um Ungetüme, die ich am liebsten unter der Matratze oder in meinem Koffer versteckte, bloß daß sie dort bis zum Sankt Nimmerleinstag nicht trocken würden. Ich heule schon wieder. Nimmerleinstag ist ein todtrauriges Wort.

»Eine echte Wassermühle! Extra für dich!« Damit ist für Barbara meine Teilnahme am Samstagabendgaumenkitzel entschieden.
Für mich auch. Soll ich etwa in Gegenwart von Armand und Walter meine noch klammen Dessous oder mein einziges Kleid, das ich bereits fünf Abende hintereinander getragen habe, oder gar meinen Brötchen-Apfel-Vorrat als Hinderungsgrund geltend machen? Unmöglich! Auch wenn ich nicht wie meine Freundin den Ehrgeiz besitze, zwei überzeugte Homos zu »bekehren«,

beeindruckt mich doch die Art, wie diese sich inszenieren. Gewöhnlich in Schwarz, was für mich bislang schlicht eine Farbe war, die bei Onkel Heinrich mit grauen Streifen gepaart wurde, die Adam Wasser wie einen Sargträger aussehen läßt, und die von Lieberhausenerinnen vorzugsweise bei Beerdigungen und Konzerten getragen wird. Barbaras Mundküsser jedoch konfrontieren mich jeden Tag mit einer neuen Variante, die sich sowohl aus dem Schnitt wie auch aus Stoffbeschaffenheit und Accessoires ergibt. Heute sorgen die körnige Struktur der Sakkos und die nur fingerdicken Halsbinden aus Leder für ein gewisses rustikales Flair. Passend zur Wassermühle?

»Mal sehen, was ich anziehe.« Ich stehe zögernd auf.

»Du weißt ja...«, Barbara streicht über ihre Beckenknochen, die gestochen scharf von heute wollweißem Stretchstoff modelliert werden, »mehr als anbieten kann ich's dir nicht, wie wär's mit etwas aus der italienischen Abteilung?«

»Alles klar«, unterbreche ich sie hastig. Fehlt nur noch, daß die beiden Männer sich auszumalen beginnen, wie ich mich in einen seidigen String oder eines ihrer Etuikleider »made in Italy« quäle, die meine Gastgeberin am Abend bevorzugt und mir soeben als Leihgabe offeriert. Nur daß ich keine Gazellenknochen besitze. »Bin sofort wieder da.«

Mein Gästezimmer entspricht dem Standard der Wohnung, es ist elegant und kühl vom perlgrauen Falttürenschrank bis zum gleichfarbigen Futonbett. Lediglich meine zum Trocknen ausgebreitete Unterwäsche sticht heraus. Als Armand und Walter vorhin klingelten, fiel mir siedend heiß ein, welcher Anblick sich ihnen im Bad böte. Ich habe blitzschnell gehandelt und nunmehr die Wahl zwischen feuchter Baumwolle mit Längsrippen oder Lochmuster, Büstenhalter mit zwei oder drei Häkchen, trockenen Jeans mit Beulenknien oder Hängepo. Ich entscheide mich für eine halbwegs passable Frontpartie. Erst als ich die Spiegelwand in der Diele passiere, fällt mir auf, daß ich heute glatt als Double von Adam durchgehen könnte: Traum in Jeansblau bis zu den weißen Socken, die seiner keuschen Phase entsprachen, und obwohl es sich bei mir lediglich um ein Gebot der Not handelt, ist mir nicht wohl in meiner Montur.

»Du wirst staunen.« Barbara hat eine Weste aus schwarzweißem Patchwork übergestreift und ihre beiden Männer untergehakt. Die drei bieten ein ästhetisch perfektes Bild, in dem nur ich störe. Warum besteht sie darauf, mich jeden Abend mitzuschleppen? Weil sie mich mag – von klein auf kennt – als Landtrinenhintergrund braucht?
Ich schäme mich. Während ich dem Trio zum Aufzug folge, befehle ich mir Scham über meine bösen Gedanken, vor denen mich schon der Pastor, meine Mutter und zuletzt mein Chef-Liebhaber gewarnt haben: EVA! Drei Monopolisten fürs Liebsein, weil doch der liebe Gott, Eltern und erst recht ein Liebhaber mit Psychologiediplom alles sehen, hören und wissen, was gegen Heiligenbildchen, Fisch am Freitag und Streublümchenmuster rebelliert.
Ätsch! Ich war ungläubig, achtunddreißig Jahre lang. Es bedurfte einer Roßkur mit Blick auf Domspitzen-Pampelmusen-Gazellenbrüste, um mich zu ducken. Eva Besser besserte sich, braves Mädchen!
Bis gerade eben. Die Aussicht auf ein »echt uriges Lokal extra für Eva« läßt mich erneut aufmucken. Leise. Stumm. Nur mein Magen knurrt laut. Wie satt machen urige Gourmetportionen?

Die Mühle liegt laut Barbara in »Topstadtrandlage«. Zum Beweis zeigt sie auf die Villen, an denen wir in ruhigen Alleen vorbeifahren und endlich auf einer doppelspurigen Straße rauskommen. Es staut. Für die letzten fünfhundert Meter brauchen wir länger als für die komplette Sightseeing-Tour durchs Villenviertel.
»Man kann schon das Mühlrad hören.« Barbara legt den Kopf schräg, so wie Menschen dies bei einer besonders innigen Passage während eines Konzerts zu tun pflegen. Ich gebe mir Mühe, durch das Geräusch anfahrender und abbremsender Fahrzeuge Wasserrauschen zu hören: »Könnte sein, ja!«
»Ein Geheimtip«, verrät Armand und gibt Gas, um die soeben freiwerdende Parklücke auf dem mühleneigenen Parkplatz zu ergattern.
»Absolut«, bestätigt Walter.

Ich überfliege die ringsum abgestellten Autos, es mögen an die fünfzig sein, was sogar die Teilnehmerzahl an unserem Erntedankfest übertrifft. »Gibt's hier vielleicht Mühlen en gros?«
»Eva hatte schon immer einen etwas bizarren Humor.« Meine Freundin sagt's und steigt aus, läßt Brüstchen und Hüften spielen und fesselt zweifelsfrei nicht nur die Aufmerksamkeit ihrer beiden Mundküsser. Mann bemerkt sie, egal ob dieser nun dick oder dünn, andersherum oder bi oder stinknormal gewebt ist. Ich folge ihr und gebe mir Mühe, mich auf die speziell für mich ausgewählte Mühle zu konzentrieren.
Dank Armand, der laut meiner Freundin den Inhaber »näher kennt« – ich verkneife mir ein »Wie nahe?« –, bekommen wir den besten Tisch. Der auf Müllersmann getrimmte Kellner, der sich mit einem Dutzend gleich gewandeter Kollegen in den Service teilt, entfernt das Reserviertschildchen und rückt eine Schiefertafel heran. Was eigentlich überflüssig ist, weil die Gesellschaft am Nachbartisch soeben laut genug die Vorzüge von »Forellenbäckchen Müllerin« und »Schweineschwänzchen al brodo« diskutiert.
»Ist nicht wahr, oder?« frage ich. Die italienischen Schweineschwänzchen geben mir den Rest.
Wenn die Buben früher in unserem Dorf die Mädels ärgern wollten, haben sie mit derlei geworfen und sich an dem Kreischen ergötzt. Ich gehörte zu den Werfern, zumal ich meine Munition beliebig bei dem Metzger auffüllen durfte, der meinen Eltern Fleisch und Wurst verkaufte. Schwänzchen und Öhrchen galten als Abfall. Hier stehen sie als Delikatesse auf der Karte.
»Echt urig«, Barbara strahlt mich an, »habe ich etwa zuviel versprochen?«
Ob sie die Schwänzchen vergessen hat? Sie gehörte zu denen, die am lautesten schrien.
Hinter uns schreit auch jemand, doch diesmal aus Verzückung. Draußen im Hof sind soeben Scheinwerfer angegangen, welche das Mühlrad in violettfarbenes Licht tauchen. Nur das Wasser plätschert türkisfarben, und an dem mittlerweile fast dunklen Himmel darüber leuchten nun all jene Sterne auf, nach denen

ich seit sechs Tagen vergeblich Ausschau halte. Hier glitzern und funkeln sie zum Greifen nah, spiegeln sich in dem gemächlich schaufelnden Wasserrad, dem nun die Aufmerksamkeit aller Gäste in diesem Speisesaal gilt, der mit Butterfaß und Spinnrad und Melkschemeln ebenfalls »echt urig« gestaltet wurde.
»Ist das nicht phantastisch?« Barbara lächelt in die Runde. Armand nickt. Walter nickt. Nur ich bring's nicht. Sorry. Ich komme vom Land, meinetwegen bin ich auch eine Landpomeranze, aber immerhin weiß ich, daß keine Mühle dieser Welt das Wasser bergauf schaufelt. Ebenso wie wohl die wenigsten Mühlen zugleich Spinnerei und Molkerei waren.
»Fehlt eigentlich nur noch der Mähdrescher«, sage ich.
»Fehlt nicht«, Armand zeigt stolz zu dem Panoramafenster auf der anderen Seite hin, das ebenfalls auf einen Hof führt, wo orangegelbes Licht zwei Strohballen, eine Heugabel und einen Mähdrescher illuminiert.
»Und wo ist der Kameramann?«
Die drei wollen nicht begreifen, daß ich ihre Wassermühle für eine schlecht recherchierte Hollywood-Inszenierung halte: »Oder es ist schlicht Nepp!« Diesmal sehe ich gezielt die Frau an, die mit mir zusammen zwischen echten Feldern großgeworden ist, wo es nach Gülle roch, wir im Heu tobten und auf den Höfen noch selbst geschlachtet wurde. »Hast du etwa den schrägen Otto vergessen?«
Es ist Barbara nicht angenehm, an jemanden erinnert zu werden, der vorzugsweise sie mit Schweineschwänzchen und -öhrchen traktierte: »Nun hör schon auf – man könnte ja denken – nur weil du seit achtunddreißig Jahren in ländlichen Kategorien denkst.«
»Klar«, sage ich, »aber achtzehn Jahre lang hast du immerhin mit drin gelebt, oder?«
»Pferde«, sie lacht laut auf, die nächsten Minuten ist vom eigenen Reitpferd, Hunden, ihrer zarten Gesundheit und Landluft für die einzige Tochter des Justitiars der Traktorenwerke die Rede. Was alles den Tatsachen entspricht, wie ich sehr wohl weiß. Aber ändert das etwas an dem Dorfleben, das wir beide hatten?

Es ist schon komisch, doch plötzlich geniert mich nicht einmal mehr meine Baumwollene, die mir den Jeansstoff durchfeuchtet. Vermutlich das einzig echte Naturspektakel in diesem Schuppen.

Der Sonntagmorgen zeigt sich herbstlich. Windböen treiben rot und gelb geflämmte Blätter über den Bahnhofsvorplatz und die Domplatte. Menschen sind noch kaum zu sehen, fast tun mir die beiden Schweizer rechts und links von dem schweren Kirchportal leid. Es muß frustrierend sein, sich für ein paar Hutzelweiblein so in Schale zu werfen. Tag des Herrn, doch heute laufen weder Gebete noch Reibekuchen gut. Letztere haben immerhin die Woche über Konjunktur.
Ein rot berockter Kirchenmann hat mich nun voll im Visier. Vor zehn Minuten hat sein Kollege zur Frühmesse geläutet, sofern in einer Großstadt nicht auch der Ruf Gottes elektronisch gesteuert wird. »Heute nicht!« murmele ich und bin versucht, ihm und mir klarzumachen, daß ich mein Soll an Frömmigkeit schon übererfüllt habe. Zuerst in Meckenheim und dann in Lieberhausen.
Eigentlich wollte ich am Rhein entlang joggen. Mein Sonntag verläuft seit vielen Jahren nach demselben Muster: Rosinenplatz mit Kakao – Hochamt – Ausreiten. Seit dreizehn Jahren kommt noch jene zweigeschlechtliche Trimmübung hinzu, für die der Sonntagvormittag ebenfalls ideal war, weil Onkel Heinrich nach dem Hochamt zum Frühschoppen einkehrte. In Köln ist es um all diese Disziplinen schlecht bestellt, soweit sie der Befriedigung körperlicher Bedürfnisse dienen. Joggen in weißen Sommerschuhen ersetzt keinen flotten Trab auf einem Pferderücken und nicht einmal die Nummer mit Adam Wasser, von dessen stets etwas bitter schmeckendem Kakao und leicht klitschigem Kuchenbrot ich nun träume. Mein Bauch knurrt. Auf die Pampelmusen habe ich freiwillig verzichtet. Auf die Schweineschwänzchen in italienisch betitelter Fleischbrühe gestern abend ebenfalls. In mir schwappt Mineralwasser und nichts sonst.
»Hätten Se mal 'ne Mark für mich?«

»Heute nicht«, erwidere ich mechanisch. Der Mann mit Hund und etlichen Plastiktüten um sich herum kaut. Ich schlucke. »Hätten Sie mal einen Kaffee für mich?«
Er hört auf zu kauen, fixiert meine von Laub umtänzelten Sommerschuhe, die ausgebeulten Jeans darüber, die dünne Jacke: »Da drüben, Kollegin! Bei der Bahnhofsmission gibt's Muckefuck umsonst.«
Muckefuck? Das klingt nach Heimat, weckt warme Gefühle, läßt mich lächeln und lossprinten. Leider besiegt vor Ort mein Schamgefühl die Gier, denn die Bahnhofshalle erfreut sich auch um diese Zeit etlicher Besucher. Also reihe ich mich in die Schlange der Kaufwilligen ein und entscheide mich für ein winziges Glas Pulverkaffee, das mehr als sonst ein ganzes Pfund »beste Bohne« kostet. Immerhin schmeckt's fast wie Muckefuck und wird zusammen mit den aufgebackenen Brötchen vom Vortag zum Festmahl. Eine Stunde lang sitze und schlemme und träume ich so im Penthouse meiner ihre Gefräßigkeit im Schlaf überlistenden Freundin und sehe mich im Geist mit Fallada am Rhein entlangpreschen. Ein Fluß, von dem ich weiß, daß er auch an dem Nobelvorort Marienburg vorbeiführt.
Warum sollte einer mit Grundbesitz in Rheinnähe nicht ebenfalls lospreschen? Auf mich zu, unsere beiden Rösser begrüßten sich mit einem Wiehern, wir könnten überrascht sein, hingerissen, Reiter hilf Reiterin beim Absteigen, und dann …
Die Wasserspülung rauscht. Selbst in einem Penthouse der Luxuskategorie klingt das eindeutig nach WC, beschwört den gestrigen Abend, läßt Roß und Reiter verschwinden und dafür Barbara auftauchen. Mit Schlafbrille in der Hand und reichlich Rippenpanorama, das vor mir stoppt.
»Mußt du mir das antun?« Ihre Stimme klingt anklagend. Weinerlich.
»Ich wußte nicht, daß du für Armand und Walter nicht vom Land kommen darfst.«
»Schlimmer.« Sie zeigt auf das Marmeladen-Butter-Gebrösel auf meinem Teller. »Vor elf ist das tödlich, weißt du doch.«
»Vor elf stehst du eigentlich nicht auf«, erinnere ich sie.
»Heute muß ich.« Mit der Schlafbrille als Schutzwall gegen die

Versuchung von meinem Teller auf der Nase und keinem Fitzchen Stoff am Leib zählt sie mir auf, was heute verkauft werden soll, um ihrer neuen Einrichtung Platz zu machen: »Ein Traum – aber vorher muß der alte Plunder weg – Armand hat fast ein Dutzend Interessenten bestellt – das wird hart.«
»Wenn du Hilfe brauchst...« Ich sehe mich um und denke an meinen Umzug nach Bonn und später nach Lieberhausen. Meine einzigen eigenen Möbel waren die Schlafcouch mit den Stelzenfüßen und der Schaukelstuhl aus Rattan, den ich zum Abitur geschenkt bekam, und der jetzt auch hinüber ist, weil Adam sich draufgestellt hat, um den Trafo für seine neuen Niedervoltstrahler auszuwechseln. Glatter Durchbruch, und er hat geflucht wie sonst etwas: »Scheißqualität, und so was schenken deine Eltern ihrer einzigen Tochter zur bestandenen Reifeprüfung!« Er hat endlos über seinen teuren Trafo lamentiert, der ebenfalls einen Katscher abbekommen hatte, und ist nachgerade wütend geworden, als ich Gefühlswerte gegen seinen materiellen Verlust geltend machen wollte. »Ich hätte mir den Hals brechen können«, hat er mir vorgehalten, »und du jammerst diesem Schrott nach.« Zuletzt war ich soweit, mich selbst für kaltherzig und meinen Schaden für lapidar zu halten. Gemessen an dem Kinderzimmer aus massiver Kiefer, das meine Eltern gleichzeitig für meinen dreijährigen Bruder kauften, war mein Schaukelstuhl wohl wirklich nur Schrott. Und vermutlich lassen sich dieses Stück Preßspan, eine Second-hand-Couch und zwei Umzugkartons einfach nicht mit Barbaras Dilemma vergleichen.
»Dreißig Teile«, sagt sie und zitiert frei aus der von Armand erstellten Verkaufsliste. Es hört sich nach Räumungsverkauf an. Trotzdem ist Möbelrücken angeblich nicht gefragt. »Eher meine Psyche, weil es doch immer wieder ein Abschied ist.« Barbara streichelt über die Spitzen eines stahlblauen Zierspargels, bleibt mit dem Ärmel ihrer Seidenbluse hängen und verrät mir, während sie besorgt den Stoff auf gezogene Fäden hin kontrolliert, daß sie bereits drei große und etliche kleinere Abschiede hinter sich hat. Ich muß mich nicht sonderlich anstrengen, um mir die Auslöser vorzustellen, denn mit zweien war sie verheira-

tet, und die derzeitige weißperlgraue Ära mit poppig bunten Eyecatchern geht auf das Konto des dritten Lebensabschnittsgefährten, der ihr immerhin als Steuerberater erhalten bleibt: »Hanjo kennt jeden Trick, er ist ein Schatz, Armand findet ihn auch okay.«
»Toll«, sage ich, verkneife mir die Frage nach dem Einverständnis von Walter und beschließe, mich aus dem bevorstehenden Szenenwechsel auszuklinken. Schließlich bin ich nicht einmal promoviert und in puncto Design sowieso gänzlich unerfahren.

Ich schaffe es, mich noch vor dem Eintreffen der beiden Mundküsser davonzumachen. In Ermangelung von Fallada zum Ersatzgalopp auf den eigenen Füßen. Sicherheitshalber wähle ich eine Richtung, die garantiert kein Zusammentreffen mit einem zur Folge hat, der womöglich auf echten Hufen aus seiner Marienburg antrabt. Mein Gammel-Look könnte einem Bosse die Augen öffnen und ein Gehalt den Bach runtergehen lassen, von dem ich in den letzten vierzehn Jahren nur träumte. Auch wenn ich noch immer nicht weiß, was konkret dafür von mir erwartet wird.
Als ich nach gut vier Stunden zurückkomme, ist mir jedenfalls wohler. Viel wohler. Satt bin ich auch. Meine Freundin empfängt mich mit einem Schnüffeln: »Du riechst komisch.«
»Lamm«, sage ich, »mir war plötzlich danach.« Mir wird noch mindestens sieben Tage nach türkischem Fastfood sein. Der Besitzer der Imbißbude ist ein Schatz, und sein Kebab, seine gefüllten Auberginen und die Lammspieße sind der Himmel auf Erden.
»Vielleicht versuchst du es mal mit Pfefferminzgeschmack.« Barbara dirigiert mich Richtung Bad. »Wir haben nämlich noch Besuch.«
»Verstehe.« Ich bin sanftmütig, befriedet, meinetwegen putze ich mir sogar die Zähne und gurgele mit Mundwasser, obwohl es schade um den guten Geschmack ist. Vielleicht hat dieser Mecit auch ein Zimmer frei. Die Vorstellung, das »Sultan« als meine neue Adresse anzugeben, reizt mich zum Lachen. Wär doch was! Die zukünftige rechte Hand eines Finanzhais resi-

diert über dem Schnellimbiß »Sultan-Expreß«. Vermutlich ist meine Erheiterung daran schuld, daß Barbara mich den Käufern ihrer Plastik & Pop-Hinterlassenschaft als »Jugendfreundin mit einer Extraportion Humor« vorstellt.
»Ja«, sage ich und strecke brav meine rechte Hand aus, »früher haben wir beide uns mit Schweineschwänzchen beworfen, heute essen wir sie als Delikatesse. Guten Tag!«
Eine Dame zuckt zurück: »Mit Schweineschwänzchen?«
Ich zeige ihr, wo sich derlei üblichwerweise ringelt, und ernte einen Lacher von einem Mann, der als einziger nicht sitzt, sondern den stahlblauen Zierspargel vis-à-vis befingert.
»Das ist...«, meine Freundin stockt und wirft Armand einen hilfesuchenden Blick zu, was aber überflüssig ist, weil der Liebhaber von gefärbtem Aspargus sich bereits selbst vorstellt. »Michael Meinhard«, er zerrt an seinem Pulli, der festhängt und offensichtlich nicht besonders wertvoll ist, weil sein Besitzer noch nicht einmal nach gezogenen Fäden sucht, sondern munter weiterredet: »Eigentlich bin ich nur als Stellvertreter für meinen Kompagnon hier, aber diese immerblaue Pflanze könnte mich glatt selbst schwach machen.«
Barbara beziffert die »Schwäche« mit zweihundertneunzig Mark, was Armand in seiner Liste umgehend der Sammelbestellung für das Creativteam Zott & Meinhard hinzufügt: »Herr Zott war schon die letzten beiden Male dabei.« Daran erinnert sich auch meine Freundin: »Der junge Zott ist ein Kenner, er kauft grundsätzlich jedes Bett von mir, ganz sein Vater.«
Einen Moment lang ist es still. Zu still. Dann beginnen sie alle gleichzeitig zu reden, vier Großkäufer und zwei Mundküsser, während Barbara sich an den Cashews vergreift, die den Verkauf stimulieren sollen. Ich habe noch niemals erlebt, daß meine Freundin am hellichten Tag so über die Stränge schlägt.
»Ist das Spargelkraut zufällig aus Platin?« flüstert mir einer ins Ohr.
»Das Gefühl des stolzen Besitzers ist wie Platin«, erwidere ich und lächele den schwachgewordenen Stellvertreter an, »ansonsten handelt es sich schlicht um eine mit blauem Epoxydharz übergossene Grünpflanze, wenn Sie mich fragen.«

»Was glauben Sie, kostet so ein Ding vor dem Übergießen?«
»Sechzig Mark im Laden und die Hälfte im Gartencenter, plus ein Döschen blauen Hartmacher für round about 'nen Zehner, so gesehen...«
»So gesehen bin ich ein ziemlicher Idiot«, ergänzt dieser Michael Meinhard und sieht mich an, legt den Kopf schief, wartet: »Oder?«
»Kommt immer drauf an.« Ich überschlage die Differenz von Barbaras Preis und den Rohkosten. Idiot ist gar kein Ausdruck, rein rechnerisch betrachtet.
»Worauf kommt es an?« Er hängt an meinen Lippen, was mir in Hinblick auf einen Zimmerspargel reichlich übertrieben vorkommt, aber immer noch sympathischer als die Plastik & Pop-Sprüche der anderen Interessenten ist. Vorausgesetzt, sein Glotzen gilt nicht irgendwelchen Lammspießrückständen.
Sicherheitshalber wische ich mir über die Lippen und kontrolliere meinen Handrücken, bevor ich ihm antworte: »Es kommt halt darauf an, ob Sie es sich leisten können, zweihundertzwanzig Mark aus dem Fenster zu werfen.«
Kann er nicht. Seine Offenherzigkeit ist geradezu rührend, er beichtet mir seine Zimmerwirtin, sein Fremdheitsgefühl in der Domstadt und den überstürzten Sprung in die Selbständigkeit als Werbegrafiker: »Obwohl ich mir in Frömmersbach prima erst mal ein finanzielles Polster hätte zulegen können. Sie kennen doch bestimmt den Aggerstausee, hundertzwanzig Hektar, ich sollte die Werbung für den Campingplatz und die Feriensiedlung übernehmen, jetzt entwerfe ich Joghurtbecher. Mögen Sie Joghurt?« Blick zu seinem Zimmerbaum hin. »Ich fürchte, meine Wirtin wird keine stahlblaue Grünpflanze mögen. Sie hat's mehr mit Usambaraveilchen.«
»Tja!« Ich zucke die Schultern. »Sie haben wohl ein Problem.« Sicherheitshalber trete ich einen Schritt zurück, weil die Erfahrung mich gelehrt hat, wie gern hilflose Landjunker mich zur Lösung ihrer Probleme heranziehen. Nicht, daß dieser Mann mir unsympathisch wäre. Ganz kurz war ich sogar geneigt, ihn als einzige gleichgeartete Seele inmitten einer Horde von Plusterköpfen zu akzeptieren. Doch das war, bevor das Wort »Fröm-

mersbach« fiel. Einer, der von dort kommt und in der Großstadt bei den Veilchen einer Zimmerwirtin Zuflucht sucht, ist Lieberhausen in Potenz und schlicht indiskutabel.
»Sie könnten nicht vielleicht...?« Er rückt näher, steuert erneut mein Ohr mit seinen Flüsterlippen an – für einen Mann hat er reichlich volle Lippen – und will mich allen Ernstes dazu überreden, seinen Kauf bei meiner Freundin rückgängig zu machen. Und warum? Damit er mich zum Essen einladen kann, wenigstens behauptet er das.
»Kein Bedarf.« Diesmal reagiere ich auf Barbaras Zeichen, die schon reichlich heftig signalisieren, daß ich den letzten und bescheidensten Käufer endlich verabschieden soll. Was ich umgehend befolge. Ein kühler Händedruck, der sich dann gegen meinen Willen aufheizt, weil diese Ländler nun mal kräftig zulangen und kein Gespür fürs Zwischen-den-Zeilen-lesen haben. Hoffentlich mißversteht er nicht auch noch die ebenso gute wie preiswerte Adresse für den »Hunger zwischendurch«, die ich nachschiebe, als zusätzlich zu seinen Fingern auch noch sein Spargelkraut an mir festhakt und ihm Gelegenheit gibt, beim Loszupfen seine Kontaktfreude zu demonstrieren. Die pure Verlegenheit, die mich von Mecit und dessen Grillspießen schwärmen läßt. Allenfalls gepaart mit Mitleid für einen, dessen Rücken mir im Abgang durchs Treppenhaus signalisiert, wie sehr er die Konfrontation mit einer Veilchenliebhaberin fürchtet.
Noch im Bett grübele ich darüber nach, welche Folgen meine Unüberlegtheit haben könnte. Was, wenn dieser Michael Meinhard tatsächlich in der nächsten Woche im »Sultan-Expreß« auftauchte und einen Lammspieß oder gefüllte Auberginen von mir haben wollte. Ich lege keinen Wert darauf, als Imbißbudenverkäuferin gehandelt zu werden. Was natürlich nicht stimmte, aber nach außen hin so wirkte, weil eben die wenigsten Leute zwischen lieblosem Fastfood und mit Herz gekochten Nationalspeisen zu unterscheiden vermögen.
Mecit kocht mit viel Herz. Er ist ein Meister seines Fachs und bietet mir nicht nur die nächsten sieben Tage lang freies Essen so viel ich will, sondern obendrein fünfzehn Mark die Stunde. Ich arbeite von acht Uhr früh bis nachmittags um vier, womit sogar

der Abschied von meinen Baumwollenen in greifbare Nähe rückt. Dem Himmel sei Dank, daß er mich durch die Gasse hat zurückjoggen lassen, in der Mecits Geschäft liegt. Meinetwegen seien auch die stinkenden Vehikel auf der Parallelstraße bedankt, die mich diesen Umweg haben wählen lassen.
Die Vorstellung, Schäfchenwolken oder Automobile zu umarmen, hat allerdings nichts sonderlich Erotisches. Energisch verdränge ich das Bild eines Ersatzschmuseobjekts mit stahlblauem Zierspargel im Arm. Lieber küsse ich den Inhaber des »Sultan-Expreß« zum Dank, als daß ich auch nur noch einen einzigen Gedanken an diesen vollen Zittermund vergeude.
Meine Zukunft siedele ich upperclass an. Diesmal fordere ich mein Stück vom Kuchen. Und wenn ich bei den feinen Pinkeln nicht satt werde, schleiche ich mich halt zum Sultan-Expreß und esse mich für elf Mark kugelrund. Soviel kosten nämlich die Lammspieße zusammen mit Fladenbrot, Tomatensoße und Joghurt. »Mögen Sie Joghurt?« klingt es mir im Ohr. Ich möchte nicht wissen, wie einer aus Frömmersbach für Sauermilchprodukte wirbt. Den Joghurt lasse ich demnächst besser weg.

Ich habe mich völlig umsonst gesorgt. Niemand erkennt mich, als ich in dem schlauchähnlichen Imbiß bediene, spüle und zwischendurch mit Mecits Tochter Scrabble spiele. Sie legt deutsche Wörter aus, ich türkische, das Wörterbuch entscheidet darüber, ob etwas gilt. Obwohl ich abends alle fremden Vokabeln wiederhole, ist die Zwölfjährige mir überlegen. Sie hört »Zierspargelgewächs« und behält's orthographisch korrekt. Ihr Vater ist sichtlich stolz auf sie. Zusammen sind wir ein gutes Team, und allmählich lerne ich, meine Bewegungen dem knappen Raum anzupassen und trotzdem herzlich zu bleiben. Alle sind so, sogar die Gäste. Die meisten kommen schon seit vielen Jahren hierher.
Während alle anderen aus Pappbechern trinken, bekommt ein Gast immer eine Porzellantasse. »Die Frau Doktor«, erklärt mein Chef mir stolz und erzählt, daß er der Ärztin ganz von selbst darauf gekommen ist, welchen Stand sie bekleidet. Mediziner rangieren für ihn sehr weit oben, am besten soll Merhaba

auch Ärztin werden: »Mein Land braucht starke Frauen!« Das Mädchen will allerdings lieber ihrer Mutter nacheifern, die Engländerin, vom »Sultan« geschieden und »die schönste Frau auf der ganzen Welt« ist. Für eine Stunde Schönsein bekommt sie laut Merhaba mehr, als der Vater in der ganzen Woche verdient. »Paß auf, daß du nicht so mager wie sie wirst!« sagt Mecit, wenn er seine Tochter so schwärmen hört, und nötigt ihr eines von seinen sehr süßen Desserts auf.

In dieser Woche gelingt es mir auch, den Gourmetessen mit meiner Freundin und deren Männern zu entkommen. Ich bin satt und müde und vollauf damit beschäftigt, im Wettstreit mit einem kleinen Mädchen nicht allzu schlecht abzuschneiden. Ganz nebenbei wird alles, was sich in meinem Kopf als »typisch türkische Erziehung« festgesetzt hat, in Frage gestellt. Es gibt offensichtlich Ausnahmen.

Am Mittwoch erreicht mich eine Postkarte aus London. Peter-Pity hat mir geschrieben. Die Herbstferien verbringt er bei seiner Mutter, die in London einen »Space-Shuttle für Promis« betreibt. Er durfte sogar den »Red Hot Chili Peppers« die Hand schütteln. Leider sagt mir der Name nichts, auch unter besagtem »Space-Shuttle« kann ich mir nicht allzu viel vorstellen. Ich werde Pity nächste Woche fragen. Er schreibt, daß sein Vater ihn am Freitag abholt und versprochen hat, diesmal keine neue Nurse zu exportieren. Obwohl ich der Meinung bin, daß ein Elfjähriger auch fern von seiner Mutter ohne Kinderfrau auskommen müßte – erst recht wenn das Office seines Vaters und die Privatwohnung unter einem Dach liegen –, irritiert es mich kurz, daß mein Eintritt bei der Bosse GmbH zeitgleich mit dem Abschied von einer Heerschar professioneller Aufpasserinnen erfolgt. Ich lenke mich mit einem Gang durch die City ab, probiere Unterwäsche und schickes Obendrüber, entscheide mich aber schließlich praktisch für ein Paar feste Schuhe und einen Regenmantel. Zumal ich noch nicht einmal weiß, welche Garderobe bei Vermögensverwaltern angesagt ist.

Konservativ wie in unserer Kreissparkasse in Lieberhausen?

Peppig wie auf den Plakaten, die um Anlagevermögen buhlen?

Egal. Ich werde frisch gewaschen in meinen mittlerweile blü-

tenweißen und sogar gebügelten »Unterhöschen« zum einzigen ebenfalls grundgereinigten Kleid meinen Dienst antreten. Ohne den Job im »Sultan-Expreß« hätte der Preis für den Stapel frischer Wäsche in meinem Schrank mich vermutlich auf die Eisenbahnbrücke und von dort in den Rhein getrieben. Oder hoch auf die Domplattform und dann hinunter. Angeblich werden diese beiden Orte in unmittelbarer Reichweite von Barbaras Penthouse nämlich von Selbstmordkandidaten bevorzugt. In Anbetracht des Stundenlohns, den Barbaras Zugehfrau für ihren Heim-Wäsche-Servic berechnet, könnte ich durchaus verstehen, wenn auch meine Freundin hin und wieder eine dieser Sprungadressen erwogen hätte. Was ich anfangs für einen genialen Vorschlag hielt, hat mir bei Rechnungsstellung das Blut zum Kochen gebracht. Um ein Haar hätte ich verraten, wieviel Lammspieße und gefüllte Fladenbrote ich verkaufen muß, um mir den Luxus von frischen »Unterhöschen« zu leisten, die auch solcherart umgetauft und doppelt zusammengefaltet die alten Ungetüme bleiben. Doch ich habe geschwiegen, gezahlt und nun immerhin die Gewißheit, mich Bosse & Co proper präsentieren zu können. Schließlich zählt immer der erste Eindruck. Soviel ist bei mir noch von der auf drei Jahre zusammengedrängten Mädchenerziehung übriggeblieben, daß ich weiß: Gut gekämmt, frisch gestärkt und mit Knicks stehen meinem Geschlecht alle Türen offen.
Macht hoch die Tor! Ich komme! Noch genau drei Tage!

Ein Finanzhai kassiert nicht nur cash

Ich war niemals in Beverly Hills. Wozu auch?
Natürlich weiß heutzutage jedes Schulkind, daß dort Reichtum und Ruhm beheimatet sind. Spätestens seit Anlaufen der gleichnamigen Fernsehserie konnte ich die Auswirkungen dieses Beverly Hills auch an unseren Landmädchen beobachten, die ihre Träume fortan um Parties am Pool und smarte College-Jüng-

linge ranken ließen und ihren Eltern den letzten Nerv raubten, weil diese ihnen allenfalls einen Ausflug ins öffentliche Freibad spendierten.
Wie gesagt, all dies wußte ich. Jetzt aber sehe ich es in natura. Beverly Hills, wie es sein muß. Gleich hinter dem Rondell, an dem die Straßenbahn wendet, beginnt die hügelige Landschaft aus Alleen und Parks, wird allenfalls von einem Springbrunnen hier und einer Statue dort unterbrochen, und es ist lediglich dem fortschreitenden Herbst zu verdanken, daß die ihrer Blätter beraubten alten Bäume mir hin und wieder den Blick auf ein weitab von der Straße befindliches Haus freigeben.
Wobei das Wort »Haus« schon fast einem Frevel gleichkommt. Anwesen muß es heißen, oder Villa, Landsitz, manchmal sogar Burg. Ausgerechnet der wuchtige Bau mit Spitzturm, Erkern und Torbogen gehört zu der von mir angesteuerten Adresse. Ich vergewissere mich nochmals, daß die Hausnummer stimmt, suche eine Weile rund um das schmiedeeiserne Gitter nach einer Klingel und könnte jubeln, als etwas Schwarzes auf mich zurast und kläfft.
»Hi, Smilie!«
Jenseits des mit einem nackten Jüngling inmitten von Seerosen bestückten Teichs ruft eine Frauenstimme: »Amante-e-Principessa-bei-Fuß!«
Das beeindruckt mich und anscheinend auch den Königspudel nicht sonderlich, weil wir beide schließlich schon alte Freunde sind. Was ich der Person, die nun verstärkt durch eine unsichtbare Gegensprechanlage meinen Namen zu wissen wünscht, auch umgehend mitteile: »Sie können ruhig aufdrücken! Keine Bange!«
Das Tor gleitet vollautomatisch auf. Smilie springt an mir hoch, schnuppert und leckt, was ich im allgemeinen nicht sehr schätze, im Moment aber dulde. Ich bin Neuling in Sachen Beverly Hills, da macht auch die kölsche Variante keine Ausnahme. Der herzliche Empfang des Hundes tut mir einfach gut. Einträchtig marschieren wir über den akkuraten Kiesweg, vorbei an der im Wasser posierenden Statue – ohne Feigenblatt – und auf den Vorbau am Ende der Auffahrt zu, der größer als mein El-

ternhaus in Meckenheim ist, sich bei näherem Hinsehen aber bloß als Entree erweist.
Etwas Passenderes als diese französische Umschreibung für einen Empfangsraum von solchen Dimensionen will mir nicht einfallen. Allein die Decke hat die Höhe eines Rittersaals. Ich muß den Kopf in den Nacken legen, um die fliegenden Rösser, Jagdhunde, Engelköpfe und Frauengestalten in durchsichtigen Schleiergewändern zu erkennen. Die Ahnen an den Wänden bieten einen reizvollen Kontrast, sie sind durchgängig dunkel und seriös gewandet und in schwere Goldrahmen gefaßt. Ob es sich um echte Verwandtschaft meines »Bosse« handelt?
Die Frau, die soeben mit ihren Krokodillederpumps über den Marmorboden klickert, ist jedenfalls keine Urahnin. Ich schätze sie auf vierzig, ziehe aber aus der Nähe mindestens fünf Jahre ab. Der Gang, die Haltung und auch dieser Hosenanzug zeichnen sie würdiger, als dies der Wahrheit entspricht. Sie ist die »Amante-e-Principessa-bei-Fuß!«-Ruferin. Sehr viel anders klingt ihr »Ich schätze, Sie sind Frau Besser?« auch nicht.
»Sie schätzen richtig«, antworte ich und überlege, ob ich nicht gleich nach IHM verlangen soll.
»Nun gut«, sie mustert ihre Schuhspitze, den Mosaikboden, lauscht irgendwohin und seufzt: »Dann kommen Sie einmal mit!« Wie sie behauptet, hat sie von »Herrn Dr. Bosse« den Auftrag erhalten, mich einzuweisen: »Er ist im Moment sehr beschäftigt. Ich bin sozusagen seine rechte Hand.«
Das irritiert mich. Was bin dann bitte schön ich, die ich demselben Bosse »mit Rat und Tat« zur Seite stehen soll? »Haben Sie auch einen Namen?« frage ich.
»Patricia van der Putt, Betriebswirtin.« Sie vollführt eine elegante Wendung, und ich starre auf die Rückfront des cremefarbenen Hosenanzugs, der sich bei jedem Schritt gefällig an einen Körper schmiegt, der nichts zu verbergen hat und nichts verbergen will. Frauen, die mit einer Stringkordel zwischen den Pobacken und ohne jede Busenstütze auskommen, schätze ich jedenfalls so ein. Der würdige erste Eindruck ist nichts als eine Finte. Inwieweit dies auch auf die verbale Selbstauskunft zutrifft, werde ich erst noch herausfinden müssen. »Van« ist nicht »von«,

damit fängt es schon einmal an, auch wenn das vor mir herschreitende Wesen ihren Namen so klingen läßt wie ein Adelsprädikat.
Ich gebe mir Mühe, nicht allzu derb mit meinen neuen Winterschuhen aufzutreten. Hätte ich doch die zeitlos-klassischen Wildledernen genommen!

In den nächsten Stunden glaube ich dreimal die Stimme meines Chefs zu hören, verspüre ebensooft das Bedürfnis, den speckigen Glanz auf meiner Stirn zu eliminieren – auch ohne Spiegel weiß ich, wie ich aussehe, wenn meine Haut sich so anfühlt –, und lasse mich ebenfalls dreimal halb erleichtert, halb enttäuscht auf das Stuhlgerippe zurücksinken, von dem meine Kollegin behauptet, daß es in Zukunft zu meinem festen Arbeitsplatz gehört.
Ich habe nichts gegen Rittersäle oder gelochtes Blech, nur beides zusammen mit mir als Krönung macht mir Bauchschmerzen. Warum soll ich dem großen »Bosse«, der sich noch immer unsichtbar macht, ausgerechnet von diesem Präsentierteller aus mit »Rat und Tat« zur Seite stehen. Der bloße Anblick dieser Mauern läßt mich frösteln, die Lochung der hypermodernen Schreibtischplatte hat schon Spuren an meinen Unterarmen hinterlassen, und was die Sitzfläche betrifft, so bewahren mich allenfalls meine Baumwollenen plus Jeans vor einem ähnlichen Muster am Gesäß. Das Mobiliar hier erinnert mich jedenfalls fatal an die neue Einrichtung meiner Freundin Barbara. Chrom vom Tischbein bis zur Kaminummäntelung, kalt und glatt wie ein Stahlkorsett und offensichtlich absolut »in«.
Der Druck auf meine Blase macht die Sache nicht angenehmer. Natürlich könnte ich schon wieder zur Toilette flitzen, quer hinweg über acht, neun, zehn Meter Marmor, der meine Ledersohlen dröhnen und diese Patricia zwischen der Holztäfelung hervorschnellen läßt. Wortlos, doch ich bin mir sicher, daß sie jeden meiner Klogänge vermerkt und mir im übrigen absichtlich sowohl meinen wirklichen Arbeitgeber wie auch jede sinnvolle Beschäftigung vorenthält.
»Sie könnten sich schon einmal mit unserer Kundenkartei ver-

traut machen«, so ging es los. Sie wartete gerade mein bereitwilliges »Wo ist der Ordner?« ab, dann teilte sie mir mit, daß hier selbstverständlich alles über Computer läuft. Es folgten Fachbegriffe, die durch die Bank englischsprachig waren, um ein »weltweites Datennetz« kreisten und mich systematisch zur Törin stempelten: »Wie bitte, Sie sind nicht mit ›Excel‹ vertraut?« Ich mußte gestehen, daß ich mit keinem einzigen der genannten Kalkulations- oder Textverarbeitungsprogramme vertraut bin und auch noch nie einen PC bedient habe: »Obwohl es ja keinen großen Unterschied zu einer elektrischen Schreibmaschine geben soll!« Die Antwort war erneut ihre Rückenansicht. Schlank, teuer verpackt, frei von BH-Riemchen, dafür voller Verachtung.

Nun sitze ich hier und überlege, wie erheblich der Unterschied tatsächlich ist. Laut Adam Wasser besteht er lediglich im Preis und der Gefahr, zukünftig für alle Kassen »mit heruntergelassenen Hosen« dazustehen, weshalb für »QuellKlar« eine »Triumph-Adler« angeschafft wurde, die Bewährtes mit moderner Technik kombiniert. Letztere decken Display und Farbbandkassette ab. Gerade als ich überlege, ob ich SOFORT aufs Klo oder lieber gleich heimgehe – ich kneife schon die Beine zusammen –, fragt eine Männerstimme neben meinem malträtierten Ellbogen, ob »Frau Besser« bereits da sei.

»Hier«, rufe ich und strecke eine Hand in die Luft. »Hier bin ich doch.«

Ein Lachen ertönt. Sympathisch. Vertraut. »Da ist nicht hier, Sie müssen mir schon Ihre Nummer sagen.«

Ich sage meine Telefonnummer. Obendrein die von Lieberhausen. Hinterher möchte ich vor Scham versinken.

Die Stimme der Pseudo-Adeligen mischt sich ein und erklärt mir und ihm, daß ich seit etlichen Stunden an der »Elf« vor »dem Pentium Pro–Windows NT« säße.

»Ist ja wunderbar, wenn Frau Besser gleich voll einsteigt.«

»Sie sitzt DAVOR.« Die Gegensprechanlage dröhnt.

»Nun ja«, erwidert die Männerstimme, »Rom wurde auch nicht an einem Tag erbaut, wir werden sehen …«

Es mag zwei oder drei Minuten dauern, bis tatsächlich Männer-

schritte aufklingen. Zeit genug, um in mir den festen Vorsatz reifen zu lassen, einen Computerkurs zu belegen, vielleicht auch noch das Zehnfinger-System zu erlernen und es dieser Patricia zu zeigen. Es wundert mich kein bißchen, daß ein Manfred Bosse ständig mit ihr streitet. Originalton Pity Bosse. Worüber streiten sie? Als Psychologin weiß ich nur zu gut, daß Streiten außer dem Liebesakt zu den affektbeladensten und deshalb intimsten Kommunikationsformen gehört.
Wie intim streiten die beiden?
»Da sind Sie ja«, seine Hand zieht mich hoch und mit. Weg von dem Stahlgerippe, sein kräftiger Tritt schluckt das Geräusch meiner eigenen Sohlen, und ich gebe mir redlich Mühe, normal zu gehen. Was mit Drängelblase und steifgesessen gar nicht so einfach ist.
Wir machen die Runde. Hinter dem Empfang – »sozusagen Ihre mainstation, Ihr ›Silver Chair‹ hat gerade den zweiten Preis bekommen!« – folgen ein Konferenzraum – »der ehemalige smokingroom!« – und schließlich sechs repräsentative Büros, die sich jeweils zwei Mitarbeiter teilen. Ich rechne auf zwölf Kollegen hoch, von denen ich bis auf weiteres allerdings nur die »Amante-e-Principessa-bei-Fuß«-Kommandeuse von Angesicht kenne. Bleibt nur zu hoffen, daß es sich bei den abwesenden Betriebswirten, Außendienstlern und einer Sekretärin um erfreulichere Exemplare handelt. Immerhin scheinen sie Sinnvolleres zu tun zu haben, als mich zu belauern und bei meinem Chef anzuschwärzen.
»Und hier ist mein Reich!« Er öffnet die Doppeltür am Ende des Ganges.
Patricia van der Putt lächelt ihn an. Frontstrahlen.
Er nickt von ihr zu mir – »Sie kennen einander ja bereits!« –, dann geleitet er mich durch eine weitere Tür in eine Oase. Modern hieße es vielleicht »Wintergarten«, doch das träfe nicht den Charakter dieses in die Parklandschaft draußen eingebetteten Raums mit den drei nebeneinander angeordneten Erkern, durch die das Licht flutet und die Konturen von Fenstersprossen und Palmwedeln auf den Parkettboden zeichnet und alles hell und warm macht.

»Toll!« sage ich. »Müßte jeden Hobbyfotografen vom Hocker reißen.«
»Nicht nur den.« Manfred Bosse läßt mich wissen, daß er sich der Anfragen von renommierten Filmgesellschaften und Kunstfotografen kaum erretten könne, diesen aber natürlich in Hinblick auf seine auf Diskretion bedachten Kunden keinen Zutritt gewähre. Noch viel weniger Amateuren. »Aber Sie werden das schnell heraushaben, schließlich sind Sie ja diplomierte Pädagogin.«
»Psychologin«, verbessere ich und denke gleichzeitig an »Vater Freud« und Pity.
»Noch besser.« Er lächelt, heute durch ein nilgrünes Brillengestell, welches die Farbe von Krawatte und Weste aufgreift. Er muß einen unerschöpflichen Vorrat an Brillen und Westen besitzen, denn bislang ist bei keinem Treffen ein Modell zweimal aufgekreuzt. Der Rest an ihm ist anthrazitgrau und konservativ. Er faßt mich schon wieder am Arm, zieht mich auf den genau vor uns liegenden Erker zu und zeigt nach draußen: »Dort!«
»Hübsch«, erwidere ich und sehe rasch von dem nackten Jüngling weg auf die Seerosen. Ich bin gewiß nicht prüde, trotzdem behagt es mir nicht, mich mit meinem Chef über die übertriebene Männlichkeit einer Statue austauschen zu sollen.
»Ich meine das Haus«, sagt er.
»Ach so.« Erleichterung wallt in mir auf, weil er nur das Fachwerkhaus im Hintergrund meint. Ehemals das Gesindehaus, jetzt wohnt er dort mit seinem Sohn. Warum erzählt er mir das alles? Er ist gar nicht mehr zu bremsen und entfernt sich immer weiter von dem Chefbild, das seine Patricia für mich aufgebaut hat. »Seit meiner Scheidung von Pitys Mutter« beginnen gleich mehrere Sätze, der letzte aus dieser Serie führt mich von rauschenden Festen »dort oben« in die neue Zweckbestimmung der beiden Obergeschosse: »Ideal für Seminare und Meetings, das boomt, ich müßte rund um die Uhr arbeiten, aber mein Sohn fühlt sich drüben oft einsam.« Er holt tief Luft. »Natürlich haben Sie recht, daß ein Elfjähriger keine Nurse mehr braucht, trotzdem ...« Sogar sein Nilgrün wirkt einen Moment lang blaß. Offensichtlich erwartet er eine starke Reaktion von mir.

Weil ich neulich gefragt habe, ob in England die Kinderfrauen ihre Zöglinge bis zur Hochzeit pampern, um dann praktischerweise gleich den nächsten Säugling zu übernehmen? Das war ein Witz, Mann! Ein Joke, falls du das besser verstehst! So begriffsstutzig kann doch keiner sein.
»Verstehe«, sage ich laut. Ich hoffe wirklich, daß er nicht meint, was ich zu verstehen glaube.
»Pity erwartet Sie schon sehnsüchtig. Wollen Sie ihm nicht rasch guten Tag sagen?«
Eigentlich will ich nicht. Ich will aufs Klo und wissen, was hier gebacken ist. Arbeitsmäßig. Weil meine Mutter mir aber in ihrem Mädchenerziehungskompaktprogramm beigebogen hat, daß es absolut nicht ladylike ist, intime Verrichtungen jedweder Art direkt zu benennen, nicke ich brav. Pity wohnt privat. Privat gibt es ein WC, über das weder eine auf adelig getrimmte Kollegin noch ein Monitor wachen. In dem marmornen Kabinett nebenan ist nämlich ein Bildschirm installiert, dessen Auge mich zwar scheinbar tot angestiert hat, was aber heutzutage nichts bedeuten muß. Ich bin weder mit Computern noch in Hinblick auf anderen technischen Schnickschnack firm.
Ich renne los. Es ist sehr nötig.

Pity sieht auf einen Blick, wo ich hingehöre. Er schubst zuerst Smilie und dann eine Frau mit Schürze beiseite und reißt eine Tür auf: »Ich geh auch immer erst auf den letzten Drücker!«
»Du bist ein Goldjunge!« Kacheln. Halleluja!
Erst beim Händewaschen registriere ich bewußt die rustikale Note, welche Holzbalken, Rauhputz und Tonplatten dem Privatklo der Bosses geben. Draußen in der Diele ist es nicht viel anders, die Decken sind sehr viel tiefer als im Haupthaus und frei von Jagdszenen und Schleierfeen. Statt Marmorböden gibt es gewachste Eiche. An den Wänden hängen Kinderbilder. Nur die Haushälterin fällt aus dem Rahmen, sie wirkt sehr englisch und so, wie ich mir die Queen vorstelle, wenn sie vor laufender Kamera Teegebäck fabriziert.
»Sie sind das also!« Die Hände verschränkt sie sicherheitshalber unter ihrer steif gestärkten Schürze.

»Besser«, sage ich, »Eva.« Mit Rücksicht auf Pity, der schließlich mit den Kohlrouladen der Küchenqueen klarkommen muß – es riecht haargenau so wie früher in Meckenheim, wenn meine Mutter ihre mit fettem Schweinehack gefüllten Wirsingwickel anschmorte –, füge ich verbindlich lächelnd hinzu, daß ich es leider eben extrem eilig hatte. Ich zeige auf die Tür mit Töpfchensymbol.
»Smith, Peggy. Ich muß jetzt weiterkochen.« Sie dreht ab, und ich kann es Pity nicht einmal übelnehmen, daß er eine Fratze schneidet und mir zuwispert, daß da schon die Hundekuchen von Smilie besser schmeckten: »Und auf die Milch macht sie Haut, sie kann nicht mal richtige Haferflockensuppe, nur Porridge, sie mag alles aus ›Old England‹, besonders Nurses. Nur meine Mutter konnte sie nicht ausstehen.«
Au Backe! Was sag ich darauf? Haut auf der Milch ist schlicht eklig, Porridge hab ich noch nicht probiert, Pity tut mir leid, ich mir auch, Achtung Falle! »Ich muß jetzt rüber, wollte dir nur rasch hallo sagen, byebye!« In meiner Verwirrung verwechsle ich Küche und Ausgang. Kohlrouladen waren ebenfalls noch nie mein Fall, ich habe sie trotzdem gegessen, genauso wie ich Geschichten an mich herangelassen habe, die mich eigentlich nichts angingen. Immer wieder, ich habe ein Händchen dafür. So wie bei der Tochter unseres Pferdedoktors, die sich bei mir ihr Lispeln abgewöhnen sollte. Im Gegenzug durfte ich kostenlos reiten, was Adam »Beutelschneiderei« nannte. Ich fand's okay, jedenfalls bis der alleinerziehende Vater auch noch seine eigenen Zipperleins auspackte.
»Der Boß hat aber gesagt, du hast heute bis fünf Uhr Zeit«, murrt es neben mir.
»Bis fünf arbeite ich drüben«, antworte ich, »danach sehen wir weiter.«
»Ich will aber jetzt.«
»What a pity!«
»Ich heiße Peter.«
»Dann benimm dich entsprechend. So long.« Diesmal habe ich keinen einzigen Blick für den Nackedei im Teich übrig. Ich bin randvoll mit dem, was ich »dem Boß« flüstern werde. Lediglich

bei dem erwogenen Schlußsatz zögere ich. Soll ich wirklich kündigen, bevor ich überhaupt richtig angefangen habe? Der »Sultan-Expreß« war als Überbrückung nicht übel, ist aber wohl kaum die Erfüllung meines urbanen Traums. Die Alternative bestünde in der Rückkehr nach Lieberhausen. Ich beschließe, mir selbst zuliebe dem Finanzhai vis-à-vis noch eine Chance zu geben.

Der Finanzhai reagiert besorgt auf meine rasche Rückkehr und will wissen, ob ich Probleme mit Pity gehabt hätte. Marmorboden, soweit das Auge schaut, und fünf mittlerweile anwesende Mitarbeiter, die von meinen Profilsohlen aufgescheucht werden und mir höflich zunicken, hindern mich jedoch daran, klipp und klar zurückzufragen, als was verdammt noch mal ich eigentlich unter Vertrag genommen wurde. Immerhin schaffe ich es, um ein Gespräch unter vier Augen zu bitten, und werde daraufhin erneut in die Oase geführt, wo Sonnenkringel und Cheflächeln mich einzulullen versuchen.
Ich konzentriere mich auf ein loses Paneel, weil ich gelernt habe, daß greifbare Mängel das kritische Bewußtsein steigern, und bitte um die detaillierte Beschreibung meines Aufgabenfeldes. Doch dieser Bosse ist ein schlauer Fuchs. Kaum bekommt er mit, daß ich Lunte gerochen habe, mischt er geschäftliche und private Aspekte so clever zusammen, daß ich zuletzt fast geneigt bin, mich selbst zu fragen, ob ich, ausgerechnet ich, auf seelisch krankmachende Arbeitsverfahren fixiert bin. Er zitiert sogar Karl Marx, und als Psychologin habe ich einfach keine andere Wahl, als ihm zuzustimmen: Die künstliche Trennung in Mensch hier und Arbeitstier dort entfremdet uns, wie wunderbar wäre die Verschmelzung von beidem, und genau das schwebt meinem Chef vor: »Vermenschlichung!« Er zeigt hoch zur Decke, ich folge seinem Finger zu einem pummeligen Engelpopo und erröte, woraufhin er mir schmunzelnd die Koordination der Veranstaltungen im Obergeschoß überträgt. »Von wann bis wann?« frage ich, weil das alles ist, was ich von den Ingredienzen eines Arbeitsvertrages behalten habe. Er lächelt, sein Nilgrün lächelt, und ich fühle mich als Dummchen, weil

ich noch immer nicht begriffen habe, daß in einem menschlichen Miteinander auch die Arbeitszeiten flexibel sind.
Als letzter Einwand fällt mir dieser Computer ein, ich rede von »böhmischen Dörfern«, woraufhin er eine Taste drückt und ein weibliches Wesen herbeizitiert, das mich umgehend für den nächsten PC-Kurs im Haus vormerken soll. Diese Erika Hohn scheint es jedenfalls nicht zu stören, daß ich als datentechnisches Greenhorn die Regie über immerhin zwei Etagen mit jeweils hundertachtzig Quadratmetern übernehme, welche vorzugsweise an Bankleute vermietet werden und einen nicht unbeträchtlichen Gewinn erwirtschaften: »Immer vorausgesetzt, die Koordination stimmt!«
Ich fühle mich wichtig, motiviert, möchte zeigen, was in mir steckt. Alles, was mir an knochentrockenen Einwänden durch den Kopf schießt, wische ich beiseite. Ich habe nichts gegen ein kritisches Bewußtsein, trotzdem ist es herrlich, ungeahnte Kräfte in mir hochschießen zu spüren. Wer sagt denn, daß ich nicht bald mit links die Vorgänge im Obergeschoß dirigiere? Spätestens dann, wenn dieser vermaledeite PC mir gehorcht, dessen elementare Funktionen angeblich »jeder Dreijährige« beherrscht. Dieses Statement kommt unisono von meinen Kolleginnen Hohn und van der Putt, was mich ganz kurz an ein Komplott der beiden denken läßt. Verfolgungswahnsinnig, beruhige ich mich und widme mich erneut dem handtellergroßen Stück Plastik, das mir als »mouse-man« vorgestellt wurde. Ein unhöflicher Geselle, denn obwohl ich ihn wie ein menschliches Wesen angehe, sperrt er sich und meldet »error«. Wichtigtuer! Ich teile ihm mit, daß er bloß der verlängerte Arm einer besseren Schreibmaschine ist. Zur Rache meldet er mir einen »irreparablen Fehler« auf meinem Datenträger. Ich bin heilfroh, als nach und nach alle Kollegen das Haus verlassen und Pity mit Smilie im Gefolge neben meinem Schreibtisch auftaucht: »Du hast gesagt fünf Uhr!«
Ganz so habe ich das natürlich nicht gesagt, trotzdem bin ich froh, daß die beiden mich von dem Fight mit Mister mouse-man erlösen. Auch eine designierte Koordinatorin hat ein Recht auf ihren Feierabend, und so willige ich in einen Abendspaziergang

durch das kölsche Beverly Hills ein, wo hohe Militärs und echte Kommerzienräte und sogar Weltstars mal in englischen Landhäusern, mal in Prunkbauten vom Kaliber »Bosse-Kastell« hausen. Pity kennt sich aus.
»Und wer hat früher in eurem Haus gewohnt?« Insgeheim tippe ich auf einen Fabrikbesitzer der Marke Neureich.
»Bankiers, aber die sind schon lange tot. Als wir hergezogen sind, gab's nur Würmer im Holz und Gespenster, viel besser als die doofen Schleiertussis an der Decke. Magst du die?«
Mir fällt prompt der nackte Engelpopo mit den rubensschen Ausmaßen ein, der mein Gespräch mit Pitys Vater zusätzlich erschwert hat. »Weniger«, antworte ich wahrheitsgemäß, »eigentlich gar nicht.«
»Na siehste!« Es hört sich an, als ob ich soeben DIE Testfrage bestanden hätte, denn Pity befördert mich nun schnurstracks zu seiner Vertrauten in Sachen Manfred Bosse, der die leerstehende Villa Ende der 80er Jahre ersteigerte, renovierte und mit allem ausstaffierte, was heute die Herzen von Kapitalanlegern und Filmindustrie höher schlagen läßt, besagte »Schleiertussis« inklusive. Nur bei Pitys Mutter scheint der Zauber nicht lange gewirkt zu haben. »Sie findet nämlich pünktlich zu Mittag essen und die Brillen vom Boß suchen und ›Merry Old England‹ spielen auch doof«, schließt der Junge.
»Aber jetzt lebt deine Mutter sogar ganz in England«, wende ich ein.
»Ja, aber nicht in dem England vom Boß. Sie hat doch ›Bubblegum‹ und den ›Space-Shuttle‹.«
Ich erfahre, daß der »Kaugummikauer« der neue Lebensgefährte von Pitys Mutter ist und mit ihr gemeinsam Musik-Promis durch London kutschiert: »In so einer alten Limousine für achthundert Mark am Tag, plus Spesen, und Autogramme kriegen sie ganz umsonst, sogar von den Stones, obwohl ich die ›Chili Peppers‹ besser finde.«
Langsam beginne ich zu begreifen, daß Manfred Bosse wirklich für ein völlig anderes »England« als seine Ex-Frau schwärmt. Eines mit englischen Kinderfräulein und englischem Haferbrei, dazu fällt mir spontan das ungesüßte Gemisch aus Flocken und

Wasser ein, mit dem meine Mutter Bauchweh zu kurieren pflegte. Es muß schrecklich sein, noch auf Jahre hinaus an Porridge & Co gekettet zu sein. Muckefuck aus Streublümchentassen ist auch nicht viel besser.
»Magst du Humus?« frage ich, getrieben von dem prallen Gefühl, selbst endlich frei von alldem zu sein.
»Essen?« Pity sieht mich entgeistert an. »Damit düngt unser Gärtner, und du willst das essen?«
»Kinderüberraschung. Hast du Lust?« Plötzlich verspüre ich einen Wahnsinnshunger, was nach diesem Tag eigentlich kein Wunder ist. Wer vespert schon auf einem Stahlgerippe unter gemalten Schleiertussis und im Visier einer Patricia van der Putt aus dem Henkelmann? Ich jedenfalls nicht, erst recht nicht mit einem elektronischen mouse-man zwischen den Fingern, der statt zwei Tasten sogar drei besitzt, preisgekrönt, benutzerfreundlich und marktführend ist. Mittlerweile bin ich soweit, mich heftig nach einem »Mausmann« mit nur einer Taste und ersatzweise nach dem »Sultan-Expreß« zu sehnen.

Manfred Bosse zögert keine Sekunde, mir Pity für circa zwei Stunden anzuvertrauen. Seine Augen hinter dem Nilgrün glänzen, als ob ihm soeben ein besonders guter Coup gelungen wäre. Angeblich würde er uns liebend gern begleiten, was aber an einem späten Termin scheitert, für den diese van der Putt, die sich vor einer guten Stunde mit dem Mahnruf »Power Saving!« von mir verabschiedet hat, extra zurückgekommen ist. Ob das auch unter »Vermenschlichung am Arbeitsplatz« fällt? Jedenfalls trägt sie nun einen Fummel, der in keiner Position übertrieben korrekt wirkt. Obwohl ich ihre Art, sich einfach zwischen uns zu schieben und dem Boß ein Blatt hinzuhalten – »Wenn Sie mal schauen könnten? Es eilt!« –, reichlich penetrant finde, bin ich diesmal erleichtert, daß mein Chef verhindert ist. Automatisch zähle ich ihn zu jenen Personen, die den »Sultan-Expreß« für eine Imbißbude hielten.
»Haste gesehen, was die anhat?« In der Straßenbahn stellt Pity lauthals Vergleiche zwischen der Topkraft seines Vaters und den »Schleiertussis« an dessen Decke an. Entweder die Anteilnahme

der anderen Fahrgäste läßt den Jungen kalt, oder er ist einfach nicht an öffentliche Verkehrsmittel gewöhnt.
Ich schon, weil ich noch nie ein Auto besessen habe und von kleinauf weiß, wie das Verstummen fremder Gespräche und scheinbar zufällig näherrückende Ohrmuscheln zu werten sind.
Also versuche ich abzulenken: »Sie kann's tragen – fährst du eigentlich sonst nie mit der Bahn? – Smilie benimmt sich wie ein alter KVB-Hase, braver Hund!« Zum Beweis kraule ich das Tier, das unter unserer Sitzbank liegt und sich nicht rührt.
»Zur Schule fahr ich immer mit dem Auto«, sagt Pity, »und hier stinkt's. Smilie hat 'ne ganz feine Nase, deshalb verdünnisiert er sich.«
Sicherheitshalber schnuppere ich kurz in die Runde, aber es riecht nicht ungewaschen und nicht mal nach ranzigem Fritierfett, was bestimmt an der noblen Fahrroute dieser Linie liegt.
»Es riecht absolut okay«, verteidige ich die Umsitzenden.
»Es stinkt nach Parfüm«, widerspricht Pity und zeigt nach links. »Wetten, das Zeug von IHR ist auch dabei?«
IHR gleich van der Putt, übersetze ich und wende ein, daß deren Duft unmöglich vom Office bis zur Hundehütte und noch viel weniger bis in die Linie sechs wehen könne: »Außerdem ist es bestimmt eine sehr teure Marke.«
»Nuttenparfüm«, sagt Pity. Er spricht sehr laut. »Frag meine Mama. Stimmt's, Smilie?«
Der Hund schiebt den Kopf in den Gang, hebt die Schnauze und knurrt in die gewiesene Richtung, woraufhin ein diskomäßig gestyltes Geschöpf sich hastig erhebt und dem nächsten Ausstieg zustrebt.
»Die sind wir quitt!« Der Junge grinst.
Ich sollte ihn zur Ordnung rufen, andererseits bin ich nicht seine Mutter, und außerdem hat er recht: Der Geruch ist teuer und billig zugleich und in jedem Fall identisch.
Garantiert hat Frau Betriebswirtin eben noch einmal tüchtig nachgesprüht, passend zur Abendgarderobe. Mir kommen ernsthafte Zweifel, ob eine Frau so gerüstet ans Arbeiten denkt. Vielleicht sollten wir kehrtmachen und den großen Bosse warnen? Ich könnte noch eine Runde mit Mister mouse-man trai-

nieren, Pity könnte mir sogar helfen, weil angeblich doch schon jeder Dreijährige firm in elektronischen Mausspielen ist.
»Wenn dir die Fahrt in die Stadt zu lang wird, machen wir einfach kehrt«, schlage ich vor.
Pity will nicht: »Du hast mir Humus versprochen. Hoffentlich riecht dein Humus besser.«
Als wir eine gute halbe Stunde später den »Sultan-Expreß« betreten, tritt die Duftmarke meiner pürierten Kichererbsen mit dem exotischen Namen allerdings zunächst in den Hintergrund. Pity eilt schnurstracks an den Stehtischen und der langen Theke vorbei und auf Merhaba zu, die gerade mit einem Stapel Fladenbrote aus der Küche kommt.
»Du hier, Superhirn?«
»Pity ante portas«, kontert das Mädchen, »was verschlägt dich denn zum gemeinen Volk?«
»Humus, angeblich gibt's hier Humus zum Essen, hab immer gedacht, du ernährst dich von Buchseiten.«
»Möchtest du eine?« Die Tochter des Sultan hebt den Brotstapel, es riecht köstlich nach frischem Brot, und Pity langt zu. Ich bin vergessen, sogar Smilies begehrliches Schnüffeln zu den Fleischspießen hin findet keine Beachtung, die beiden Teenies stecken die Köpfe zusammen und frotzeln weiter, worüber Merhaba sogar die ordnungsgemäße Ablieferung der Hefefladen vergißt.
»Die beiden scheinen sich zu kennen«, sage ich zu Mecit hin, der soeben stillschweigend das Brot holt und mich zwischen Fleisch absäbeln und Teigtaschen füllen mit Informationen zur einzigen Kölner Schule mit Cambridge-Abschluß versorgt, die statt Schulhalbjahren Trimester, reichlich internationales Flair und Klassengrößen hat, von denen herkömmliche Schulen nur träumen.
»Schnickschnack«, sagt er, »aber meine Frau bestand darauf, ist eigentlich nur was für Kinder von Diplomaten und Großverdienern, wer kann schon einen Tausender im Monat berappen?«
Trotzdem scheint es ihn stolz zu machen, daß seine Tochter »drei Sprachen aus dem Effeff« beherrscht und türkische, englische und deutsche Filme grundsätzlich nur im Original anschaut: »Die Kinoleidenschaft hat sie auch von ihrer Mutter.«

»Ich auch«, ruft Pity aus dem Hintergrund, »in London gehen wir in jeden neuen Film.«
»Warst du etwa in ›Basquiat‹, Einauge?« Merhaba sieht skeptisch drein. Weil sie eine Klasse weiter als Pity ist?
»Logisch, mit Andy Warhol, echt cool.«
»Du machst dich, Einauge!«
»Weihnachten kommt Bubblegum mit, wenn du Lust hast...?« Pity scheint sich nicht an der Anrede zu stören. Offensichtlich liegt ihm etwas an dieser Schulkameradin, die er »Superhirn« nennt und mit der er außer der englischen Privatschule auch noch die geschiedenen Mütter mit Hauptwohnsitz in London gemeinsam hat, wo die besten Filme angeblich lange vor dem Start in Deutschland laufen. Anscheinend gibt es sogar ein Pendant zum Kaugummikauer von Pitys Mutter, den Merhaba »Mister Beauty« nennt, weil er Geschäftsführer der »Natural-Beauty-Studios« ist: »Bißchen gelackt, aber sonst okay.« Dieses Thema scheint jedoch Mecit zu mißfallen. Hochbeladen und laut klappernd schiebt er sich zwischen die beiden, die soeben ein Kino-Date zu sechst planen.
»Humus«, sagt er, »und Tandir Niskender, eßt lieber endlich etwas Vernünftiges!« Er stellt die Teller mit nicht eben ansehnlichem, dafür aber um so köstlicherem Kichererbsenpüree und den sehr dünnen Lammschnitten zu geröstetem Brot und Salat vor uns ab. Merhabas Übersetzung des von mir angekündigten »Humus« nimmt Pity sofort gefangen. Er kichert mit der Zwölfjährigen um die Wette – »da sind wohl Lacherbsen drin?« – und vergißt sogar seinen Hund. Den versorgt der »Sultan« inzwischen.
Ich beginne mich zu fragen, warum zwei Teenager, die allein von ihren Vätern aufgezogen werden, diese »Sultan« und »Boß« nennen.

Koordination beinhaltet Kontrolle, soweit stimmt mein Job. Bloß war nicht vorgesehen, daß wesentliche Aufsichtsfunktionen von zwei Kolleginnen übernommen werden. Nicht etwa, daß sie darauf aus wären, an meiner Stelle über die Schulungsteilnehmer aus dem Obergeschoß zu wachen. Sie haben mich

im Visier, ausschließlich mich, den Rest besorgen die gestanzten Metallöcher meines preisgekrönten »Silver Chair« und Besucher, die nicht kapieren, daß der Haupteingang, das Marmorkabinett und erst recht Fax-Telefon-Kopierer ausschließlich den Geldanlegern im Parterre zustehen. Jeder herbstlich-feuchte Fußabdruck auf der freischwingenden Treppe und jeder Spritzer an der Sanitärkeramik werden mir persönlich angelastet. »Frau Besser, können Sie bitte mal kommen!« schallt es dann durchs Entree, und während ich peinlich berührt begutachte, was genausogut von einem Geldsack mit schlechten Manieren stammen könnte, stiebitzt mir eine von diesem niederträchtigen Duo den Proviant aus der Glasschale, die ich mir gekauft habe, um meinen Hunger stilvoll stillen zu können. Ich halte es nicht einmal für ausgeschlossen, daß die Chefsekretärin derlei auf Geheiß von »Amante-e-Principessa-bei-Fuß« selbst produziert, denn letztere ist unverkennbar die Drahtzieherin in einem Spiel, das ich von Tag zu Tag besser durchschaue.
Angefangen hat es mit diesem Schlachtruf, der prompt ertönt, sobald Smilie in Pitys Geleit auftaucht. Niemand außer der Pseudoadligen nennt den Hund bei seinem ursprünglichen Namen, und auf keinen reagiert er so aggressiv wie auf sie. Nachdem ich sie ein paarmal dabei ertappt habe, wie sie den Sohn des Chefs wortwörtlich genauso anblaffte, wenn er mich solo besuchte, habe ich ihr insgeheim diesen Spitznamen verpaßt und angefangen, mir einen Reim auf sie zu machen. Sie ist scharf auf den großen Bosse und hat eine Aversion gegen dessen Sohn und Rassehund. Bei mir kann sie schlecht »bei Fuß!« brüllen, also versucht sie es mit besagter Kombination aus Psychoterror und Diebstahl.
Momentan sind die Lebensmittel dran, die ich mit ausdrücklicher Genehmigung in der Teeküche lagere, um bei Barbara nicht immer wieder zu hören zu bekommen, ich würde ihre Gefräßigkeit wachkitzeln. Offiziell werden meine Mitbringsel von den beiden Damen natürlich abgelehnt, während unsere Außendienstmitarbeiter sich ganz gern mal mit meiner Genehmigung einen Stengel Trauben oder einen Keks herausgreifen. Heute geht es um meine Pfirsiche, die zu saftlos sind. Ein Urteil,

das natürlich nicht direkt an meine Adresse ergeht, sondern mir via Dialog der beiden Damen zugespielt wird. Gestern waren meine Bananen zu grün, davor hatten meine Trauben zu viele Kerne, und bald bin ich soweit, ihnen unverblümt zu sagen, daß dieser Erkenntnisstand nur durch Reinbeißen zu erwerben ist und demzufolge SIE für den permanenten Schwund verantwortlich sind.

»Frau Besser, können Sie mal bitte kommen!« Tonfall wie ein Dragoner, sogar der Kunde im Maßanzug zuckt zusammen, und ich schieße hoch wie gewohnt. Etwas allerdings ist diesmal anders, denn ich klemme mir die Glasschale unter den Arm.

»Frau Besser, Sie wollen doch wohl nicht mit Eßbarem auf die Toilette?« Chefsekretärin Hohn stellt sich mir in den Weg.

Ich schaue mich rasch um, begegne dem verständnisinnigen Lächeln des Mitarbeiters im Büro vis-à-vis und plaziere mein Obst bei ihm: »Wenn Sie mal 'nen Moment darauf achtgeben könnten.«

Er nickt. Und während ich dem Trüppchen im Marmorkabinett erkläre, daß es bitte die Toiletten im Obergeschoß benutzen möge, weil ich sonst Ärger bekäme, schwelge ich in dem Hochgefühl, es den beiden Megären endlich gezeigt zu haben. Mein Überschwang fällt allerdings rasch wieder in sich zusammen, als ich an meinen Arbeitsplatz zurückkehre. Diesmal fehlt nichts, ganz im Gegenteil, ich habe etwas dazubekommen. Mein Papierkorb quillt über. Kleenex, Kitsche, Zigarettenkippen. Es bedarf nicht der Abdrücke von zyklamrotem respektive blaßrosa Lippenstift, um die Täterinnen zu identifizieren.

»Könnten Sie mir bitte verraten, was das soll?« Ich halte den Korb hoch. Bitte alle mal hersehen!

Amante-e-Principessa-bei-Fuß sieht hin. Sie denkt gar nicht daran zu leugnen. Unverblümt teilt sie mir mit, daß ich es schließlich näher zum Müllcontainer hätte.

Das gibt den Ausschlag bei der Recherche, die ich momentan im Auftrag von Manfred Bosse durchführe. Ihn ärgern seit geraumer Zeit die horrenden Telefonkosten, die laut diesem Damen-Duo von den Schulungsteilnehmern im Obergeschoß verursacht werden, kaum daß der Empfang unbesetzt ist: »Vielleicht sollte man einmal nachprüfen, warum dort so oft niemand sitzt.«

Der Niemand bin ich, und es steht außer Frage, daß die erbetene »Recherche« mich selbst in Mißkredit bringt, obwohl der Vergleich der bei jedem Telefonat auf meiner Anlage aufleuchtenden Nummerntasten mit der ausgedruckten Verbindungsübersicht längst ergeben hat, wer die wahren Schmarotzer sind. Auch wenn die letzten beiden Ziffern im Ausdruck fehlen, weiß ich genau, mit wem die Pseudoadlige von der »Elf« und die Chefsekretärin von der »Zwei« ihre Telefonorgien zelebrieren. Letztere talkt mit halb Österreich über Palatschinken und Rheuma, erstere schlägt gleich doppelt zu. Es ist nicht zu fassen, was ich zu hören bekomme, wenn ich mich gelegentlich in eines dieser Gespräche verirre. Amante-e-Principessa-bei-Fuß treibt es klammheimlich mit einem in Bremerhaven verheirateten Frührentner, der ihr zum Dank eine Immobilie an der Playa de Palma finanziert, bei der ein gewisser Enzio – den sie »mon général« nennt – die Bauaufsicht führt. Der General ahnt noch nicht, daß er zumindest auf dem Schlachtfeld der Liebe geopfert werden soll, wenn Manfred Bosse endlich anbeißt. Diese Info verdanke ich wiederum der Geschwätzigkeit der beiden Damen über die Trennwand im Marmorkabinett hinweg, wo ich vorschriftsmäßig nach Irrläufern aus dem Obergeschoß fahnde und Augen und Ohren hübsch offenhalte.

Bislang hat mich mein Verständnis von Kollegialität zurückgehalten, meine Erkenntnisse publik zu machen, doch die Mülldeponie an meinem Arbeitsplatz stimmt mich um. Nicht mit mir!

Ich tue nichts als meine Pflicht, als ich Manfred Bosse auf die beiden Nebenstellen hinweise, über welche Mammutgespräche nach Österreich, Spanien und Bremerhaven geführt werden: »Meines Wissens existieren dort keine geschäftlichen Kontakte.« Mehr sage ich nicht. Es reicht auch so.

Zwei Hyänen stürzen sich auf mich, allerdings erst, nachdem unser Chef zu einem Kunden verschwunden ist und auch die anderen Kollegen außer Hörweite sind. Diesmal reden sie Klartext. Ich sei eine Landpomeranze, solle mich doch nur einmal

ansehen, und wenn ich mir ernsthaft einbildete, über »dieses Horrorkind« den Vater angeln zu können, dann sei ich schief gewickelt. Erstaunt stelle ich fest, daß sich hinter der überaus gepflegten Aussprache von »Amante-e-Principessa-bei-Fuß« ein Dialekt verbirgt, der demjenigen eines Adam Wasser nicht unähnlich ist.
»Sie kommen nicht zufällig aus dem Rheinisch-Bergischen Kreis?« frage ich in eine Atempause hinein.
Die Reaktion ist umwerfend und oberbergisch. Angeblich spioniere ich hinter unbescholtenen Mitbürgerinnen her. Vielleicht habe ich sogar »Wanzen« installiert? Die Phantasie der beiden treibt immer üppigere Blüten und ignoriert völlig meinen technischen Unverstand und mein Desinteresse an einem Mann, an dem die Brillengestelle mit Abstand das Farbigste sind. Dafür muß ich nicht Lieberhausen den Rücken kehren, um bei so einem zu landen.
»Sie können ihn haben! Mit Brille oder so.« Ich zeige auf das Fenster, hinter dem sich der nackte Jüngling im Teich reckt. »Ich nähme ihn jedenfalls nicht geschenkt.«
Sie glauben mir nicht.
»Hätten Sie's gerne schriftlich?«
Einen Moment lang scheinen sie ernsthaft zu überlegen, ob sie meinen schriftlichen Verzicht akzeptieren sollen. Was immerhin dafür spricht, daß ich unter meinen zu engen und zu kurzen Jeans – ein Zustand, den ich mit Schlabberpullis und knöchelhohem Schuhwerk kaschiere – anscheinend doch noch etwas zu bieten habe.
Nur was?
Die Musterung erfolgt tags darauf in einem Kaufhaus, weil mir die von magersüchtigen Ladies frequentierten Boutiquen einfach zu unsympathisch sind. Zwar wäre ich fast der Schaufensterdekoration von solch einem feinen Lädchen erlegen, doch dann habe ich mir die Reaktion der von drinnen aufsehenden Verkäuferin auf meine unverändert Baumwollenen vorgestellt und bin rasch weitergegangen. Mir schwebt etwas Normales vor. Dazu gehören eine unvoreingenommene Bedienung, normalgewichtige Kundschaft und erschwingliche Modelle. Leider

habe ich die Beleuchtung der Umkleidekabinen im Kaufhaus außer acht gelassen. Das Neonlicht ist kalt und grell und leuchtet jede Kichererbse und jede Lammfaser aus, die ich in den letzten Wochen in mich hineingestopft habe. Vier Kilo zuviel, mindestens, die Hosen kneifen nicht von ungefähr, und daran sind keinesfalls nur die Waschprogramme von Mecit schuld.
Als der »Sultan« mitbekam, daß ich mich nach einem Waschsalon umhörte, der mich vor dem drohenden Ruin durch Barbaras Wäschefrau bewahren sollte, bot er mir seinen Waschkeller an: »Kein Problem, wann immer Sie wollen.« Seitdem muß ich nur das Waschpulver bezahlen, alles weitere lehnt Mecit strikt ab. Ein Grund zum Jubeln, was ich auch tat, bis ich die Folgen einer falsch gewählten Einstellung am eigenen Leib begutachtete. Hochwasser und kneifende Bündchen, so ging es los. Ein rapide fortschreitender Prozeß, der inzwischen weniger an geschrumpften Textilfasern als vielmehr an meiner expandierenden Eigenmasse liegt. Ich futtere zuviel.
Heimlich unter der Bettdecke, weil Barbara selbst durch geschlossene Türen jede »Versuchung« erschnuppert und mir heftige Schuldgefühle einjagt, wenn sie meinetwegen eine halbe Banane »zuviel draufhat«. Mittlerweile beobachte ich bereits an mir selbst eine Veränderung vom lustvollen Essen bis zum schuldbeladenen Hineinstopfen. Keine Banane mehr ohne das Wissen im Kopf, mir rund hundertachtzig Kilokalorien – sprich siebenhundertzwanzig Joule – anzutun. Vorausgesetzt, die Frucht entspricht dem Durchschnittsgewicht der von meiner Freundin zitierten Tabelle, was sich natürlich leicht mit deren Diätwaage nachprüfen ließe. Das aber vermeide ich, kurbele damit mein schlechtes Gewissen erst recht an, tröste mich tagsüber mit gehaltvollen Kleinigkeiten und entschädige mich pünktlich zum Feierabend mit einer ausgiebigen Mahlzeit beim »Sultan«, wo niemand mir etwas vorrechnet, mich beklaut oder sonstwie Streß erzeugt.
Summa summarum vertilge ich somit die dreifache Nahrungsmenge, was ich aber ebenfalls nicht wahrhaben wollte und alle Indizien auf die fremde Waschmaschine und die ungünstige Beleuchtung in Barbaras Heim schob, wo jeder Lampenfuß und

selbst noch die silbrige Glasfibertapete meine Silhouette verzerren. Als ich dieses Zerrbild nicht mehr aushielt, habe ich mich in zwei Herrenpullis der Größe XL geflüchtet, die ich mir zum Kuscheln für abends vom Wochenmarkt mitgebracht hatte. Spottbillig. Mittlerweile trage ich sie abwechselnd rund um die Uhr und nehme mir vor, morgen ganz bestimmt etwas an meinem Äußeren zu tun.

Diätetisch! Kosmetisch! Modisch!

In jeder Frauenzeitschrift steht, frau solle große Aufgaben in möglichst streßfreien Perioden in Angriff nehmen. Toller Tip. Psychologisch durchaus korrekt. Leider nur sehr schwer umsetzbar, wenn der tagtägliche Ausblick auf zweimal fünfzig Kilo top gestyltes Lebendgewicht – bei Barbara mögen es sogar noch ein paar Pfund weniger als bei meiner ehewütigen Kollegin sein – meinen Streßfaktor Purzelbaum schlagen läßt.

Das schaffe ich nie.

Abends überrascht mein kleiner Freund Pity mich mit aufgesparten Leckereien, die ich ebenfalls schlecht ausschlagen kann. Es ist herrlich zu spüren, daß es auch in dieser Stadt Menschen gibt, die mich so wie ich bin mögen. In Größe XL, im Herrenpulli, manchmal öffne ich heimlich den Reißverschluß der alten Jeans untendrunter. Dann ist mir gleich viel wohler.

»Deine Hose ist dir zu weit!« hat Pity neulich gemeint, als ich aufstand und vergaß, alles ordnungsgemäß zu schließen. Das gab mir erneut Aufschub. Mir war nicht nach Kasteien.

Ausgerechnet meine Verzichterklärung auf den »Boß« angesichts einer geifernden Hippe hat die Wende ausgelöst. Ich shoppe. Ich will shoppen, nur für mich allein. Ich habe offiziell kundgetan, daß ich privat keinerlei Interesse an diesem anglophilen Finanzhai habe. Ein Mühlstein fällt mir vom Herzen, echter als jede Requisite in jener »echt urigen« Wassermühle. Seit gestern fühle ich mich wohler, beschwingter, leichter.

Bis gerade eben.

Die Spiegel in der Umkleidekabine dieses Kaufhauses sagen mir: Du bist schwer. Bleischwer.

Umgehend hänge ich das schicke Kostüm zurück auf den Bügel, ziehe den Trägerrock gar nicht erst an und tausche beides gegen Jeans um, die ich ohne hinzugucken unter meiner Regenjacke anprobiere. Eine gleitet mir problemlos über Hüften und Po. Bei der anderen kann ich den Knopf nur mit angehaltenem Atem und den Reißverschluß gar nicht schließen, immerhin stimmt die Länge.

»Paßt!« sage ich zu der Verkäuferin draußen.

An der Kasse greift die Kollegin nach den Kassenzetteln, tippt ein, stutzt, sieht mich an: »Da stimmt etwas nicht.«

»Da stimmt alles«, widerspreche ich und hoffe, daß die Schlange hinter mir nicht noch länger geworden ist oder zumindest die Dame hinter mir Hörprobleme hat.

»Das kann aber nicht stimmen.« Die Kassiererin legt beide Zettel nebeneinander, beugt sich vor, schnipst die Verkäuferin von vorhin herbei und beginnt, meine beiden Hosen akkurat übereinander zu legen. Die beiden Fachfrauen einigen sich darauf, daß ich mich geirrt haben müsse: »Das sind mindestens zwei Größen Unterschied, und nicht nur auf dem Etikett.«

»Eine ist für meine Schwester«, sage ich.

»Warum sagen Sie das denn nicht gleich?« Doppelte Empörung, die bei den Wartenden in der Reihe Nachhall findet. Ich verlasse mit Jeans für mein Kichererbsen-Lammfleisch-Müsliriegel-Ego und mit Jeans für meine gertenschlanke Phantomschwester das Kaufhaus.

Shoppen ist Mord!

Auf dem Weg zu meinem Arbeitsplatz male ich mir aus, was mir alles erspart geblieben wäre, wenn ich meinen »Hausfrauenvormittag« – den ich zum Ausgleich für zwei lange Abende bekomme – wie gewohnt in langes Ausschlafen und Brunchen investiert hätte. Es geht nichts über flaumiges Rührei zu krossem Schinkenspeck mit Blick auf die Domspitzen und wahlweise Plunderteilchen oder Grütze zum Dessert, sogar die Ausstattung im »Kaffeeböhnchen« ist mir gewogen: Keine Spiegel und nichts Silbriges, das größer als ein Sahnegießer wäre. All das hätte ich haben können, statt dessen verfolgen mich Horrorvisionen von mir selbst, die eng mit dieser Kaufhaustüte verknüpft sind, deren Anblick meine beiden Widersacherinnen tuscheln und kichern läßt. Dabei wissen sie nicht einmal, was darin steckt. Trotzdem kommen sie mit ihren bösartigen Hecheleien über den derzeitigen Output an Übergrößen im Dirndellook der Wahrheit verflixt nahe. Auf der Gesäßtasche meiner schwarzen Jeans prangt ein Enzian, und in das flotte weinrote Modell passe ich nicht hinein. Zur Entschädigung dafür, daß ich nicht meine Schwester bin, will ich mir den letzten Müsliriegel gönnen, doch ich taste vergeblich meine Schublade ab.

»Suchen Sie etwas Bestimmtes?« fragt es hinter mir.

Frust und Gier müssen mich obendrein taub gemacht haben, denn ich glaube die Hohlhippe zu hören, die sich für die Enttarnung ihrer Telefonorgien rächen will. Jedenfalls flöte ich sehnsuchtsvoll »Enzio, mon général!« in den Silberkasten, weil ich weiß, daß nichts sie so aufheizt wie ihr Techtelmechtel in meinem Schubfach.

»Pardon!« Die Stimme ist eindeutig männlich. »Dürfte ich Sie wohl einen Moment lang unterbrechen, Frau Besser?«

Mein Irrtum macht mich mundtot. Ich folge meinem Chef stumm in seine Oase und starre auf ein Brillengestell, das heute weinrot ist. Warum kann's nicht nilgrün oder kornblumenblau sein? Warum legt er sich keine Optik zu, die seine Augen für die tatsächliche Betreiberin von »Enzio-mon-général« schärft? Stattdessen spricht er von einem wichtigen Flug nach München, Überlastung und der Notwendigkeit, das Betriebsklima zu pflegen: »...und um noch einmal auf diese leidige Telefongeschichte zurückzukommen, also ich schlage vor, wir vergessen das einfach!«

»Es ist Ihr Geld!« Ich stehe auf. Mein Hosenbund kneift ärger denn je.

»Natürlich finde ich es ganz phantastisch, wie Sie sich einsetzten und sorgen.« Er tritt neben mich, wir sehen nun auf das Fachwerkhaus, in dem er mit seinem Sohn wohnt. »Pity blüht förmlich auf, seit Sie bei uns sind.«

»War's das?«

»Wohnen Sie eigentlich noch immer bei dieser Frau Dr. Schmittchen?«

»Noch immer.« Leider, füge ich stumm hinzu. Es sind nicht nur die Gewissenstorturen, die ich meiner Freundin mit jedem Bis-

sen zufüge, die mich belasten. Ich hab's einfach nicht gerne kalt, gefrierschrankmäßig, kalorienreduziert, Leben wie 'ne Nulldiät. Ich muß da raus.
»Sehr glücklich klingt das nicht.« Die rote Brille rutscht.
Ich sehe es aus dem Augenwinkel und überlege, ob er schwitzt. Warum er schwitzt. Es ist novembermäßig trüb, eine Fenstertür steht auf, kühle Luft weht herein. Aber er schwitzt.
»Ich werde mir demnächst eine eigene Wohnung suchen.« Punktum. Gesagt und getan. Werde ich wirklich, in Anbetracht meiner modischen Enthaltsamkeit müßte ich bald sogar die Kaution für eine preiswerte Behausung zusammenhaben.
»Eigentlich«, er nimmt die Brille ab und holt tief Luft, »ist das doch total überflüssig.«
Wie ist der denn drauf? Ich öffne den Mund.
Er auch, er ist schneller und entwickelt vor meinen Augen eine Idylle, die mich in seinem Fachwerkhaus dort drüben einquartiert: »Irgendwie muß ich Ihnen doch gutmachen, was Sie alles für Pity tun, und die Einliegerwohnung steht sowieso leer. Also …«
»Nein danke!«
»Nicht daß Sie denken – Sie bedeuten auch mir selbst menschlich sehr viel – wir könnten abends gelegentlich ein Glas Wein zusammen trinken – Peggy kocht vorzüglich – Sie werden sehen.« Zwei Pupillen rücken immer näher, schummern, werden gefolgt von zwei Händen, die um meine Schultern fassen, sein »Mark II pour homme« steigt mir in die Nase, kitzelt.
Ich niese. Nieskanonade. Ein feiner Sprühregen verteilt sich auf der weinroten Weste mit den affigen Goldknöpfen.
»Macht nichts. Macht gar nichts.« Er wischt über den Brokatstoff, wedelt mit der Hand, sucht in seiner Hosentasche, zückt ein Taschentuch und reibt sich die Fingerspitzen ab. »Ganz egal, Hauptsache, wir sind uns einig.«
»Kann ich heute eine Stunde früher gehen?« Ich trete einen Schritt zurück.
»Sicher.« Brille zurück auf die Nase, Lächeln und Freude, weil ich es so eilig mit dem Umzug habe. »Natürlich hilft Bodo Ihnen gern.« Bodo ist der Fahrer-Gärtner-Hausmeister.

»Danke, ich sage dann Bescheid, wenn ich etwas Passendes gefunden habe.« Ich steuere die Tür zum Vorzimmer hin an, trete leise auf, stoße die Klinke nach unten und vorwärts und erziele einen Doppeltreffer. Beide Komplizinnen auf einmal, was für ein Tag!
Wenn ich Glück habe, finde ich gleich auf Anhieb die richtige Wohnung. Im Zentrum wäre es mir am liebsten, vielleicht in der Nähe vom »Sultan«, von dessen Hinterhof ich über Knöterich und flatternde Wäsche hinweg auf die Tiefgarage eines Nobelhotels sehen kann. Knoblauchdüfte und Enge hier, eine Straße weiter Candle-light-Dinners, schnelle Autos und dickes Geld. Ausgerechnet mir, der Landfrau, ist diese Mixtur näher als all die Vororte ringsum, deren Bewohner sauber sortiert in ihrer jeweiligen Kaste leben. Ich mag es gemischt, eben so wie in der Gasse mit Mecits Geschäft.

Wannenzauber à trois

Die Breite Straße gehört zur Fußgängerzone. Rechts liegt das Kaufhaus, dessen Tüte heute für Aufsehen im kölschen Beverly Hills gesorgt hat, links der von »Haben-Se-mal-'ne-Mark?«-Fragern umringte Springbrunnen. Ein Stück weiter riecht es nach Printen, daneben macht gerade die italienische Eisdiele dicht. Gegenüber ist das Pressehaus mit seinen Schaukästen, einem Stuhl hoch oben an der Fassade – darauf saß heute früh eine Frau und gab vor zu lesen, während ein Kameramann sie fotografierte – und etlichen Eingängen. Für Besucher, Mitarbeiter, Lieferanten, Inserenten oder solche, die sich für die Angebote anderer Mitbürger interessieren. Zu dieser Spezies gehöre ich.
»Zu früh«, erfahre ich an dem Schalter für Kleinanzeigen. Die Samstagzeitung wird gerade erst angedruckt und frühestens gegen zwanzig Uhr ausgegeben.
»Aber dann ist bei Ihnen schon alles dicht.« Ich zeige auf das Schild mit den Öffnungszeiten.

»Gott sei Dank«, erwidert die Frau, »wir wären ja alle plattgewalzt. Was glauben Sie, was hier jeden Freitag los ist? Bei der Wohnungsnot.«
»Und wo geht's los?«
»Draußen, dann ist quasi kein Durchkommen mehr, am besten kommen Sie sowieso zu zweit, oder haben Sie ein Handy?«
Ich schüttele den Kopf. »Käme ich mir reichlich blöd mit vor. Mit Handy, meine ich.«
»Dann bringen Sie eben Ihren Mann mit.«
Ich schüttele erneut den Kopf.
»Freund geht auch.«
Ich sage nichts.
»Freundin?«
Ich nicke, höre aber sofort wieder damit auf, als ich erfahre, was von Barbara Schmittchen erwartet würde: Telefonzelle freihalten – Wohnungsbesitzer nach meinem Diktat anwählen – das Auto bewegen, derweil ich besichtige.
»Vielleicht haben Sie ja Glück.« Die andere lächelt.
Ich bedanke mich. Soll ich etwa auch noch verraten, daß ich nicht einmal ein Fahrrad, geschweige denn ein Auto habe, das abgeschleppt werden könnte?
Die aufschwingende Tür treibt feuchte Luft auf mich zu. Es nieselt schon wieder, gleichzeitig riecht es würzig nach Koriander und Zimt. Es wird mein erstes Weihnachten in der Großstadt sein. Eben bin ich an einem »Wohnstudio« vorbeigekommen, das Designertannen dekoriert hatte. Fix und fertig, von Popfarben bis zum Traum in Pastell, das Luxusmodell kostete an die fünfhundert Mark und glich einer Antenne aus dem Weltall. Alusilber, logisch! Vor meinen Augen wächst es dunkelgrün, riecht nach Harz und Bienenwachs, die Kerzen sind weiß und tropfen, dazwischen hängen Strohsterne und Holzfigürchen und Glöckchen aus Glas. Den Engel für die Baumspitze hat nun Adam. Das Plisseekleid und die Flügel machten schon schlapp, trotzdem hätte ich ihn gern wieder. Der Kopf ist aus echtem Porzellan. Handbemalt. »AUTSCH!«
Ein Wahnsinniger, der sich eine Minute vor Schalterschluß an mir vorbeidrängeln will, seinen Schirm über meinem Fuß aus-

tropfen läßt, mich fast über den Haufen gerannt hätte und nun mit vom Oberkörper losflatternden bunten Papierfetzen zurück ins Freie folgt, während sein Unterteil nebst Parapluie im Schalterraum verharrt.
»Könnten Sie bitte gefälligst woanders austropfen?« Ich rucke an dem Stockschirm, der mir den Weg versperrt.
»Tut mir echt leid.« Er zieht an seinem Schirm und hangelt dabei weiter nach Fotos so groß wie eine Buchseite, kraucht über Pflaster und Heizungsschlitze und teilt mir verdeckt von seinem auf und ab wippenden Hinterteil mit, daß er ganz dringend eine Wohnung brauche: »Man hat mir nämlich gesagt...«
»Sie sind zu früh«, unterbreche ich ihn und gebe all das weiter, was ich soeben in dem Schalterraum hinter uns erfahren habe. Kluges Mädchen! Erst das letzte Foto, nach dem die Männerhand greift, läßt mich stocken. Erdbeerjoghurt. Der übliche Plastikbecher, umhüpft von einer Erdbeere mit weiblichen und einer mit männlichen Attributen. Obst im Polkarausch! Wer fotografiert so etwas? Obendrein mit Blick auf den Winter.
»Printen wären passender!«
»Brauchen Sie einen Topmann für Printen? Oder Klobürsten? Ich bewerbe alles, vorausgesetzt ich finde eine neue Bleibe für mich und mein Atelier...« Endlich hebt er den Kopf.
»...und Ihren stahlblauen Zierspargel«, ergänze ich, »oder haben Sie den auch schon wieder verloren?« Seinen Namen habe ich vergessen, hörte sich nach »Mein Herz« an, könnte »Myheart« gewesen sein, jedenfalls ist mir sein Sketch mit Barbaras Asparagus besser erinnerlich.
Angeblich wollte er mich zum Essen einladen. Beim »Sultan-Expreß« ist er zum Glück nie aufgetaucht. Im Moment hat er viel Ähnlichkeit mit dem Weihnachtsbaum, den ich mir eben ausgemalt habe. Er strahlt und brabbelt vom Schicksal, dem er immer wieder bei »dieser türkischen Imbißbude« aufgelauert habe: »Zuerst abends und dann mittags, tolles Lammfleisch, aber Sie waren nie da.« Sein Schirm klemmt.
Umgekehrt hätte sein Schicksal pariert, zuerst mittags und jetzt abends, doch das verrate ich ihm nicht. Wohnungslos bin ich selbst. Vom Land auch. An seinem Damenschirm ist ein pfen-

niggroßer Punkt, hübsch plan und knallrot, aber er sucht nach einem vorstehenden Knopf oder Hebel, wohl weil der Parapluie für den Herrn seit Generationen so ausstaffiert ist. Bettelaugen. Fehlt nur noch, daß er mir eine Leidensgemeinschaft vorschlägt.

»Vielleicht könnten wir uns ja auch etwas teilen?«

»Klar«, sage ich, »zum Beispiel auf der Marienburg.«

Er will mich allen Ernstes verbessern. Die Burg nähme er mir zuliebe ja noch in Kauf, bloß mit dem »auf« hätte er Probleme: »Bißchen kühl und naß, wie?« Er stochert mit seinem zusammengefalteten Schirm in die Nässe vor uns, tritt, als ob das nicht genügte, auch noch unter dem schützenden Vordach hervor, hebt den Kopf und läßt sich zum Beweis ein paar Regentropfen ins Gesicht platschen.

»AUF der Marienburg«, wiederhole ich, spanne meinen eigenen Schirm auf und verabreiche ihm zum Abschied eine Portion Bildung über den Nobelvorort der Stadt, in dem er Karriere zu machen gedenkt. Ohne Dach über dem Kopf, rausgeschmissen von Kompagnon und Zimmerwirtin, was eigentlich kein Wunder ist. Wer darauf hofft, Werbeaufträge zu ergattern, braucht zahlungsfähige Kunden, die bekanntlich genau dort leben, wo es eben entgegen landläufiger Meinung »auf« statt »in« heißt. Nicht einmal das weiß er!

»In« steht für Innerlichkeit.

»Auf« symbolisiert Höhe, Erfolg, Beverly Hills.

»Bis irgendwann dann mal.« Die Pfütze hatte sich heimtückisch unter einem Stück Zeitung versteckt. Es gluckert in meinem Schuh.

»Aber Sie wollten doch auch ...« Er zeigt auf die Schaltertür, die längst abgeriegelt worden ist. »Gleich kommt doch ...« Er zeigt auf den leeren Zeitungskasten neben sich.

»Kein Bedarf.« Ich rufe ihm noch zu, wohin er mir seine Erfolgsmeldung schicken kann: »Unter den Ulmen, c/o Bosse.«

Mein Triumphgefühl hält bis zum nächsten »Hätten Se mal 'ne Mark für mich?« an. Das ist im U-Bahn-Schacht gleich um die Ecke. Mein pitschnasser Schuh wird mir bewußt. Meine Haare müssen gräßlich aussehen. Ob er gemerkt hat, daß ich zugelegt

habe? Hamsterspeck, passend zum Land, dafür habe ich ihn mit der Adresse schachmatt gesetzt. Ich sehe ihn schon den Stadtplan sichten, mich »auf der Marienburg« orten und staunen. Lippenzuckenstaunen. Kein Mann hat solche Lippen. Der Teufel mag wissen, warum ich ihm verraten habe, wo ich arbeite. Aber weil er ein Pechvogel ist, wird er mich auch dort nicht finden. Stichwort »flexible Arbeitszeit«.
Mein Strumpf ist nun ebenfalls klatschnaß. Es würde mich kein bißchen wundern, wenn ich obendrein krank würde.

Nicht ich werde krank, sondern meine Widersacherinnen. Beide gleichzeitig, die Atteste stammen von demselben Arzt, und ganz kurz male ich mir aus, wie die beiden auf der Grippewelle mitreiten, um sich voll ihren privaten Raubzügen widmen zu können. Dann aber holt mich mein Job ein, der sich von völlig neuen Seiten zeigt, weil nun auch die wirklich wichtigen Kunden über meinen Schreibtisch laufen. Die Telefonanlage blinkt nonstop, ich habe es mit lauter Chefsekretärinnen und manchmal sogar mit dem Boß persönlich zu tun, und sie alle platzen bald vor Freundlichkeit, weil sie kurz vor Abschluß des Steuerjahres noch einen Date mit meinem Boß wünschen. Es pressiert, ich habe Visionen von heimatlos umherirrenden Geldsäcken, und bald schon gibt es auch Gesichter zu den Telefonstimmen, weil etliche Besucher nun neben meinem Stahlgerippe haltmachen und sich persönlich bei mir bedanken, weil ich ihnen noch einen Termin verschafft habe und »überhaupt so nett« sei. Der Kontakt zu solch großen Fischen ist für mich eine völlig neue Erfahrung und allemal reizvoller als die Beaufsichtigung von Leuten, die sich den Zugang zu Marmorurinalen erschleichen, mit den Vorhängen die Schuhe polieren oder einen Aschenbecher aus Bleikristall einstecken.
Am Ende dieser arbeitsamen Woche ertappe ich mich bei einem Stoßgebet. Ich wünsche dem kranken Duo, daß es sich auskuriert, schont oder notfalls einen winzigen Rückfall erleidet. Der Himmel hat ein Einsehen, besagter Hals-Nasen-Ohren-Arzt ruft sogar persönlich bei uns an, und ich starte so gelöst ins Wochenende, daß ich den Nachschub an kalorienträchtigen Trost-

pflastern vergesse. Ich habe sowieso keine Zeit, ich muß endlich den Ausflug zu Wildschweinen und ostasiatischen Sikahirschen nachholen, zu dem Pity und Merhaba mich überredet haben, denn nächste Woche boomt es erst recht. Die Buchungen für Seminare und Meetings haben Hochkonjunktur.
Am Montag hält mich erneut das Telefon auf Trab, der große Bosse verlangt wiederholt nach mir, und zwei Besucherbosse bedenken mich unabhängig voneinander mit einem Christstern für meine »Nettigkeit«. Unversehens ist es Abend, das Office leert sich, nur ich harre in Erwartung der Ärmsten aus, die noch diverse Crashkurse vor sich haben. Die erste von drei Veranstaltungen an diesem Abend ist für neunzehn Uhr angesetzt. Ich überlege gerade, ob ich die Stunde bis dahin noch für eine Stippvisite drüben bei Pity nutzen soll, als draußen in der Auffahrt Kies knirscht und ich unter meinem Fenster einen Lieferwagen vorbeirollen sehe, der um die Ecke biegt und offenkundig am Hintereingang hält. Es klappert und ächzt, was mich automatisch an die neuen Computer denken läßt, die bereits für letzte Woche von der Leasing-Firma avisiert worden waren und noch immer nicht eingetroffen sind. Die haben Nerven, denke ich, einfach so auf gut Glück anzuliefern.
Ich folge dem Geräusch und habe schon einen gepfefferten Spruch auf den Lippen, als ein merkwürdiger Geruch mich innehalten läßt. Die PCs der neuen Generation sind zugegebenermaßen Alleskönner, soviel habe ich mittlerweile schon mitbekommen. Manche können sogar mit ihren Benutzern sprechen, erfreuen mit hübschen Melodien und fliegenden Toastern-Nikoläusen-Nackedeis. Doch mir ist nicht bekannt, daß auch nur ein einziges Gerät den Duft von Rotkohl und gebratenem Fleisch zu simulieren vermöchte. Der Duft, der mir entgegenweht, ist absolut authentisch. Lecker. Ob die sich in der Adresse vertan haben?
Einer mit Kochmütze und Warmhaltegerät steuert direkt auf mich zu: »Wohin kommt das Gänseessen?«
»Nirgendshin«, sage ich, »hier werden Vermögen verwaltet und Schulungen abgehalten.«
»Macht der Gans nix, im Gegenteil«, der Mann hält inne und

sieht sich nach seinem Kollegen um, der soeben eine Styroporkiste aus dem Fahrzeug wuchtet: »Köbes, wo soll dat Zeug hin?« Der so Gerufene zieht einen Zettel aus der Vordertasche seines Kittels: »Die Gans zu den Sporthäfen und der Rehrücken zu den Wirtschaftsstrategien, packen's mit an!«
Ich trete zur Seite und bin einen Moment lang total perplex, während die würzige Parade an mir vorbeizieht und die ersten Teilnehmer an diesem Schmaus mit ihren PKWs anrücken. Von wegen die Ärmsten, das hier gibt ein Gelage, vornehmer ausgedrückt drei Weihnachtsfeiern, und ich bin die Dumme. Wetten, daß die sich obendrein die Hucke vollsaufen und dann noch viel weniger zwischen den ihnen zugedachten Sanitäranlagen und unserem Marmorkabinett unterscheiden können?
Ich behalte recht. Es wird immer lauter über meinem Kopf, offensichtlich kreuzen sich nun Gans und Rehrücken und kaltes Büffet, schon tauchen die ersten Anwärter auf mein Marmorklo auf der freischwingenden Treppe auf: »Könnten wir wohl mal bei Ihnen? Oben ist alles rappelvoll.«
Hinterher weiß ich nicht mehr genau zu sagen, warum ich genickt habe. Es könnte an diesem Kleinjungenblick liegen, den große Jungen in Not ebenfalls draufhaben. Obendrein sind sie nicht übel, sie versorgen mich sogar beim Wiederholungsgang mit Gänseschlegel-Rehrücken-Waldorfsalat und dreierlei Punsch, einer aromatischer als der andere. Das verleiht selbst meinem stählernen Arbeitsplatz eine weihnachtliche Note. Also sitze ich da und sinniere, was ich von alldem und von mir halten soll.
»Schmeckt's Ihnen nicht?« Gerade kommt wieder einer aus unserem geheiligten Kabinett, die Hand noch am Zippverschluß und mit einem Lächeln, das leicht verlegen wird, als er meinen Blick zu seiner Hose auffängt. Warum bringen Männer selbst dann ihre Garderobe nicht vor Ort in Ordnung, wenn nichts sie zur Eile treibt?
»Schmecken?« wiederhole ich mechanisch und werfe einen Blick auf das appetitliche, bunte Arrangement um mich herum. Nicht einmal die Nachspeise habe ich angerührt, obwohl ich ein Fan von roter Grütze bin. Erstaunlich.

»Bestimmt wollen Sie Ihre Figur halten«, ein Finger zielt direkt auf meine Taille, »täte meiner Frau auch nicht schlecht, die sieht schon aus wie 'ne wandelnde Marzipankartoffel. Mögen Sie Marzipan?«
»Sehr«, sage ich, »könnte ich auch für sterben.«
»Das da ist aber mit Marzipan.« Diesmal zeigt der Finger auf das Dessert der Gänseesser. Er hat recht, und die Paarung mit Birne und Schokolade sieht mehr als verlockend aus.
Trotzdem esse ich nichts davon. Als das Rumoren über mir nachläßt und einer nach dem anderen das Haus verläßt, bin ich mit meiner Selbstbetrachtung jedenfalls soweit fortgeschritten, daß ich weiß: Ich habe noch immer keine eigene Bleibe, dafür Feedback im Job und Schwund in den Jeans, die schlottern und nach dem weinroten Gegenstück »meiner Schwester« schreien. Das Marzipan läßt mich kalt, alles in mir giert nach Anprobe, und als ich endlich zu Hause bei Barbara ankomme und erfolgreich den Hosentest bestehe, fehlt mir nur eins: Publikum.
Ich könnte meine wildfremden Nachbarn herausklingeln oder meiner Gastgeberin die Schlafbrille vom Gesicht zerren. Notfalls nähme ich sogar meinen Chef als Bewunderer hin, was aber schon daran scheitert, daß er wieder einmal nach München fliegen mußte, diesmal gleich für eine ganze Woche. Ob das zweite Ticket für seinen Aktenkoffer bestimmt war? Seit wann heißen Koffer wie eine Betriebswirtin, die obendrein ihre Grippe auskuriert?
Nicht mein Problem, entscheide ich und schlüpfe bedauernd aus der Hose, die umgehend einen Zwilling bekommen wird, nebst Ersatz für diese Schlabberpullis. Es ist herrlich, meine eigene Schwester zu werden. Gestricktes in XL kommt umgehend in die Altkleidersammlung. Stante pede, weil frau schließlich nie weiß, ob der Bazillus, der träge und gefräßig und unansehnlich macht, nicht schon zwischen den Maschen nistet.

»Komisch!« begrüßt Pity mich am Ende dieser Arbeitswoche, die wie im Flug vergangen ist. Er schlenkert mit dem Kopf, läßt die Haarsträhne über seinem rechten Auge hochfliegen und wiederholt sein »Komisch!«.

Ich sehe an mir hinab. »Meinst du mich?«
Der Junge streicht seinem Hund, den er zwischen den Knien festklemmt und soeben mit einer Bürste bearbeitet, die linke Haartolle zurück: »Frag mal Smilie!«
Smilie gönnt mir einen Blick aus gequälten Hundeaugen, jault und versucht zu entwischen.
»Er jault nicht wegen mir, sondern weil er nicht in den Zuber will«, stelle ich klar.
Heute bekommt der Königspudel ein Vollbad. Peggy Smith hat ihr freies Wochenende, das müssen wir ausnutzen. Die Hausperle reagiert auf Smilie ähnlich allergisch wie Amante-e-Principessa-bei-Fuß, nur daß sie ihn »Dog« nennt: »Dog-off-there« ist sozusagen die englische Variante, und weil sie dem Hund strikt den Zutritt ins Haus verbietet und ein Freibad bei Minustemperaturen an Mord grenzte, passen wir solche Sternstunden ab. Wobei Smilie in diesem Fall allerdings eher mit der Perle sympathisieren dürfte: Er haßt Vollbäder.
»Nee«, widerspricht Pity, »er jault, weil er glaubt, der Sommer wär endlich zurückgekommen, und jetzt will er raus in den Teich, ist doch klar.«
»Sonnenklar«, ich tippe mir gegen die Stirn und dann gegen die Eisblumen auf der Fensterscheibe, »leider hab ich meinen Bikini vergessen.«
»Viel mehr ist das auch nicht.« Der Elfjährige zieht grinsend an meinem dünnen Hemd.
Ich begreife und fühle Enttäuschung in mir aufsteigen, was natürlich lächerlich ist, denn niemand kann ernsthaft von einem kleinen Jungen erwarten, daß er kapiert, warum ich mich an den letzten sonnigen Tagen dickvermummelt im Schlabberpulli präsentiert habe und den ersten Frost im T-Shirt begrüße. Größe »M«, figurbetont, es ist herrlich, wieder Figur zeigen zu können.
»Ist nur wegen der Baderei«, wehre ich ab und widme mich umgehend der Füllung der Zinkwanne, die im Haushaltsraum zwischen Waschmaschine und Gartenschlauch plaziert ist und normalerweise dem Einweichen von Herrenhemden dient. Der Platz ist ideal, um ein Tier dieser Größe ohne Hinterlassung von

Spuren grundzureinigen, sogar die Wände sind gekachelt, und falls sich dann doch ein verirrtes Hundehaar mit den blütenweißen Maßhemden des Hausherrn paaren sollte, so wäre allenfalls die Haushexe dran, der's nur recht geschähe.

Pity zerrt den Pudel hinter sich her, der schon zu ahnen scheint, was ihm blüht, weshalb ich ebenfalls zugreife. Es ist, als ob wir ein Raubtier bändigen müßten. »Irgendwie peppig«, befindet Pity.

»Peppig?« Ich sehe mich um. Ein Elfjähriger wird sich wohl kaum für den elektrischen Schuhwärmer, die Mangelmaschine oder die Wäscheschleuder begeistern. »Was ist an 'nem ollen Zuber peppig?«

»Ich mein nicht den Zuber. Ich mein das da.« Pitys Kinnspitze ruckt in Richtung meines gerade noch geschmähten T-Shirts. »Steht dir wirklich besser als die härenen Gewänder.«

Härene Gewänder? Kein Kind spricht so, nie im Leben, nicht mal eines mit acht Nurses im Gefolge. Jemand aus der Erwachsenenriege muß sich erdreistet haben, meine Schlabberpulliära zu kommentieren. Die Auswahl an Jemanden ist nicht eben üppig.

»H-ä-r-e-n?« Ich dehne das Wort und verpasse ihm einen üblen Beiklang, um Pity den wahren Spötter zu entlocken. »Schmökerst du neuerdings im Alten Testament?«

Der Junge bugsiert Smilie in die halbvolle Wanne, was nicht eben leicht ist, trotzdem amüsiert er sich anscheinend königlich über meine Frage: »Mußt du mal die Meckerziege Patricia fragen, aber eigentlich glaub ich nicht, daß so'n oller Prophet der gefällt. Neulich hab ich sie wieder mit 'nem Magazin voll mit nackten Männern erwischt, oder fast nackt, aber die Bibel war das hundertprozentig nicht, das hieß ›Fit für irgendwas‹.«

»Wie waren bei härenen Gewändern«, erinnere ich.

»Klar, sie hat's nämlich zum Boß gesagt, und der hat nichts dagegen gesagt, weil er dich SO ja leider nicht kennt.« Pity blinzelt meine durchweichte Maidenform an. »SIE ist da total flach. Glaubst du, das klappt trotzdem mit dem Baby?«

»Baby?« Mir schießen der verheiratete Frührentner, Enzio in Barcelona und mein Chef durch den Kopf. Baby von wem?

»Sie hat zu der ollen Tipse gesagt, sie will noch vor ihrem nächsten Geburtstag schwanger werden, weil sie doch 'ne hübsche, junge Mami sein will. Wird die sowieso nie!« Eine Weile schäumt er schweigsam das lockige Fell ein.
Diesmal drücke ich den Hund gnadenlos mit dem Hinterteil nach unten. Knurren und Winseln wechseln einander ab. Ein paarmal plumpst die Waschlotion ins Wasser. Es duftet immer intensiver nach »Mark II pour homme«. Offensichtlich schwelgt der große Bosse in der kompletten Serie von After-shave bis Duschgel und noch in ein paar anderen Sachen, zu denen ein Alukoffer gehört, für den er ein Flugticket »business class« gebucht hat. Von einem geschwängerten Koffer habe ich allerdings noch nie gehört. Pity sieht so aus, als ob er ebenfalls mit dem Badeschaum seines Vaters Probleme hätte. Er schnieft und flucht auf das »Stinkezeug« und »Smilie«, der angeblich nicht stillhalten will, obwohl er sich im Moment nicht rührt, weil ich ihn daran hindere.
»Sitz!« befiehlt der Junge ein ums andere Mal, holt tief Luft und fügt nach einer längeren Pause hinzu: »Eigentlich mag der Boß überhaupt keine Kinder.«
»Glaub ich nicht.« Ich sehe auf. »Ehrlich nicht.«
»Wenn die blöde Kuh hier einzieht, hau ich ab.«
»Blödsinn!«
»Und wenn ich zu dir abhaue?«
Meine Antwort erübrigt sich. Eine, die ich ohnehin nicht parat hatte, von meinem fehlenden Zuhause einmal ganz abgesehen. In meiner Verwirrung habe ich Smilie losgelassen, der seine Chance umgehend nutzt, hochspringt, begleitet von einer Spritzfontäne aus dem Zuber setzt, sich schüttelt und Schaumflocken stieben läßt…
»Dein Hund haut ab!« brülle ich, kaum daß ich wieder etwas erkennen kann.
Pity brüllt ebenfalls.
Wir jagen hinter dem Pudel her, schlittern über dessen tropfnasse Spur auf Tonfliesen und Holzdielen, rutschen über die nicht weniger glitschige Wiese, drohen und locken, vergeblich! Was nun? Ich schnappe nach Luft, glaube Trockeneis zu inhalie-

ren und versuche, mich in die Psyche eines wasserscheuen Königspudels zu versetzen. Pity kommt mir zuvor, er setzt auf Systematik: »Ich nehm den Schuppen und das Gebüsch. Such du vorn!« Schon verschwindet er zwischen den Sträuchen, wo Smilie vorzugsweise seine Stöcke und sonstiges Beutegut versteckt.

»Okay!« Ich mache auf dem Absatz kehrt und erwarte Eisenstäbe und dahinter die Allee mit den winterkahlen Bäumen zu sehen, statt dessen ragt etwas Grünes vor mir auf. Ich glaube nicht an Marsmenschen, trotzdem überwindet kein normales menschliches Wesen völlig lautlos schmiedeeiserne Gitter von solcher Höhe, erst recht nicht bei Glatteis, und selbst wenn einer von uns vergessen haben sollte, das Tor ordentlich zu schließen, bräche niemand am Wochenende auf der Marienburg ein und krähte dazu lauthals: »Gott sei Dank!«

»Können Sie das noch mal wiederholen?« frage ich sicherheitshalber zurück.

»Vielleicht sollte ich besser ›Göttinnendank‹ sagen. Sind Sie vielleicht die Glücksgöttin?«

»Sind Sie vielleicht bescheuert?« Ich streiche den Marsmenschen, dafür denke ich an diverse irdische Einbruchvarianten und mich als Opfer. Es ist eisekalt, ich bin quasi im Hemd, jage einem frisch shampoonierten Vierbeiner hinterdrein und muß mich von einem Wildfremden verspotten lassen. »Hausfriedensbruch«, füge ich hinzu. »Wenn Sie nicht sofort verschwinden, hole ich die Polizei oder hetze den Hund auf Sie.« Zum Beweis dafür, daß ich es ernst meine und unser Wachhund kein Zwergdackel ist, nenne ich gleich noch den imposanten Taufnamen dazu: »A-m-a-n-t-e-e-P-r-i-n-c-i-p-e-s-s-a!«

»Sind Sie das? Ich glaube, ich würde gerne einmal von einer geliebten Prinzessin verfolgt.«

Will der Grünfrosch mich veralbern? Grün von Kopf bis Fuß, grasfarbenes Grün, sieht aus wie ein Taucheranzug, bloß daß unser einziges Gewässer ein Teich von nicht mal einem Meter Tiefe ist. Der Typ ist ein Spinner und obendrein mächtig von sich eingenommen, Marke Flirtbolzen, diese Spezies ist am ärgsten. »SIE verfolgt garantiert keine.«

Das Gummigrün kommt noch näher. Obendrüber grinst es

schelmisch: »Warum tun Sie so garstig?« Olivenhaut und Wimpern, die mich spontan an meinen gefärbten Bruder erinnern. Schwarz und lang, es gibt nichts Schlimmeres als Männer, die schön sein wollen. Derzeit ist alufarben »in«, doch es gibt stets eine Avantgarde, und vielleicht wählt die Grün. Grasgrün. Froschgrün.
»Ich bin garstig. Off there!« Der Schlachtruf der Küchenqueen kommt mir gelegen, der paßt auch für Kerle, die sich für den Märchenprinz persönlich halten. Auf deutsch fällt mir nur »Verpiß dich!« ein, was entschieden zu vertraulich und obendrein ordinär klänge.
»Deshalb?« RATSCH. Das war der Reißverschluß, der Irre strippt mit dem steinernen Kollegen als Kulisse. Hervor kommt etwas Schwarzes. Zuerst ein T-Shirt, ähnlich dünn wie meins, dann Leggings, viel, viel dünner als meine Beinkleider. Warum stellt er sich nicht gleich mit in den Teich? Die Maße stimmen. Nur daß der Steinknabe harmlos ist. Der tut keiner mehr etwas zuleide.
»Sie spielen nicht zufällig in dem neuen Köln-Krimi mit?« Hätte ich fast vergessen, wäre immerhin denkbar, seit zehn Tagen wird zwei Straßen weiter gedreht. »Das ist in der Tiberiusstraße, da sind Sie hier falsch.«
»Ich brauche ›Unter den Ulmen, Bosse GmbH‹.«
»Da sind Sie hier richtig, wenigstens theoretisch, aber samstags haben wir geschlossen.«
»Das sehe ich. Sehr hübsch geschlossen übrigens.« Wimpern wie ein Vorhang, einmal hoch und runter, sehr gekonnt, viel zu gekonnt.
»Ich bade gerade den Hund.« Ich sehe an mir hinab. Das Hemd ist klatschnaß, der Büstenhalter darunter den diversen Leibesübungen nicht gewachsen, der Jeansstoff klebt an meinen Beinen, ich habe sogar meine beiden Steckkämme verloren, dafür habe ich jetzt eine prächtige Gänsehaut auf den Armen und überall.
»Eigentlich wollte ich schon gestern gekommen sein.«
»Ach Sie sind das!« Der Computerfritze, fest avisiert und unentschuldigt ferngeblieben, in meinem Kopf macht es Klick. »Kom-

men Sie immer mit vierundzwanzig Stunden Verspätung und so?«
Er bückt sich, läßt Muskeln spielen, hebt den Gummianzug auf und gönnt mir nicht einmal den Triumph von Kältepickeln auf seiner gebräunten Haut. »Wir haben unter Wasser einen Schach-Marathon zelebriert.« Es folgt die Schilderung seiner neuen Leidenschaft in einer Clique von ähnlich Besessenen, mit denen er seit drei Tagen Zeit und Raum vergißt: »Übrigens auch in Ihrem Beverly Hills.«
Ich schnattere vor Kälte. Es ist nicht ganz einfach, in diesem Zustand halbwegs würdevoll einen pflichtvergessenen Computermann auf die nächste Arbeitswoche zu verweisen. Er folgt mir einfach ins Haus, wo Pity längst wieder mit Smilie gelandet ist und mit verbissenem Gesicht eine Bürste durch das seifige Fell zieht.
»Sorry.« Ich knie mich zu ihm neben den Zuber.
»Gehört DER zu dir?« Pity nickt in die Richtung des Fremden.
Ich schüttele den Kopf – das wird noch zu meinem neuen Erkennungszeichen – greife nach dem Wasserschlauch, will endlich den Hund ordentlich abspülen, und komme wieder nicht zum Zug, weil Smilie erneut verrückt spielt.
»Das haben wir gleich.« Der Grünfrosch behauptet, ebenfalls einen Hund zu besitzen. Immerhin gibt er zu, daß es sich bei seiner Iphigenie um ein sehr viel kleineres Exemplar handelt. Dafür allerdings stellt er sich äußerst geschickt bei der Überwältigung unserer Amante e Principessa an, duscht und striegelt sie in Null Komma nichts und verabschiedet sich erst, als der Radau nicht mehr zu überhören ist, den Pity mit dem leeren Freßnapf macht.
»Ich glaube, der Hund braucht was zu fressen«, sage ich zögernd und weiß, daß ich lüge, um den Jungen nicht in die Pfanne zu hauen. Smilie hat höchstens noch Anspruch auf einen Hundekuchen, dieses Scheppern ist nichts als Theater, dabei hätte ich ebenso wie unser Helfer eine Verschnaufpause verdient. Andererseits ist er hier unbefugt eingedrungen. »Sie sollten jetzt wohl gehen, oder?«
»Bis Montag dann, ich verspreche Zivilkleidung!« Weg ist er. Ge-

horsam wie ein Lämmchen, aber er ist keins, hundertprozentig nicht. Die Masche paßt nicht zu ihm.
»Der gehört doch zu dir.« Pity zählt mit Blick auf die glücklicherweise fest eingerastete Tür alle Indizien auf. Das beginnt mit meinen »feuerroten Röhren« und dem »Winzbusending« und hört bei »überhaupt« auf.
»Weinrot«, stelle ich richtig, »außerdem war's bloß der Mann, der im Obergeschoß die neuen PCs installieren soll.«
»Ehrenwort?«
»Großes Ehrenwort.« Ich lüge, doch das weiß ich zu diesem Zeitpunkt noch nicht.

Die Woche läßt sich nicht übel an, obwohl die beiden Grazien wieder von ihrer Grippe genesen sind, sich schon wieder die ersten zyklamrot und pinkrosa verfärbten Apfelkitsche und Kleenex in meinem Papierkorb tummeln und gleich der erste Anrufer mir eine Beschwerde dazupackt. Es ist der »Sultan«, der wissen will, ob ich neuerdings etwas gegen seine Lammspieße hätte und obendrein mit meiner Wäsche fremdginge: »Oder haben Sie schon eine Wohnung gefunden!«
Ich habe auf Anhieb ein schlechtes Gewissen, das eigentlich schon viel eher hätte anklopfen müssen, vielleicht aber zusammen mit meinen Fettzellen geschrumpft ist. Davon verrate ich Mecit allerdings nichts, weil er womöglich einen Vorwurf gegen seine Kochkunst heraushören könnte. Statt dessen berichte ich von meinem massiven Arbeitseinsatz, der mir zu nichts Zeit gelassen hat. Zu nichts-nichts-nichts, hallt es in mir nach und malt einen Zinkzuber vor mein inneres Auge, was noch nicht weiter tragisch wäre, wenn darin ein Königspudel säße.
Dieser Traum letzte Nacht ist schuld. Statt Smilie habe plötzlich ich in Schaumgebirgen geplanscht, die so ähnlich wie mein »Markc II pour homme« rochen, aber eben doch nicht ganz so, was eigentlich kein Wunder ist, wenn dreierlei Duftnoten in einer Wanne zusammentreffen. Das Spiel hieß »Fang-die-geliebte-Prinzessin!«. Ich habe mich etliche Male fangen lassen, obwohl dieser Slogan ähnlich dummdreist war wie sein Erfinder, den ich auch ohne Froschgrün auf Anhieb an den ellenlan-

gen Wimpern erkannt habe. Mein zweiter Fänger hatte Zitterlippen und versprach mir einen ewig haltbaren Zierspargel für den Fall, daß ich ihm in die Arme schwappte. Auf dieses Angebot muß ich so deutlich und vor allem laut reagiert haben, daß es Barbara durch die Wand hindurch aus dem Schlaf riß. »Wieso soll ich mir 'nen verdammten Asparagus, den ich glücklich verkauft habe, irgendwohin stecken?« wollte sie empört wissen. Mein Wohnungsproblem wird wirklich immer dringlicher. Ich besinne mich auf meinen Anrufer und versichere Mecit, daß ich leider noch immer nicht fündig geworden sei.

»Dann wäre der Italiener ja vielleicht doch etwas für Sie.«

»Italiener?« Wirken meine verruchten Phantasien schon über Amtsleitung? Ich brauche keinen südländischen Badezusatz, einer aus Frömmersbach und einer vom Mars reichen vollauf.

»Ich spreche von der Eisdiele an der Ecke«, sagt Mecit in meine Gedanken hinein.

Eisdiele? Sehe ich so aus, als ob ich Gelati verkaufen wollte, wenn alle anderen den Winter über den Betrieb einstellen?

»Dann verkauf ich schon besser Printen«, sage ich laut, »überhaupt läuft das jetzt hier in der Firma alles viel besser.« Ich versetze dem Papierkorb einen Tritt. Rom wurde auch nicht an einem Tag erbaut. Drei abgenagte Kitsche in nicht einmal zwei Stunden sind eine Frechheit, vielleicht sollte ich morgen zu Testzwecken ein Glas saure Gurken mitbringen.

»Der Italiener will zurück nach Palermo«, sagt die Männerstimme an meinem Ohr, »der Hausbesitzer wäre auch einverstanden, weil er den Krach von der Eismaschine leid hat.«

Allmählich begreife ich. Die Eisdiele war früher eine Wohnung, wäre wieder als solche zu haben, böte mir zweieinhalb Zimmer und sogar ein winziges Stück Garten neben der Backstube des Nachbarn. Energisch schiebe ich sämtliche mich verfolgenden Zinkzuber und Badezusätze und Apfeldiebe beiseite. Jetzt geht's zur Sache: »Und der Preis?«

»Er will fünfhundertachtzig.«

»Phantastisch!«

»Fünfhundert«, sagt Mecit, »ich mache das, keinen Pfennig mehr, man muß bloß handeln.«

»Man muß bloß handeln«, wiederhole ich andächtig, korrigiere das »man« in »frau« und teile umgehend meinen beiden Kolleginnen mit, daß mein Papierkorb ihnen ab sofort nicht mehr zur Verfügung steht, ich ihren kratzenden Hälsen meine dickschaligen Trauben nicht länger zumuten möchte und im übrigen ab sofort eine klare Trennung der Arbeitsbereiche wünsche: »Übrigens war am Samstag endlich der Computermensch da, ein gewisser Konrad Kaspari.«
Sie sind empört, sagen sie. Für mein Empfinden wirken sie eher verblüfft. Und »diesen Computerfritzen« überlassen sie mir: »Schließlich ist das Obergeschoß ja wohl Ihr Ressort, oder wird Ihnen die Arbeit schon zuviel?«

Der Mann, der in mein Ressort fällt, taucht kurz vor Feierabend auf. Wie versprochen in Zivilkleidung. Zwar habe ich nicht angenommen, daß die Installation von Computern einen Blaumann erforderlich macht, doch dieses Outfit erstaunt mich denn doch. Sehr schick, vom schwarzen Sakko über die Röhrenjeans bis hin zur Stiefelette, an seiner Wimpernlänge hat sich nichts geändert, die Stimme hallt selbstbewußt durch den Empfang: »Heute ohne Badezuber?«
Das sonore Timbre oder der anzügliche Text rufen umgehend die beiden Hexen auf den Plan. Zuckersüß, paarig trippelnd und nur zu bereit, das Prachtexemplar abzuschleppen. Einer, der so daherkommt, muß ihre Gier wecken. Sobald die Natur ihr Füllhorn allzu reichlich über einem XY-Wesen ausschüttet, wird bei meinen Geschlechtsgenossinnen etwas in Gang gesetzt, was ich nur als Webfehler bezeichnen kann. Wer sagt mir denn, daß diese Hülle hält, was sie verspricht?
»Herr Konradi«, stelle ich notgedrungen vor.
»Ach Sie sind das?« Amante-e-Principessa-bei-Fuß läßt blauschwarzes Mascara aufflattern, wartet ab, bis die dank farbigen Kontaktlinsen geradezu unglaublich blaue Iris Wirkung erzielt und sieht auf ihre Armbanduhr. Sie befindet sich in der Zwickmühle, weil sie gerade zu ihrem »Hals-Nasen-Ohren-Arzt« aufbrechen wollte und das ungeduldige Hupen unseres Chefs draußen ihr keine Zeit läßt zu prüfen, ob dieser wider Erwarten

reizvolle »Computerfritze« nicht wenigstens Teilhaber der Leasing-Firma oder gar ein verkappter Millionär ist.
»Soll ich Herrn Bosse sagen, Ihre chronische Angina wäre nun doch nicht mehr behandlungsbedürftig?« Ich zeige Richtung Auffahrt.
Sie würdigt mich keiner Antwort. Doch die Art, wie sie abzischt, versöhnt mich sogar mit ihrem Müll in meinem Papierkorb, zumal Konrad Kaspari nun mein Fall bleibt. Ein gutes Gefühl, etwas in der Art muß Smilie empfinden, wenn er mit einem besonders dicken Knochen im Gebüsch verschwindet. Doch im Gegensatz zu einem Vierbeiner besitze ich Grips genug, meinen Überschwang zu zügeln. Offiziell geht es um die Installation von Computern und sonst nichts. Und falls dieser idiotische Webfehler auch in mir aktiv werden sollte, brauche ich mich bloß an meine Verabredung mit dem Besitzer jener Eisdiele zu erinnern. My home is my castle, ohne läuft sowieso nichts.
»Hat etwas von einer Trutzburg, wie?« Mein Besucher mustert das Mauerwerk, die goldgerahmten Ahnen und zuletzt die Flatterwesen an der hohen Decke. »Sind Sie da oben auch vertreten? Ich stelle es mir nicht übel vor, von der Arbeit aufzuschauen und Sie so auf mich niederlächeln zu sehen.« Bei dem Wort »so« zeigt sein Finger auf einen nackten Engelpo, der im Übergang zum Schenkel mindestens zwei Rollen zuviel drauf hat. Glaubt er etwa, ich sähe so aus?
»Da, wo Sie arbeiten werden, sieht's etwas anders aus.« Mit einer einladenden Handbewegung steuere ich die freischwingende Treppe an. Er wird sich noch wundern, die ehemaligen Dienstbotenkammern sind kein Rittersaal.
»Nicht übel.« Er pausiert im ersten Stock, klopft ein Kaminsims ab und begutachtet die Doppelverglasung eines Fensters, als ob er hier einziehen wollte. »Höchstens etwas kahl, stünden Sie eventuell auch für ein Wandgemälde Modell?«
Spontan fallen mir die Fresken von Eva-mit-Apfel-und-sonstnichts in der Kirche zu Lieberhausen ein. Ich fühle mich verschaukelt, weil ich besser als jeder andere weiß, daß niemand mich ernsthaft ständig anschauen möchte. Schon damals in der Schule und bei Familienfeiern hat man mich beim Fotografie-

ren möglichst weit außen oder hinten plaziert, wenn überhaupt sind allenfalls Ponyfransen und Nase von mir zu erkennen, was Adam später dann als Rechtfertigung dafür genommen hat, daß er seinen Autofocus ausschließlich auf Objekte richtete, »deren Schönheit nicht durch sozialisationsbedingte Hemmungen geschmälert wird«. Wieviel weniger tauge ich zum Augenschmaus für diesen Beau? Frauen, die nichts Gescheiteres im Kopf haben, verdienen sowieso nur Fegefeuer-Lieberhausen-rote-Socken-Männer. Auf mich wartet ein Mietvertrag, das ist etwas Reelles, hoffentlich komme ich nicht zu spät. Mit Blick auf die Uhr verweise ich energisch auf unsere Geschäftszeiten: »Eigentlich bin ich schon gar nicht mehr da, wenn Sie mir endlich weiterfolgen wollen.«
Die Holztreppe zu den Mansarden hoch ist sehr viel bescheidener, was gleichfalls für die Raumgrößen und die Deckenhöhen und das Mobiliar und sogar für die zwölf Computer gilt, die alle zwei Jahre nachgerüstet oder ausgetauscht werden. Deren Anblick läßt meinen Hintermann schlagartig seinen Redefluß unterbrechen, in dem es um mich als nicht existentes Feenwesen ging: »Für jemanden, der eigentlich schon gar nicht mehr da ist, bieten Sie eine ganz besonders reizvolle Aussicht. Herrjemine, was sind das denn für alte Kisten?«
»Die gehören zu Ihrem Job, dann legen Sie mal hübsch los!« Ich tippe gegen sein schniekes Sakko. »Oder brauchen Sie zuerst eine Schürze?«
»Schürze?« Einen Moment lang wirkt er irritiert, dann findet er zurück zu seiner Charmebolzenmasche und knüpft an Zuber-Hund-und-mich-im-Hemd an.
»Wenn Sie nicht sofort die neuen Programme installieren, springe ich aus dem Hemd.« Mir reicht's, der Typ ist pentrant und möglicherweise arbeitsscheu, dafür bezahlt ihn auf Dauer niemand. Sein stummes Grinsen irritiert mich. Warum grinst er so blöd? Ich memoriere meine Wortwahl, mir wird heiß und kalt.
»Die Hemdnummer wäre nicht übel.« Seine Mundwinkel steuern die Ohrläppchen an, das Blitzen in seinen Augen ist unmißverständlich, es dauert eine Weile, bis er wieder sprechklar

ist: »Liegt mir auch viel mehr als Technik, ich schaffe es gerade noch, ein Diktaphon zu betätigen.«

Das Diktaphon löst meine Blockade. Meinetwegen bin ich eine duselige Landtrine, aber er ist ein Hochstapler, soviel steht fest.

»Diktieren Sie damit Ihrem Hund Iphigenie, wann er Futter fassen soll?«

»Sie sind echt komisch! Aber ich könnte es ja einmal probieren! Können wir jetzt wieder ein Stockwerk tiefer gehen? Hier gefällt es mir nicht sonderlich.« Er umfaßt meinen Ellbogen und spielt so überzeugend den Gentleman, daß ich schon auf der Treppe bin, als mir auffällt, wie ungeheuerlich dies alles ist.

»Ich werde mich bei Ihrem Chef beschweren«, drohe ich an.

Hinter mir gluckst es. »Mein Vater wird sich freuen. Haben Sie seine Nummer?«

»Natürlich habe ich die Nummer von unserer Leasing-Firma.«

In mir gärt es. Als ob ich es nicht geahnt hätte, jetzt fällt es mir wie Schuppen von den Augen: Noch einer von diesen Juniorchefs, die Papas sauer verdientes Geld mit vollen Händen zum Fenster hinauswerfen und den Playboy markieren. Wenn ich eins hasse, dann so etwas.

»Leasing-Firma? Könnte es sein, daß Sie mich verwechseln?« Er dreht mich kurzerhand zu sich herum. Die Treppe hier ist wirklich nicht sehr breit und außerdem nur aus Holz, die Stufe unter uns quietscht, das Geländer ist auch nicht mehr sonderlich rüstig. Meine Übermüdung mag mitspielen, vielleicht auch die Scham über meinen doppelten Zuber-Traum und diesen wirklich idiotischen Irrtum, jedenfalls muß ich wahrhaftig Abbitte dafür leisten, daß ich diesen Mann an ein Dutzend alte PCs zwingen wollte. Es ist nur korrekt, sich zu entschuldigen, sobald einem ein Fehler einsichtig wird. Das gehörte ebenfalls zum Crashkurs meiner Mutter. Trotzdem wäre sie bei meinem Anblick über alle Maßen entsetzt. Ich befinde mich auf der Treppe zwischen Herrschaftsräumen und Gesindekammern einer Villa aus der Jahrhundertwende und lasse mich von einem Wildfremden abknutschen, der sich angeblich ernsthaft für die Anmietung des ersten Stocks interessiert. Zu welchem Zweck?

Keine Ahnung! Er mag Lakritzschnecken oder Schnürsenkel

verkaufen. Im Moment läßt mich das kalt. Das hier ist hot. Heiß. Schön.
»Ich muß jetzt zum Tauchen!« Weg ist er.
Tauchen? Abtauchen? Ich hab's ja geahnt. Fehlt nur noch, daß meine Eisdiele an jemand anders vermietet worden ist.
Ich habe Glück im Unglück. Der Sultan empängt mich mit dem Mietvertrag: »Fünfhundert, man muß bloß handeln!«

Wie spurte der Froschkönig, wenn er heute noch lebte?

Es stürmt. Es friert. Weniger draußen, dort zaust nur der Wind die leeren Äste und pustet mir die Haare durcheinander. Erst beim Betreten der Halle legt der Winter voll los. Mit Beschwerden über den Matsch und die Kälte, die ich angeblich einschleppe, von »allem anderen ganz zu schweigen«.
Ich ziehe meine nicht mehr sehr ansehnliche Thermojacke aus und konzentriere mich auf die gelbschwarzen Karos darunter, die prima zu der ebenfalls neuen schwarzen Jeans passen. Es wäre eine Schande, sich wegen einer mager-baby-süchtigen Kollegin um das wohlige Gefühl zu bringen, das sich über Nacht in mir aufgebaut hat. Auf Einzelheiten kann ich mich leider nicht mehr besinnen, wohl aber auf den Auslöser. DEN? In mir protestiert es prompt gegen den Singular. Mein stummer Fight mit der Einspielung von gleich zwei Auslösern rückt die Frau neben meinem Schreibtisch vollends in den Hintergrund. Ich beauftrage die vernünftige Eva, ihrem märchengläubigen Double zu verklickern, daß einzig und allein mein Mietvertrag ein Grund zum Jubeln ist. Den Vertrag gibt es schwarz auf weiß und rechtsgültig unterschrieben.
»Sie sind eine Intrigantin!« tönt es neben mir.
»Wie?« Ich sehe von meinen topaktuellen Holzfällerkaros auf. »Reden Sie mit mir?«
»Ich kenne niemanden sonst, der sich so heimtückisch bei un-

seren Kunden bediente. Von wegen Computertechniker! Wieviel will er anlegen?«

»Sie reden nicht zufällig von Konrad?«

Der Vorname schafft sie, mich allerdings auch. Wie komme ich dazu, mit jemandem so intim zu tun, der mich zuerst weichküßt und dann abtaucht? Ich verbessere mich und schiebe korrekt den Familiennamen nach. Zu spät! Sie hat es ja gleich geahnt, teilt sie mir mit, und der Anruf unserer Leasing-Firma vor höchstens einer Viertelstunde hat ihre schlimmsten Befürchtungen bestätigt: »Der Techniker ist an Röteln erkrankt und konnte gar nicht kommen.«

»Und worüber regen Sie sich dann so auf?« Die Rötelgefahr ist gebannt, der Hochstapler ist ebenfalls auf und davon, vielleicht wäre mir eher nach Jubeln, wenn ihre Iris nicht so künstlich blau schimmerte.

»Als ob Sie das nicht wüßten.« Irisblau auf dem Vormarsch, Blick und Schuß, diese Kontaktlinsen müssen vom Feinsten sein, denn sie rücken nicht von der Stelle.

»Sagen Sie's mir sicherheitshalber noch einmal«, schlage ich vor und habe einen winzigen Moment lang die Hoffnung, er könnte heute früh angerufen haben.

Was natürlich nicht der Fall ist. Sie zitiert bloß erneut ihre feine Nase für »Großanleger«: »So treten nur Leute mit sehr viel Geld im Rücken auf.«

»Eine Million?« werfe ich ein.

Sie wußte es ja.

»Eine Million Seifenblasen? Oder Schnürsenkel?« Und so etwas schimpft sich Betriebswirtin, hat sie noch nie etwas von Recherche gehört? Wimpern wie bei einem Mädchen und Küsse der Kategorie Marathon machen mich nicht blind für alle möglichen Ungereimtheiten. Zwar tritt dieser Konrad Kaspari auf wie ein junger Lord, dafür war sein Auto mächtig ramponiert und mindestens ein Vierteljahrhundert alt. Das Hotel, das er mir genannt hat, steht in keinem Führer, lediglich sein Froschanzug wirkte echt. Er könnte Taucher sein. Eine Spezies, von der ich irgendwo gelesen habe, daß sie zur Extravaganz neigt und süchtig nach diesem Blubb-Blubb unter Wasser ist, selbst wenn dieser nur in einem privaten Schwimmbecken auf der Marienburg stattfindet. Er könnte Tauchlehrer sein. Die Behauptung, Räume im ersten Stock anmieten zu wollen, ist die pure Hochstapelei. Für falsche Töne habe ich einen Riecher. Schon von Berufs wegen.

Seine Wimpern haben gekitzelt, daran erinnere ich mich. Es war kein unangenehmes Gefühl, sehr zart, zärtlich. Meine Finger tasten über die Stelle, wo das war, und wandern weiter in die Glasschale neben meinem Computer. Leer. Bilde ich mir ernsthaft ein, meine Kolleginnen ließen mir auch nur eine einzige Traube übrig? Mir ist nach einem ganzen Kilo, nach zwei Kilo, ich könnte einen Weinstock mit Stumpf und Stiel killen.

»Sie können ihn haben, okay?« unterbreche ich den Redefluß von Amante-e-Principessa-bei-Fuß und stelle den Computer an, greife nach dem mouse-man, klicke links und rechts und in der Mitte, aber der Bildschirm vor mir bleibt trotzdem schwarz. Jetzt gehorcht mir nicht einmal mehr ein simpler Startknopf.

Ich weiß nicht, wie lange ich so gesessen und gestiert habe. Hoffentlich ohne Ton, was nicht immer der Fall ist, wenn ich geladen bin. Jedenfalls gleitet irgendwann etwas samtig Braunes über meine Schulter. Pelz, denke ich, Eichhörnchen, Braunbär, Menschenaffe. Ich rühre mich nicht. Für Krallen sind die Finger, von denen einer gegen meinen Monitor tippt, entschieden zu feingliedrig. Ein grüner Punkt leuchtet nun auf, Farbe kommt ins Bild. »Da bin ich wieder!« sagt es. Ich vergewissere mich, daß tatsächlich er der Sprecher ist und nicht die Soundkarte in meinem PC, die mich schon des öfteren mit der Aufforderung, Papier nachzulegen oder mein Druckerkabel zu überprüfen, zum Narren gehalten hat. Diese Meldung kommt jedenfalls nicht vom Band, schon weil kein Stereo-Speaker-System sich im maronenfarbenen Samtjäckchen präsentiert. Ob er mitgehört hat? Er muß mich für blöd halten. Eine, die ohne seine Hilfe keinen Pudel baden und keinen Monitor starten kann. Angeblich ist er technisch unbegabt, aber natürlich niemals in demselben Ausmaß wie ich.

»Ich dachte, Sie könnten höchstens Ihrem Dackel Iphigenie die Freßzeiten auf's Diktaphon sprechen?«

»Bobtail, aber der Name stimmt.«
Weiter kommen wir nicht mit unserem hirnrissigen Disput über seinen Hund, der mich ebenso kalt läßt wie seine Froschmontur und alles andere. Die beiden Hexen starten soeben zum Frontalangriff und eröffnen dem vermeintlichen Millionär das Spektrum der hier gebotenen Kapitalanlagen. Bei dem Wort »Spektrum« sieht er von mir zur Decke hoch, wo der Nacktpopo schwebt, den wir gestern unter uns gelassen haben. Ich rubbele mir automatisch über die Lippen und zupfe an meinen Jeans, die vorzugsweise dort festklemmen, wo der Engel über uns zwei Röllchen zuviel zeigt. Bei mir ist es höchstens noch eins.
Amante-e-Principessa-bei-Fuß ist seinem Blick gefolgt. »Das mit den Computern dort oben war ein dummer Irrtum der Empfangsdame«, sagt sie und sieht zu mir hin.
»Diplompsychologin«, verbessere ich, »Koordinatorin«, dann verstumme ich, weil sich beides seltsam affig anhört, auch wenn es stimmt.
»Aus dem Bergischen Land«, ergänzt die gelernte Betriebswirtin und will meinen Besucher umgehend in die hinteren Räume dirigieren, um ihm an ihrem eigenen Personalcomputer ein überzeugendes Konzept auszuarbeiten, das exakt auf seine Bedürfnisse zugeschnitten ist: »So wie Ihr Jumpsuit, körpernah und dennoch mit genügend Spielraum für alle Eventualitäten.«
Obwohl das Messingschild am Eingangsportal keinen Zweifel daran läßt, daß hier ausschließlich der Wunsch nach einer sicheren oder höheren Rendite befriedigt wird, erscheint diese Wortwahl mir höchst zweideutig. Ob sein taillenkurzes Affenjäckchen zu den nicht weniger eigenwilligen Beinkleidern tatsächlich »Hüpfanzug« heißt? Ob er auf diese billige Anmache abfährt?
Mein Froschmann lehnt ab. Sehr höflich tut er kund, daß er sein Geld grundsätzlich selbst anlege und lediglich auf der Suche nach circa hundert Quadratmetern repräsentativer Bürofläche im Kölner Raum sei: »Etwas mehr ginge auch, wenn ich dort dann gelegentlich mein müdes Haupt hinbetten könnte. Ich hasse Hotels.«
Ich nicke. An seiner Stelle täte ich das genauso. Ich habe im

Stadtplan nachgeschlagen, wo sein Hotel »Bloomekörvge« liegt. Tiefste Südstadt, in unmittelbarer Nähe des Heims für obdachlose Männer, was ihm immerhin den Umzug von hier nach dort erleichtert, wenn sein Portemonnai Ebbe anzeigt. Mir macht er nichts vor.

»Verstehe, Hotels sind so kalt und unpersönlich.« Meine Gegenspielerin zählt auf, was sie angeblich alles an den Luxusherbergen nervt, von denen sie ihrer Komplizin seit Wochen vorschwärmt. Sein höfliches Antwortnicken gibt ihr Auftrieb, schon kombiniert sie Wimpern, um die »Sie jedes Mädchen beneiden würde« mit »einer phantastischen Hauttönung« und kommt zu dem Schluß, daß unser Besucher ganz bestimmt kein Deutscher sein könne: »Ich glaube da einen winzig kleinen französischen Akzent herauszuhören, habe ich recht?« Ein zweites Nicken belohnt so viel Spürsinn, und obendrein erfahren wir binnen weniger Minuten, daß Konrad Kaspari gebürtiger Belgier, »mit einem Bauchladen voll fremdem Geld« sehr viel auf Reisen und nicht abgeneigt ist, in unserer »Beletage« seine achte Niederlassung unterzubringen: »Allerdings käme nur eine feste Anmietung für mindestens fünf Jahre in Betracht.«

So siehst du aus, denke ich und frage mich, ob blaugefärbte Kontaktlinsen möglicherweise jegliche vernünftige Wahrnehmung blockieren. Anders kann ich es mir jedenfalls nicht erklären, daß eine Frau vom Fach einem Schönredner so kritiklos auf den Leim geht. Es fehlte nicht viel, und sie böte ihm die Oase unseres Chefs mitsamt Ottomane und sich selbst als liegendem Akt obendrauf an. Sie läßt nichts aus, und als ihr die verbalen Köder ausgehen, spendiert sie eine Sightseeing-Tour durch ihre Wickelbluse, die atemberaubend wäre, sofern es außer einem Brustbein und Rippenbögen viel zu sehen gäbe. Doch er bleibt mir treu.

Ein treuer Hochstapler?

Paradox, gewiß. Trotzdem verrate ich ihn nicht. Wer weiß, was ihn dazu treibt, unter fremder Flagge segeln und absahnen zu wollen. Möglicherweise die Sucht zu schnorcheln, bestimmt kein billiges Hobby. Mittlerweile bin ich nämlich davon abgekommen, ihn für einen professionellen Taucher zu halten, der

solcherart seinen Lebensunterhalt bestreitet. Mit dem »Bauchladen voll fremdem Geld« hat er sich selbst verraten. Was witzig kaschieren sollte, gibt mir den Schlüssel zu seiner wahren Identität. Für mich steht es quasi außer Frage, daß er zusammen mit seinem Vater eine Art Pfandleihe betreibt und mal hier und mal dort sein Glück versucht, was ihm zuweilen zu Edelklamotten verhilft und dann wieder den Pleitegeier über ihm kreisen läßt. Wegen mir muß er nicht so aufschneiden.
Was ich ihm in der folgenden halben Stunde wiederholt signalisiere. Ich weigere mich auch, umgehend zwecks Anmietung des halben ersten Stocks – die Parkseite wäre ihm am liebsten – bei meinem Chef vorstellig zu werden und dabei die Möglichkeit der nachträglichen Installation eines Duschbades zu erfragen.
»Überlegen Sie sich das erst noch einmal in aller Ruhe!« schlage ich vor.
»Bis heute abend?«
Ich willige ein. Soll ich einen, der sich glattweg um Kopf und Kragen redet, in sein Verderben laufen lassen? Mit diesen Augen, umkränzt von Wimpern, die jedes Mädchen schwach machen?
Leider sind meine eigenen Farben eher blaß. Mittelblond, und obwohl meine Wimpern eine ganz passable Länge haben, sehen sie durchschnittlich aus. Die Spitzen sind fast weiß. Weißblond. Was findet er an einer mit solchen Wimpern?

Als er mich am Tor erwartet, hat es zum Glück zu regnen aufgehört. Sogar der Wind hat sich gelegt, meine Haare sind nun wieder ordentlich zurückgesteckt, und ich bin heilfroh, mir dieses Holzfällerkaro gegönnt zu haben. Quadrate von solcher Größe sind topmodern und kaschieren zudem mein Überangebot an naturgewachsenem »Holz vor der Hütten«.
»Sie können ja sogar pünktlich sein«, sage ich und stecke den linken Kamm noch etwas fester. Angeblich entscheidet der erste Eindruck. Wenn das stimmt, müßte ich mich ihm als Wilde eingeprägt haben und er sich umgekehrt bei mir als Froschmann. Ich wüßte gern, als was er mich wirklich in seinem Kopf abgespeichert hat. Eine »Glücksgöttin« kam ebenfalls vor.

»Ein Königreich für das, was Sie gerade denken!« Er grinst.
»Glück«, sage ich hastig, »wir haben Glück, daß der Regen endlich aufgehört hat.« Um ihn nicht anschauen zu müssen, nehme ich den Himmel ins Visier.
»Pech«, widerspricht er und legt ebenfalls den Kopf zurück, »die paar Wölkchen schafften nicht mal eins von Ihren süßen kleinen Hemdchen.«
»Das war nur wegen Smilie und dem Zuber, und jetzt ist November, wir sollten uns beeilen, gleich kommt doch noch was runter, die Bahn fährt die Ringe runter, am Chlodwigplatz kann man umsteigen, muß aber nicht sein, für das Stückchen brauche ich zu Fuß keine zehn Minuten.« Sag ihm doch gleich, daß du den Weg zu seinem »Bloomekörvge« auswendig gelernt hast, hetzt es in mir. Ich verstumme. Ist das peinlich.
»Eigentlich wollte ich zuerst etwas mit Ihnen essen gehen. Aber wir können auch gleich ...?«
Ich sehne mich nach einem Mauseloch. Er denkt... ich glaube, er denkt tatsächlich ... jeder Kerl an seiner Stelle täte das, aber ich bin noch nie mit einem ins Hotel gegangen, erst recht nicht so schnell, sehe ich etwa so aus? In mein gedankliches Luftschnappen hinein gibt Eva-die-Inwendige zu bedenken, daß ich mich nicht so anstellen soll, weil ich mit diesem Mann ja quasi schon »die Bütt« geteilt hätte. Bei uns daheim hieß die Badewanne so, einmal hat mein Vetter aus Ribeauville mich darin überrascht und gekitzelt und mein Lachen als Zustimmung genommen. Konrad Kaspari kommt aus Limbourg, wo ebenfalls Französisch gesprochen wird. Mein Französisch ist nicht das beste, aber Kitzeln ist international. Meine Mundwinkel beginnen zu zucken, das ist fatal und noch schlimmer als damals, weil ich kein Teenager mehr bin.
»Kichererbsen«, gluckert es aus mir heraus. Als ich seinem verständnislosen Blick begegne, füge ich hastig hinzu: »Mögen Sie türkische Küche?«
»Einverstanden.« Er zeigt auf den Soziussitz des Motorrollers, den er schon die ganze Zeit befingert und von dem ich annahm, daß er jemandem aus unserem Office gehört. Zuerst ein Auto, jetzt der Roller, ich will gar nicht darüber nachdenken, wie er an

dieses Gefährt gekommen ist. Immerhin mag der Fahrtwind die Hitze in meinem Gesicht und alles, was sich um sein »Bloomekörvge« spinnt, abkühlen. Ich steige auf und schlinge gehorsam beide Arme um seine Hüften, zuerst locker, dann fester, was aber nun nichts mehr mit Zuberträumen zu tun hat, sondern ein Gebot der Not ist. Jedesmal, wenn er sich in die Kurve legt und ein paar säumige Blätter, ein Hundeköttel oder eine Pfütze mir zum Greifen nah rücken, ist sein Wams vor mir der einzige Halt. Ich bekomme nicht einmal mit, daß es nun wieder zu gießen begonnen hat. Erst als die Nässe meine Maidenform Cup C erreicht, hebe ich mein Gesicht von seinen Schultern und empfange einen Jutsch Wasser, der an Stärke kaum hinter einer Dusche zurücksteht. Weil ich aus Eitelkeit meine häßliche alte Jacke offengelassen habe, hat es mein Holzfällerhemd voll erwischt. Der Stoff klebt an meinen Brüsten, ein gelbes Karo rechts und ein schwarzes links, die Nippel könnten Stiele sein, vielleicht tauge ich doch zum Wandschmuck: »Eva mit gelbem und schwarzem Apfel«.
»Alles klar?« Der runde Rücken vor mir streckt sich, das Motorengeräusch verebbt, es fehlte nicht viel, und ich wäre mitsamt meinem abstrakten Apfelcharme gegen ihn gedonnert.
»Quasi«, erwidere ich.
Er dreht sich zu mir um, stutzt, zieht einen Stulpenhandschuh aus, dann den zweiten und zupft an meinem Hemd. »Hätte ich nicht gedacht, daß dieser Panzer es bringt, sieht stark aus.«
Wie soll ich darauf eine passende Antwort finden, wenn jedes Stoffzupfen mich an eine Liebkosung denken läßt? Ich niese, was mir nicht unlieb ist, weil es meine Stummheit überbrückt.
»Oberstark!«
»Was?« frage ich nach dem dritten oder vierten exzessiven Niesen.
Diesmal verzichtet er auf den gesprochen Text, dafür zeichnen seine Hände die Botschaft von zwei vibrierenden Boskopäpfeln in die Luft. Jedenfalls kenne ich sonst keine Sorte, die es an Größe mit einem Kinderkopf aufnehmen kann.
Ich richte den Blick nach unten, was ich wohl besser unterlassen hätte, denn seine Skizze kommt der Wirklichkeit verdammt

nahe. Die Kälte ist schuld, hundertprozentig. »Ich könnte mir den Tod holen. Außerdem wird der Regen schon wieder stärker.«

»Dann sollten wir schleunigst machen, daß wir reinkommen.«

»Wo rein?«

»Da rein.« Sein Arm fährt aus, und in der Verlängerung des flauschigen Jackenstoffs sehe ich drei schmalbrüstige Häuser, die sich im Regen lediglich durch die Kreidetafel unterscheiden, die vor der geschlossenen Tür des einen steht. Die Schrift darauf ist längst verwischt, nur das oberste Wort ist noch zu erkennen. Dem »Tagesmenü« fehlen die Striche über dem »ü« und die Schlaufe vom »g«, auch der erste Buchstabe wirkt leicht ramponiert, trotzdem reicht das zerfledderte Geschreibsel aus, um mich an seinen Plan zu erinnern, »zuerst« mit mir essen zu gehen. Doch das hier ist nie im Leben ein türkisches Lokal, eher schon handelt es sich um eine kölsche Kneipe, was im Grunde aber keinen Unterschied macht, weil ich in diesem Zustand weder für Kichererbsenpüree noch für »halven Hahn« zu haben bin.

»Ich bin pitschnaß und brauche trockene Kleider.«

»Eben.« Der braune Flauscharm ruckt ein Stück höher und peilt eine Dachgaube an: »Ich wohne ganz oben, weil es da am ruhigsten ist.«

»Nein!« Sicherheitshalber schiebe ich ein zweites »Nein!« nach, während sich in meinem Kopf die Gedanken jagen und Eva-die-Klugscheißerin mich verhöhnt, weil ich zu dußlig bin, um ohne Nachhilfe sein »Bloomekörvge« zu erkennen, wenn wir schon genau davor parken: Du hast dich ihm mit deiner Niesorgie doch förmlich an den Hals geworfen, nun frag ihn schon, ob er 'ne Bütt hat! Ich schüttele den Kopf und sage nochmals: »Nein, nie im Leben!«

»Hundertprozentig?« Er sieht ungläubig drein.

»Zweihundertprozentig«, versichere ich und überlege, ob ich mir ein Taxi gönnen soll. Statt dicken Platschen schickt der Novemberhimmel jetzt feine Fiesel, mein abstrakter Obstkorb beginnt sich zu wellen, vermutlich quillt soeben die aufgerauhte Innenfläche meines Holzfällerschicks auf, wahnsinnig erotisch, und erst meine Haare ...

»Moment!« Er steigt ab, hantiert hinter mir und kommt mit einem grünen Etwas zurück, das mich an seine Froschmontur denken läßt und sich auch haargenau so anfühlt. Gummi, allerdings zugeschnitten auf das Format einer Regenplane, zuerst wickelt er mich ein, dann schlüpft er selbst dazu. Das Grasgrün wird dunkelgrün, von draußen hören wir es leise plätschern, weit weg hupt es, eine Straßenbahn bimmelt, seine Nasenspitze ist noch eisiger als meine, dafür sind seine Hände warm und gelenkig. Ob er auf eine Plakette als Marathonküsser aus ist?
»Oben hätten wir's bequemer«, murmelt er in eine Luftholpause hinein.
»Nein-nein-nein«, murmele ich zurück und spitze die Lippen, was er zum Glück in diesem Halbdämmer nicht mitbekommt, denn er will keinesfalls weiterküssen und massieren, sondern verschwindet erneut mit einem »Moment!« aus unserem Regenhäuschen. Diesmal allerdings nicht nur zum Gepäckträger hin. Ich sehe seine Füße davonmarschieren, eine riesige Pfütze umrunden, dann ist er weg, ganz weg. Abgetaucht, höhnt Evadie-Inwendige, ein professioneller Abtaucher, hihi. Ich könnte die Unperson umbringen, statt dessen stopfe ich ihr mit dem Hinweis auf diesen Motorroller den Mund, den der Besitzer mir wohl kaum als Knutschobolus überlassen wird. Fragt sich bloß, wer der rechtmäßige Besitzer ist, geifert es retour. Gerade als ich soweit bin, freiwillig das Feld zu räumen und den Taxistand am Chlodwigplatz ansteuern zu wollen, kommen seine Schuhe zurück und stoppen dicht neben mir: »Kannst du mal aufmachen, ich habe die Hände voll.«
Er hat Grog organisiert, zwei Glasbecher in billigen Basthaltern, die schon aufbröseln. Unter unserem Gummidach mischen sich Atemwölkchen und Rumschwaden, nach dem dritten Gang erreicht die Wärme endlich auch meine Füße, und irgendwann, als ich kaum noch spüre, daß ich überhaupt Füße habe, teilt Konrad mir mit, daß es nun zu regnen aufgehört hat. Ich kann nur mit Mühe ein »Schade!« unterdrücken. Daran muß der Alkohol schuld sein, hundertprozentig.

Es ist unglaublich, wieviel Nässe ein einzelner Mensch in einem Hemd und einer Jacke speichern kann. Die Schuhe nicht zu vergessen. Bei jedem Schritt durch dieses Appartementhaus rinnt es aus mir und zeichnet meinen Weg in nicht eben sauberen Schlieren nach, die nur schlecht zu dem Höhlenzauber von eben passen. Verrückt, denke ich, und schön. Da habe ich achtunddreißig Jahre gebraucht um herauszufinden, wie gut Grog schmeckt, vorausgesetzt er wird so serviert, himmlisch!
»Bist du des Teufels!« Das muß meine Freundin Barbara sein, denn ich kenne niemanden sonst, der auf einem Chromgerippe relaxt und dabei Zitronenachtel aussaugt. Ihrem Gesichtsausdruck nach zu urteilen muß die Zitrone, die bei ihr Limette heißt, extrem sauer sein. Dann fällt mein Blick auf die Pfütze unter mir, und mir dämmert, daß möglicherweise doch nicht die Zitrusfrucht schuld ist.
»Sorry!« sage ich und überlege, wie ich Aufzug fahren und aufschließen und in diesen Penthousetraum hineinplatzen konnte, ohne mir dessen überhaupt bewußt zu sein.
»Naß wie eine streunende Katze!« Sie richtet sich auf und mustert mich kritisch. Sie hätte das Zeug zum Feldwebel, bloß daß ich kein Gefreiter bin und noch viel weniger auf vier Pfoten durch die Lande stromere. Eine Gummiplane ist viel zu klein zum Stromern. Ich glaube, ich mag froschgrünen Gummi. Sie soll mich nicht so anglotzen.
»Ich streune nicht«, widerspreche ich laut.
»Hättest du aber vielleicht besser.« Sie kichert und zupft an dem bunten Seidenflutsch, den sie Dressinggown nennt.
Ihr Stoffzupfen macht mich nervös, davon habe ich nichts, eben hatte ich jede Menge davon. Hättest-du-besser, echot es in mir und malt mir eine Dachgaube vor's Auge, die garantiert gemütlicher wäre als dieses Stahlgehäuse. »Falls ich ungelegen komme, kann ich ja wieder gehen.«
»Nichts für ungut, aber als Zweibeinerin auf der Walz hättest du bestimmt Zuschlupf unter einer Brücke oder in einem fremden Schlafsack gefunden, aber so weit gingst du natürlich nicht.«
Ihre Worte treiben mir die Röte ins Gesicht, sie kommt der Wahrheit verflixt nahe, mein Gummifutteral war quasi ein verti-

kaler Schlafsack. Umgehend konzentriere ich mich auf meine Kleidung, streife die Jacke ab und lasse Schuhe, Socken und Jeans folgen. Zum Glück ist der Boden gefliest, allerdings auch kalt, lieber verzöge ich mich ins Bad, doch das wäre unhöflich, weil meine Noch-Gastgeberin soeben zu ihrem eigenen Liebesleben übergewechselt ist und ein Kapitel aufschlägt, das ich für abgehakt hielt. Aus mir unerfindlichen Gründen muß plötzlich ihr Steuerberater wieder im Rennen sein, der zu der Ära blauer Zierspargel gehörte: »Hugo will mich sogar ohne Ehevertrag heiraten, und das bei seinem Beruf. Wie findest du das?«
»Irre!« Das klingt doppeldeutig, und genau so meine ich es auch.
»Blau!« Beinahe wäre ihr das Stück angesuckelte Zitrone zu Boden gefallen. »Total blau, ich glaub's ja nicht!« Sie beugt sich vor und fixiert mich, als ob ausgerechnet ich etwas am Alkoholproblem ihres Freiers ändern könnte. Der auf mich bislang einen recht nüchternen Eindruck machte.
»Und das gefällt dir?« frage ich vorsichtig.
Die Chromliege spielt Erdbeben. Die vibrierende Insassin hält sich den nicht vorhandenen Bauch und japst zum Gotterbarmen, bis sie sich endlich soweit beruhigt hat, daß sie mir den Auslöser für ihren Heiterkeitsausbruch verraten kann. Das bin ich, weil meine ehemals weißen Baumwollenen völlig verfärbt sind. Allerdings nicht blau.
»Schwarz«, widerspreche ich. »Ich bin auf Schwarz umgestiegen.«
»Naturgewachsen oder Schornsteinfeger?« Ihr Witz ist genauso schwach wie dieses ausgelutschte Stück Zitrone, was ich ihr auch mitteile, während ich meine Hose begutachte, die naß und verfärbt noch horrormäßiger aussieht.
»Ich hab dir eben schon gesagt, daß du dir keine Sorgen um meine Tugend zu machen brauchst«, sage ich laut. »Meine Dessous sieht kein Kerl.«
»Ein Glück! Die hätte auch keiner überlebt. Du siehst zum Schießen komisch aus.« Ein Nachbeben sucht Limette-Chromgerippe-Seidenfummel heim.
»Danke!« Ich knöpfe mein ehemals topaktuelles Holzfäller-

hemd auf, verleibe es dem Wäschebündel ein und will schnurstracks im Bad verschwinden, als meine Freundin erneut loskreischt. Anders diesmal. Ungläubig.
»Du hast doch!«
»Wie-wo-was?« Ich bleibe stehen. Ob die Zitronensäure ihr zu Kopf gestiegen ist?
»Gestreunt.« Sie zeigt auf mich. Brusthöhe.
Ich folge ihrem Finger, lande bei zwei biederen, ebenfalls kochfesten Körbchen und will nun ernsthaft am Verstand meiner Kindheitsgefährtin zweifeln, als mir das lockere Gefühl im Rücken und auch ein ungewohntes Freisein im Frontbereich auffällt. Offen Holland, die BH-Bügel sind auf Stielchenhöhe hochgerutscht, und hinten baumeln zwei lose Strippen. »Aufgegangen«, stammele ich.
»Nie!« Meine Freundin hat nicht umsonst promoviert, ihre Beweisführung ist hieb- und stichfest. »Wer war's? Etwa der Typ mit meinem stahlblauen Zimmerspargel?«
»Heiße ich Hugo?«
Barbara findet es geschmacklos, daß ich ihren Hugo als Synonym fürs Irrsein benutze.
Na gut, bin ich eben geschmacklos. Und sonst? Mein Blick fällt auf die Baumwollenen zu meinen Füßen. Die raubt mir keiner, nicht mal ein professioneller Klaubruder. Es ist die nackte Selbstkasteiung, die mich auch noch den Badezimmerspiegel befragen läßt. Ich recke mich und drehe mich und weide mich an den scheckigen Malen auf meiner blassen Haut und weiß: Auf diese Opfergabe hätte selbst Artemis freiwillig verzichtet.

Artemis war eine Gottheit. ER ist ein Mann. Die Tochter des Agamemnon wurde von ihrem Opferstein an die Krim »entrückt«. Menschenmänner brauchen immerhin noch Räder, um ihre Beute zu transportieren. Erst war's ein Daimler mit speckigen Polstern und vergammelten Felgen, gestern ein krummnasiger Roller mit einem französischen Namen, heute ist es nichts.
Jedesmal, wenn der Kies auf der Zufahrt zum Haupthaus knirscht, zucke ich hoch, lausche und lasse mich wieder in mei-

nen Krummrücken zusammensinken, sobald der Kurierbote oder ein echter Großkunde die Halle betritt.
»SIE scheint auf jemanden zu warten!« verkündet die Oberhexe und hält einen von meinen Marktäpfeln hoch, der weder gewachst noch künstlich nachgereift ist.
»Auf wen wohl?« respondiert es brav. »Sieht ja eklig aus.«
»Meine Nase hat mich gleich gewarnt.«
»Ein Hochstapler, wie er im Buch steht. – Wetten, daß der wurmstichig ist?«
»Im Bank-Almanach steht er jedenfalls nicht.« Mein Apfel titscht zurück in die Schale, einmal, zweimal, mich packt die Wut. Das hält auch kein echter Boskop aus.
»Nicht mal unter Pfandleihen steht er.«
»Die Ärmste!«
Ich hole aus zum Apfelweitwurf, auf einen Katsch mehr oder weniger kommt es jetzt auch nicht mehr an. Das Gekreische der beiden baut mich auf und katapultiert mich vom Opfer zur Täterin, was allerdings nicht lange vorhält, weil ich unmittelbar nach der Flucht des Duos in die »Oase« gebeten werde. Bestimmt nicht, um mir zu meiner Wurftechnik zu gratulieren. Fehlt nur noch, daß ich in meiner Eisdiele demnächst wirklich Printen verkaufen muß, um die Miete aufzubringen.
Die nächste Viertelstunde demonstriert mir, was einen echten Boß ausmacht. Ich darf Platz nehmen, bekomme Kaffee angeboten und werde gefragt, wie es mir denn so in meinem neuen Job gefällt. Als gelernte Psychologin allerdings wittere ich die Falle. Sobald ich irgendwo Kritik äußere, bin ich dran, und weil dann ich den Stein ins Rollen bringe, kann ich noch nicht einmal mehr auf Einhaltung der Kündigungsfrist pochen, jedenfalls nicht, ohne das Gesicht zu verlieren. Ich sitze wie auf Kohlen und gewichte jedes Wort. Endlich verliert mein Gegenüber die Lust am Vorgeplänkel, was ich an dem Nagel erkenne, der ungeduldig auf die Zuckerdose tackert, die natürlich ebenfalls aus Edelstahl ist. Der Begleittext gibt sich noch harmlos: »Wie ich höre, boomt es ja förmlich bei Ihnen im Obergeschoß.«
Ich sauge an meiner Unterlippe. »Ich weiß ja nicht, was Frau van der Putt Ihnen jetzt schon wieder erzählt hat …«

»Nur das Allerbeste, noch gestern hatten wir ein höchst interessantes Gespräch, natürlich hätten wir nichts gegen einen zufriedenen Dauermieter, also was ich sagen will: Sie genießen mein vollstes Vertrauen.« Der Nagel setzt ein Ausrufezeichen, woraufhin der Silberdeckel stiften geht, was aber angeblich trotz Zuckerauswurf nichts macht: »Unsere Frau Hohn erledigt das schon, ich muß gleich leider schon wieder weg.« Beim Griff nach dem Terminkalender erwischt es zusätzlich den Milchgießer, und während die Unterhexe devot wischt und zusammenfegt, was kaum zu ihren Obliegenheiten als Chefsekretärin gehören kann, gibt mein Chef mir zu verstehen, wie sehr er mir verbunden wäre, wenn ich neben allem anderen auch gelegentlich ein Auge auf Pity werfen könnte: »Vor Sonntag sind wir kaum zurück.«

Wir? Alles klar, der Storchenbiß will geübt sein, ich bin nur gespannt, ob Amante-e-Principessa-bei-Fuß sich diesmal schon wieder vor Reiseantritt von ihrem Chefliebhaber zum HNO kutschieren läßt, damit der ihr entzündete Rachenmandeln bescheinigt und damit den Betriebsfrieden rettet. Für wie dumm hält dieses Pärchen uns eigentlich? Meine Schuld ist es jedenfalls nicht, wenn die beiden unter der Bettdecke über einen Dauermieter für die Beletage spekulieren. Dazu muß ich mich nicht äußern, jedenfalls nicht, solange ich nicht konkret gefragt werde. Im Moment bin ich nur froh, daß meine Eisdiele nicht in Gefahr ist und ich Mehrarbeit am Abend tagsüber nach Belieben abfeiern darf: »Sie haben da völlig freie Hand, Frau Besser!« Ich beschließe, gleich morgen vormittag mit der Renovierung meiner eigenen vier Wände loszulegen und nicht länger auf knirschenden Kies in der Auffahrt zu achten. Es ist schlicht lächerlich, wenn ein ausgewachsener Mann sich einen Schoßhund hält und ihn »Iphigenie« tauft.

Gelegentlich hat es auch Vorzüge, wie ein Junge groß geworden zu sein. Keine Tapetenbahn, die mir widersteht, ich lackiere auch die Türen und Fensterrahmen, kratze die aufgeklebten Teppichplatten von dem schwarzweiß marmorierten Steinboden darunter ab, wechsele Lichtschalter und Steckdosen aus

und vergesse sogar die Gefahr, die in meinen auf Fettzellen programmierten alten Jeans und den Schlabberpullis nisten mag. Kurzerhand habe ich beides wieder aus dem für die Altkleidersammlung bestimmten Sack herausgeholt, um meine guten Kleider zu schonen. Mecit, den Kindern und vermutlich auch meinen neuen Nachbarn ist es sowieso egal, was ich anhabe. In der Lütticher Straße mischen sich Blaumann und Smoking, echte Kuttenträger und solche, die rotgewandet ihrem in die ewigen Jagdgründe entschwundenen Bhagwan die Treue halten. Spätestens, wenn sie einträchtig an den Lammspießen von Sultan nagen, vergessen sie ihren Dünkel.
Ich zwinge also jeden Gedanken auf die Auswahl der richtigen Binderfarbe, das Transportproblem vom Baumarkt zu meiner neuen Bleibe und die Frage, worauf ich schlafen und sitzen soll, von meiner Körperhygiene ganz zu schweigen. Zwar exisitert eine alte Wanne, doch weil der Eismann darin jahrelang sein Trockeneis gelagert hat, ist an etlichen Stellen die Emaillierung abgeplatzt. In diesem Monstrum kichert garantiert nichts und niemand mehr. Gerade, als die Schadenfreude von Eva-der-Inwendigen über eine nüchterne Feststellung mich so wütend macht, daß ich geneigt bin, den letzten Farbeimer zu nehmen und die Arbeit von nunmehr drei Vormittagen wieder zu zerstören, klopt es gegen die Tür.
»Wer da?« brülle ich, was überflüssig ist, weil die ehemalige Ladentür größtenteils aus Glas besteht und mir freie Sicht auf einen Briefträger gewährt, der mich angrinst, als ob er noch nie eine Frau beim Anstreichen gesehen hätte.
Der Mann schwenkt eine Postkarte.
Notgedrungen öffne ich, obwohl für mich feststeht, daß ich nicht der richtige Adressat bin, einfach weil ich offiziell noch gar nicht hier wohne. Es ist die pure Dankbarkeit für den Italiener, der mir für einen Spottpreis einen Teil seines Inventars überlassen hat, daß ich nun auch noch seine Post weiterleite. Besonders der Kühlschrank und das Fahrrad kommen mir gelegen. Für die »Bütt« gehörte er allerdings noch nachträglich bestraft.
»Sie müssen Eva Besser sein.« Der Uniformierte strahlt mich an,

wie ich seit meinem Wegzug von Lieberhausen keinen Postboten mehr habe strahlen sehen. Sein Kollege, dem ich acht Wochen lang in Barbaras piekfeinem Domizil fast tagtäglich begegnet bin, ist noch gestern blind und stumm an mir vorbeigezischt, als ich morgens früh mein Rad bestieg, um meine Eisdiele anzusteuern.

»Das ist korrekt«, antworte ich langsam und überlege, wo ich mit diesem Lackierpinsel hin soll, um die ausgestreckte Hand ergreifen zu können. Sogar seine Kappe nimmt er ab, einen Namen besitzt er ebenfalls, ich glaub's ja nicht.

»Ich bin der Erwin Schmitz und bring ihnen die erste Verehrerpost.«

Der Pinsel, den ich von rechts nach links habe überwechseln lassen, vollführt einen Hüpfer und landet auf dem mühsam freigelegten Schachbrettboden. PLATSCH. Trotzdem bleibe ich wie vom Blitz getroffen stehen.

»Terpentin«, sagt es von unten, »am besten reiben wir's sofort weg, bevor die Farbe trocknet, wär ja schade drum.« Die Schirmmütze hebt sich, ein freundlicher Helfer lächelt mich an, und ich renne los und kehre mit dem gewünschten Lösungsmittel zurück und bin zu zitterig, um die Ferkelei selbst zu entfernen. Woher kennt ER meine Eisdiele?

»Alles paletti.« Der Mann stemmt sich auf seine schwarze Ledertasche, kommt wieder hoch und erzählt mir in einem Atemzug, daß man leider auch nicht jünger würde und einfach nichts über so eine treue Kinderseele ginge. Er ist schon beim Rapport über sein erstes Enkelchen angekommen, als ich den Bezug zu meiner ersten »Verehrerpost« schnalle. Die Karte kommt von Pity, der mir zu meinem Einzug »Eis bis zum Abwinken und Abenteuer so bunt wie Himbeer-Pistazien-Schokoladeneis zusammen« wünscht.

Ich stelle klar, daß es sich nicht um mein »Söhnchen« handelt, ich selbst Junggesellin aus Überzeugung und von Beruf »Mädchen für alles« bin: »Und jetzt muß ich voranmachen, weil um eins mein Dienst beginnt.«

Kaum ist der freundliche Erwin Schmitz verschwunden, muß ich mich allerdings zuerst einmal hinsetzen, um den Schock zu verkraften. Alle mühsam verdrängten Gedanken überfallen mich gleichzeitig, verhöhnen mich in Froschmanngrün und mit einem kläffenden Schäfchenhund, ich spüre nicht einmal mehr den kalten Steinboden, auf dem ich notgedrungen sitze, als es erneut pocht. Diesmal kann ich nicht erkennen, wer mich stört, weil ich mich sicherheitshalber in eine von der Tür nicht einsehbare Ecke verkrochen habe.

»E-v-a-i-c-h-b-i-n-e-s!«

Der Stimme nach zu urteilen handelt es sich um einen Mann, dem Text nach um jemand Vertrautes, dem Geruch nach um den »Sultan«. Es gibt Momente, in denen wirklich nur noch ein Lammspieß und türkischer Honig helfen. Ich sprinte los und falle Mecit um den Hals, der mir einhändig den Rücken klopft und versichert, daß ich »ein tapferes Mädel« sei, während seine freie Hand zwei wohlduftende Päckchen in Sicherheit bringt und mir die Tränen übers Gesicht fließen.

»Das Terpentin«, sage ich und zeige auf den Boden, »ich hab den Boden vollgekleckst, und überhaupt, ich hab nichts zum Draufsitzen, ich bin total unpraktisch und so was von blöd.«

Mecit sieht sich kurz um. Dann leert er den Colak-Kasten, den er mir vor drei Tagen gegen die »Tapezierlunge« spendiert hat, stülpt ihn um und nötigt mich zum Platznehmen, faltet Alufolie auseinander und würde mich vermutlich auch noch füttern, was aber nicht nötig ist, weil ich spontan nach dem Spieß mit kroß gebratenem Fleisch und dazwischen geschichteten Zwiebelstücken greife und zubeiße. Während ich kaue, teilt er mir mit, daß er sich ebenfalls seine Gedanken gemacht, sodann den Keller entrümpelt und eine alte Kochplatte, ein altes Nähmaschinengestell mit echter Marmorplatte sowie einen Strandkorb für mich gefunden habe. Die Beschreibung des Korbes, den Mecit vor Jahren in einem Preisausschreiben gewonnen hat, erfolgt besonders detailliert. Ein voluminöses Teil, wie es sich anhört, das mich erst recht zum Heulen bringt, weil meine letzte Urlaubsreise schon bald nicht mehr wahr ist.

»Ich glaub nicht, daß ich in den nächsten zehn Jahren verreisen kann«, schluchze ich, »und überhaupt wär dein Korb ein bißchen sperrig fürs Reisegepäck, trotzdem danke.«

»Zum Schlafen«, widerspricht mein Besucher und demonstriert mir mit beiden Händen, wie weit sich die beiden Liegeteile und Fußstützen ausklappen lassen: »Sogar mit Tischchen an der Seite und Haken zum Aufhängen und besser als Steinboden, oder?«
»Und die Farbe?«
»Außen rot und innen gestreift, die Totenkopffahne obenauf ist wohl eher ein Jux, aber die können wir austauschen, bis heute abend schaff ich dir das Ding rüber. Oschi hilft.«
»Oschi?« frage ich und sehe mich schon tagtäglich zwischen meinem Designerstahlgerippe auf der Marienburg und einem rotweißgestreiften Piratenkorb hin und her pendeln. Immerhin dürfte letzterer bequemer sein, möglicherweise sogar origineller, weil ich mittlerweile zwar zwei Bewohner von Stahlgehäusen kenne, aber noch keinen einzigen, der im Bastkorb haust. Nicht einmal Klein-Moses aus der Bibel hat darin mehr als ein paar Stunden zugebracht, und das war nur die Miniaturausgabe aus schlichten Weidenruten.
»Oschi gehört der Gemüseladen an der Ecke«, erklärt Mecit, »ich glaube, es wird Zeit für dich, ich hab dir noch was fürs Büro eingepackt.«
»Du bist ein Schatz.« Das zweite Alupäckchen kommt in den Blechkasten, den der Eismann an sein Fahrrad geschraubt hatte, um seine Vorräte zu transportieren. Sehr praktisch, das gleicht die klobige Optik und eine gewisse Unhandlichkeit aus. Bei den ersten Touren haben mich die Blicke der Passanten noch geniert, und zum Office habe ich bislang weiterhin die Straßenbahn benutzt, was heute aus Zeitgründen entfällt.
Die ersten paar Meter höre ich es noch in dem Kasten vor mir scheppern, umgekleidet bin ich auch nicht, zum Glück ist die Oberhexe auf dem HNO-Storchen-Trip. Ich biege zum Volksgarten ab. Dann rücken der Lärm fremder Autos und das Rattern und Pfeifen auf den Gleisen dicht neben mir immer weiter weg, dafür nehmen die Bilder aus meiner eigenen Werkstatt an Intensität zu. Soeben entdecke ich, wie sich mit einem provisorischen Strandmöbel eine Wohnlandschaft inszenieren läßt, die ihresgleichen sucht. Als ich »Unter den Ulmen« vorradele, ist es

später, als dies mit der Linie sechs der Fall gewesen wäre, dafür bin ich im Geist aus dem Apfelsinenkistenstadium zur Möbelavantgarde aufgerückt. Sogar für die klotzige Wanne ist mir etwas eingefallen, und wenn ich damit fertig bin, kommt dieses Rad an die Reihe, und danach ich selbst. Gerade als ich mir vorstelle, wie ich den alten Schlabberpulli nebst Uraltjeans und Büstenhalter ruckzuck in den Lumpensack stopfe, holt mich die Wirklichkeit in Form der Unterhexe ein: »Seit einer halben Stunde wartet der Techniker auf Sie. Wissen Sie, was diese Leasing-Firma uns pro Arbeitsstunde berechnet?«
»Eine Pauschale«, teile ich ihr mit, denn was vertraglich fixierte Serviceleistungen echter Techniker betrifft, macht mir keiner ein X für ein U vor. Die nächsten Stunden bin ich vollauf damit beschäftigt, in den beiden Obergeschossen den Austausch alter PCs und die nächsten beiden Seminare mit Weihnachtsgans und Karpfen blau zu beaufsichtigen. Es ist stockfinster, als ich endlich wieder auf mein Fahrrad steige. Obendrein bin ich hundemüde. Trotzdem entscheide ich mich für den Umweg an meiner Eisdiele vorbei. Bestimmt hat Mecit Wort gehalten …
Im Dunkeln wäre ich fast über etwas Kugeliges gestolpert. Jedenfalls fühlt es sich kugelig an, als ich mit klammen Fingern danach taste, dann erneut in dem noch ungewohnten Schloß herumstochere und endlich die Tür zu dem Raum aufschließe, in dem bis vor kurzem etliche Bistrotische und eine Theke standen, welche wiederum ein anderer Eismann übernommen hat. Lediglich die illuminierte Eiswaffel, die fast so groß wie ich selbst ist, wollte er nicht haben. Momentan ist das außer einer Neonröhre meine einzige Beleuchtung. Ich taste nach dem Fußschalter, der Hörnchenschaft beginnt zu flackern, die drei künstlichen Eiskugeln obenauf bekommen Farbe, und ich entdecke fast gleichzeitig das rotweißgestreifte Getüm vor mir und die sechs rot geflämmten Boskopäpfel zu meinen Füßen. Dick wie Kinderköpfe, die Schale ist leicht angerauht, dazwischen steckt eine Karte: »Herzlich willkommen! Oschi!« Diesmal weiß ich Bescheid, und egal ob es Zufall oder Vorahnung ist, in jedem Fall gibt es mir ein heimeliges Gefühl, mit meinem Lieblingsobst begrüßt zu werden.

Höchstens noch zwei Tage, dann schlafe ich auch hier, komme was da wolle. Der Korb ist wirklich nicht übel, die Mechanik funktioniert astrein, lediglich die Doppelsitze sind überflüssig, weil einer, der hochstapelt, um sich in fremder Leute Beletage einzuschmuggeln, sowieso nicht für meinen Urlaubzauber in der Eisdiele taugt. Alles, was mir wirklich fehlt, ist ein Adventskranz. Übermorgen ist der erste Advent. Ich zwinge mich, auf dem Weg zu meiner derzeitigen Schlafstätte an nichts anderes als an vier rote Stumpenkerzen und Weihnachtsäpfel und Walnüsse zu denken, die ich golden lackieren werde, was dann mindestens so schön aussieht wie gekaufter Kranzschmuck. Es ist verflixt mühsam, zwölf Minuten lang nur dieses Gesteck zuzulassen, weil sich immer wieder die warme Dusche, die ich mir gleich gönnen werde, dazwischenpfuscht, automatisch die Wanne nebenan einbezieht und mit Zuberträumen loslegt, gegen die Apfel-Nuß-und-Mandelkern einen äußerst schweren Stand haben.

»Na endlich!« Meine Freundin begrüßt mich in der Diele, was ebenso ungewöhnlich ist wie ihr Flüstern und die geschlossene Wohnzimmertür.
»Soll ich wieder gehen?« Eigentlich könnte ich genausogut schon heute in meinem Eispalast schlafen. Der Geruch von frischer Farbe wird mich nicht gleich umbringen, eher schon die Kälte, notfalls leihe ich mir bei Mecit eine Decke.
»Ich nähme ihn glatt.« Barbara zupft an ihren topgegelten Haarspitzen, zieht mit der anderen Hand die Wickelbluse nach unten und überprüft gleichzeitig den Effekt ihres Tuns im Spiegel vor uns. Leider spart dieses Stück Kristallglas mich nicht aus. Okay, ich stecke im Schlabber-Anstreicher-Look, dafür schaffe ich mir aber auch mit eigenen Händen ein Heim. Sie kassiert für ihren Einsatz einen Hugo, möglicherweise auch schon dessen Nachfolger, was mir letztlich egal ist, weil ich mich so weder Hugo I noch Hugo II und nicht einmal dem Mann im Mond präsentieren werde. »Viel Spaß denn, ich husche nur noch eben ins Bad und bin gleich im Bett.«
»Wegen diesem blauen Zierspargel?« Sie zeigt mir einen Vogel,

den ich dank Spiegeloptik gleich mehrfach serviert bekomme. »Laß ihn abblitzen, der Typ macht mich noch irre mit seiner Anruferei.«

Wenn es nicht gerade dieses Landei wäre, das sie mir unterschlagen hat, würde ich sie umbringen. So nehme ich Rücksicht auf ihren neuen Lover und meine Müdigkeit, die illuminiert von Niedervoltstrahlern und reflektiert von metallisch schimmernder Tapete sogar ein Landei vergraulte. »Keine Bange, ich steh nicht auf deinen Ablegern, grüß sie schön!«

»Finde ich aber gar nicht nett.« Der Niedervoltstrahler über mir bekommt Konkurrenz aus dem Wohnzimmer, die Zwischentür war wohl doch nur angelehnt, jedenfalls habe ich nichts gehört, dafür sehe ich jetzt um so klarer, ER auch. Hilfe! Frechheit!

»Suchen Sie noch 'ne Beletage im Obergeschoß?« Ich tippe auf meine Armbanduhr. »Bißchen spät, wie?«

»Wir waren längst beim Du, erinnerst du dich? Ich warte hier schon eine Ewigkeit.«

Ich soll mich coram publico erinnern? So wie ich aussehe? Nach fast einer Woche Sendepause?

Ich zeige auf Barbara und suche gleichzeitig nach einem Winkel, in dem es nicht gleißt und spiegelt: »Meine Freundin ist Expertin für Ewigkeit und Endlichkeit, ich will ins Bett.«

»Immerhin hätten wir auch beruflich noch etwas abzuklären, die Sache pressiert allmählich.« Er läßt nicht locker und verfolgt meinen Schlabberlook, der nach kaltem Gyros riecht. Der Typ ist ein Allesfresser, er verträgt keinen Korb und tut glatt so, als ob ihm die Welt und ich als Beigabe gehörten. Taucht einfach hier auf, mitten in der Nacht, mischt sich in meine Intimsphäre ein und schleimt sich an eine Frau an, von der ich weiß, daß sie mehr Männer konsumiert als ich Hosen. Ich kenne Barbara Schmittchen seit dem Kindergarten, die hat Weibchenspiele früher herausgehabt als das Gehen auf ihren zwei Beinen. Bei so einer bleibt kein Mann stundenlang brav auf seinem Stuhl sitzen, einer wie der schon gar nicht. Er labert noch immer. Sie kontert gefällig. Mir reicht's. Ich verschwinde in meinem Gästezimmer und ignoriere die Klopferei ebenso wie das Märchen, er müsse mich unbedingt noch vor seiner Abreise sehen.

Via Schlüsselloch werden Märchen nicht plausibler, ganz im Gegenteil. Wenn er jetzt abreist, war er logischerweise die Tage zuvor in Köln, was sein Schweigen ebenso wie diese Stippvisite als das enttarnt, was es ist: Eine flüchtige Laune oder die nackte Not, womöglich kreist gerade wieder mal der Pleitegeier über seinem Haupt, was aber garantiert nicht mein Problem ist. Sicherheitshalber ziehe ich mir die Decke über den Kopf, um nur ja nichts mehr von diesem Geschwätz mitzubekommen. Angeblich nimmt er diesmal »den Jaguar«, höre ich ihn zu Barbara sagen. Warum nicht gleich den Privatjet? Frau Psychologin merkt natürlich nichts, sondern steuert ihr Scherflein zu einer angeregten Diskussion über das Conay-Leder von Autositzen bei, für das mindestens zwölf Kühe ihr Fell lassen müssen, während ich mich vergeblich mühe, in den Schlaf zu finden.

»Ruhe!« Sicherheitshalber brülle ich es gleich dreimal. Es dauert eine Weile, bis ich mich davon überzeugen lasse, daß die beiden tatsächlich zu tratschen aufgehört haben.

In dieser Nacht träume ich lauter ungereimtes Zeug. Blauer Zierspargel ficht mit einem Schnorchel, jemand verwechselt mich mit einem English Sheepdog und will mich kupieren, der Badezuber weitet sich zum Meer, in meiner Not springe ich los, meine nackten Gliedmaßen werden grün und glitschig. PENG. Ich knalle gegen die Wand. Froschmäßig. Bloß daß ich weder Frosch noch Prinz und erst recht keine Prinzessin bin.

»Selber schuld!« Meine Freundin versorgt mich immerhin mit einer kalten Kompresse.

Ich bin aus dem Bett gefallen, die Wand war der Boden, die Beule an meiner Stirn kann ich jetzt schon fühlen. Aber ich schweige. Schließlich hat sie mit ihm gemeinsame Sache gemacht. Zweimal ein Dutzend Kuhfelle ergibt vierundzwanzig geschlachtete Tiere, das ist eine komplette Herde, und übermorgen ist der erste Advent.

Adventus heißt Ankunft. Meine Gedanken sind alles andere als weihnachtlich. Ob ER wirklich nächste Woche zurückkommt? »Macht hoch die Tür, die Tor macht weit.« Ein gängiges Kirchenlied, das sich mir auf die Lippen schleicht und trotzdem unpassend ist. Als langjährigem Schäfchen der Gemeinde in

Lieberhausen sollte mir wahrlich genug unverfängliches Liedgut einfallen. Leider kann ich mich auf keinen einzigen Text besinnen, mit dem ein solcher Teufel erfolgreich verjagt wird.

Bumba & Boi

Telefone haben eine Stimme, die der Kunde nach seinem persönlichen Geschmack auswählen kann. Einmal »Dallas«, immer »Dallas«, außer man stellt einen entsprechenden Abänderungsantrag oder verfügt über eine mehrstimmige Anlage. Das Tuten bleibt trotzdem seelenlos.

In meinem Eispalast gibt es noch überhaupt keinen Anschluß. Ein Wochenende ohne dieses penetrante TUUUT hat mich wohl entwöhnt, denn ich zucke zusammen, sobald der Apparat auf meinem Schreibtisch loslegt. Es klingt anders, wieso weiß ich nicht zu sagen, sogar der Hörer aus Hartkunststoff scheint zu vibrieren. Es kostet mich Überwindung, ihn abzunehmen. Ganz schön naiv! Wer hat jemals von einem Teufel gehört, der via Amtsleitung sein Handwerk betreibt? Trotzdem unterliege ich eine Sekunde lang genau dieser Illusion, als eine Männerstimme durch die Sprechmuschel »Haben Sie mich schon vermißt?« raunt. Ich umklammere den Hörer und bin außerstande, sogleich zu antworten. Ich hab's ja gewußt, gehört, das TUUUT war einfach lebendiger. Wieso siezt ER mich? Wer hört mit? Willfährige Ersatzopfer kommen mir in den Sinn, endlich finde ich meine Sprache wieder: »Wenn du dir da mal nicht zuviel einbildest!«

»Sorry?«

Das Rauschen in meinem Ohr und meinem Kopf läßt nach. Ich entferne den für das Raunen verantwortlichen Finger vom Mikrofon und entschuldige mich für meinen Irrtum.

»Keine Ursache!« Mein Chef bedauert, daß er leider nicht wie vorgesehen am Sonntagabend heimkommen konnte: »Hoffentlich hat Pity Ihnen nicht zuviel Mühe gemacht?« Er will wissen,

ob ich »die Stellung« noch bis Dienstag ohne ihn halten könne: »Es ist wirklich sehr wichtig!«
»Okay«, sage ich, »das läßt sich machen.« Stellung ist gut! »Übrigens ist Frau van der Putt auch nicht erschienen.«
Mein Chef teilt mir hastig mit, daß deren Strangangina nun doch zum Durchbruch gekommen sei, dann verschluckt ihn der Äther. Ich finde es phantastisch, wie mein Boß sich noch über Hunderte von Kilometern hinweg über das Halskratzen seiner Angestellten auf dem laufenden hält. Pity reagiert ausgesprochen fröhlich auf die verzögerte Heimkehr: »Dann kann ich mir die Pirateninsel von Lego sogar schon diese Woche kaufen.« Er informiert mich über den seit der Verabschiedung seiner Nurses geltenden Deal, wonach »der Boß« ihm für jeden vaterlosen Tag einen Zwanziger zahlt: »Für hundertzwanzig Mark krieg ich sogar noch ein paar Seeräuber extra.« Er strahlt.
Ich gebe vor, erst einmal weiterarbeiten zu müssen. Soll ich etwa gegen seine materialistische Denkweise anreden? Als Mutter und liebende Gattin vielleicht, doch die bin ich nicht und war's nie. Aus meiner Warte als Psychologin kompensiert der Elfjährige lediglich die Sorge, das Ergebnis solcher Geschäftsreisen könnten ein Brüderchen oder Schwesterchen der Marke »van der Putt« sein. Ich beschließe, Pity sein Hundertzwanzig-Mark-Schutzpolster zu lassen und meinerseits nach Feierabend für den nötigen immateriellen Ausgleich zu sorgen.
Diesmal nehme ich aktiv den Hörer ab, wähle die Nummer des Gesindehauses und teile der larmoyanten englischen Küchenfee mit, daß sie keinesfalls auf ihr Bridge verzichten müsse: »Ihr Schützling steht nämlich bis circa zehn unter meiner Obhut.«
»Aber um neun muß er ins Bett.« Es folgen Hinweise zum Zähneputzen und Nägelsäubern sowie das strikte Verbot von Saurem und Gesüßtem ab zwanzig Uhr.
»Dann sollten Sie wohl doch nur bis acht Bridge spielen!«
Kurzes Schweigen, es folgt das Zugeständnis einer Ausnahme. Neben mir jubelt Pity. Über meinem Vorschlag, heute die Lackierung meines Eismann-Rades in Angriff zu nehmen, vergißt er sogar seine Pirateninsel: »Grand! Darf ich meins auch umpinseln, wenn die Farbe reicht?«

Ich zögere. Bin ich zur Solidarität mit meinem Chef verpflichtet, der reichlich Geld in ein Mountainbike investiert hat, das allerdings seinem Sohn nicht gefällt, weil es violett ist? Amante-e-Principessa-bei-Fuß bevorzugt diese Farbe. Ich entscheide mich spontan für das Recht eines jeden Kindes, frei über seinen eigenen Besitz zu verfügen: »Du darfst!«

Ich habe grüne Farbe gekauft. Natürlich kein Froschgrün, sondern ein sattes Tannengrün, das mit Gelb abgesetzt werden soll. »Wie die Prinzengarde«, findet Pity und klärt mich darüber auf, daß es sich hierbei um ein berühmtes Funkenkorps handelt.
»Funken?« Ich wehre Smilie ab, der scharf auf meinen Pinsel ist und schon etliche Kleckse abbekommen hat.
»Funken wie Funkenmariechen. Bei Fuß, Smilie!«
»Verstehe!« So heißen die Tänzerinnen im Kölner Karneval, lauter bildhübsche Wesen in Spitzenhöschen. Bei so viel Rüschenkram sähe mein eigener Po wie das Hinterteil eines Zirkuspferdes aus! Trotzdem gefällt mir die Vorstellung, à la Tanzmaid grüngelb durch die Karnevalsmetropole zu radeln, nicht schlecht. Bloß mein Freund Pity dürfte sich in der Mädchenrolle schwertun. »Du hast dann allerdings ein kleines Problem«, füge ich hinzu.
»Wieso ich?« Pity blitzt mich übermütig an.
»Dir fehlt was«, sage ich und bin versucht, meine Maidenform nachzuzeichnen, was ich in Anbetracht seiner Jugend natürlich unterlasse.
»Du hast was zuviel!« Pity modelliert zwei üppige Luftgebilde, Apfelformat, und ergänzt, daß es sich bei den »Funken« um eine reine Männergesellschaft handele: »So eine Art Faschingsoffiziere, das Funkenmariechen ist die einzige Frau«, er überlegt, »eben wie früher bei den echten Soldaten die Marketenderin.« Seine Zunge stolpert über das letzte Wort.
»Weißt du überhaupt, was das ist, 'ne Marketenderin?«
»Bei Fuß, Smilie!«
Der Pudel legt den Kopf schief. Gerade eben hat sein Herrchen ihn noch unter den Jeep beordert, der nur im Sommer benutzt wird.

»Na ja«, Pity zieht sich die Ponyfransen bis zur Nasenspitze, »also eigentlich müßtest du das als Frau ja wissen, die haben nämlich im Feld mit den Männern rumgemacht und so.« Pity pustet, seine Haare fliegen hoch, die kalte Luft malt seinen Atem als weißes Rauchzeichen in die Luft: »Ganz schlecht für die Moral der Truppe. Kommt ja nicht von ungefähr, daß Leistungssportler keine Frauen mit ins Training nehmen dürfen.«
Ich empöre mich. Einmal über die Diffamierung des Berufsstandes einer fliegenden Händlerin – »es gab nämlich genauso männliche Marketender, nur zur Information« –, zum zweiten über das Ammenmärchen von der Ausbeutung der Manneskraft durch die Präsenz von Frau: »Habe ich letzte Woche noch in der Zeitung gelesen, alles Humbug, sogar die Nationalmannschaft läßt demnächst Frauen zu.«
»Gott sei Dank habe ich nicht viel für Fußball übrig. Du ferkelst übrigens.«
Ich folge seinem Blick, ereifere mich darüber, daß er mich nicht vorher gewarnt hat, und überlege, wie ich die Vermählung von Gelb und Grün stoppen kann. Zusammengemischt ergibt das Blau. Mein Bedarf an Blau ist gedeckt. Adam Wasser hatte es mit Kornblumenblau. Ein anderer Kumpel aus dem Bergischen hofft gar, die Großstadt mit einem stahlblauen Zierspargel zu erobern. Meine Wanne ist seit vorgestern türkisblau, das aber nur, weil ein solcher Untergrund sogar Badewasser wie ein paar Kellen aus der Südsee wirken läßt. Mein erstes Vollbad war ein Traum, was an diesem bauchigen Format liegen muß, das in keine moderne Naßzelle paßte und einen nirgends einengt. Über die ärgsten Katscher in der Emaille habe ich tropische Fische gemalt. In Kunst hatte ich früher ein »Sehr gut«.
»Blau gefällt mir sowieso besser.« Ich lege den Pinsel aus der Hand und lasse den Farben freien Lauf.
»Typisch Weib!«
»Kommst du nicht mehr mit?« Ich tippe mir gegen die Stirn. »Geistig, meine ich.«
»Männer denken geradeaus und nicht so in Schnörkeln. Bei Fuß, Smilie!« Der Königspudel knurrt und hebt den Kopf von Pitys Moonboots. Mehr Fußnähe geht nicht.

»Du hast noch ein Problem.« Zur Belohnung kraule ich das kräuselige Fell.
»Nämlich?«
»Deine Hündin denkt gradlinig. Avanti!«
Wir schieben unsere Räder in die Garage, sammeln alles Arbeitsgerät ein und balgen noch eine Runde mit Smilie. Das letzte Laub raschelt, auf der Wiese und unter den Bäumen ist es stockfinster, nur die nostalgischen Laternen jenseits des Gitters und die Scheinwerfer an Haus und Teich geben uns Licht. Mitten im Fangspiel stoppt Pity.
»He, du bist der Fänger!« erinnere ich ihn. »Oder bist du schon groggy?«
»Was will der schon wieder hier?«
Ich zwinge mich, auf gar keinen Fall Richtung Straße zu sehen. Es gibt nur einen einzigen ER, den Pity und ich hier gemeinsam in Aktion erlebt haben. Aktion Hundehatz, Froschmann trifft Wilde, diese Woche wollte er zurückkommen, ich hab's nicht geglaubt. Es ist erst Montag.
»Wer?« frage ich.
»Computermann ist er auch nicht.« Pity klemmt den Königspudel zwischen seinen Beinen fest: »Bei Fuß!« Der Hund jault. Sein Ball rollt davon. »Und das Auto imponiert mir kein bißchen. Patricia sagt, er ist ein Hochstapler.«
»Das Auto gefällt mir auch nicht.«
»Du wußtest also doch, daß er kommt.« Pity zerrt an Smilie, der noch immer seinem Spielball nachsetzen will. »Bei Fuß!« Der Hund gehorcht, legt sich hin, aber das gefällt seinem Herrchen ebenfalls nicht, weil dessen Kommando diesmal »Zurück ins Haus!« bedeuten soll.
Ich lasse ihn. Die fremde Lichthupe hält mich gefangen. Dann fällt eine Autotür ins Schloß. Er steht vor dem Gitter, zumindest erkenne ich seine Schuhe und das Braun darüber. Jumpsuit, Hüpfanzug, einfach lächerlich, bloß daß mir kein bißchen nach Auslachen ist. Zögernd gehe ich auf das Braun zu, das sich zu schwarzen Felgen gesellt hat, die heute noch gammeliger als neulich sind. »Wolltest du diesmal nicht den Jaguar nehmen?«
»Stimmt.« Er nickt, sieht von mir zu seinem altertümlichen Ge-

fährt hin und tut so, als ob sein Luxusschlitten sich nur rasch eben eine Tarnkappe übergezogen hätte: »Vermißt du die Figur auf der Kühlerhaube?«
»Ich vermisse gar nichts.«
»Ich schon.« Seine Hand gleitet durch die Gitterstäbe. »Nun komm schon!«
»Sorry.« Sicherheitshalber trete ich einen Schritt zurück. Sein fassungsloses Gesicht, als ich ihn über meine Dienstzeit heute informiere, bereitet mir Genugtung.
»Aber du hast mit dem Kind gespielt.«
»Pity ist mein Freund.«
»Ich denke, du arbeitest in der Anlageberatung?«
»Freundschaft ist keine Arbeit.«
»Eben hast du noch gesagt, daß du bis zehn im Dienst bist.«
»Pity ruft mich.« Glatte Lüge, doch ich muß dringend hier weg. Noch gut zwei Stunden, so lange wartet kein Froschkönig. Auf dem Weg zurück ins Haus stolpere ich über einen Pinsel, fluche laut und rufe noch lauter, daß ich schon auf dem Weg bin. Pity hört mich nicht. Wie auch? Er ist freiwillig in die Badewanne gegangen.
»Soll ich uns Haferflockensuppe kochen?«
Es plätschert. »Ich hasse Porridge.«
»Richtig mit Milch und Zucker und gekocht.«
»Und ER?«
»Ich hab ihm gesagt, daß du mein Freund bist.«
»Aber mit ganz viel Zucker.« Wasser gurgelt ab.
Wir essen, Smilie bekommt auch ein Schälchen. Dann spielen wir eine Partie englisches Scrabble, bei dem ich höllisch aufpassen muß. Nach dem Zähneputzen erzähle ich Pity das Märchen vom »Froschkönig«. Er kennt keine deutschen Volksmärchen, nur Heldensagen und Fabeln und Geistergeschichten. »Eigentlich tut mir der Frosch leid«, sagt er am Ende der Geschichte, gähnt und rollt sich zur Seite. Draußen höre ich die Eingangstür aufgehen, scheuche rasch Smilie vom Bett und schlängele mich an der Haushälterin vorbei, die sich über Farbkleckse am Boden, Tiere im Schlafzimmer und ihre verschmähten Sandwichs erregt: »Ein Wunder, daß das Haus noch steht!«

Steht es wirklich noch?
Es hätte hinter mir zusammenkrachen können, und ich hätte es nicht gemerkt, glaube ich. Die Lichthupe ist schuld. Sie gilt mir. Nicht nur meinem kleinen Freund tun Frösche leid, die vom bösen Zauber befreit werden wollen. Frosch im Tarnanzug, sein dunkles Wams hebt sich kaum von der Karosserie ab, nur sein Gesicht leuchtet hell. Er schiebt mich auf das speckige Lederpolster, das mich an die zwölf Kühe denken läßt, die zu opfern er bereit wäre.
»Ist das Skai?« frage ich und taste über den Sitz, der sich wie die Krachledernen anfühlt, die ich mit fünf Jahren von einem Vetter geerbt hatte. Blankgewetzt, heißgeliebt, ich wollte sie sogar zur Einschulung tragen, doch meine Mutter bestand auf einem Faltenrock: »Sonst gibt es keine Zuckertüte!« Ich war bereit, auf die alberne Tüte zu verzichten, trotzdem mußte ich den ersten Tag im Rock absolvieren. Mit verkratzten Knien und blauen Flecken, die Söckchen hingen auf Halbmast, zum Glück folgten noch neun Jahre, in denen meine Eltern sich von der Erkenntnis leiten ließen, daß ich das Zeug zu einem echten Jungen hätte: »So ist unser Evchen nun mal!«
Es ist nicht eben leicht, nach fünfzehn Jahren die Spur zu wechseln. Meine Freundin Barbara wüßte, ob er jetzt schon wieder lügt. Er behauptet nämlich, das wir auf »Conay-Leder« säßen.
»Und die armen Kühe?« frage ich.
»Ein Bulle wäre mir im Moment auch lieber. Fünfhundert Gramm aus Argentinien, wie wär's?«
»Du willst sie auch noch essen?«
»Bietest du dich als Ersatz an?«
»Heiße ich Iphigenie?« Vermutlich hätten die Götter mich freiwillig verschmäht. Eine, die vom Land kommt und Mastvieh nachjammert, das sie seit Jahr und Tag munter verspeist, hat entweder einen Riß in der Schüssel oder ist verliebt. Liebemacht-blind-blind-blind, trällert es in mir.
»Eva paßt besser. Deine Äpfel gefallen mir riesig gut.« Seine Hände geben den Inhalt meiner C-Körbchen sehr korrekt wieder, was kein Wunder ist, weil er unter unserer Regenplane lange genug Maß genommen hat.

»Ich hasse es, wenn einer beim Chauffieren die Hände vom Steuer nimmt.«
»Ich bin wieder brav. Was bekomme ich zur Belohnung?«
»Kichererbsen«, antworte ich. Mir fällt zu spät auf, daß ich mich damit selbst fange, was er natürlich sofort mitbekommt, denn er reagiert nicht einmal mehr auf meinen Nachsatz »Eigentlich habe ich gar keinen Hunger«. Soll ich ihm etwa die Haferflockensuppenorgie mit Pity auftischen und gar noch die Story anhängen, wie meine Mutter schon früher erfolgreich jedes Bockigsein von Klein-Eva mit Milchbrei dämpfte? Vielleicht wirken die blütenzarten Flocken ja nicht nur bei Kindern. Jedenfalls lehne ich mich zurück, während er nun folgsam mit beiden Händen steuert. Dieses Gefährt schnurrt trotz seines Alters recht sanft durch die Nacht, muckt nicht und röhrt nicht und spinnt uns zusammen, bis wir vor einem Restaurant halten, zu dem mir nur »teuer« einfällt. Sehr teuer, das signalisiert auch das Paar, das soeben die Leuchtschrift passiert und mich schlagartig an meine Malerhosen und die Ebbe in seinem Portemonnai erinnert. So hatten wir nicht gewettet!
Ich richte mich auf und verdränge das milchige Blubbern in meinem Bauch: »Ich sagte Türke.«
»Der beste in der Stadt.« Er zeigt auf den elegant in Neon gesetzten Namen, der sich viele Male in der bronzierten Scheibe spiegelt.
»Döner Kebab, falls dir das etwas sagt.«
»Du willst in eine Imbißbude?« Seine Hand streichelt über meine blaugekleckste Hose. »Deshalb?«
Ich sitze in der Zwickmühle. Schließlich kann ich wohl kaum laut ausposaunen, daß ich ihm das Vornehmtun abgewöhnen und ihn vor dem Pleitegeier bewahren will. Was sind dagegen meine Malerhosen? Seine Finger lassen mich nicht los, während ich Gelüste auf »die besten Lammspieße und Kichererbsen und Auberginen und Lammspieße in ganz Köln« vorschiebe.
»Die Spieße hatten wir schon.« Seine Stimme ist sanft, so wie sein Streicheln und türkischer Honig zusammen, trotzdem lügt er.
»Wir haben noch nie zusammen gegessen, und Lammspieße

schon gar nicht, du mußt mich verwechseln.« Ich schubse seine Hand von mir, aber sie kehrt zurück. Ich lasse sie, weil er mir glaubwürdig versichert, daß er nur meine doppelte Aufzählung gemeint hat und meinetwegen sogar unter einer Gummiplane zu speisen bereit wäre: »Obwohl ich eigentlich auch keinen Hunger habe, du verstehst schon?« Er klopft sich kurz gegen den Magen und erzeugt ein Echo, das in der Wiederholung auf meinem Körper sehr viel runder klingt. Die Milchsuppe und ein paar andere Sünden lassen grüßen, doch es scheint ihn nicht zu stören, weshalb ich schließlich auch aufhöre, den Bauch einzuziehen, und williger als jede blütenzarte Köllnflocke werde. Bis zum Morgengrauen verstehe ich, wie er das mit den gewandelten Hungergefühlen meint, dann fährt er zurück in sein »Blumenkörbchen«. Er findet, wir brauchten auf Dauer etwas Bequemeres als einen Strandkorb, auch wenn der noch so romantisch ist und angeblich fast so gut wie sein Liebling Iphigenie zu mir paßt: »Ich stelle sie dir nach ihrer Morgentoilette vor. Salut!«
Der Strandkorb ist seefest, bunt, verstellbar, praktisch. Was davon bin ich? Suche den gemeinsamen Durchschnitt, hämmert es in meinem Kopf – und versickert. Bleischwer. Traumlos. Morgen ist schon heute. Bei ihm auch?

Merhaba weckt mich. Sie pocht gegen die Tür und will wissen, ob ich frisches Fladenbrot zum Frühstück möchte. Ich höre ihre Stimme und kann sogar ihr Gesicht über die neue Scheibengardine lugen sehen. Die Rolläden sind schon hochgezogen, obwohl ich selbst noch hier liege, eingewickelt in ein Laken und kühle Luft. Mir ist kalt. Was kein Wunder ist, weil kein vernünftiger Mensch bei Minustemperaturen splitterfasernackt in einer Eisdiele nächtigt und nicht einmal die Rolläden zum Schutz gegen den Wind und Schaulustige runterzieht. Es sei denn, der Mensch hätte einen stichhaltigen Grund …
Alles kommt zurück und schwappt auf mich zu, ich möchte gleichzeitig juchzen und mich unter dem Bettzeug verkriechen, weil Merhaba sich nicht von der Stelle rührt. Wissen kann sie nichts. ER ist weg. Aber ICH bin nackt. Zwölfjährige Mädchen sind nicht blöd, bestimmt nicht. Eingewickelt in zweimal ein

Meter Totenköpfe auf Wäschesatin – das Muster hatte es mir angetan, obendrein war der Restposten stark reduziert – hoppele ich zur Tür, bedanke mich überschwenglich für das warme Brot und bin, während ich noch Merhaba nachwinke und die Sicherheitskette vorlege, in Gedanken bei den Stoffhäufchen überall auf dem Boden. Ein Strumpf hier, der andere dort, meine Jeans hat es gleich am Eingang erwischt, das T-Shirt schmückt die künstliche Himbeereiskugel, meine Maidenform kringelt sich neckisch um das Nähmaschinengestell des Eßtischs. Nur meine Baumwollenen fehlen, obwohl auch sie zweifelsfrei im Lauf der Nacht gefallen sein müssen. Bloß wann und wo? Illuminiert von diesem Eiswaffellicht oder im Schutz des Korbs? Jedenfalls sind sie weg. Spurlos verschwunden. Sicherheitshalber ziehe ich mich zuerst an und suche dann weiter, doch je mehr Ecken ich in Ermangelung einer ausreichenden Beleuchtung mit meiner Taschenlampe absuche, um so kribbeliger werde ich. Meine Undies sind nichts, was einen zufälligen Besucher reizen könnte, wahrlich nicht. Eigentlich müßte ich längst losfahren, weil heute früh der Installateur kommen wollte, um die Wasserspülung im Marmorkabinett zu reparieren, was unbedingt vor der Rückkehr der Oberhexe erfolgen muß, weil sonst wieder ich den Schwarzen Peter habe. Auch egal! Lieber halte ich den Kopf für die Ungeschicklichkeit eines punschseligen Gänsefressers aus dem Obergeschoß hin, als daß ich mich mit dieser kochfesten Trophäe oute.

Draußen klopft es schon wieder. Diesmal ist es ein Hundekopf, der zwischen Türrahmen und Gardinenspitze sichtbar wird. Puscheliges Fell, Schlappohren und schwarze Knopfaugen, das Ganze in rund ein Meter fünfzig Höhe, wo gewiß kein Bobtail von allein hinreicht. Die Hundeschnauze titscht gegen das Glas, ich zähle fünf Treffer, als ich mich endlich aus meiner Erstarrung löse und aufriegele. »Du so früh?«

»Wir«, verbessert Konrad, »wie versprochen gleich nach der Morgentoilette. Darf ich vorstellen? Iphigenie – Evchen.«

»Ohne ›chen‹«, verbessere ich und werde rot, spüre, wie ich rot werde, weil der zweite Mann in meinem Leben mich ausgerechnet so nennt, wie das sonst nur meine Familie tut.

»Evchen paßt noch besser zu dir.« Schmeichelstimme, sehr melodisch: »E-v-c-h-e-n«.
»Eva-Evchen-wie-auch-immer muß zur Arbeit.«
»Mit oder ohne?« Er greift in die Tasche seines Blousons und hält mir die geballte Hand hin.
Vergebliche Liebesmüh, durchfährt es mich, meine Baumwollenen sprengen jede Männerfaust. Meine Faust nicht weniger, egal wie ich mich mühe, den Stoff zusammengedrückt zu halten. Das, was ich an Text produziere, ist nicht weniger peinlich. »Wäre nicht nötig gewesen«, höre ich mich brabbeln, »ich hab noch genug Ersatz!« Entsetzt halte ich inne. Ist ja toll, jetzt weiß er wenigstens, daß ich eine ganze Kompanie von diesen Ungetümen befehlige.
Er grinst: »Aber nicht mit meiner Signatur.«
Signatur? Notgedrungen öffne ich meine Hand, das Stoffknäuel fällt auseinander und teilt sich. Aus eins mach zwei, die abgeschnittene obere Hälfte läßt an einen Lendenschurz ohne Zwickel denken, die untere hat das Format eines ausgeleierten Minislips. »He, wie kommst du dazu, meine Wäsche zu zerschnibbeln?« Leider kann ich schon wieder nicht zu reden aufhören und füge hinzu, daß ich nie im Leben daran dächte, so herumzulaufen, was sich glatt so anhört, als ob ich ihm eine Erklärung über mein Untendrunter schuldig wäre. Leider merke ich das wieder erst hinterher. Wenn ich er wäre …
Er beruhigt mich. Das Röckchen ohne Steg im Schritt denkt er sich für Heimvorführungen »à la Karibik im Belgischen Viertel«: »Du mußt mich schon gewittert haben, als du dich für die Lütticher Straße entschieden hast, wir sollten sie besser gleich rue Liège nennen, d'accord?« Noch ehe ich protestieren kann, folgt ein Exkurs zu meiner tropisch angehauchten Badewanne, die ihm ebenfalls ausnehmend gut gefällt. Den Schwertfisch Marlin, von dem ich nicht einmal wußte, daß er so heißt, und den er persönlich am liebsten vor der Südspitze der Baja California jagt, habe ich ganz besonders naturgetreu wiedergegeben, lobt er. Was mir wiederum beweist, daß er meinen Zustand ausgenutzt hat, um sich bei mir umzuschauen und – Gipfel der Frechheit – meine Unterhose mitgehen zu lassen.

Die Rekonstruktion dessen, was sich zwischen dem Verzicht auf Gourmetkichererbsen und der Ankunft hier auf den sechs Kuhfellen seiner Vordersitze abgespielt hat, läßt seine Beschreibung meines Gewerbekühlschranks, dem ich ein Gesicht verpaßt habe, und des übrigen Hausrats, dessen neues Styling ich schließlich besser als jeder andere kenne, an mir vorbeirauschen. Dafür bekomme ich den Schlußsatz wieder um so deutlicher mit. Er freut sich schon auf heute abend, sagt er. Und eine ordentliche Daunenfüllung für meinen Totenkopfbezug sagt er mir ebenfalls zu.

Meine Beschämung schlägt in Empörung um. Nur weil ich zweimal auf seinen kalorienfreien Appetit hereingefallen und meine Eisdiele ins Spiel gebracht habe, genießt er hier noch lange kein Hausrecht: »Dein belgisches Plumeau kannst du dir sparen.«

Er lacht und findet es bezaubernd, wie ich als Gastgeberin auf meinem eigenen Bettzeug bestehe: »Aber ich revanchiere mich, belgisches Plumeau ist die Idee, halt dir schon mal das nächste Wochenende frei. Und jetzt fahr ich dich rasch zur Arbeit.«

Man muß meine Mutter kennen, um zu verstehen, daß selbst ein auf drei Jahre eingekochtes Mädchenerziehungsprogramm aus ihrer Werkstatt nicht so einfach abgeschüttelt werden kann. Das haftet mir an, ich sage brav »Danke!« und schiebe, als Eva-die-Inwendige mich hämisch »braves Schäfchen« nennt, ein ironisch gemeintes »Wäre aber nicht nötig!« und dann jede Menge auf Distanz bedachtes Schweigen nach. Beides verfehlt seine Wirkung, fürchte ich, weil Konrad mir zum Abschied zufrieden lächelnd mitteilt, daß er es wunderbar findet, wenn Frauen nicht pausenlos »Zuckerwatte« schwätzen: »Bis heute abend dann, Evchen! Sei schön fleißig!«

Ich nicke einem unserer Vertreter zu, der keine fünf Meter weit weg parkt, und verzichte notgedrungen auf die passende Replik. Wie finde ich denn das? Mister Frog fährt seinen Hund Gassi und verausgabt sich als Hochstapler-Pooltaucher-Klaubruder, was ihn unweigerlich früher oder später in den Knast bringt, und will gleichzeitig mich zu bürgerlichen Tugenden verdonnern.

Noch mit dem mouse-man in der Hand überkommt mich die Wut, fallen mir tausendmal gescheitere Retourkutschen ein, dieses »chen« hinter meinem Namen ist lediglich das Vorstadium, dafür habe ich einen Riecher. Schon mein Bruder hängte automatisch ein »chen« an, wenn er etwas herunterspielen wollte: »Streich mir doch rasch ein Bütterchen mit! – »Reg dich bloß nicht über die paar Scheinchen auf!« – »Sei ein liebes Schwesterchen!« KLICK. Mein elektronischer Mausmann muß einem heimlichen Impuls meiner Hand gefolgt sein, jedenfalls öffnet sich vor mir das Optionsfeld »Hilfe«, das mir aber auch nicht weiterhilft, weil selbst der beste Computer keine Erkenntnisse ausspucken kann, ohne zuvor mit den entsprechenden Infos gefüttert worden zu sein. Genau die fehlen mir, ich hänge in der Luft mit nichts als der Aussicht auf ein Wochenende in belgischen Daunen, das ich natürlich absagen werde.

Am Freitag schlafen Pity und Merhaba bei mir, das ist fest ausgemacht.

Am Samstag fahren wir drei ins Bergische Land und fällen Weihnachtsbäume.

Die Gutscheine stammen von Manfred Bosse, der diese wiederum von einem Kunden geschenkt bekommen hat. Leider ist er persönlich verhindert, er muß erneut nach München, die Tickets für ihn und seinen »Alukoffer« sind schon gebucht, die Verlängerung des Attestes für Amante-e-Principessa-bei-Fuß dürfte auch bald eintrudeln. »Es ist wirklich sehr dringend!« hat mein Chef mir beteuert. Warum lasse ich mir eigentlich permanent den Alltagsballast von Leuten aufhalsen, die ich nicht einmal sonderlich sympathisch finde? Mir fällt nur eine Antwort ein, besser gesagt meinem unsichtbaren Double: Ich bin ein Landei und strohdumm.

Erneut übernimmt mein Zeigefinger für mich die Regie, verabschiedet per Doppelklick das Hilfsprogramm von Microsoft und leitet die Botschaft zu meinem Kopf weiter, daß ich einfach auch ein paar andere Programme beenden muß. Mein Date mit den Kids geht klar, dafür lösche ich den allabendlichen Wachdienst für »Gans & Punsch«. Unter zwölf Kollegen wird sich dafür wohl noch jemand anders finden, notfalls lasse ich einfach von meinem schlauen PC einen Plan ausknobeln. Die hierfür erforderlichen Daten kenne ich.

Konrad Kaspari ist ein Universalgenie, das sich blitzschnell auf jeder Bühne heimisch fühlt. Das beweist er mir jedenfalls im Verlauf dieser Woche, die er mit einer Luftmatratze, dem neuesten Partytanz, seinem Handy und Märchen aufmischt, welche die Gebrüder Grimm vor Neid erblassen ließen.
Es beginnt gleich am Montagabend mit zweimal zwei Metern aufblasbarem Gummi, der so exotisch mit Bananen, Orangen und Kiwis bedruckt ist, daß ich automatisch »Karibik« assoziiere. Angeblich stammt dieses Luftbett aus einer Tombola und ist seinem Besitzer nur im Weg: »Solange ich im Hotel wohnen muß, bin ich um jedes Teil weniger dankbar.« Den in diesen Worten anklingenden Vorwurf, noch immer nicht mit Manfred Bosse über die Anmietung von hundert Quadratmetern in dessen Beletage verhandelt zu haben, übergehe ich kommentarlos. Bevor ich das tue, suche ich einen Rechtsanwalt auf, um mich gegen mögliche Regreßansprüche abzusichern, sobald der Schwindel platzt. Natürlich glaube ich auch keinen Moment lang, daß dieses Ding gewonnen worden ist, dagegen spricht schon das Etikett eines Ladens, der mir unlängst aufgefallen ist, weil er fertig dekorierte Christbäume zu Mondpreisen verkauft. Trotzdem dulde ich sein Mitbringsel.
Das liegt zum einen daran, daß ich heute bereits im Office hinreichend Dampf abgelassen und die Unterhexe auf hundertachtzig gebracht habe. Sie fand stellvertretend für ihre heimliche Komplizin und deren Chef-Lover die Reduzierung meiner Überstunden »total unsolidarisch«, und auch die netten Kollegen mit dem Faible für mich und meine stets gut gefüllte Glasschale reagierten mit langen Gesichtern, woraufhin ich mich erst recht sehr beherzt fand.
Den Ausschlag für die Plazierung von Banane-Orange-Kiwi in meiner Bleibe gibt aber letztlich Konrad selbst. Weil unsere Mägen synchron knurrten, haben wir uns eben mit einem einzigen Marathonkuß begnügt und sind zwecks leiblicher Stärkung kurzfristig zu Mecits Lammspießen übergewechselt. Ich habe

mir völlig umsonst Sorgen gemacht. Mein Froschkönig beweist Fingerspitzengefühl, verzichtet auf jeden Vergleich zu seiner Viel-Sterne-Gastronomie, kaut nur munter drauflos und vertieft sich sodann in einen Schwatz mit Merhaba. En français, ich bin geplättet, und nachdem ich den beiden eine Weile andächtig gelauscht habe, kann ich mich des Gefühls nicht erwehren, Konrad zumindest in diesem einen Punkt Abbitte leisten zu müssen. Die Angaben zu seiner Herkunft stimmen, so parliert nur einer, der die elegant näselnden Wortschleifen mit der Muttermilch eingesogen hat. Außerdem läßt sich nicht von der Hand weisen, daß sein Luftbett bequemer als mein Strandkorb ist.
Obwohl ich keinen Ton über meinen Sinneswandel herauslasse, erreicht die Message ihn spätestens bei unserer Heimkehr, denn kaum hat er es sich »etwas bequem« gemacht und Schuhe-Strümpfe-Hüpfanzug abgestreift, betätigt er lässig-locker den Blasebalg, der seine exotischen Gummifrüchte prall und rund aufschießen läßt: »Ist auch besser für die Bandscheiben, Evchen!«
Sein Diminutiv für meinen Namen hat erneut eine Rangelei zur Folge, die mich wenig später sogar das Jaulen der ausgesperrten Iphigenie vergessen läßt. Der Schäfchenhund muß das Mitbringsel für eine Art Familienhundehütte gehalten haben, jedenfalls war er wie aus dem Häuschen, kaum daß sein Herrchen Luft aufzupumpen begann, schnappte nach dessen nackten Zehen und apportierte Kekse und meine Sonnenbrille und sogar Bücher. »Kluger Hund!« habe ich gelobt – und geschwiegen, als Iphigenie trotzdem in den ehemaligen Eiskeller mußte: »Das hier ist kein Spiel für Bobtails!«
Damit behält Konrad recht. Ich vergesse das Muster unter mir, weil nun ich selbst die Frucht bin, die in Lieberhausen rotbackig-unschuldig die Kirche schmückt. Iphigenie ist irgendwann verstummt, wir auch, und am nächsten Morgen gibt es kein neugieriges Spähen über die Scheibengardine hinweg, einfach weil Konrad bei mir geblieben ist und die Rolläden deshalb noch dicht geschlossen sind.
Merhaba teilt mir allerdings noch an demselben Tag fast beiläu-

fig mit, daß sie sehr wohl an mein Fladenbrot gedacht und pünktlich damit vor der Tür gestanden hat: »Ich wollte euch nur nicht stören!« Der Plural läßt mich aufschrecken, das »Wieso euch?« entschlüpft mir unbedacht, und so erfahre ich, daß ein sanitäres Rohr mich zumindest akustisch mit der Nachbarschaft verbindet: »Und sein Auto übersieht so schnell auch keiner.«

Ich komme nicht dazu, mich für die gammelige Kiste vor meiner Tür zu schämen, weil in diesem Moment die nächste Handy-Nummer erfolgt. Ich habe nicht mitgezählt, und bewußt gelauscht habe ich ebenfalls nicht, trotzdem glaube ich bereits ein Grundmuster zu erkennen: Es piepst, er meldet sich, dann beginnt die Zweiteilung. Entweder er bläht sich mit astronomischen Zahlen auf, die er an irgendwelchen »Shopping Tours« zu verdienen vorgibt, oder seine Stimme wird verhuscht: »Ich rufe gleich zurück!« Letzteres empfinde ich als besonders störend, weil selbst ich weiß, wie teuer Anrufe über D-Netz sind. Noch viel weniger gefällt mir, wie er einen Tag später lachend meinen Vorschlag abtut, doch lieber den frisch installierten Apparat in meiner Wohnung zu benutzen, bei dem die Einheit einen Bruchteil dessen kostet, was er bezahlt. Sein Lachen ist verlegen. Warum? Natürlich frage ich ihn nicht direkt, trotzdem fühle ich ihm auf den Zahn und lasse durchblicken, daß mir weder schnell verdientes Geld noch andere leichtfertige Touren imponieren: »Das rächt sich früher oder später, und dann sitzt du in der Klemme.« Das Handy entbindet ihn einer Antwort, immerhin gibt er dem Anrufer diesmal recht knapp zu verstehen, daß »es momentan nicht günstig« ist, und dann erklärt er mir, daß ich einfach zu schwerblütig bin: »Wie wär's mit einer richtig flotten Sause tonight, nur du und ich?«

Dieser Satz versetzt mich in höchste Alarmbereitschaft. Das ist kaum die Formulierung, mit der ein gebürtiger Belgier seine Lust aufs Ausgehen artikulieren würde. Schon mein Bruder Paul und nach ihm Adam verwendeten Wörter, die außerhalb ihres Sprachgebrauchs lagen, um mich von meinem »angepumpten Sparschwein« oder einer Geschlechtsgenossin abzulenken, die zufällig immer genau dann kam, wenn ich außer Haus war. Wir

diskutieren also, was darauf hinausläuft, daß Konrad unser erstes Problemgespräch mit dem Kraulen meiner Wirbelsäule und – als das nicht wirkt – einem »Sprung-zu-deinem-Sultan-mir-hängt-der-Magen-schon-auf-den-Knien« boykottiert. Als er nach über einer halben Stunde – Taktik? – zurückkommt, hat er gewonnen, was aber keineswegs an den köstlich duftenden Snacks liegt.
Mittlerweile hat nämlich erneut das Telefon geklingelt, zur Abwechslung mein eigenes, und falls mein Liebster nicht heimlich mit meiner Freundin Barbara unter einer Decke steckt, hat sie ihm soeben unwissentlich Handlangerdienste geleistet. Sie besteht auf unserer Teilnahme an einer Christmas-Surprise-Party am kommenden Abend: »Ganz spontan, spontane Feten bringen's, kommt einfach dazu!« Der Plural hat mich geschafft. Schließlich weiß keine so gut wie sie, daß es mich seit der Trennung von Adam nur noch solo gibt. Pfeifen es die Spatzen schon von den Dächern? Mein hellhöriges Sanitärrohr reicht wohl kaum bis zu ihrem Penthouse, mit dem Inhaber eines türkischen Schnellimbiß tauscht sie sich noch viel weniger aus, trotzdem setzt sie voraus, daß ich paarig auftrete. Seit Wochen wimmelt es um mich herum von Paaren, die händchenhaltend über den Weihnachtsmarkt schlendern oder sich im Baumarkt über die neue Farbe fürs Wohnzimmer zanken. Mir hat keiner dazwischengeredet, was aber nach dreizehn Jahren Zweisamkeit auch ganz schön stressig ist. Eine Party, bei der ich nichts als ein Glas zum Festhalten hätte, wäre Streß hoch drei. Aber ich habe Konrad, und er hat Lust auf »eine flotte Sause«, ich bin keine Spielverderberin und außerdem zu feige, Barbaras Plural zu hinterfragen.
Es gibt mich wieder im Plural. Wie finde ich denn das?

Beim »Boi Bumba« vor rund fünfzig Gästen finde ich es mehr als peinlich. »Boi« bedeutet »Leitbulle«, »Bumba« heißt »große Trommel«, und weil es sich bei Barbaras Freunden um lauter gebildete und der üblichen Weihnachtsessen überdrüssige Leute handelt, werden wir ganz spontan mit Tanzkultur aufgemischt, die »von Millionen Afrikanern aus ihrer Heimat in die Karibik, nach Südamerika und jetzt nach Köln verschleppt wurde«. Frenetisches Klatschen belohnt die Gastgeberin, die daraufhin stellvertretend für die besagten Millionen mit einem mir unbekannten, dunkelhäutigen Partner demonstriert, wie das Paar sich »im Ganzkörpertakt« zu bewegen habe.

»Ich spiele die Trommel«, Barbara tippt zuerst sich gegen das V-förmig klaffende Dekolleté und berührt dann die muskulöse Brust vis-à-vis: »Er ist der Boi.«

Ich bin noch damit beschäftigt, mir zu überlegen, ob der Steuerberater wohl zum zweiten Mal aus dem Rennen um die Gunst meiner Freundin ausgeschieden ist, als mein Tausendsassa mich auf die improvosierte Tanzfläche zieht. »Wir machen mit!«

Wobei? will ich fragen, aber ich dringe nicht durch, weil mich nun das Trommelfeuer all der Gestalten überlagert, die in Smoking und Abendrobe das Parkett betreten und sich dort unverzüglich in kreischende und wippende Urwaldgerätschaften verwandeln. Der reinste Affenzirkus, und was die sich verrenkenden Gliedmaßen und Stimmbänder nicht schaffen, besorgen die aufeinanderprallenden Düfte, kosmetische und körpereigene. Dazwischen gellt das Kommando des echten Boi, dem ich ja gerne folgen würde, wenn ich könnte, schon um nicht in diesem Biotop für Bekloppte niedergetrampelt zu werden. Leider weiß ich beim besten Willen nicht, wohin mit Armen und Beinen und einer Nase, die wie betäubt ist. Es zieht mich immer tiefer in den Sog, ich kreisele und kreisele, bin zu benommen, um »Pieps!« zu sagen und will schon an ein Wunder glauben, als sich endlich das Gewühl lichtet. Ich verstehe sogar wieder einzelne Worte. Eines davon lautet »Endausscheidung«.

»Was soll der Quatsch?« Ich bleibe stocksteif stehen und erwische prompt einen Paukenschlag des Möchtegern-Bullen neben uns.

»Hier spielt die Musik!« Eine Antwort auf meine Frage ist das nicht, immerhin beschützt mein eigener Boi mich vor weiteren Belästigungen, indem er kurzerhand die von dem Oberbullen demonstrierte Tanzhaltung umstürzt und es mir erspart, mich weiterhin mit angewinkelten Armen und Knien produzieren zu

müssen. Seine Hände umschließen meinen Kopf, seine Knie wippen gegen meine, die Ellbogen nehmen mich in die Zwinge und ziehen mich mit. Der Rhythmus hat etwas, er geht mir glattweg ins Blut.
Wir gewinnen per Akklamation den Boi-Bumba-Wettbewerb.
»Und was sagst du nun?« Konrad schwenkt fröhlich unseren ersten Preis, der wie ein Gutschein aussieht.
»Hoffentlich nicht noch eine Weihnachtsüberraschungsparty«, antworte ich, als ich endlich meine Sprache wiederfinde.
»Kennst du den Tanz der Leidenschaft?«
»Pssst!« Ich schaue mich um. Die Gefahr, belauscht zu werden, ist bei zwei Dutzend Möchtegern-Bullen und ebenso vielen Trommeln nicht eben groß, trotzdem will ich jedes weitere Aufsehen vermeiden.
»Ich mein doch nicht den auf unserem Luftbett, Evchen.« Konrad umschlingt meine Taille, schiebt Becken und Knie vor, aber ich komme ihm zuvor und klemme blitzschnell beide Beine zusammen: »Wenn du nicht sofort damit aufhörst!«
»Tango«, kreischt es hinter mir, »olé!« Meine Freundin Barbara hat wie üblich nichts im Bauch und einen Schwips, trotzdem identifiziert sie mühelos eine Tanzfigur, die ich für Liebesakrobatik hielt. Wenn ich nicht achtgebe, läßt sie glatt ihren eigenen Tänzer stehen und vergreift sich an meinem. So blöd bin ich nicht, daß ich nicht mitbekäme, wie sie Konrad schöne Augen macht, während sie mir in satter Zimmerlautstärke immer wieder ins Ohr flüstert, daß mein »Boi« echt stark sei. Mein »Bulle« lächelt daraufhin höchst vergnügt.
In dieser Nacht bin ich wohl eine Kokosnuß, und seine Hände verkünden auf meinem Schlagkörper die Kunde seines Ruhms. Sanft. Wild. Alles zugleich. Ich bin eine willige Kokosnuß.
Zum Glück oder leider ist damit beim Aufwachen Schluß, denn die Stunde der Wahrheit rückt unerbittlich näher. Diesmal muß ich selbst Farbe bekennen, was mir glatt den Genuß des Kaffees und seiner langen Wimpern gegenüber vergällt, die schon morgens den Dreh heraushaben, mich weichzuklimpern.
»Hallo, Evchen, träumst du?«
»Wie?« Ich schrecke hoch.

»Du hast gerade deine Vitamintablette in die Kaffeetasse geworfen.«
»Ach so.« Ist ja widerlich. Ich beobachte das Sprudeln und rümpfe die Nase, als die Vermählung meiner »besten Bohne« mit Brause ruchbar wird. Was alles nichts gegen die Last-minute-Ausquartierung eines Froschkönigs ist, der noch immer munter an sein belgisches Plumeau-Weekend glaubt. Hoffentlich springt er nicht vor Wut selbst gegen die Wand!
Ich weiß, mein Verhalten ist dumm und hinterwäldlerisch und völlig abartig für eine Frau von heute. Was aber nichts dran ändert, daß ich es nicht geschafft habe, meine Absage in dieses Gespinst aus Action und Träumerei zu plazieren. Fünf Tage lang habe ich einen mouse-man in der Hand gehalten und Falschpinkler aus dem Marmorkabinett gejagt und dabei nichts weiter gedacht als Kiwi-Orange-Banane. Ich habe sogar meine Leidenschaft für Boskopäpfel aus Meckenheim vergessen und die Glasschale auf meinem Schreibtisch mit exotischen Früchten gefüllt und daran geschnuppert, wenn die Zeit bis zum Feierabend mir zu lang wurde. Echte Exoten, trotzdem hatten sie keine Chance gegen den Zauber, den ich sechs Nächte lang genossen habe. Vielleicht muß einer Hochstapler sein, um eine künstliche Frucht köstlicher schmecken zu lassen als eine echte. Wie soll ich ihm sagen, daß sein Exotenzauber ja ganz hübsch, aber die nächsten beiden Tage unerwünscht ist? Ich bring's nicht. Ich habe zu viele Flops hinter mir und bin zu oft allein gewesen. Ich habe Schiß.
»Willst du das Zeug jetzt etwa auch noch trinken?« Konrad zeigt auf meine Tasse.
»Ich bräuchte wohl 'ne neue.« Test für einen Liebesdiener. Adam hätte mir einen Vogel gezeigt, aber dieser da springt auf, greift mir kurz in den Ausschnitt und verkündet, daß er »für die da« einfach alles täte. Dann verschwindet er Richtung Eiskeller, in dem jetzt meine Küche untergebracht ist, wo ich ihn auf der Suche nach einer dritten Tasse, die es nicht gibt, klappern höre. Papier gibt es dafür genug, der Notizblock liegt in Reichweite, und während Wasserplätschern mir anzeigt, daß er nun meine alte Tasse abspült, kritzele ich hastig mein Storno für sein Wo-

chenende auf ein Blatt, kniffele es zusammen und stecke es flugs in die Jackentasche, in der er sein Handy aufbewahrt. Auf das Handyläuten ist Verlaß.

Schlaraffenland mit scharfer Munition

Selbst ein unscheinbarer Oldtimer ist ein vorzügliches Ventil für wütende Boi-Frosch-Männer. Er chauffiert uns nach Marialinden, stumm, die Augen starr geradeaus auf die fast leere Landstraße gerichtet, die Kinnbacken auf pfefferminzfrischen Kaugummi konzentriert, lediglich die Morsezeichen seiner Fingerkuppen auf dem Lenkrad signalisieren mir, daß noch mehr in ihm vorgeht. Vielleicht die vergangene Nacht, abgeläutet von einem Notizzettel?

Ein Konrad Kaspari wollte einfach nicht einsehen, daß mein Date mit den beiden Kids auf dem Rücksitz Vorrang vor seinem belgischen Plumeau hatte. Wo doch schon alles festgemacht war. Als ich das hörte, bekrabbelte sich mein schlechtes Gewissen schlagartig. Gemessen an seinem eigenmächtig gebuchten »blauen Zimmer« war mein Schweigen allenfalls eine läßliche Sünde. »Mach's wieder los!« habe ich gekontert und solcherart ein Feilschen um meine Arbeit, meine Freizeit und last not least sein Luftbett in meiner Eisdiele ausgelöst, bei dem ihm prompt der Tausendsassa abhanden kam und seine Pfandleihermentalität durchbrach. Angeblich stimmen meine Prioritäten nicht. Ich lasse mich ausnutzen, verschaukeln, verpasse das Leben: »Ich habe mich so darauf gefreut, dir mein Limbourg zeigen zu können.«

Mit diesem letzten Satz hat er mich wieder gecatcht. Der Vorschlag, sich mitsamt seiner aufblasbaren Karibik zu verflüchtigen, erstarb mir auf den Lippen. Sein Kleinjungen-Plüschblick ließ mich zerfließen. Ein bißchen wohl auch meine Lieberhau-

sener Äpfelchen, die unbedingt weiter Kiwi-Banane-Kokosnuß spielen wollten.
Immerhin habe ich ihn letzte Nacht wirklich ausquartiert und mich taub gestellt, als er Pity und Merhaba mitsamt ihren Schlafsäcken »nach nebenan« verfrachten und sich selbst auf seinen exotischen zweimal zwei Metern behaupten wollte. »Nichts da!«
Natürlich habe ich nicht verraten, daß meine Standhaftigkeit gleichzeitig Selbstschutz war, denn so naiv bin selbst ich nicht, daß ich auch nur eine Sekunde lang an ein unschuldiges Beilager geglaubt hätte. Was Iphigenie im ehemaligen Eiskeller notgedrungen verkraftet, würde mich die Achtung meiner beiden kleinen Freunde kosten, die ohnehin sehr skeptisch auf meinen Froschkönig reagieren. Lediglich der Triumph über seine Verabschiedung gestern nacht hat sie bewogen, heute früh in das verhaßte Auto zu steigen.
»Die Karre imponiert mir kein bißchen«, hat Pity seiner Freundin beim Einsteigen mitgeteilt. Garantiert war es kein Zufall, daß die vorgehaltene Hand zwar die beiden Hunde, die beim Sultan bleiben, am Zuhören hinderte, dafür aber Konrad zum Mithören zwang.
Er hat nichts gesagt, sondern nur auf dem Lenkrad herumgetrommelt, so wie er das nun seit gut einer halben Stunde exerziert. Die beiden auf der Rückbank liefern ihm reichlich Munition. Es beginnt mit der Abwägung von Hunderassen. Natürlich kann ein Bobtail nichts dafür, daß er gleich nach der Geburt verstümmelt wird, ebenso wie dieses kalte, speckige Kuhleder lediglich auf den Täter verweist. Die Einschaltung von Tierschutzbund und Greenpeace wird hinter uns erwogen, bevor für ein paar Minuten Ruhe einkehrt. Verbal. Statt dessen knistert es nun. Die Geräusche und der Geruch von Paprikachips sind unmißverständlich, die Brösel fliegen bis zu uns nach vorne. Mein Nachbar reagiert nicht, jedenfalls nicht so wie erhofft. Seine Trommelfinger kommen im Gegenteil zur Ruhe.
»Es gibt Leute, die kümmern sich nicht mal richtig um ihr Auto!« Das Rascheln explodiert dicht an meinem Ohr. »In der Bundesbahn legen sie jetzt sehr viel Wert auf Sauberkeit«, höre ich Merhaba erwidern. Es folgt die Auflistung all jener öffent-

lichen Verkehrsmittel, die uns sauberer, sicherer und vergnüglicher zum Baumschlagen befördern könnten: »Am besten ist natürlich die Postkutsche, die Eva uns versprochen hat.«
»Den Teufel habe ich!« Ich drehe mich um und füge hinzu, daß ich dieses ewige Genörgel jetzt endgültig leid habe: »Wir können euch gern an der nächsten Bahnstation absetzen.«
Die hintere Reihe verstummt. Der Rückspiegel zeigt mir zwei beleidigte Gesichter. Dafür strahlt es neben mir. Komplizenmäßig, mein »wir« schmiedet uns aneinander, seine Hand schlüpft auf meinen Schoß, streichelt...
»Jetzt fährt er schon einhändig«, flüstert es kaum hörbar in meinem Rücken.
»Meine Mutter hat mir einen Rosenkranz geschenkt, willst du auch ein Stück?«
Diesmal schweige ich. Schuld ist das Streicheln. Hoffentlich kommen wir nicht zu spät in seinem Limbourg an. Der Tag gehört noch den Kids. Die Nacht gehört uns.

Marialinden ist ein Stück Vorheimat. Näher an Köln gelegen als Lieberhausen, das Umland noch etwas flacher und gespickt mit Schlössern, von denen nicht wenige inzwischen zu Hotels umgerüstet wurden. In ehemaligen Damenstiften und Wasserburgen wird gegolft, gewebt, getöpfert und gekocht »wie zu Großmutters Zeiten«. Die Region ist auf dem besten Weg, als Naherholungsgebiet mit reichlich Lokalkolorit Furore zu machen.
Heute ist von dem ursprünglichen Charme der Landschaft allerdings wenig zu erkennen. Der Rückstau beginnt schon in Overath und läßt mich zunächst an einen Unfall denken, bis uns die ersten Weihnachtsbäume entgegenschaukeln. Im Netz, festgezurrt auf Dachgepäckträgern, ein Exodus von Blautannen, Kiefern, Bäumen mit und ohne Ballen.
»Es weihnachtet sehr.« Konrad löst die Spielhand von mir und rangiert am nächsten Großtransport vorbei. »Fragt sich nur, wie wir hier einen Parkplatz bekommen wollen.«
»Das verteilt sich noch«, sage ich und denke: Hoffentlich!
Die Verteilung erfolgt über professionelle Parkwächter, die mit-

einander über Sprechfunk kommunizieren, uns über Schotterwege und gefrorene Wiesen dirigieren, stop and go, bis endlich die Blechlandschaft vereinzelte Lücken aufweist.
»Den nehmen wir.« Konrad will ausscheren und wird erneut gestoppt. Wir müssen unsere persönliche Einladung vorweisen, auf der »Manfred Bosse« und obendrüber das Logo eines bekannten Fernsehsenders steht. Das ist der Kunde, dem wir diesen Wisch verdanken.
»Sie gehören zu Feld zweiundzwanzig«, belehrt uns der Walkie-Talkie-Mensch.
»Gut zu wissen.« Wir rumpeln weiter.
Unser Endziel ist eines von insgesamt sechs Festzelten, wo erneut Ordner unsere Legitimation prüfen, weil es drinnen kostenloses Mittagessen, Weihnachtsgebäck auf allen Tischen, Glühwein und Kakao und alle zwei Stunden den Auftritt des Nikolaus gibt. Auf den Plakaten ringsum präsentiert er sich bereits unter besagtem TV-Logo mit zwei neckischen Engeln und einem feixenden Knecht Ruprecht im Gefolge. Das Zelt mündet auf einem Vorplatz mit Autoscooter, Karussell und Ponyreiten. Lediglich die Besteigung der Ponys kostet extra. Für die nach Größe und Art sortierten Tannen vor der lebendigen Baumgrenze gelten unsere Gutscheine bis zum Wert von dreimal siebzig Mark. Edlere Stücke gibt es gegen Aufpreis, dasselbe gilt für den Transfer zum Auto.
Es ist kalt, wenigstens hat der Sprecher vorhin im Autoradio winterliche Temperaturen und zwanzig Zentimeter Neuschnee für diese Ecke gemeldet, von der ich fast nach Lieberhausen hinüberspucken könnte, wenn nicht Hunderte von Städtern dazwischengepackt wären, die Holzfäller spielen wollen und die Decke aus glitzernden Schneekristallen in eine Landschaft aus Müll und Matsch verwandeln.
»Nichts wie weg hier!« Ich mache auf dem Absatz kehrt, trete in ein Stück Pizza und kollidiere bei dem Versuch, mich von Mozzarella und Tomate zu befreien, mit einem Rauschebart und Ausdünstungen, die sehr viel hochprozentiger als das Gemisch von Glühwein, Pizza und Spanferkel sind, welches mir im Zelt entgegengeschlagen ist. Der Rotärmel greift nach mei-

ner Steppjacke: »Nich' so unjeduldich, Frollein, ich komm ja jleich.«
»In den Entzug?« Es ist schwierig, aus diesem Pulk davonstürmen zu wollen, erst recht, wenn zwei Großstadtkids mich zu bremsen trachten. Sie beharren auf ihren Weihnachtsbäumen.
»Bekommt ihr, keine Bange«, verspreche ich.
»Fragt sich bloß, wann.« Konrad zeigt auf Felder, die nur noch an Stacheldrahtzäunen und Holzgattern als solche zu erkennen sind. Dazwischen waren Wege, die es nun ebenfalls nicht mehr gibt. Die Blechkarawane staut, soweit das Auge reicht. »Rien ne va plus!« ergänzt mein Begleiter.
»Wart's ab!« Ich bin ein Landei, was gelegentlich nützlich ist, zum Beispiel jetzt. Ich picke mir einen Wächter heraus, dessen Kleidung ihn als Einheimischen ausweist, sein Dialekt gibt mir recht, und weil ich munter genauso loslege, gibt er uns den Notweg frei, über den sonst nur die Forstfahrzeuge mit dem Nachschub anrollen dürfen. Ich rieche Heimat und verspreche frisch gefällte Bäume, Einsamkeit, bonte Kerken, vom Aussterben bedrohte Rhönschafe und echte Fachwerkhäuser: »Wachskerzen und Eierkuchen inklusive.« In meiner Beschreibung lappt unsere bergische Spezialität über jeden Tellerrand, gewinnt Eva-mit-Apfel-und-sonst-nichts Ähnlichkeit mit dem weltberühmten Pocahontas-Girl von Walt Disney, fehlen allenfalls die drei Könige aus dem Morgenland, um die Idylle perfekt zu machen. Ersatzweise sage ich auch noch Rosinenblatz mit Leberwurst zu.
»Igitt!« Dreistimmig.
In Lieberhausen drehen sich die Köpfe nach uns um. Vorsichtiges Grüßen auf dem Kirchplatz, leises Raunen, vis-à-vis klappen kornblumenblaue Fensterläden zu, dafür begrüßt mich der Tierarzt mit offenen Armen: »Ist das schön, Mädel, dich mal wiederzusehen!« Er begleitet uns in den Gasthof und ruft einem der Burschen an der Theke zu, er solle sich nicht schon am hellichten Tag »den Kanal vollkippen«, sondern lieber die Säge zücken: »Wir brauchen einen Prachtbaum!«
»Drei wären besser«, werfe ich ein.
Wir verlassen Lieberhausen mit drei kerzengraden Edeltannen, perfekt vom Stamm bis zur Spitze, obendrein gratis. In unserem

Dorf ist der Doktor noch eine Respektsperson, selbst wenn er nur für das Vieh zuständig ist. .Wir fahren mit offenem Kofferraum und roten Stoffwimpeln. Hoffentlich erwischt uns keine Verkehrskontrolle. Es riecht würzig nach Harz und auch nach Honig, Zimt, Muskatblüte. Die Versuchung der selbstgebackenen Lebkuchen war zu groß, wir kauen einträchtig, alle vier. Kurz vor Köln verschwinden die Köpfe der Kinder aus dem Rückspiegel. Sie schlafen.
»Hast du gut hinbekommen!« Victoryzeichen in die Luft und dann auf meinem Schoß.
»Konzentrier' dich lieber auf die Straße!«
»Hast du Angst um mich?«
»Ich zittere um mein Leben.«
»Zittern ist gut.« Er blinzelt mir zu. »Meine Heimat war immer schon sehr erdbebenträchtig, wart's nur ab!«
»Die Kinder müssen ins Bett. Die Hunde müssen noch mal raus.« Ich zeige auf die Uhr am Armaturenbrett und denke an »sein Belgien«, streng geographisch, von Köln aus brauchten wir mindestens noch einmal eine Stunde, summa summarum ergäbe das die reinste Kilometerfresserei. »Du willst wirklich noch hin?«
»Ich will Eva und das Paradies.«
»Im Munitionsdepot?« witzele ich, oder versuche es jedenfalls. Von diesem Depot hat er mir erzählt. Ich zwinge meine Gedanken auf das älteste Haus von Limbourg, das früher seinem Großvater gehörte und später von Joseph José übernommen wurde, bei dem Konrad mit mir essen und trinken will. Wie die Altvorderen, üppig und maßlos, bis wir nicht mehr können. Okay, fahren wir für nicht einmal vierundzwanzig Stunden in sein Belgien, danach ist wieder meine Lütticher Straße am Zug. Jetzt bin ich an der Pforte zum Schlaraffenland, das spüre ich genau, umringt von Wällen aus süßem Reis und anderen Köstlichkeiten. Ich wollte schon immer einmal dorthin.

Das Ortsschild zum Schlaraffenland sieht aus wie jedes andere. Limbourg präsentiert sich mir als verschlafene Kleinstadt mit einer Hauptstraße, die an schmuddeligen Mietshäusern, Pinten

und Läden vorbeiführt, von denen einige sogar noch geöffnet haben. Ein paar Gestalten mit Stangenbrot oder einer Großpackung Klopapier unter dem Arm entsprechen ebenfalls nicht den Bildern in meinem Kopf. Daran ändert auch Konrads Kommentar zu etlichen deutschen Mittelklassewagen mit Aachener Kennzeichen nichts: »Die flüchten alle ins Paradies.«
Meint er die trostlosen Äcker und Weiden, an denen wir vorbeigezockelt sind? Einem Städter mag beim Anblick eines echten Misthaufens warm ums Herz werden, aber mir doch nicht. Es stinkt, und diese Schaukelei den Berg hoch läßt alles in mir revoltieren, was eben noch Feststimmung verkündete.
»Die Lebkuchen«, warne ich ihn.
»Der Friedhof«, sagt er fast gleichzeitig.
»Paßt«, darauf ich.
»Wart's nur ab!«
Zitronat war auch drin, ich habe den Geschmack schon auf der Zunge, daran ist das Kopfsteinpflaster hier schuld. Das Licht der paar Laternen enthüllt nur einzelne Segmente. Das reicht. Spitze Steinkegel und runde, es geht auf und ab, wellenförmig, mein Magen liefert das Echo dazu. Wir fahren Schrittempo, trotzdem bin ich dankbar für jeden Pferdeapfel, der die Strecke polstert.
»Muß vor den Römern gebaut worden sein.« Meine Knie zittern, als ich aussteige.
Mein Begleiter zeigt stumm auf das schmalbrüstige Haus vor uns. Gelbes Licht fällt heraus und beleuchtet das Schild »Le Dragon«.
Alles klar, die Römer waren keine Dragoner, dafür Vorreiter der Zivilisation. Römer wären mir lieber. Der Zeigefinger meines Möchtegern-Dragoners richtet sich hartnäckig auf eine Inschrift.
»Civitates orbis terrarum 1575«, lese ich brav ab, spreche das »C« wie »K« und lasse meine humanistische Bildung durchschimmern, die gleichzeitig schuld daran ist, daß mein Französisch nicht mal ausreicht, um akzentfrei nach dem Klo zu fragen.
»Und das ist Joseph.« Alles weitere geht in dem melodischen Singsang der beiden Männer unter, die sich in den Armen liegen

und einander herzen und küssen, während feuchtkalte Luft mir die Beine hochkriecht. Hätte ich nur vorhin keinen Rock angezogen. Mecit hat auch ganz komisch geguckt. Erst schlage ich den Lammsattel aus, den er für uns vorbereitet hat, und dann spiele ich Frühling. Pure silk an echten Frostbeulen, klasse!
»Gleich bin ich erfroren, wenn's recht ist«, teile ich dem Kußduo mit, von dem ich nur die Rückfront sehe.
»Madame!« Der Mann im weißen Kochhabit läßt umgehend von Konrad ab und wendet mir sein volles, rosiges Gesicht nebst munter wippendem Haarzopf zu, wobei er Wortsalven auf mich abfeuert, die ich nicht verstehe, jedoch dem Tonfall nach als Entschuldigung auffasse. Der graue und lächerlich dünne Zopf pendelt bei jedem »N'est-ce pas?« bestätigend von rechts nach links und wippt dann vor mir her durch einen schmalen Flur, in dem es nach Küche riecht. Ich bin gerade soweit, mir klarzumachen, daß der Belgier auf sein »Nicht wahr?« nicht wirklich eine Antwort erwartet, als wir ein winziges Zimmer betreten, das warm ist und mich unwillkürlich an Seeurlaub denken läßt.
Die belgische Küste hatte ich Paul zu verdanken, der unter Pseudo-Krupp litt. Deshalb war zwei Jahre lang das Reizklima der Nordsee angesagt, und ich war die kostenlose Nurse. Mein Vater hat uns hingebracht und wieder abgeholt, denn meine Mutter ertrug die Schlamperei der Wirtin nicht, die sich öffentlich mit Wicklern und Hausschuhen zeigte und nicht mal hinter dem Sofa staubwischte: »Wie deine Tante Marie!« Statt mit dem Sohn des Strandwärters loszuziehen, der mir zweimal ein Eis spendierte und die Dünen zeigen wollte, habe ich also meinen Bruder gepampert und nonstop Fritten in mich hineingestopft. Die Fritten waren noch das Beste.
Wir werden auf einem Sofa aus ehemals rotem Samt plaziert, das glatt als Zwilling jenes Möbels durchgehen könnte, unter dem meine Mutter vor rund zwanzig Jahren Staubflocken entdeckte und daraufhin abreiste. Ich zwinge mich, nicht zu überprüfen, wie weit die Übereinstimmung tatsächlich geht. Der Zopfmann wippt von dannen, in Anbetracht seines fülligen Körpers bewegt er sich äußerst leichtfüßig, wenig später kehrt er mit vier Gläsern, einer Flasche und einer Frau zurück.

»Marie!« entfährt es mir beim Anblick des karierten Kittelkleides und der Pantoffeln. Lediglich die Lockenwickler fehlen. Strahlen antwortet mir. Freude en français schwappt über mir zusammen, weil ich sogar den Vornamen der Wirtin gewußt, geahnt, ausgesprochen habe. Ich lächele retour. Es ist schön, gemocht zu werden. Auch ein bißchen anstrengend. Jene andere Wirtin war sehr sittenstreng. Ob Konrad zwei Einzelzimmer bestellt hat?

Die Frau ist nun mit der Zusammenstellung unseres Menüs beschäftigt. Das ist eine längere Prozedur, die wiederholter Rückfragen in der Küche bedarf. Der Chef erscheint mit einem rohen Fisch und nicht weniger rohen Froschschenkeln und hält mir eine stinkige Knolle unter die Nase: »Très bien, madame!« Seine Frau übersetzt in »Trüffel aus dem Périgord«, während sie Radieschen, Oliven, Käsewürfel, Schinkenröllchen und diverse Töpfchen vor uns absetzt, die jeden Vampir in die Flucht geschlagen hätten. »Für den ersten Hunger«, sagt sie und nickt mir aufmunternd zu. Dragonerhunger, denke ich und schmecke erneut die Lebkuchen aus Lieberhausen.

»Eigentlich bin ich schon satt«, flüstere ich Konrad zu.

»Hier wirst du nie satt, wart's nur ab!«

Zorn überkommt mich, weil ich diesen Spruch bald nicht mehr hören kann. Wart's nur ab! Könnte sein, daß seine Überraschung hinterher größer ist als meine. Ich sage nur Zimt, Muskatblüte, Honig, Buckelpflaster.

»Und wie gefallen dir die Bilder?«

Erwartet er im Ernst, daß ich diese altertümlichen Ölschinken ringsum bewundere? Protzig gerahmt, soweit sind mittlerweile selbst meine Eltern, daß sie auf derlei verzichten. »Fehlt nur noch das Stilleben!« sage ich laut und stelle mir die Äpfel der Lieberhausener Eva vor, die prima hierher paßten. Ich bin gespannt, wie er sich die Nacht in diesem biederen Gemäuer vorstellt.

»Guck mal genauer hin!« Er grinst.

Das Grinsen stimmt mich mißtrauisch. Die Farben sind üppig, der Maler hat sich in wollüstigem Rot und saftigem Grün ausgetobt, ich erkenne Ranken und Blätter, der Wasserlauf gereichte jeder Kitschkarte zum Lob, das madonnenhafte Lächeln der Frau mittendrin nicht weniger. Trotzdem stimmt etwas nicht. Ich rücke auf meinem Polster vor. Heilige Mutter Gottes, steh mir bei! Ich presse die Knie aneinander, will es nicht glauben, kneife die Augen zusammen und reiße sie wieder auf: Die Lady genießt eingebettet in reichlich Natur die Liebkosungen von Händen, Mündern, allem. Es ist mir unmöglich, die tarnfarbenen Besitzer all dieser Extremitäten zu identifizieren und auseinanderzurechnen.

»Vier?« hauche ich und halte verschämt die Hand vor den Mund. Zum Glück sind keine anderen Gäste im Raum. Wo sollten sie auch Platz finden?

»Fünf.« Die Stimme ist mir fremd, allerdings nicht völlig fremd, sie ist gekoppelt mit dem weißen Kochhabit, dem Zöpfchen und einem weiteren Appetizer, den Joseph vor uns abstellt und mir dabei unbeschwert lächelnd mitteilt, daß der Künstler sein Bruder und überall im Haus aktiv gewesen ist: »Gefällt es Ihnen, Madame?«

»Sehr pikant«, erwidere ich und greife nach dem Käse, dann nach einem Radieschen, huste die Schärfe weg, wische mir die Tränen ab und spüre, wie zugleich mit der Sorge um meine Wimperntusche, die nun an der Serviette haftet, alles mögliche von mir abfällt, was meine Mutter und die Eidgenossen und den Knigge verbindet. Diese Gemälde haben etwas, genauso wie der Wein, der uns kurz darauf nebenan zum Essen serviert wird. Ein tiefroter Bordeaux, vor dem meine Mutter energisch gewarnt hat, weil er sogar meinen Vater aus der Fasson brachte. Trotzdem hat ihn nichts so sauer gemacht wie die versiegende Quelle bei unseren Verwandten in Ribeauville, denn solange das Gesöff kostenlos war, durfte es getrunken werden. Heute abend komme ich meinem Dad auf den Trichter und überflügele meine Mutter, die getrost Eierlikör und Staubwedel die Treue halten mag. Da lobe ich mir die Frau an dem großen Tisch keine zwei Meter weit weg von mir. Äußerlich eine »Marie«, auch wenn das Kittelkleid aus Seide ist und die Röllchen auf dem Kopf nur so aussehen, als ob die Wickler noch darin wären. Doch ihre Augen blitzen, während sie immer wieder dem Mann an ihrer

Seite – Prototyp seriöser Geschäftsmann – zuprostet, sich nicht um das vollmundige Kichern und Tuscheln der beiden Kinder schert, allenfalls rasch ein Stück Fleisch für sie kleinschneidet und jeden neuen Gang mit einem Kuß einleitet, der laut und vernehmlich schmatzt und zunächst nur zögernd, dann aber immer williger erwidert wird. Sobald sie das Besteck auf dem leeren Teller zusammenlegt, macht sie laut und vernehmlich »Hm!« und plaziert erneut einen Kuß auf seinen Lippen, der wechselweise nach Fisch oder Wild, dunkler Sauce oder Balsamicoessig schmecken muß, denn die Serviette benutzt sie kaum noch. Beim letzten Gang sehe ich sie gar mit der Messerspitze kleine Stücke Käse aufspießen und ihm in den Mund führen, woraufhin er genüßlich kaut und nun seinerseits zum Aktivküsser wird. Besonders der Stiltonkäse muß es in sich haben. Die »Hms« zwischen behäbig breiten Lippen, die sich unweigerlich zum nächsten Kuß spitzen, steigern sich zum Stakkato und paaren sich mit einem so wohligen Seufzen und Ächzen, daß ich einen Moment lang völlig gefangen bin.

»Eifersüchtig?« fragt Konrad.

»Bemüh dich nicht, außerdem mag ich keinen Stilton.«

»Aber das magst du!« Er hebt sein Glas wie es sich gehört mit rechts und führt es mir an die Lippen. Obwohl es der gleiche Wein wie in meinem eigenen Glas ist, schmeckt er anders. Oder bilde ich mir das nur ein, weil in meinem Kopf die Bilder von unseren Tischnachbarn kreisen? Ich komme nicht dazu, der Frage analytisch nachzuspüren, weil Konrads Linke soeben unter dem Tischtuch abtaucht.

Es ist doch gut, daß ich einen Rock trage. Das Höschen untendrunter ist neu, die Strumpfhose ebenfalls. Fünfzehn Denier, das Ratschen geht in dem Gluckern in meinem Hals unter. Bordeaux, sehr schwer, purpurfarben, die Tischdecke ist altrosé und aus Leinen, sie hängt gut dreißig Zentimeter über. Jetzt kriecht sie hoch, beginnt zu leben, nur auf der Tischplatte ändert sich nichts. Könnte sein, daß ich sogar ein Stück Stiltonkäse verzehrt habe, denn ich schlucke und kaue weiter, ohne wirklich unterscheiden zu können, was das ist. Heiß oder kalt, süß oder sauer, viel oder wenig, Fegefeuer oder Himmel – ich beneide die

Frauen auf den Gemälden hier um ihre madonnenhaften Gesichtszüge.
DINGDONG, dingdong..., mir bleibt vor Schreck der Mund offenstehen.
»Wir sind sehr stolz auf unsere Glocke.« Der Patron nähert sich vertraulich meinem Ohr, sein Zöpfchen kitzelt, sein Atem riecht nach beschwipsten Johannisbeeren.
»Nur ein normales Kirchenspiel?« Ich schnuppere. Nicht übel! Mir ist nach Nervenstärkung, danach sehen wir weiter, ich bin ein Hasenherz, aber eins in reichlich Spiritus, und Konrad hat mir echte Munition versprochen...
Der Wirt redet noch immer von seiner Glocke, die im Krieg vergraben und dann wieder unversehrt ausgebuddelt wurde. Er hebt die Flasche mit dem Obstlikör und schenkt aus, um mit seinen Gästen das Dingdong hochleben zu lassen, bevor er die belgische Familie, Konrad und mich über den Innenhof am Munitionsdepot vorbei in das Nachbarhaus führt, welches zum Hotel umgebaut wurde.
Wir bewohnen das blaue Zimmer, das sich über die gesamte Vorderfront erstreckt und in einen winzigen Salon, ein nachträglich eingebautes Bad und Schlafzimmer mit Ankleide unterteilt ist. Es gibt drei Kamine und sechs Fenster, Konfektschalen auf jedem Tischchen, verblichene Samtpolster und Seidenblumen. Wäre nicht das Bad, wo ein goldglänzender Duschkopf, ebensolche Wasserhähne, Wasserklosett und Bidet das Porzellan alter Zeiten ersetzt haben, die Illusion wäre perfekt. Sogar der Geruch stimmt. Leicht modrig, fehlt nur noch ein Gespenst, aber nicht einmal das würde mich mehr in Erstaunen versetzen. Wieviel weniger eine Kirchturmglocke, die Tote lebendig macht, und deren Ruf pünktlich um zehn der Patron nochmals beschwört: »Wundern Sie sich nicht!«
Ich bin ein Landmensch und sowieso früh aus den Federn. Das Federbett fesselt meinen Blick. Als ich aufschaue, ist Joseph José verschwunden.

Es donnert, hallt, die Welt geht unter. Mindestens.
»Er hat dich vorgewarnt!« sagt die Männerstimme neben mir und holt alles zurück. Eine Rundreise durch das Schlaraffenland. Open end, jedenfalls habe ich nicht mitbekommen, wie sie in Schlaf überging.
»Unmäßig«, sage ich und meine keinesfalls nur die Glocke. Keine »bonte Kerke« kann hier mithalten, wieviel weniger eine Eva-mit-Apfel-und-sonst-nichts.
»Habe ich dir doch versprochen. Hast du Hunger?«
»Massig.« Zur Abwechsung habe ich Visionen von einer überquellenden Frühstückstafel, und weil wir uns im Schlaraffenland befinden, geht auch dieser Wunsch in Erfüllung. Im Morgenlicht ist jenes belgische Familienleben noch bunter. Ich ertappe mich dabei, mit gemütlich aufgestützten Ellbogen an meinem Milchkaffee zu schlürfen. Meine Mutter träfe der Schlag. Nach Küssen ist mir im Moment weniger, dafür nach Bergen von geräuchertem Schinken und blättrigen Croissants zu goldgelber Butter.
»Gleich ...«, verheißt der Patron, alles weitere verschluckt seine geliebte Glocke, die mich nicht daran hindern wird, die letzten Krümel auf meinem Teller zu genießen. Leicht albern, wie sie alle aufspringen und nach draußen stürmen. Worauf sind sie scharf? Auf einen Hörsturz oder einen Schnupfen? Konrad ist diesmal mit von der Partie, durch das Fenster sehe ich nur noch seinen Rücken und den Patron, der schon wieder mit seiner Flasche zugange ist. Allmählich habe ich den guten Mann im Verdacht, dem Alkohol verfallen zu sein. Während es in unverminderter Lautstärke dingdongt und ich mit dem Bastkorb liebäugele, aus dem mich ein einsames Hörnchen anlacht, beobachte ich den sich stetig mit der Flasche in der Hand hebenden und senkenden Ellbogen von Joseph José. Ein Vorgang, der sich gut ein dutzendmal wiederholt, dann streckt sich der Arm ebensooft aus, um Schnapsgläschen anzureichen. Gratisrunde für alle Kirchgänger? Vielleicht hätte unser Pastor in Lieberhausen auch besser mit dem Gastwirt kooperiert, um seine Schäflein bei der Stange zu halten.
Die Neugier auf die Schäflein hierzulande ist stärker als die Ver-

suchung aus dem Brotkorb. Ich stehe nun ebenfalls auf, trete an die Tür und sehe Schweife an breiten Hinterbacken, die mal zu einem Apfelschimmel, dann zu einem Fuchs gehören. Jetzt weiß ich auch das dumpfe Klopfen und Scharren auf dem Kopfsteinpflaster zu deuten. Es ist ein schönes Bild, und das nicht nur, weil ich auf diese Tiere versessen bin, deren Reiter einer nach dem anderen absitzen, mit der einen Hand nach dem Zinnbecher und mit der anderen nach Konrad greifen, ihn schütteln und abklopfen und küssen und wie zur Beschwörung von etwas Wunderbarem in den schneeverhangenen Himmel hochfahren. Keine Frage, mein Liebster stammt von hier, ist womöglich ebenfalls ein passionierter Reiter, was ich ihn gleich fragen werde, ebenso wie er mir erklären muß, warum einige dem »Konrad« oder »Monsieur« ein »Caerdinael« zugesellen. Es ist kaum anzunehmen, daß ein echter Kardinal das Reiterkorps einsegnet, und daß mein Konrad kein heiliger Mann ist, weiß ich aus erster Hand.

Das »Monsieur Caerdinael« ertönt auch neben der alten Karre, mit der wir angereist sind. Einer scheint sich sogar ernsthaft zu sorgen, ein allzu temperamentvoll wedelnder Pferdeschweif könnte dem Vehikel Schaden zufügen. Es dauert eine weitere Gratisrunde, bis Konrad sich auf meine Existenz besinnt, mich nun ebenfalls in den Kreis zieht und so tut, als ob es die normalste Sache von der Welt sei, daß sein Vater »Caerdinael« heißt, während er selbst sich »Kaspari« nennt.

»Und warum?« Wenn er als »Schimmelpfennig« oder »Lumpensack« geboren worden wäre, sähe ich das ja noch ein, aber so.

»Um ›le caerdinael‹ nicht mit meinen smarten Geschäften in Verruf zu bringen.« Grinsend und unbekümmert verkündet Konrad das, so als ob dieses Eingeständnis ihn schmückte.

»Aha!« sage ich.

»Er beliebt zu scherzen«, widerspricht der Patron neben mir. Einmütiges Nicken gibt ihm recht. Angeblich ist man hierzulande sogar ausgesprochen stolz auf den jungen Caerdinael, der sich nicht ins gemachte Bett des Papas gesetzt, sondern Pioniergeist bewiesen hat. Mag sein, daß meine Übersetzung lückenhaft bleibt, doch die permanente Wiederholung von »formidable« und »fantastique« in bezug auf die »Shopping Tours de Monsieur Konrad« läßt für mich keinen anderen Rückschluß zu, als daß mein Froschkönig seine eigene Vermarktung perfekt beherrscht. Lässig zählt er gerade all jene Städte auf, in denen er zur Zeit aktiv zu sein behauptet. Prag gehört ebenso dazu wie Wien und Lugano. Als sein neuestes Projekt benennt er »Cologne« und schiebt mich vor.

»Lieberhausen«, wehre ich ab und streichele über die samtigen Nüstern eines Apfelschimmels. Er hat Ähnlichkeit mit »Fallada«, die nun ebenfalls der Vergangenheit angehört. Ich würde gerne wieder ausreiten. Liebend gern. Ob ich laut gedacht habe?

»S'il vous plaît, madame!« Der Pferdebesitzer macht eine einladende Handbewegung Richtung Sattel. Ich ziere mich nicht lange und sitze auf, randvoll mit Jubel, weil ich mich heute früh gegen den Seidenrock und für meine alten Jeans entschieden habe, die nun zur Belohnung diese warmen Flanken umklammern. Und ob es mir gefällt! Hoch zu Roß stellt selbst dieses Pflaster kein Problem mehr dar. Es wechselt in einen Forstweg und Wiese über, wir traben an weiten Feldern und einer Tannenschonung vorbei. Das Fell unter mir ist warm, das Zaumzeug abgegriffen, die Nüstern vor mir stoßen weiße Dampffahnen aus, meine eigenen sind kleiner. Schnee liegt in der Luft. Es weihnachtet. Der Schimmel und ich wechseln in Galopp über.

»Fantastique, madame!«

»Très formidable!«

Das gilt diesmal mir. Als wir uns verabschieden, werde ich sogar in die Küßchen-recht-links-rechts-Zeremonie einbezogen. Im Auto zwinkert Konrad mir zu: »Vielleicht sollte ich dich wirklich als meine rechte Hand einstellen!«

»Occupé.« Ich schiebe seine Hand fort. Ich mag's nun einmal nicht, wenn jemand einhändig chauffiert.

»Zum Glück nur beruflich.« Er schaltet und beschleunigt. »Kannst du mir mal eins von den köstlichen Mandelhörnchen geben?«

Ich greife in die Ablage zwischen uns und lasse die Cello-

phantüte knistern, in welcher der Patron uns etliche von seinen hausgemachten Plätzchen mitgegeben hat. Schon will ich die gewünschte Sorte herausfischen, als es untendrunter piepst. Ein Ton, den ich mittlerweile blind erkenne. »Dein Handy.« Ich öffne die Plastikklappe und drücke die grüne Taste, bevor ich an ihn weiterreiche. Die Stimme ist weiblich, sie wartet nicht einmal ab, bis er sich meldet: »Also weißt du, Konrad!«
Was soll er wissen? Was ist so dringlich, daß er es noch am Sonntagnachmittag erfahren muß?
Seine Stimme senkt sich, überdeckt die fremde und sagt: »Ja!« und »Natürlich!« und »Sicher doch!« Der letzte Satz lautet: »Bis morgen also!« Ich sehe aus dem Fenster. Trostlose Äcker. Kahle Bäume. Nicht einmal ein einziges Tier.
»Die Filiale in Wien spielt wieder einmal verrückt, morgen muß ich wohl hin, aber dann ...«
»Dann ist Weihnachten.« Die Scheibe beschlägt. Ich male ein Strichfräulein darauf. Sowohl mein Vater wie auch Adam haben derlei gehaßt, weil angeblich hinterher das Glas schmierig war. Es ist nicht mein Auto. Was schert mich seine Glasscheibe?
»Weihnachten bin ich längst wieder bei dir. Okay?« Er greift über mich, krickelt hastig ein Strichmännchen neben mein Gemälde, dicht an dicht, und ich vergesse glatt, mich über seinen einhändigen Fahrstil zu beschweren.
In sechzehn Tagen ist Heiligabend. »Okay«, sage ich, »okay.«

Vom wundersamen Aufstieg einer Landpomeranze

»Sie sind mir ja eine ganz Gewiefte!«
Gewieft, ich? Wenn mich nicht alles täuscht, heißt das hierzulande so viel wie »schlau« oder gar »gerissen«, was nicht unbedingt als Kompliment zu verstehen ist. Mein Chef beugt sich zu mir vor, als ob das Geheimnis meiner Gerissenheit ihn und mich eng aneinanderschmiedete. Dazu lächelt er und fragt, ob

ich wohl gleich ein paar Minuten für ihn erübrigen könnte. Dann kehrt er in seine Oase zurück, wo eine Telefonanlage – von der aus ich für ihn als Nummer elf jederzeit bequem erreichbar bin – und lauter wichtige Geschäfte auf ihn warten. Anscheinend ist er tatsächlich bloß wegen mir nach vorne in die Halle gekommen, was der Oberhexe zu mißfallen scheint, denn sie erdolcht mich im Vorbeigehen kontaktlinsenblau, ohne allerdings auch nur einen einzigen Mucks zu sagen. Das muß ihr verdammt schwerfallen, ebenso wie es ihrer Komplizin kaum behagen kann, mir die Tür zum Allerheiligsten aufzuhalten, was sie aber dennoch tut und wie zur Salzsäule erstarrt mit der Klinke in der Hand verharrt, als ich schon drinnen bin.
»Warten Sie auf etwas Bestimmtes, Frau Hohn? Ansonsten ...«, die Chefhand zeigt unmißverständlich Richtung Vorzimmer. Die Unterhexe verläßt uns nur ungern, das sehe ich noch ihrem Kreuz an. Allerdings vergesse ich die Mimik dieser Wirbelsäule schlagartig, als mein Chef aufsteht, seinen Schreibtisch umrundet, mir herzhaft beide Hände drückt und gratuliert, weil ich ihm noch innerhalb der Probezeit einen solch »dicken Fisch« zugeführt hätte: »Endlich bin ich den ständigen Ärger mit dem Obergeschoß los, wenigstens für gut die Hälfte davon, die Liquiditätsauskunft läßt nichts zu wünschen übrig, alles weitere liegt nun in Ihren hübschen Händen.«
Automatisch sehe ich auf diese beiden Dinger, die bei mir eher kräftig aussehen, obwohl die Größe von Handschuhen und Ringen das Gegenteil behauptet. Ring, verbessere ich mich. Den einzigen Goldreif, den ich in achtunddreißig Jahren geschenkt bekommen habe, trage ich seit der Trennung von Adam natürlich nicht mehr. Gefallen hat er mir sowieso nie besonders. Zehn nackte Finger also, auf die ich schaue. Kurze Nägel, proper und praktisch, dafür schwappt es in meinem Kopf ärger als nach Honigkuchen-Buckelpflaster-Bordeaux-Dragonerritt zusammengenommen. Ob die Oberhexe ihm diesen Bären aufgebunden hat, damit ich hinterher als die Gelackmeierte dastehe? Der Beihilfe schuldig, mir wird schon ganz heiß, dabei weiß ich nicht mal, wie heiß diese »Shopping Tours« tatsächlich sind.

»Schuster, bleib bei deinen Leisten!« so steht's markig auf einem von vielen in Holz geschnitzten Sprüchen zu lesen, die mein Vater alljährlich zu seinem Geburtstag geschenkt bekommt und brav über dem Eßtisch aufhängt. Seit knapp einem Vierteljahr sind meine Leisten ein Computersystem, dem ich mich via Zweifingersuchsystem nähere, was so tolpatschig aussieht, daß ich zu schreiben aufhöre, sobald jemand vorbeikommt. »Lügen haben kurze Beine!« predigt ein anderer Spruch in meinem Elternhaus, der zur Abwechslung in Kreuzstich verewigt wurde und zum Schutz gegen Hausstaub über dem Tellerbord und gleich neben den »Schusterleisten« hängt.

»Ich habe noch nicht einmal mit dem Computerkurs begonnen«, gestehe ich kleinlaut. »Die neuen Programme sollen aber endgültig am Mittwoch installiert werden, weil doch zum Wochenende die Einführung für Umschülerinnen stattfindet, vielleicht könnte ich ...?«

»Am liebsten würde ich die Sache canceln.« Manfred Bosse teilt mir mit, daß eine solche Klientel selbst oben unter dem Dach im Grunde nicht hierher passe und es sich mehr oder weniger um eine Gefälligkeit gegenüber dem Arbeitsamt handele: »Schließlich weiß man ja nie, wozu man die Brüder noch braucht. Ich hätte da übrigens einen vorzüglichen Fliesenleger an der Hand ...«, eine Visitenkarte rückt auf mich zu.

Spinne ich jetzt total? Oder sollen wir nun auch noch einem Handwerker gefällig sein, damit der im Fall des Falles besonders gute Arbeit leistet? Fliesenarbeit, Badfliesen, bei mir fällt der Groschen. Mein Hochstapler hat der Oberhexe diesen Floh von einem nachträglich zu installierenden Bad ins Ohr gesetzt, ich war selbst dabei, ich bringe ihn um und sie gleich mit: »Ich glaube nicht, also ich weiß nicht, was ich sagen will ...«

»Die Angaben unseres Herrn Kaspari sind zum Glück sehr präzise«, unterbricht mich Manfred Bosse, »ich liebe die Arbeit mit Profis, und Akontozahlungen liebe ich auch, haha. Sie müssen mir irgendwann verraten, wie Sie das bewerkstelligt haben, Frau Besser.«

»Was?« Wie kann einer im voraus bezahlen, wenn er nichts hat? Ein Anlageberater wird nicht auf Monopolygeld hereinfallen,

ein Bankinstitut noch viel weniger, in mir singt es »formidable« und »fantastique«, dazu wedeln begeistert Pferdeschweife und Reiterröcke, dazwischen kreischt es »Landei!« und schüttet sich aus vor Lachen, während mir gleichzeitig von außen schon wieder jemand erzählen will, was für einen köstlichen Humor ich habe. Was wohl kaum den Tatsachen entspricht, weil ich dann ja wissentlich zur Erheiterung meiner Umwelt beitragen würde. Ich bin eher der dumme Hanswurst, dem dämmert, daß ein gewisser Konrad Kaspari zumindest unglaublich echt hochstapelt.
»Wissen Sie zufällig, was für eine Automarke unser dicker Fisch fährt?«
»Wollen Sie mich etwa testen?« Mein Chef versichert mir, daß es »in unserer Hemisphäre« wohl kaum einen Menschen von Dreikäsehoch bis Senior gäbe, der diesen Daimler ohne Kühlerfigur nicht auf Anhieb als die Nobelmarke von »Jaguar« identifizierte: »So etwas nenne ich wahres Understatement, und das bei einem noch so jungen Mann!«
Wie jung? will ich fragen. Ich verkneife es mir in letzter Sekunde. Da teile ich also zweimal zwei Meter aufblasbaren Karibikzauber mit einem Menschen, von dem ich weder sein Alter noch seine Neigung zum Tiefstapeln kenne. Was soll ich tun? Zu Kreuze kriechen? In den Rhein springen? Ich sehe auf meine schmucklosen Hände: S-c-h-u-s-t-e-r-b-l-e-i-b …
»Eigentlich könnte ich doch gleich bei diesem PC-Anfängerkurs mitmachen«, sage ich laut.
»Sie scherzen«, erwidert mein Chef und fügt hinzu, daß er mich selbstverständlich jenem im Januar beginnenden Intensivtraining für Führungskräfte zuordne.
»Wenn es Ihnen nichts ausmacht, steige ich lieber doch bei den normalen Anfängern ein.«
Ich werde erneut gelobt. Angeblich begreift Manfred Bosse nun erst so richtig, wie ich als Seiteneinsteigerin – »Das meine ich durchaus positiv, nicht daß Sie mich da falsch verstehen!« – auf Anhieb mit der »Crème de la crème« ins Geschäft kommen konnte. Unser Understatement verbindet uns, behauptet er. Daran ließe sich die echte Noblesse ablesen.
Während ich an meinen Arbeitsplatz zurückgehe, sinniere ich

noch über diese Worte nach. Mit der Crème war kein Milchrahm gemeint, ebensowenig wie von vererbtem Adel die Rede war. Bislang hatte ich es ausschließlich meiner Phantasie zu verdanken, wenn ich in solch schwindelerregendene Gefilde vordrang und Traumjobs, Froschkönige und Idealmaße dingfest machte. Es wäre unwahrhaftig, die hörbare, greifbare Beförderung von dritter Seite als unangenehm abtun zu wollen. Erst recht angesichts der verkniffenen Gesichter meiner beiden Gegenspielerinnen käme dies einer glatten Lüge gleich. Sicherheitshalber überprüfe ich umgehend meinen Papierkorb und meine Vorräte im Kühlschrank. Kein Grund zum Ärgern, es bleibt beim sauren Mienenspiel, das in mir eine chemische Reaktion zum Süßen hin durchmacht.
Schadenfroh, meinetwegen, aber habe ich nach so vielen Wochen Leidensdruck nicht ein Recht darauf? Notfalls beziehe ich die beiden Megären am vierundzwanzigsten in der Christmette in meine Bitte um Vergebung aller Sünden ein, die schönen – die nie aufhören sollen – inbegriffen.
Pflegen tiefstapelnde Froschkönige überhaupt an Weihnachten die Kirche zu besuchen? Verrückt, daß ich ausgerechnet jetzt von Sehnsuchtsgefühlen nach der »bonten Kerke« heimgesucht werde, die Krippe vor mir zu sehen glaube, das Taufbecken und Paare, die nebeneinander knien, ihre Hände zusammenlegen, sich Ringe anstecken, ewige Treue geloben, sich küssen. Ob ich jemals dazu gehören werde?

Die Filiale in Wien spielt sehr heftig verrückt. Jedenfalls behauptet Konrad das bei jedem seiner Anrufe, die mehrmals täglich in der Firma und sehr viel spärlicher in meinem Eispalast eingehen. Daran sind ebenfalls die Wiener Sottisen schuld, welche wieder laut Telefonauskunft eine umfassende Betreuung erfordern: »Manches läßt sich eben nur bei einem Schoppen und einem gutem Essen nach Feierabend richten!«
»Du kannst ruhig noch später durchklingeln«, habe ich geantwortet und gehofft, er würde einwilligen, weil das manchem Gespenst, das mich nachts heimsucht, wenn ich mich abwechselnd auf seiner und meiner Seite hin und her wälze, den Mund

stopfte. »Schwierig!« hat er gesagt, etwas von »Rauschen in der Leitung« und »noch mal neu anwählen« nachgeschoben und die Verbindung abbrechen lassen. Er hat sich mindestens eine halbe Stunde Zeit gelassen, bis er »endlich wieder durchkam«, und dann hat er rasch den Hörer an einen Architekten weitergegeben, der gerade in Wien für ihn arbeitet, damit dieser mir einen Kollegen in Köln benennt, mit dem ich mich umgehend wegen des Umbaus in Verbindung setzen soll: »Das Geld ist überwiesen, dein Chef stellt dich frei, mach alles wie du meinst, und vergiß nur das Bidet nicht.«

Ich war sprachlos und ratlos und habe tags darauf bei meinem Chef die Konditionen angesprochen, zu denen ich eingestellt wurde. »Als Koordinatorin!« habe ich mehrmals betont und auf Granit gebissen, allerdings ein in Zuckerwatte verpacktes, weil ich ja angeblich nichts anderes tue, als die Geldanlage im Parterre mit derjenigen im Obergeschoß zu koppeln. Das väterliche Tätscheln hat mir den Rest gegeben: »Manchmal sollten Sie uns Männern ruhig ein bißchen vertrauen, Frau Besser!«

Das war heute früh. In dieser Nacht hole ich mir Iphigenie ins Bett, die mir immerhin zu warmen Füßen verhilft, blättere im Eiswaffellicht in dem neuen Lebenshilfemagazin »Selbst ist die Frau«, das ich mir auf dem Heimweg gekauft habe, und erfahre, daß ich Bachblüten sammeln, eine Bohrmaschine in die Hand nehmen und eine Führung durch das Abwasserkanalsystem meiner Stadt absolvieren soll. Nach dieser Lektüre heule ich Rotz und Wasser, weil mir schlagartig bewußt wird, daß ich ja nicht einmal mehr weiß, welches denn jetzt »meine Stadt« ist, von dem Gefälle zwischen den genannten Wundermitteln und einem einzigen Dragonerritt ganz zu schweigen. Nie im Leben käme ich auf die Idee, einen Mann mit einer Kloake zu vergleichen, ist ja pervers, daran ändert auch der Lehrstuhl nichts, den man der Schreiberin in Aussicht gestellt hat. Mein geistiger Verrat an Tips, die unter »Frauenbefreiung« segeln, treibt mich an den Kühlschrank, und nachdem ich mir mit dem Bobtail eine Minisalami und einen geschenkten Schokoladennikolaus geteilt habe – die Kiwis und Mandarinen lasse ich selbstverständlich liegen –, fühle ich mich schon wesentlich besser und schlafe

endlich ein. Diesen Architekten werde ich einfach nicht anrufen. Die Leitung hat gerauscht, werde ich sagen, die Adresse kam falsch rüber, sorry!
Am nächsten Morgen erwartet mich ein Fremder neben meinem Schreibtisch, die Unterhexe hat ihn bereits auf Anweisung unseres Chefs mit Kaffee versorgt, und ich entschuldige mich, weil die Verbindung mit Wien so schlecht war, daß ich wohl leider die Adresse falsch verstanden und ihn deshalb nicht erreicht habe. Das Gezeter von Eva-der-Inwendigen ist so heftig, daß ich ernsthaft befürchte, dieser nette Architekt, der schließlich nichts für die Hintergründe kann, würde etwas merken. Zum Glück ist er vollauf damit beschäftigt, Wände abzuklopfen und zu vermessen und mich zu guter Letzt mit Musterkatalogen zu bestürmen. Die Preise sind schlicht horrend, und ich teile dem Mann mit, daß meine Befugnisse so weit nicht gingen. Er widerspricht mir lebhaft und zieht zwecks Bestätigung ein Telefax aus der Tasche, auf welchem ich schwarz auf weiß nachlese, daß Konrad mir Carte blanche erteilt hat.
Obwohl ich es besser wissen sollte, fühle ich mich wichtig, ich gesteh's. Gerade noch habe ich mit mir gerungen, ob ich mir für meinen Eispalast wisch&wasserfeste Ölfarbe leisten kann, und nun darf ich zwischen weißem und grünem Marmor wählen, und wenn mir Marmor nicht zusagt, nehme ich eben Fliesen, die einzeln mehr kosten als die Kacheln in meiner Küchenzeile zusammengerechnet. In mir streiten Eitelkeit und Beschämung, dabei bleibt es auch in den nächsten Tagen, zwischendurch bewege ich meinen mouse-man, und abends führe ich zusammen mit Pity unsere beiden Hunde Gassi und studiere Lego-Bauanleitungen für noch originalverpackte Schätze, die mein kleiner Freund all den vaterlosen Tagen verdankt. Er schwört, daß nur ich ihm bei der kniffligen Konstruktion von Fort und Kerker helfen könne: »Wo du doch deinem kleinen Bruder sogar das Raumfahrtzentrum installiert hast!« Es nützt wenig, daß ich auf die zweikommadrei Lebensjahrzehnte verweise, die der kleine Paul mittlerweile auf dem Buckel hat. So etwas verlernt man einfach nicht, behauptet Pity, und also peilen wir das kommende Wochenende an, weil eine uneinnehmbare

Festung nun einmal nicht zwischen Gassigehen und Abendbrot entsteht. Mein Wiener Charmeur wird sich wundern, wenn er am Freitag zurückkommt. »Occupé!« werde ich sagen, und diesmal gilt das keineswegs nur beruflich.
Am Freitagabend, als einer nach dem anderen das Office verläßt und ich die Anzeige der Uhrzeit auf meinem Monitor nicht mehr aus den Augen lasse, weil ich quasi minütlich mit Konrads Erscheinen rechne, signalisiert mir die schon auf Anrufbeantworter umgestellte Telefonanlage per Leuchtzeichen einen eingehenden Ruf. Ich zögere, habe Herzklopfen bis zum Kehlkopf und greife so vorsichtig nach dem Hörer, als ob der sich unversehens in Lava verwandeln könnte. Der Kunststoff behält seine Form, dafür teilt Konrad mir mit, daß leider in letzter Sekunde etwas dazwischengekommen ist. Etwas? Dieses Etwas trägt die Chromosomenkennung XX, darauf möchte ich wetten. Eine Geschlechtsgenossin, von der ich lediglich den Satz »Also weißt du, Konrad!« und sehr viel Handysound kenne.
»Macht nichts«, sage ich, schlucke kräftig, räuspere mich und füge wahrheitsgemäß hinzu, daß ich für die nächsten beiden Tage ohnehin schon ausgebucht bin: »Ruf besser gar nicht erst an!«
»Evchen, ich würde wirklich liebend gern schon jetzt bei dir sein, aber ich kann nicht, ehrlich nicht.«
»Ich auch nicht.« Ich lege den Finger vor die Lippen, um den Begrüßungsruf von Pity zu unterdrücken, der soeben mit Übernachtungsköfferchen, Legokartons und Hundenapf anrückt. »Viel Spaß denn!« füge ich hinzu und überlege, was für einen Eindruck es auf einen Elfjährigen macht, wenn eine erwachsene Frau ihre Nase mit dem Handrücken trockenlegt.
»Evchen, du glaubst doch nicht etwa ...?«
»Ich glaube gar nichts.« Das stimmt, hundertprozentig, und einem, der noch nicht mal zu seiner Jaguarfigur auf der Kühlerhaube steht, schon gar nicht. Soviel Understatement stinkt zum Himmel, das ist einfach nicht normal.
»Es geht um unseren neuen Filialleiter.«
»Dein Filialleiter ist mir schnurzpiepegal, und Handyterror hasse ich erst recht.«

»Hans Huismann würde niemals, er ist ein ausgesprochen netter Mensch, du wirst ihn nächste Woche selbst kennenlernen.« Konrad redet ohne Punkt und Komma weiter, derweil ich abwechselnd meine Tropfnase von Hand pampere und Pity signalisiere, daß er schon einmal alles einladen soll.
»Wo?« In diesem Alter sind Knabenstimmen unglaublich durchdringend.
Ich male den Eismannkasten meines Fahrrads in die Luft und verwahre mich zugleich lautstark gegen ein gemeinsames Essen mit diesem Huismann in einem Lokal, von dem ich immerhin weiß, daß es zum Kölner Gourmethimmel zählt: »Nicht mit mir!«
»Bist du überhaupt schon dort gewesen?« Konrads Stimme klingt ungläubig, was mich erst recht in Rage versetzt.
»Es reicht, daß meine Freundin Barbara dort verkehrt. Ich hab's weder mit falsch herum schaufelnden Wassermühlen noch mit zweibeinigen Tanzbullen.«
»Es reicht, wenn du ES mit mir hast, und Hans Huismann wird schließlich eng mit uns kooperieren.« Angeblich ist der neue Mann für die Kölner »Shopping Tours« schon unglaublich neugierig auf mich. Konrads Stimme überschlägt sich förmlich, erst ganz zuletzt senkt sie sich zum kuscheligwarmen »sottovoce«: »Ich habe ihm dein Lob in den höchsten Tönen gesungen, du wirst mich doch nicht ernsthaft versetzen, E-v-a?«
Er hat's, frohlockt es in mir, er hat »Eva« gesagt. Diesen Huismann scheint's wirklich zu geben, womöglich tue ich Konrad unrecht, zumal er sich aus freien Stücken mit einer Landpomeranze abquält, die so widerborstig ist und nicht mal ein einziges vernünftiges Kleid besitzt: »Eva ging nackt«, platze ich heraus, »ich glaub nicht, daß so etwas in deinem Schlemmerparadies statthaft wäre.«
Er lacht, aber es ist ein sehr mitreißendes Lachen, und wie er mir meine Wirkung auf ihn als Eva im Originalkostüm beschreibt, ist ebenfalls nicht von schlechten Eltern. Darüber hätte ich fast sein Schlußwort verpaßt: »Geh einfach zu Ernesto in die Pfeilstraße, du weißt schon, und sag einen schönen Gruß von mir. Ich melde mich. Ciao!«

Es fällt mir nicht weiter schwer, mich auf Ernesto zu besinnen. So häufig werde ich keinem Unternehmer im Maorock aus schwarzschillerndem Brokat zu Nappalederröhren vorgestellt, der sich am hellichten Tag vor der Auslage seiner Damenboutique produziert und wohl vor lauter Freude an Kreationen, die allenfalls mit dem Schuhhörnchen bestiegen werden können, die Preisschildchen vergessen hat. Wenn ich eins weiß, dann daß ich dort nicht vorstellig werde, um mich erneut meiner Normalfigur und meiner Schuhgröße vierzig und der Garderobe aus dem Kaufhaus zu schämen, die immerhin korrekt ausgezeichnet war. Keine Preise sind hohe Preise, so schlau bin ich mittlerweile auch. Wie käme ich dazu, mich für einen Monsieur Huismann in Unkosten zu stürzen? Ebenfalls ein Belgier, der garantiert sein Französisch ähnlich gezielt einsetzt wie ein Manfred Bosse seinen angelsächsischen Tick.
Parlez-vous français?
Do you speak English?
Ich spreche Lieberhausener Platt und ein halbwegs passables Hochdeutsch, garniert mit großem Latinum und Lücken, jeder Menge Lücken, was moderne Sprachen und Umgangsformen betrifft. Ich pfeife auf neue Kleider und alle Huismänner dieser Welt.
»Ich pfeife ...«, setze ich an und stoppe, weil es nichts bringt, in eine tote Amtsleitung zu pfeifen. Ersatzweise rufe ich Pity zu, daß er mich nicht nerven soll, weil ich sonst keine Garantie für seine Lego-Festung übernehme. Und dem sich hinterrücks anschleichenden Architekten, der mich seit Tagen mit seinen Fragen löchert, teile ich mit, daß er meinetwegen dem Bidet Goldarmaturen und dem Porzellan Blümchen verpassen könne. Bei dem Gedanken an jene popfarbenen Pril-Blumen, mit denen ich vor rund dreißig Jahren die Spuren meines Vorgängers in meiner Studentenbude überklebt hatte, kann ich schon fast wieder lachen. In Kombination mit goldenen Knäufen wär's der Knüller. Mein Lachen steckt sogar den Architekten neben mir an. Er strahlt, gluckert dezent vor sich hin und murmelt dazu etwas vom »neuesten Trend«.

Am Samstagmorgen verschlafe ich, was kein Wunder ist, weil dies seit der Abreise von Konrad die erste Nacht war, in der mich kein Gespenst heimgesucht hat. Ich hätte nicht übel Lust, es Pity nachzutun, der bis zur Nasenspitze eingemummelt neben mir liegt und gemütlich weiterschnorchelt, was aber heute leider nicht drin ist, weil ich selbst darauf bestanden habe, zusammen mit den Umschülerinnen vom Arbeitsamt den professionellen Umgang mit mouse-man und wahlweise Tastatur zu erlernen. Also stehe ich auf, hantiere leise im Bad und in der Küche, absolviere eine Runde mit den beiden Hunden und hinterlasse einen Zettel neben dem Langschläfer: »Wenn du magst, hol mich ab!«

Obwohl ich kräftig in die Pedale trete, bin ich die letzte. In der Halle brennt Licht, und ich höre viele fremde Frauenstimmen, die sogar mein kräftiges Aufstampfen auf der Kokosmatte und das Quietschen meiner Kreppsohlen auf dem Steinboden übertönen. Nicht einmal meinen Schreibtisch haben sie verschont, jedenfalls ist vor lauter Webpelzen und einigen echt aussehenden Nerzmänteln keine Ecke davon zu sehen. Es ist unglaublich, was für einen Krach ein Dutzend Frauen produzieren können, wobei der Text mir nicht eben bedeutsam erscheint. Es geht um persönliche Erfahrungen mit Personalcomputern und Ehemännern, der gemeinsame Nenner lautet »technisch perfekt«, und die Wiedergabe all der sattsam bekannten Vorbehalte gegen mein Geschlecht erfüllt mich mit heftigem Überdruß. Vielleicht hat der mir unbekannte »Mein-Gustav« ja recht, wenn er seinem hier lamentierenden »Lörchen« nahelegte, sich lieber um das Unkraut im Vorgarten zu kümmern und nicht schon wieder das Kabel vom Rasenmäher zu kappen. »Aber ich hatte einfach das Gefühl, ich müßte meinem Gustav zeigen, was 'ne Harke ist«, endet die Sprecherin triumphierend, »er ist nämlich jetzt Filialleiter bei Stüsgen.«

Hierauf höre ich eine sehr energische Frauenstimme erwidern, daß dies genau die richtige Einstellung sei: »Und jetzt werfen wir einfach alle zusammen die ganze Angst über Bord und machen uns an die Arbeit. Fragen Sie dem Schulungsleiter ruhig Löcher in den Bauch.«

Es wird nochmals sehr laut, was an dem männlichen Artikel liegt. Die Dame vom Amt bedauert sehr, daß auf die Schnelle nur noch ein Mann als Ersatz für Frau Schmidt gewonnen werden konnte.
»Und was ist mit der Frau Schmidt?«
»Babyurlaub, sie betreut ihr erstes Enkelkind, doch davon sollten Sie sich nicht irre machen lassen. Dort hoch, glaube ich.«
Unsere Anführerin wendet sich der Treppe zu, wir folgen ihr brav im Gänsemarsch, erst als sie das zukünftige Bad meines Froschkönigs ansteuert, mische ich mich ein: »Wir müssen noch eine Etage höher hinauf. Das hier ist privat.«
»Und wer sind Sie?« Der Finger gleitet suchend die Liste entlang.
»Eva Besser«, sage ich, »ich arbeite hier im Haus.«
»Da wäre dann aber noch die Kostenübernahme zu klären, wenn Sie bereits eine feste Anstellung haben.«
Ich versichere, daß die Anlagefirma Bosse anstandslos für mich bezahlen wird, was wiederum meine Geschlechtsgenossinnen von mir abrücken läßt. Ausgrenzung ist seit meinem Sturm auf die Großstadt nichts grundsätzlich Neues mehr für mich, bloß daß ich anfangs nicht an die anderen heranreichte. Der Spieß dreht sich um, vielleicht sollte ich doch besser bei dem Intensivtraining für Führungskräfte im Januar einsteigen, auf Tigerimitat und Nerz stehe ich auch nicht, überhaupt habe ich mir das hier peppiger vorgestellt. Weiter komme ich allerdings nicht mit meinem Höhenflug, weil nun gleichzeitig die Eva in mir vom Leder zieht, die Wandsprüche meines Vaters mich bedrängen und eine Männerstimme die Barriere aus Pelz und Krach durchbricht. Ruf der Heimat, bergische Töne, unser Coach ist ein Landsmann – und nicht nur das.
Obwohl ich von ihm noch genauso wenig erkennen kann wie zuvor unten in der Halle von meinem eigenen Schreibtisch, gehe ich jede Wette ein, daß die Wiege dieses Möchtegern-Computerfachmannes in Frömmersbach schaukelte, wo er als Grafiker ebenso Schiffbruch erlitt wie hier in der Großstadt. Unser letztes Zusammentreffen ist greifbar nah, ich sehe ihn im Fight mit seinem Damenschirm und Werbefotos, die keinen Hund

hinter dem Ofen hervorlockten, geschweige denn zahlungskräftige Kunden. Wohnungslos, arbeitslos, ein Bild des Jammers, sogar sein stahlblauer Zierspargel schien ihn verlassen zu haben. Lediglich seine Dreistigkeit war ihm treu geblieben, am liebsten wäre er stante pede zu mir ins Bettchen gehüpft und hätte von meinem Tellerchen gegessen. Ingredienzen aus dem »Froschkönig«, bloß daß dieses Märchen zu jemand anderem gehört. Ich werde schon ganz wirr im Kopf und hätte nicht übel Lust, diesen Menschen vor versammelter Mannschaft als Hochstapler zu brandmarken. Wissen die vom Arbeitsamt überhaupt, wen sie sich da an Land gezogen haben?
»Herr Meinhard ist bestens mit dem neuen Textverarbeitungprogramm von Windows 95 und allen Kniffen vertraut. Viel Erfolg!« Die Amtsfrau schickt ein letztes aufmunterndes Lächeln in die Runde und verschwindet treppab. Offensichtlich hat sie keine Lust, sich den falschen Zauber persönlich anzutun. Mir bleibt keine andere Wahl, denn erstens stehe ich auf der Teilnehmerliste, und zweitens habe ich blöde Kuh ihm selbst diese Adresse in die Hände gespielt. »Beihilfe!« schmettert es in mir, »Wiederholungstäterin«, und mir dämmert, daß ich diesem Ländler notfalls unter die Arme greifen muß, damit nicht zu guter Letzt ich für seine Sottisen zur Rechenschaft gezogen werde. Ob er damit rechnet, mir hier zu begegnen?
»Ich glaube, der Herr Meinhard will was von Ihnen.« Ein echter Nerzjackenärmel berührt meine Steppjacke.
»Ich weiß«, antworte ich mechanisch und vermeide den Blick nach vorn, wo er gerade noch mit der Zuweisung der Arbeitsplätze zugange war.
»Und warum reagieren Sie dann nicht?« fragt meine Mitschülerin empört.
Darauf bleibe ich ihr die Antwort schuldig. Garantiert würde es ihren Horizont sprengen, wenn ich ihr verriete, welcher Ärger mir schon aus einer ahnungslos preisgegebenen Anschrift erblüht. Notgedrungen akzeptiere ich den Stuhl vor dem Computer in der ersten Reihe, den er für mich zurückzieht und solcherart die anderen unsichtbar werden läßt. Ihr Raunen ist beredt genug.

»Wie schön, daß uns das Schicksal auf diese Weise wieder zusammengeführt hat.«
»Pssst!« zische ich.
Er kneift ein Auge zu, was bei ihm ähnlich dezent wie eine auf Rot wechselnde Ampelschaltung aussieht. Immerhin tritt er ein Stück zur Seite und startet nun offiziell die Reise in das neue Textverarbeitungsprogramm, über dessen Startschwierigkeiten in jeder Illustrierten zu lesen war. Ich zittere, sobald er ein neues Kommado gibt. Schere, Pinsel, Glühlampe oder Fensterrahmen, jedes Symbol hat seine spezielle Bedeutung, dem wir mit einfachem respektive doppeltem Anklicken des Maus-Mannes zu Leibe rücken. Es funktioniert. Erstaunlicherweise schafft dieser eher unbeholfene Mensch es, zwölf Frauen die Beherrschung von »mouse« und »icons« näherzubringen. Nur mich führt er damit nicht aufs Glatteis.
Sehr kühl teile ich ihm später im Park mit, daß ich weder Lust auf ein Bier noch die nötige Zeit dazu habe: »Ich werde erwartet.« Unsere Blicke kreuzen sich vor dem nackten Steinjüngling im zugefrorenen Teich, es herrschen nunmehr echt sibirische Temperaturen, und wenn ich mich nicht spute, erlebt er mein Rendezvous für den Samstagabend hautnah mit.
»Immerhin sehen wir uns ja morgen wieder«, sagt er. »Wenn Sie Lust haben, helfe ich Ihnen auch noch außer der Reihe auf die Sprünge. Natürlich gratis.«
Wie ist der denn drauf? Ich würde ihm gerne die Meinung geigen, andererseits möchte ich vermeiden, daß der Anblick von Pity ihn auf falsche Gedanken bringt. Es gibt sehr wohl ein ausgewachsenes Exemplar von einem Mann in meinem Leben, eins mit echtem Jaguar und etlichen Filialen, die gelegentlich für Ärger sorgen. Heiligabend ist er trotzdem bei mir. In vier Tagen kommt er zurück. Vielleicht leiste ich mir doch noch ein hübsches Kostüm für das Vielsterneparadies, das er für uns ausgewählt hat.
»Adieu!« Ich laufe los. Das Gesindehaus rückt näher, Pity wartet vor der Tür auf mich. Wie bin ich denn drauf? Adieu! »Ist das dein Neuer?« Pity streckt den Finger aus, zeigt auf den Teich, die Steinfigur und die kaum weniger reglose Figur daneben.

»Quatsch! Blödsinn! Der Typ ist ein Spinner und zu allem Unglück noch der neue Schulungsleiter.«
»Fährt aber klasse Inline-Skates, ehrlich.« Es folgt die Schilderung eines Ländlers, der sich nicht nur meiner Leichtgläubigkeit bedient hat, um an diesen Job zu kommen, sondern obendrein kaltschnäuzig mein gesamtes Umfeld abgrast und nichts ausläßt. Soeben düst er auf seinen neumodischen Rollschlittschuhen auf das schmiedeeiserne Gitter zu.
»Adieu-tschüs-bis-morgen-denn!« Er brüllt und winkt und vergißt völlig, daß er sich hier in Kölns Villenviertel befindet.
»Pssst!« zische ich.
Pity lacht herzhaft, weil ich ihm soeben wieder einmal bewiesen habe, wie dumm Frauen doch sind, wenn es um die primitivsten Erkenntnisse der Naturwissenschaften geht: »Glaubst du im Ernst, dein ›Psst!‹ hört er auf die Entfernung? Da mußt du schon brüllen! So! PE-ES-ES-ES-TE!«
»Habt ihr mich gerufen?« Elegante Kehrtwendung, Michael Meinhard stoppt unmittelbar neben uns.
»Hier brüllt man nicht«, sage ich, »das war's.«
»Ist das dein Rendezvous für tonight?« Er zeigt auf Pity.
Der nickt bestätigend, während ich gleichzeitig den Kopf schüttele. Die folgenden Sätze werden zwischen den beiden ausgetauscht, es geht um diese rasenden Schuhe, in meinem Kopf geht es kaum weniger rasant zu, und die Verabredung beim Sultan kommt völlig ohne mein Zutun zustande. Pity läßt sich von dem Versprechen ködern, gleich in der Lütticher Straße selbst einmal seine Fahrkünste erproben zu dürfen.
»Grand!« Er ignoriert meine abweisende Miene und fügt hinzu, das käme prima hin, weil er doch heute sowieso bei mir schläft: »Eva wohnt quasi nebenan in der Eisdiele. Du bist nicht zufällig auch Experte für Legos?« Es wundert mich kein bißchen, daß dieser Mensch sich umgehend zum Fachmann für Bausätze jeglicher Art erklärt, meinen stummen Widerspruch ignoriert und nichts ausläßt, um meine Freunde auf seine Seite zu ziehen.
Mecit hat die besten Lammspieße, verkündet er keine Stunde später und verdreht beseligt die Augen. Na so etwas! Als ob wir das nicht auch ohne ihn wüßten.

Merhaba begeistert ihn mit ihren Tanzkünsten, die sie uns manchmal vorführt, wenn keine Fremden mehr da sind. Zählt er sich jetzt schon zum inneren Kreis, bitte schön?
Pity markiert für seinen neuen Freund rollend, konstruierend, große Töne spuckend den King. Alles gibt er preis, nur nicht meinen Froschkönig. Er spart ihn gezielt aus, was wiederum ich nicht dulde und einfließen lasse, daß ich mich schon ganz besonders auf die Christmette im Kölner Dom freue: »Genau wie Konrad.«
»Falls er dann überhaupt noch da ist«, erwidert Pity.
»Er ist.«
»Glaub ich nicht, daß so einer freiwillig in die Kirche geht. Der sieht eher nach Super-Christmas-Party aus.«
»Du irrst.« Hoffentlich, denke ich und verkünde laut den Zapfenstreich für die beiden Kinder, die ihren Schlaf brauchen.
»Eigentlich könnten wir beide dann ja noch auf einen Absacker…«, schlägt der Ex-Grafiker-Ländler vor und zeigt mit einem Legopiraten von sich auf mich.
»Ich brauche ebenfalls meinen Schlaf.« Nur weg von diesen Bettelaugen! Ich betreibe kein Obdachlosenasyl für Männer. Mein Karibikzauber ist occupé.
Es wird trotzdem eine unruhige Nacht. Im Schlaf verteile ich Suppenschalen, Betten und Seifenstücke, den völlig Hilflosen schrubbe ich sogar den Rücken. Der Mann im Zuber dreht sich um, wendet mir ein stoppeliges Kinn und Augen zu, die kein bißchen hilflos sind. Ich schreie, aber da ist es schon zu spät. Über mir schlägt das Badewasser zusammen. Der blaue Anstrich verleiht selbst der schäbigsten Emaille Südseezauber. Gumpenzauber, verbessere ich mich, weil dieses unglaublich blaue Wasser von Gletscherseen mir zum Greifen nah ist, während ich mir die Augen reibe. Die Laken haben sich verschoben und geben mir den Blick auf Kiwis, Bananen und Orangen frei. Südliches Ambiente, das ich nur von fremden Bildern kenne. Im Allgäu war ich schon selbst, und wenn der Himmel und das Wasser eines Bergsees in über zweitausend Metern zusammentrafen, war es atemberaubend und inniger als jede Christmette.

»Oho!« sagt jemand, als ich aus meiner Eisdiele stürme, um die Linie sechs noch zu erwischen. Obwohl ich weiß, daß es sinnvoll ist, mein Rad heute daheim zu lassen, ärgere ich mich. Ich bin es einfach nicht gewöhnt, im Rock und auf hohen Hacken der Straßenbahn nachzujagen. Und nun noch dieses »Oho!« vom Gemüsemann, der mir mit seinen Kohl-Apfel-Clementinen-Kisten im Weg steht und Maulaffen feilhält. Hat er noch nie eine Lady im Business-Look gesehen?
Nachdem ich brav meine Fahrkarte gezogen und sogar eine eigene Halteschlaufe im zweiten Niederflurwagen erwischt habe, unterziehe ich mein Outfit einer diskreten Musterung. Die Fensterscheibe zeigt mir lediglich die alte Thermojacke und einen Zipfel »Blutorange«. So jedenfalls hat die Boutiqueverkäuferin gestern die Farbe meines zweiteiligen Kleides getauft, das korrekt »Ensemble« heißen müßte. Ich gebe vor, mich für die vorbeihuschenden Betonwände des U-Bahn-Schachtes zu interessieren und drehe mich, bis ich mich frontal im Bild habe.
Eine Orgie in orangefarbener Spitze über weinrotem Taft, zudem eine Occasion und laut bewußter Verkäuferin die Farbe der Saison und meine Farbe sowieso: »Das belebt ungemein!« Es folgten weitere Anmerkungen zu der Wirkung von Spitze, die gerade der modernen Geschäftsfrau die notwendige feminine Note beläßt, mit der sie ihre männlichen Mitbewerber aus dem Feld schlägt. Ein Material, das »wir Frauen« heute zu jedem Anlaß tragen könnten, denn die Zeiten einer strengen Kleiderordnung seien zum Glück längst überholt.
Gepaart mit khakifarbenem Stepp sieht's eher wie verfärbte Tortenspitze aus! Meine Wut über den Spurt zur Bahn paart sich mit derjenigen auf diese Boutique und auf mich selbst, nur den Adressaten all dieser Pracht spare ich aus.
Das hat seinen Grund. Ich sage nur »Gold & Blümchen«. Was ich einem nervigen Architekten im Überdruß an den Kopf geworfen habe, hat dieser umgehend in die Tat umgesetzt. Fliederfarben geblümte Sanitärkeramik zu goldblitzenden Armaturen, da kommt nicht einmal der »Dragoner« in Limbourg mit. Konrad wird mich steinigen. Pünktlich zwischen sieben und acht, wenn er mit seinem Adlatus Huismann vorfährt, um mein

Werk zu besichtigen. Wetten, daß ihm danach nicht mehr nach Schlemmen ist?
Ich raffe meine Winterjacke über dem femininen Blutorange, mit dem ich seine Wut dämpfen wollte, zusammen. Es blitzt noch immer und läßt mich an eine Fackel denken, voller Panik knöpfe ich das Khaki bis zum Hals zu. »O-c-h!« sagt es neben mir auf dem Doppelsitz. Zwei junge Männer sehen grinsend zu mir auf. Ich sehe weg. Demonstrativ.
»Sie hat noch was vor«, teilt der Fenstermann seinem Kumpel mit. Die Ansage der nächsten Station und das Drängen zum Ausgang hin ersparen mir den vollständigen Text. Es reicht auch so. Als ich an der Endhaltestelle aussteige, bin ich soweit, im Parka arbeiten zu wollen. Noch ein einziger anzüglicher Spruch, und ich explodiere.

Auf der Marienburg pöbelt und explodiert es sich anders. Sitzend heimse ich sogar das scheinbar ernstgemeinte Lob von zwei Außendienstlern ein. Doch sobald ich aufstehe und dem taillierten Spitzenoberteil den um die Hüften ballonmäßig gebauschten und um die Kniekehlen verengten Rock folgen lasse, geht es los. Das Spektrum reicht von Verstummen über »Frosch im Hals« bis hin zu Blicken, die sich an mich heften und von denen ich spüre, daß sie vor Spott triefen. Das Landei hat sich stadtfein gemacht. Das Landei bin ich.
»Mußt du dich unbedingt für den Karneval anziehen«, meint Pity, der mir nach Schulschluß frische Tannenzweige für das Weihnachtsgesteck auf meinem Stahlgerippe vorbeibringt. »Damit machst du glatt den ersten Preis beim Lumpenball.«
Das gibt mir den Rest. Lieber laufe ich in meinen Anstreicherhosen herum, als mich noch länger als Lumpenprinzessin zu präsentieren. Die Jeans für alle Fälle sind immerhin sauber und passen mir, weshalb ich sie trotz der Farbe – Tannengrün und Gelb gestreift, passend zu den Farben der Prinzengarde und meines Eismannrades – vom Wühltisch mitgenommen habe. Meine alten Hosen sind mir mittlerweile alle zu weit, sogar die »für meine Schwester«, was ein Nebenprodukt meiner Mehrfachbelastung als rechte Hand vom Chef, Pitys Freundin und

Geliebte eines echten Froschkönigs sein mag. Leider fehlt mir ein neutrales Shirt für obendrüber, und nachdem ich versucht habe, ein Hemd von Pity über meine C-Körbchen zu zwängen, in Atemnot geriet und Mühe hatte, überhaupt wieder aus dem engen Futteral herauszukommen, behalte ich notgedrungen die Spitzenbluse an.
Über dem Anblick von fliederfarbenen Sanitärblümchen wird das kaum ins Gewicht fallen. Ob er brüllt? In Ohnmacht fällt? Den goldenen Wasserkran aus der Wand rupft?

ER tut nichts von alldem. Er stellt mich Herrn Huismann vor, nötigt mich vorzugehen, konstatiert zufrieden die Anlieferung seiner ausgesprochen futuristischen Büromöbel aus quaderförmigem Glas, Granit und schwarz lackiertem Holz – deren Anblick im zukünftigen Geschäftsführer dieser Ein-Mann-Zentrale heimatliche Gefühle erweckt: »Genau wie …!« – und verkündet, wie gespannt er nun auf sein kleines persönliches Refugium sei: »Im Bad beginnt der Mensch!«
Diesmal weigere ich mich schlicht, seiner Menschwerdung voranzuschreiten, und gebe vor, von unten gerufen zu werden: »Bin sofort wieder da! Geh ruhig schon vor!«
Ich lasse mir Zeit, suche die Toilette auf, lausche nach oben, stürze bei dem Versuch, meine grüngelb gestreiften Beine unter dem scheckigen Blutorange auf dem Klodeckel stehend im Spiegel zu bewundern, beinahe ab – Wink des Schicksals? – und lasse mir sehr viel Zeit mit der Rückkehr in den ersten Stock. Ob ich es der Ankunft des Architekten zu verdanken habe, daß alles still bleibt? Zögernd durchquere ich das großzügige Entree und das zukünftige Büro von Konrad, welches direkt mit dem zum Bad umfunktionierten ehemaligen Aktenraum verbunden ist.
»Fantastique!« – »Genau der richtige Kontrast!« – »Ich wußte es doch!«
Drei Männer in modischem Schwarz, das ich bereits von den Mundküssern meiner Freundin kenne, versichern mir, daß ich die Größte bin. Was sich, wie Konrad mir leise zuraunt, nun auch endlich in meinem eigenen Outfit spiegele, welches haargenau den Trend zur Kombination extremer Materialien und

Farben aufgreife. »Avantgardistisch!« endet er laut, sein Gefolge nickt, und obwohl ich mich dagegen wehren will, durchflutet mich wohlige Hitze.
Wer hat schon jemals von einem avantgardistischen Landei gehört?
Einem Michael Meinhard fielen die Augen aus dem Kopf, wenn er mich so erlebte. Leider verpaßt er meinen Auftritt. Nicht einmal Pity ist zur Stelle, um meinen glorreichen Abgang zu verfolgen und weiterzumelden. Dieser Ländler hat den Dreh heraus, sich anzubiedern. Er duzt mich sogar, der genaue Zeitpunkt des Wechsels ist mir entgangen, und nachdem ich selbst mehrmals dieses »Du« aufgegriffen habe, kann ich es schlecht wieder canceln. Ein DU auf Rennrollen, mit Trevirahose und einem Haarschnitt, der selbst für Lieberhausener Verhältnisse antiquiert ist. Aber Grafiker sein wollen, ich raff's nicht!
»Träumst du?« Ein Kaschmirärmel schmiegt sich um meine Schultern, die Form des Sakkos ist kastig, die Hosenbeine sind oben bollerig weit und zur Stiefelette hin schmal, das Schwarz verleiht dem Ganzen den nötigen Touch Understatement. Von so etwas träumt einer aus Frömmersbach nur.
»Ich freue mich auf Weihnachten«, sage ich. »Christmette und so.«
»Ich freue mich auch«, der Druck wird stärker, »auf dich und wenn es sein muß auch auf ›Erschalle laut, Triumphgesang!‹«
»Das ist ein Osterlied«, korrigiere ich ihn sanft.
Immerhin kennt Konrad die »Tochter Sion 1741«, das beruhigt mich, weil schon unser alter Pastor in Meckenheim uns in der Religionsstunde beigebracht hat, daß gute Menschen an ihrer Bibelfestigkeit und Nächstenliebe zu erkennen sind. Konrad ist textfirm und liebt mich. Na bitte!
»Wie findest du meinen Text?« fragt er nach dem Absingen einiger weniger Zeilen der altvertrauten Melodie.
»Von wegen dein Text«, protestiere ich und verweise ihn auf mein Gesangbuch.
»Wetten, das steht nicht in deinem Gesangbuch?« Er legt noch einmal los, diesmal achte ich auf jedes Wort.

»Erschalle laut, Triumphgesang!
Evchen ist neu erstanden!
Besieget liegt die Piepserin in Banden,
die so viel Avantgarde bezwang!«

Blasphemie, mahnt es in mir. Lieberhausener Fresken vom Jüngsten Gericht erstehen vor meinen Augen. Eva-mit-Apfel-und-sonst-nichts hebt flehend die Hände.

»Du hast einfach geile Brüste in diesem Blutorange!«

»Pfoten weg!« Aber ich meine es nicht so, und endlich gibt auch die verklemmte Maid in meinem Kopf klein bei. Meine Namensvetterin in der »bonten Kerke« zu Lieberhausen hat es da schon wesentlich schwerer, denn bis Schlaffi Adam ihre keuschen Äpfelchen so tituliert, kann sie warten, bis der Putz von den Wänden fällt. Wahrscheinlich tut sie sogar genau das. Selber schuld.

Pity, Smilie und ein Sack voller Fragen

Seit nunmehr sechs Tagen besitze ich einen neuen Ring. Was ich anfangs für Silber hielt, ist echtes Platin, jedenfalls steht das auf der beigefügten Expertise einer Juwelierwerkstatt, die sich darauf beruft, schon zu Zeiten der k.u.k.-Monarchie mit Kleinodien gedealt zu haben. Zuletzt wünscht der mir unbekannte Wiener Meister mir noch viel Freude an meinem »unvergänglichen Einzelstück«.

In der Christmette waren Konrad und ich auch.

Das war im Anschluß an ein opulentes Weihnachtsdinner in einer Hotelkulisse, die nichts ausließ, womit Hollywood alljährlich Millionen von Menschen Zuckerwatte ins Hirn pustet. Ein gigantisches Hexenhaus wetteiferte mit einer Krippenlandschaft mit Lichtorgel und sprechenden Figuren, sogar die Schafe verfügten über menschliche Stimmen. Das Menü war auf Schriftrollen aus Pergament nachzulesen, von denen jeder Gast ein Exemplar ausgehändigt bekam. Eine abendfüllende Lektüre, ich war schon satt, bevor das Amuse-gueule in einer Krippe aus Blätterteig kredenzt wurde. Falscher Zauber, habe ich gedacht und mich fortgesehnt. Statt dessen wurde mir Champagner serviert, dann jagte ein Gang den nächsten, zwischendurch wurde ein Sorbet aufgetragen, und als ich glaubte, nun endlich alles überstanden zu haben, folgte ein leerer Teller aus Silber, in dem ich mein eigenes erstauntes Gesicht betrachten konnte. Blasse Farben, bis dieses Päckchen auf das glänzende Metall rückte und Röte auf meine Brust und den Hals und die Wangen malte. »Für mich?« habe ich gefragt. Er hat genickt, und obwohl ich zu jenem Zeitpunkt noch nicht ahnte, daß es sich bei seinem Weihnachtsgeschenk um echtes Platin handelte, war danach alles anders.

Jetzt weiß ich Bescheid. Viele andere auch. Vom Sultan bis zu Amante-e-Principessa-bei-Fuß haben alle mir zu verstehen gegeben, um was für ein erlesenes Stück es sich handelt. Nur Pity hat weggeguckt, geschwiegen und so getan, als ob er nicht wüßte, ob er den Dreimaster, nach dem er seit Wochen alle Geschäfte abklappert und den ich für ihn aufgestöbert habe, nicht längst schon besäße. Als Merhaba mir das gemeinsame Geschenk der beiden überreichte, hat er nur geknurrt, damit hätte er im Grunde nichts zu tun. Die Bluse ist wunderschön und eigentlich viel zu kostbar, auch wenn sie angeblich bloß vom Trödelmarkt stammt. Cremefarbene Seide mit eingesetzter Spitze, die mir auf Anhieb gefiel, obwohl ich kein Typ für Verspieltes bin.

Die Bluse hängt noch ungetragen im Schrank. Die beiden Kids sind am zweiten Weihnachtstag zu ihren Müttern nach London geflogen. Einen Tag später ist Konrad ebenfalls abgereist.

Genau drei Tage lang hat die ungetrübte Freude an meinem Ring gewährt, dann rückte der Schenker damit heraus, daß er Silvester bei seinem alten Herrn verbringen müsse: »Eine alte Tradition, das bin ich ihm und der Firma einfach schuldig.« Er hätte mich mitnehmen können, doch das scheiterte angeblich an der allzu konservativen Webart seines Erzeugers, der immerhin stolz auf die extravaganten »Shopping Tours« seines Sohnes und selbst Anhänger vom Bungee-Jumping, Sky-Surfing und

Tiefseetauchen ist. »Schließlich sind wir nicht verheiratet«, hat Konrad geltend gemacht, »überhaupt sind diese Empfänge zum Jahreswechsel immer sehr steif und langweilig.« Soll ich ihm ernsthaft abnehmen, daß ein durch die Lüfte und Weltmeere trudelnder Mittfünfziger nur Ehepaare empfängt? Eher schon glaube ich, daß das Handy-Pieps-Revival schuld an Konrads jäh ausgebrochenem Familiensinn ist. Zeitlich fielen die gehäuften Piepstöne und die zögernde Eröffnung eines getrennten Starts in das neue Jahr jedenfalls zusammen. Nicht einmal Pity wird bei mir sein. Nur ein Königspudel und ein Bobtail leisten mir Gesellschaft.

»Damit du immer an mich denkst!« hat Konrad beim Abschied gemeint, mich geküßt und Iphigenie gekrault. Der elfjährige Hundebesitzer hat sich immerhin mit Hinweisen zu Pflege und Fressen begnügt: »Und du darfst Smilie auf gar keinen Fall mit der falschen Bürste kämmen!« Gemeint war der Striegel für den Bobtail, dessen dichtes Fell oft gebürstet werden muß, um Ekzeme zu vermeiden. Seit neuestem steckt Pity voller Vorbehalte gegen den »Stummelschwanz«.

Zusammen auf meinen knapp fünfzig Quadratmetern werden beide Hündinnen zum Alptraum. Sie kläffen nonstop, raufen sich um meine Hausschuhe und haben bereits ein Sündenregister, das von stibitzten Lieberhausener Lebkuchen bis hin zu perforiertem Südseezauber reicht. Konrad wird sich wundern, wenn er die abgeschlaffte linke Luftkammer entdeckt. Links liegt gewöhnlich er. Ein Omen?

Ich beginne, nach weiteren Vorzeichen zu suchen. Ich deute sich vor Erreichen des Haltbarkeitsdatums blähende Quarkdeckel und zupfe Tannennadeln von meinem Adventskranz ab, so wie ich es ganz früher mit Blättern getan habe: »Er liebt mich – er liebt mich nicht – ich liebe ihn – ich liebe ihn nicht.« Ich sitze grübelnd vor dem zerfledderten Kranz, der ein Symbol der Vergänglichkeit ist, sogar die Stumpenkerzen sind bis auf die Metallpinne hinabgebrannt. Rotes Wachs klebt hartnäckig an der Marmorplatte des Tischs, den ich so liebevoll aufgearbeitet habe. Ich heule. Ich heule um die Marmorplatte, den Kranz, zwei jaulende Köter und mich. Das vor allem.

Morgen ist Silvester.
Sogar der Sultan schließt vor Mitternacht, um wo auch immer und mit wem auch immer den Jahreswechsel zu feiern. Mich hat keiner eingeladen. Angeblich passieren die meisten Selbstmorde exakt an solchen Tagen. Ich bin suizidgefährdet, denke ich und erhalte prompt Kontra von jener durch nichts zu bezwingenden Unperson in mir drin, die mir mitteilt, daß Unkraut nicht vergeht, die Packung Lebkuchen aus Lieberhausen – der Absender fehlte – noch halbvoll ist und mir der »Zierspargel« ja immer noch als eiserne Reserve zur Verfügung steht. Ich teile meinem Alter ego umgehend mit, daß ich auf Ländler pfeife, die in der Großstadt auf sich selbst sitzenbleiben. Ich bin nicht die Wohlfahrt und kein Resteverwerter, und meine Hand schmückt ein Ring aus echtem Platin, der sogar meiner Freundin Barbara einen spitzen Schrei der Bewunderung entlockt hat, als sie sich zu ihrer alljährlichen Ski-Après-Ski-Tour verabschiedete. Im übrigen habe ich nicht einmal eine Telefonnummer von dieser Unglücksgestalt aus Frömmersbach, die sich garantiert eben dort bei Muttern hätscheln läßt. Wie anders sollte ich mir erklären, daß er seit Weihnachten kein einziges Mal mehr beim Sultan aufgetaucht ist, um mich mit abgenagten Lammspießen und Schwärmeraugen zu verfolgen?
Wenn ich eins hasse, dann sind es unstete Charaktere.

Seit morgens früh böllert es, kreischen Kinder und hetzen Leute mit Tüten und Taschen an meiner Fenstertür vorbei. Und was das Schlimmste ist: Die Firma bleibt heute mit Rücksicht auf lauter feierwütige Kollegen geschlossen. Ich wasche mir die Haare, die eigentlich erst wieder am Sonntag fällig wären, was mir aber erst bewußt wird, als ich schon fast fertig gefönt bin. Eine Tätigkeit, die ich verabscheue, weil mein Arm dabei innerhalb kürzester Zeit erlahmt und der Effekt in jedem Fall weit hinter dem geleisteten Einsatz zurückbleibt. Pferdehaare, strohig und robust, französische Erbmasse, was mich umgehend an meine Eltern in Bern denken läßt, die mittlerweile erfahren haben – nicht von mir übrigens –, daß zwischen Adam und mir Schluß ist und ich in die Großstadt umgezogen bin.

»Da paßt du einfach nicht hin«, erklärt meine Mutter mir bei jedem meiner Anrufe. Sie selbst ruft zum Glück infolge ihrer Knausrigkeit so gut wie nie an und läßt alle Erläuterungen zu dem Unglück, in das ich geradewegs hineinlaufe, in Briefform folgen. Diese Episteln hasse ich noch mehr als Haarefönen.
Ich senke den Fön, betrachte mich, registriere die üblichen Wirbel und Höcker und greife erneut zur Dusche. Wen schert es, ob ich mit Frottierturban ums Haupt und auf Pantoffeln à la Marie ins nächste Jahr stolpere? Keinen! Eben!
Ich bin gerade dabei, mein aus einer Flasche Champagner – »Prost, Froschkönig!« –, Lebkuchen von einem unbekannten Spender und altbackenem Fladenbrot bestehendes Festmahl zusammenzustellen, als es klopft. Kläffen, Bellen und kratzende Pfoten an meinen frisch lackierten Türen antworten dem Störenfried, den ich automatisch mit einer Sammelbüchse in Verbindung bringe. Silvester macht die Leute dreist, da tragen sie einem ihre »Hätten Se mal 'ne Mark für mich?«-Sprüche direkt ins Haus, und wenn tatsächlich nur eine Mark klimpert, reagieren sie stinkig. Meine beiden vierbeinigen Pensionsgäste, die ich mit Rücksicht auf mein Nervenkostüm getrennt ausgesperrt habe, wittern jedenfalls Waden-Schnürsenkel-Action.
»Sitz! Platz! Kusch!« Das Kommando gilt den Hunden, allerdings habe ich nichts dagegen, wenn das Straßenvolk beizeiten mitbekommt, daß mit mir nicht gut Kirschen essen ist. Ich ziehe die Rolläden halb hoch, ertaste den Türriegel, bücke mich.
»He, was machst du mit meiner Smilie?« Pity taucht unter dem Schutz aus Holzleisten durch und stürmt an mir vorbei.
Merhaba folgt und erlöst den »Stummelschwanz«.
Und ich stehe da und grinse dümmlich vor mich hin. Jedenfalls stelle ich mir vor, daß ich kein sonderlich intelligentes Bild abgebe. Eher eine Witzfigur. Egal! »Und wie kommt ihr beiden hierher?« Mir ist nach Jubeln. Mein Gott, bin ich froh!
»Mein Gott!« Pity attestiert mir erneut Schwerfälligkeit im Denken, sobald es um die Lösung simpelster physikalischer Vorgänge geht: »Mit dem Flieger, weißt du!« Er umflattert mich einmal, zweimal, starrt dann konsterniert auf meine angenagten Schlappen und teilt mir mit, daß ich ja wohl nicht in dieser

Aufmachung zur großen Silvestersause starten wolle: »Dagegen war ja noch dein Lumpenlook neulich die reinste Pracht!«
»Sause, wie?« Ich starre von meinen Füßen auf mein frugales Mahl, greife mir an den Turban, memoriere das Silvesterprogramm der beiden Kids und begreife gar nichts mehr.
»Glaubst du im Ernst, wir ließen dich hier allein versauern?« Pity nimmt kein Blatt vor den Mund. Einem, der seinen Hund verstümmelt, ist alles zuzutrauen, daran änderten auch die Kronjuwelen nichts: »Falls der Ring überhaupt echt ist!«
»Aber ihr wolltet doch bis Dreikönige in London bleiben.«
»Das war vor dem Anruf vom Sultan.« Angeblich haben die beiden Mütter auf Anhieb verstanden, daß Not an der Frau war. Die Frau bin ich, fassungslos und gerührt und mit Kletschhaaren: »So kann ich unmöglich ausgehen, ehrlich nicht.«
»Logisch kannst du.«
Ich wickele das Handtuch von meinem Kopf. »So?«
»Au Backe!« Diesmal ist sogar Pity sprachlos.
»Das bekommen wir hin. Spielend.« Merhaba ist am Zug. Sie schwört auf die Schönheitstricks ihrer Mutter, rennt los und kommt mit ihrem Flugkoffer zurück: »Auf Naturbasis, international erprobt, ich habe massig Pröbchen mitgebracht.« Mein Küchentisch füllt sich mit Töpfchen und Tiegeln, von denen die meisten aus naturfarbenem Ton oder schlichtem weißen Porzellan sind und aus denen es angenehm duftet, während die Zwölfjährige sich energisch an meinen Haaren zu schaffen macht. Sie kämmt, ziept und verteilt, als endlich jedes widerspenstige Haar glattgestriegelt ist, nußgroße Klumpen von einer öligen Paste auf meinem Kopf. Dann beginnt sie mit bloßen Händen zu kneten und zu walken, kreuz und quer, rauf und runter: »Das bringt's!« Gleichzeitig untersagt sie Pity strikt die Anreichung des von mir erbetenen Handspiegels und scheucht ihn hinaus, weil das hier »sowieso Frauensache« sei und ihn nichts angehe.
»In einer halben Stunde müssen wir aber los!« Er legt Smilie ihr Halsband um. »Spätestens.«
»Eine halbe Stunde ist okay«, erwidert Merhaba, »vergiß Iphigenie nicht.«

»Wenn du meinst.« Zögernd greift der Junge nach der zweiten Leine. »Hoffentlich glaubt keiner, der Stummelschwanz wäre von mir.«

Wir antworten ihm nicht. Wir sind beschäftigt, ich mit Zittern und das Mädchen vor mir mit Gel und Puder und rotfarbenem Gloss. Jedenfalls nennt sie das Zeug, das sie mir auf Lippen und Wangenknochen tupft, so. Lipgloss. Sie kommandiert »Augen zu!« und appliziert etwas braungolden Schimmerndes auf meinen Liddeckeln, greift zu einem ebenfalls braunen Malstift – »Kajal, war schon ganz früher in Indien ein Renner!« –, bringt mich mit einer riesigen Puderquaste zum Husten und erlaubt mir endlich, das fertige Werk zu bewundern: »Wetten, du sagst zu dir selbst Sie!«

Ich sage »Du-Sie«. Die störrischen Zauseln auf meinem Kopf, die ich sonst mühsam mit Fönbürste und zwei Steckkämmen bändige, umschließen nun ein Gesicht mit meinen Augen, meiner leicht stupsigen Nase und meinem Mund. Alles meins und trotzdem anders, so wie frisch aufgearbeitete Fresken, bei denen die Farben im alten Glanz erstrahlen.

Als kleines Mädchen war ich noch dunkel, auf den Fotos von damals sehe ich sehr südländisch aus, was meinen Eltern aber nach dem Bruch mit der französischen Nebenlinie so mißfiel, daß sie das Fotoalbum von ein paar Babybildern abgesehen erst mit meiner Einschulung beginnen ließen. Eva mit Schultüte war blaß, gezopft und maulig. Ganz im Gegensatz zu Paul, der seine Tüte fünfzehn Jahre später zwar ähnlich mausfarben präsentierte, dies aber durch ein Strahlen über beide Pausbacken hinweg wettzumachen verstand. Möglicherweise hätte ich trotz Zwang zum Kleidchen auch freundlicher dreingesehen, wenn ich statt mit Heften, Stiften und einer Wollmütze auf Vorrat ebenfalls mit Spielzeug bedacht worden wäre.

»Den komischen Pulli mußt du natürlich ausziehen, und die Pantoffeln auch, aber sonst…«, Merhaba mustert mich besorgt: »Oder gefällt es dir überhaupt nicht?«

»So schön war ich zuletzt mit fünf Jahren.« Ich erzähle ihr von Klein-Eva, die wie ein Junge aufwuchs, von der Verwandtschaft in Ribeauville und dem Zerwürfnis, das meinen Vater aus Zorn

über die ausbleibenden Gauloises und den Bordeuax dazu trieb, alles »von denen da« mit Mißachtung zu belegen: »Meine Mutter durfte nicht einmal mehr Elsässer Sauerkraut oder Crêpes auf den Tisch bringen, vielleicht haben sie mir auch heimlich meine dunklen Haare und Wimpern weggehext, jedenfalls wurde ich immer blonder und blasser. Kannst du nicht auch noch die paar Fältchen hier weghexen?«
»Bestimmt.« Merhaba zählt mir auf, was sie alles für eine porentiefe Hautstraffung benötigt, wir könnten gleich morgen anfangen, sie erklärt mich zum vergleichsweise leichten Fall: »Du solltest mal die ollen Schatullen bei meiner Mutter sehen.« Sie schneidet Grimassen und demonstriert, was alles bei den englischen Ladies krunkelt und abschlafft. An zwölfjähriger Haut sieht das allerdings eher lustig aus, und ich muß als »leichter Fall« ernsthaft gegen mein Lachen ankämpfen, als es draußen gegen die Tür hämmert: »Wir w-a-r-t-e-n!«
»Sofort!« Die neue Weihnachtsbluse, schwarze Jeans, fertig bin ich.
»Wurde aber auch Zeit!« Pity dirigiert uns zu dem Lieferwagen mit der Aufschrift »Sultan-Expreß«, setzt jedem von uns eine sauber mit Küchentüchern abgedeckte Schüssel auf die Knie und gibt Mecit das Zeichen zum Start.
Wir rumpeln los, umweht von köstlichen Düften, unterwegs werden wir mehrmals angehupt und hupen zurück, zuletzt verlassen wir im Korso die Stadt. Exodus der Lütticher Straße in Richtung auf meine alte Heimat, ich glaub's ja nicht. Allerdings fahren wir nicht sehr weit ins Bergische hinein, an dem Schild Kleineichen biegen wir schon ab.
Keiner will mir verraten, wo genau es hingeht – »Du wirst schon sehen!« –, und obwohl ich bei einem gewissen Froschkönig ausgesprochen sauer auf derlei Bevormundung zu reagieren pflege, fühle ich mich im Moment nur verwunschen und wie Klein-Eva auf dem Abenteuertrip. Früher war ich berüchtigt für meinen Pioniergeist, einmal wollte ich sogar mit dem Brauereipferd durchbrennen. Immerhin haben sie zwei Tage gebraucht, um mich zu finden, und wenn Barbara nicht gepetzt hätte, wäre ich vielleicht wirklich bis zu Heidis Alm gekommen.

Ob es an den alten Erinnerungen liegt, daß ich »Pferd« rieche?
»Irgendwie ...«, ich schnuppere.
»Pferde«, erklärt Pity, »aber nur noch halb so viele wie früher, weil die Leute nicht mehr so viel Geld für Kost und Logis ausgeben wollen, sagt der Wirt.«
»Welcher Wirt?«
»Na der vom ›Rappen‹.«
Es dauert, bis ich die Bezeichnung für ein schwarzes Pferd mit dem Schild in Verbindung bringe, das uns den Weg von der Hauptstraße weg zu dem gleichnamigen Gasthof weist.
Während Mecit noch mit dem Lieferwagen rangiert, erzählt Pity mir, daß hier mittlerweile schon vier Boxen leerstünden, nur noch zwei private Reitpferde betreut würden, der Wirt seinen Pensionären jede Mohrrübe und seinen Gästen jeden Kletsch Ketchup extra berechne und jetzt sogar ernsthaft daran dächte, seine Zwillinge abzuschaffen.
»Echte?« frage ich und stelle mir unter dem Einfluß der Märchenlandschaft in meinem Kopf einen kurzen Moment lang vor, wie ein Bösewicht alles abstößt, was ihm auf der Tasche liegt, sogar seine leiblichen Kinder.
»Klar, echte, oder glaubst du, so'n Planwagen ließe sich mit Schaukelpferden ziehen? Planwagenfahrten sind momentan der Renner.«
Ich denke blitzschnell um: »Und warum will der Wirt dann seine Zugpferde abschaffen?«
»Weil es auch mit dem Traktor geht, der kommt ihn billiger, und den Leuten ist es egal, weil die meistens sowieso nur saufen wollen, und daran verdient er erst recht.«
»Und bei so einem sollen wir Silvester feiern?« frage ich.
»Bestimmt nicht. Wart's nur ab!« Pity stößt die Schiebetür auf, nimmt zunächst die Schüsseln in Empfang, reicht sie an Mecit weiter und hilft dann sogar mir aus dem Wagen: »Dein Gelkopf sieht übrigens nicht mal übel aus, ein bißchen wie ein Helm.«
»Fehlt nur noch der Ritter.« Ich grinse.
Das Grinsen vergeht mir. Das war ein Witz, was ich sehe, ist ebenfalls einer, denn kein Rittersmann kommt in Trevirahose zum

Norwegerpulli daher. Die Haare sind noch kürzer geschnitten als sonst, und um allem die Krönung aufzusetzen, hält mir dieser Mensch seinen stahlblauen Zimmerspargel entgegen, als wären's langstielige Rosen.

»Was tun Sie denn hier?« Hätte ich nur die Schüssel nicht losgelassen, der Asparagus rückt auf Tuchfühlung.

»Du«, verbessert Pity, »ihr wart schon beim Du, und er wohnt jetzt in den Boxen von Carmen und Rosella.«

»Zwei Stuten«, ergänzt Michael Meinhard.

»Das denke ich mir.« Ich denke mir noch viel mehr, zum Beispiel daß er mit seinem Ländlerschick lange warten kann, bis eine zweibeinige Schöne ihn zu sich ins Heu läßt.

»Ich mache jetzt wohl endgültig in Computern, die Sache läuft einfach besser, viel besser.« Er drückt mir seine versiegelte Pflanze in den Arm und mimt den Gastgeber, lotst das letzte Fahrzeug aus unserem Troß neben eine zur Tränke umfunktionierte Badewanne und führt uns – zusammen sind wir sechzehn – an der Kneipe und einem vollverklinkerten Anbau vorbei zu einem Gemäuer, das weitaus mehr Ähnlichkeit mit einem verwitterten Hexenhaus als mit einem Stall hat. Winzige Fenster mit Fliegengittern und Holzläden davor, ein Spitzdach und Rost, jede Menge Rost an der Laterne und den Beschlägen der unverhältnismäßig breiten Doppeltür. Die Tür nimmt fast die gesamte Vorderfront ein und führt uns direkt in die ehemalige Sattelkammer, wo nun auf einer Leinendecke Motiv »Bauernhochzeit« Korinthenstuten, Apfelkraut, Milchreis mit Zucker und Zimt, Eiserkuchen, Schwarzbrot mit Butter, Wurst, Käse und Quark, Burger Brezeln und eine echte »Dröppelminna« aufgetischt sind. Die einem Samowar ähnliche Kaffeekanne ist typisch für meine Ex-Heimat, meine eigene Kanne ist leider ebenfalls bei Adam geblieben.

»Hübsch!« sage ich und überlege, ob er sich die Kölner Heinzelmännchen ausgeliehen hat, um all das so appetitlich anzurichten. Natürlich käme noch eine andere Quelle in Betracht, sozusagen die Urquelle: »Made by Muttern?«

»Weniger.« Er nimmt Mecit die Schüsseln aus der Hand, lobt den Geruch, schafft Platz auf seiner linnenen Bauernhochzeit

und erwähnt eher beiläufig die Mithilfe von Sabine und Melanie. So, wie er diese Namen einfließen läßt, unterscheiden deren Trägerinnen sich nur unwesentlich von den beiden Pferdeladies, die bis vor kurzem in den geräumigen Boxen untergebracht waren, von denen eine nun Office spielt. Tower, Tastatur, Drucker und Monitor sind No-names, dafür habe ich mittlerweile ein Auge, allerdings handelt es sich um solche der leistungsstärksten Kategorie. Wie kommt ein armer Schlucker, der mich vor zehn Wochen noch nicht zum Essen einladen konnte, ohne zuvor seine Topfpflanze zu verscherbeln, an ein elektronisches Vollblut und das Gespann Sabine & Melanie? Sind die Mädels mit einem Pferdefuß auf die Welt gekommen oder waren sie nur zu oft in der bonten Kerke?
Es dauert nicht lange, bis ich die beiden Samariterinnen persönlich in Augenschein nehmen kann. Offensichtlich legen sie es darauf an, ihre Rolle beständig auszubauen, und überfrachten unsere bergische Tafel mit den Highlights des Silvestermenüs, das Sabine – sie ist gelernte Köchin – im Auftrag ihres Vaters für neunundachtzig Mark pro Nase vorne im »Rappen« auftischen soll. So verstohlen, wie Champagnermousse im Schokoladenkörbchen und ein Probierschluck nach dem anderen den Weg zu uns finden, ahnt der Wirt nichts von alledem und kassiert erst recht keinen Pfennig. In mir gärt es. Dabei hat der Abend wie ein echtes Abenteuer begonnen. Nouvelle Cuisine in einem Pferdestall ist meilenweit davon entfernt und schlicht ein Stilbruch.
Leider scheinen die anderen in diesem Punkt weniger heikel zu sein, denn sie loben die französischen Leckerbissen über den grünen Klee, und selbst Mecit versucht ein ums andere Mal, mich von der Vortrefflichkeit eines »confit« oder einer »pâté« zu überzeugen. Natürlich vergeblich, wenigstens ich halte dem »Sultan-Expreß« die Treue und zwinge mich aus reiner Höflichkeit zu einem: »Nein danke, vielleicht später.« Das Schwestern-Duo scheint meine Äußerung als Aufforderung zu verstehen, nun auch noch die Gläser und Teller für den Nachschlag zu spülen. Diesmal kann ich mich allerdings nicht länger beherrschen.

»Und wer macht jetzt drüben im Rappen klar Schiff?« frage ich und erfahre, daß ein Mann, der mit jedem Klecks Ketchup und jeder Mohrrübe geizt, seine Töchter nicht nach zehn in der Schänke duldet. Weil jemand ihnen gratis in die Bluse langen könnte? Was glaubt er, läuft hier ab?
Kaum stapelt sich das Geschirr wieder blitzeblank auf dem Brautlinnen, animiert das Duo zum Tanz. Polka, hetzt es in mir, doch statt dessen ertönt Lateinamerikanisches. Schon rückt Sabine ihren ranken Körper in Tangopose und mimt mit angewinkelten Knien und stolz geschwenktem Kopf die vollblütige Spanierin, der einer auf Trevirabeinen nachjagen soll. Was in einer ehemaligen Pferdebox schlicht ein Witz ist, egal wie feurig das Paar sich gibt. Ich wende mich der Lehrerin zu, die neben mir frischen Zimtzucker über den süßen Reis streut und dabei vorgibt, ihre tanzende Schwester zu bewundern: »Das hatte die Lütte schon drauf, bevor sie richtig gehen konnte!«
»Beneidenswert.« Ich lasse meine Augen von dem sich schlingpflanzenmäßig um Michaels Oberschenkel winkelnden Sabine-Bein zu den Melanie-Fingern gleiten, die nunmehr hingebungsvoll Napfkuchen aufschneiden. »Und Sie begnügen sich mit so etwas?«
»Jedem das Seine. Ich profitiere auch nicht schlecht von unserem neuen Mieter.« Ein Blick, den ich nur liebevoll nennen kann, umhüllt meinen Landsmann, sodann folgt die Preisgabe vieler gemeinsamer Trips durch das Internet. »Wahnsinnig spannend«, findet Melanie und fügt hinzu, daß Michael, weil er so phantastisch erklären kann, nun gleich flächendeckend die Region von Köln-Brück bis Unterlüghausen trainieren darf: »An meiner Schule hält er ab Januar sogar zwei Kurse ab.«
Lauter Gemeinden, die dicht an der Stadtgrenze liegen, die weder Fisch noch Fleisch und offensichtlich hinterwäldlerisch genug sind, um einem Bruchpiloten ihr gutes Geld hinterherzuwerfen, denke ich und registriere aus dem Augenwinkel, daß die Tango-Nummer endlich vorbei ist. »Finden Sie PCs für I-Dötzchen nicht wahnsinnig überzogen?«
»Ich unterrichte am Gymnasium Mathematik und Physik. Und Sie?«

»Sie koordiniert die Marienburg und einen Eispalast und manchmal sogar mich. Darf ich bitten?« Michael sieht mich an, die verstrubbelten Haare stehen ihm gut, das Blitzen in seinen Augen läßt mich glatt das Norwegermuster und die Trevirahose vergessen, trotzdem rühre ich mich nicht von der Stelle: »Leider habe ich das Tanzen nicht vor dem Gehen erlernt, nicht mal hinterher.«
Warte noch ein Weilchen, flüstert es in mir, zum Glück unhörbar für meinen Gastgeber, der nichts von dem gewonnenen Tanzkurs mit einem BOI wissen muß. Boi Konrad alias Froschkönig schwebt vielleicht gerade mit einer anderen übers Parkett. In Wien? Stadt der Musik. Ort der rauschenden Feste. Wien, Wien, nur du allein! Ich pfeife auf diesen Kurs.
»Macht nichts, ich geb dir Nachhilfe, privatissime.« Michael zieht mich in die ehemalige Futterkammer mit, noch ehe ich gegen seine anmaßende Art protestieren kann. Das Licht ist schön schummrig, dieser Song war schon ein Hit, als ich noch zur Schule ging. »If your're alone and life is making you crazy…«, aber ich bin nicht mehr allein und höchstens ein kleines bißchen verrückt, auf höchstens zweimal zwei Metern bleibt wahrlich kein Platz fürs Alleinsein. Schwenker nach rechts und Schwenker nach links, unsere Schritte werden immer kleiner, so als ob auch der Boden unter unseren Füßen beständig schrumpfte. Sein Gesicht rückt näher, ist nun ganz nah, er schwitzt, was bei seinem dicken Strickpulli kein Wunder ist. Meine Bluse ist dünn, aber warm wird mir auch. Sehr warm. Ich glaube, ich hätte eher das Zeug zur sündigen Magdalena als zur Eva-mit-Apfel-und-sonst-nichts.

»Rechte oder linke Hand?« Die Stimme kreischt mir ins Ohr. Ich zucke zurück und sehe auf einen Mund, aus dem diese vier Worte und jede Menge Lachen perlen, wogegen die hübschen Augen mich alles andere als lustig anblitzen.
»Rechts«, antwortet mein Tänzer und scheint plötzlich nicht mehr zu wissen wohin mit seinen Händen. Eben wußte er es noch genau.
»Dann darfst du mit mir anfangen.« Sabine schlängelt sich zwi-

schen uns, sehr viel Platz braucht sie dazu nicht, es ist mir unerklärlich, wie jemand im ständigen Tête-à-tête mit Eßbarem so schlank bleiben kann. Eine Alleskönnerin, denn schon ist sie mitsamt zwei poppig verpackten Knallern und Mann entschwunden. Mann? Einer, der sich so einfach abführen läßt, hat eher das Zeug zur Memme. Ich richte meine Bluse und das, was darunter in Unordnung geraten ist, und lasse mir viel Zeit.
»Willst du da drinnen Silvester verpennen?« Pity zerrt rechts an mit, Merhaba links, sie haben sogar einen von diesen Überraschungsknallern für mich gerettet, der außer einem PLOP stets noch einen Spruch enthält, der ein Fingerzeig für das frisch aus der Taufe gehobene Jahr sein soll. Wer glaubt, wird selig! Bei Kindern ist das etwas anderes, die setzen noch auf solchen Hokuspokus: »Haben wir extra aus London mitgebracht, du mußt ziehen, sobald die Kirchturmuhr zwölf schlägt.«
»Okay, ziehe ich eben.« Von überall drängen nun Leute auf den Hof und schießen bunte Muster an den Himmel, einige zählen schon die Sekunden mit: »Sechzig, neunundfünfzig ...«
Dicht neben mir kreischt Sabine. Zwischen ihr und dem neuen Mieter hat es vereinbarungsgemäß als erstes geknallt. Die Papierwurst enthüllt einen rosa Zettel und etwas Winziges aus Plastik, ebenfalls rosa. Ein Puppenwagen, denke ich. »Ein Baby«, jubelt die glückliche Zieherin. Ihr Mitzieher wendet sich leicht betreten ab.
Rund um mich kreischt und küßt und prostet es sich zu: »Ein frohes neues Jahr!«
Pferde wiehern gegen das Inferno an. Noch vier Tiere, wenn ich richtig zugehört habe. Sie können einem leid tun, am liebsten ginge ich sie trösten, doch dazu müßte ich mich durch den Pulk der Kneipenbesucher drängeln. Mir ist nicht nach Menschenmassen.
»Hi!« Er ist der Gastgeber und Herr über diesen Verschlag, der kaum größer als meine Eisdiele ist und in dem es noch immer nach Streu und Tier riecht.
»›Hi‹ heiße ich nicht.«
»Dröppelminna?« Er berührt meine Nasenflügel, die feucht sind ebenso wie meine Wimpern. Das braungoldene Zauber-

werk aus Merhabas Tiegeln fällt mir wieder ein. Braungestreifte Beauty vom Land, alles klar, bloß bin ich deswegen noch längst keine oberbergische Kaffeekanne mit einer Schnute, aus der es unablässig tröpfelt. Daher der Name.
»Minna heiße ich noch viel weniger.« Nur den Kindern zuliebe lasse ich mich überreden und ziehe mit ihm zusammen an der braun verpackten Rakete, die ich mir vorhin in die Hosentasche gestopft habe. Der Inhalt ist ähnlich trist, es handelt sich um eine Zwiebel. Auf dem beigefügten Zettel wird über die vielerlei Häute der »onion« gelabert, mir reicht es. Ich knülle das Papier zusammen. »Könnte ich wohl mal telefonieren?«
»Sicher, gut, daß du's sagst, ich muß auch noch in Frömmersbach anrufen, sonst hängt der Haussegen schief.« Michael geleitet mich zum Telefon, das neben seinem ultramodernen PC steht: »ISDN«, sagt er stolz, »du mußt eine Null vorwählen.«
»Was du nicht sagst!« Ich tippe eine Null ein und dann die Handy-Nummer, die ich längst auswendig weiß, obwohl ich sie noch niemals angewählt habe. Mein Froschkönig findet es besser, wenn er sich bei mir meldet, was heute kaum möglich war. Seit Stunden dürfte er sich die Finger wundwählen, ich erlöse ihn – oder auch nicht. Jedenfalls bringt es nichts, meine Eltern in Bern aus dem Bett zu klingeln. Sie lehnen es ab, ihre Nachtruhe für einen Klamauk zu opfern, der ähnlich ausartet wie die Fastnacht. Sie schlafen längst. ER nicht. Garantiert nicht.
Die Leitung ist überlastet. Ich warte, versuche es wieder und lege mir Worte zurecht.
»Hallo?«
Ich sage nichts. Gar nichts.
»Eva?«
Ich sage noch immer nichts.
»Eva, ich weiß genau, daß du das bist, nun red schon.« Angeblich bin ich ein ganz böses Mädchen, das ihn seit Stunden auf Trab hält. Seine Gedanken und seine Finger: »Schon ganz taub gewählt, wo steckst du denn nur?«
»In einem Stall«, antworte ich wahrheitsgemäß.
»Hi, Bethlehem war eine Woche früher. Wie geht es ...?«

»Deinem Hund geht es prächtig«, unterbreche ich ihn. Ich hätte doch in der Schweiz anrufen sollen. Oder mich selbst und drauflosplappern ...

»Ich meinte nicht Iphigenie. Ich dachte an etwas Unvergängliches.«

»Platin?«

»Platin. Ich mag dich sehr.«

»Ich dich auch.« Als ich auflege und hochsehe, begegnen mir Norwegermuster und ein waidwunder Blick. »Ich dich auch« klingt nach Liebe und Sehnsucht. Ich massiere meinen Ringfinger und kümmere mich nicht um das Tröpfeln, das mich zum Streifenhörnchen macht. Dröppelminnas sind bekanntlich bauchig, hausbacken und aus geblümtem Porzellan. Platin ist edel, unvergänglich, in meinem Fall sogar vom österreichischen Hoflieferanten persönlich veredelt. Die Hintergrundgeräusche eben klangen nach einem Live-Orchester, nicht eben klein, es schien hoch herzugehen, trotzdem war ich wichtiger: »Ich mag dich. Ich habe mir die Finger wundgewählt.« Getippt, verbessere ich mechanisch, weil schließlich jeder weiß, daß Handys keine Wählscheibe besitzen. Erbsenzählerei! Übermorgen kommt er zurück.

»Du solltest deine Familie in Lieberhausen nicht ganz vergessen«, sagt Michael Meinhard neben mir und rückt sein ISDN-Telefon gerade.

»In Lieberhausen wohnt nur mein Ex-Lover. Meine Eltern leben in der Schweiz. Bundeshauptstadt.«

»Kantonstadt«, verbessert er.

Ein Erbsenzähler und Klugscheißer, daran ändern auch eine Sabine und Melanie im Gefolge nichts. Ich lasse ihn stehen und hole den Neujahrsschluck mit sechzehn Freunden aus der Lütticher Straße nach. Prost! Sechzehnmal und auf ex, ich glaube, es ist noch ein sehr schöner Abend geworden. Angeblich habe ich zuletzt sehr eindrucksvoll mit dem Gemüsemann, dem Sultan und dem Kioskbesitzer demonstriert, wie drei BOIS eine BUMBA bespielen. Ich war die Trommel und angeblich kaum zu stoppen. »Die hat den Rhythmus im Blut«, hat der dicke Zeitungsverkäufer gebrüllt. »Und jede Menge Anisschnaps, Sekt und Bier«, hat mein Freund Pity ergänzt. Ein Verräter, doch ich verzeihe ihm. Männer sind so. Morgen kommt ER zurück.

Mannen sind so

Obwohl ich passend zum Advent ein Gesteck aus Tannen neben meinen PC gestellt und die Glasschale für den kleinen Hunger zwischendurch mit Walnüssen, Mandarinen und Spekulatius gefüllt habe, behält mein Arbeitsplatz doch stets seine noble Aura. Vorausgesetzt, keiner packt das Stahlgerippe aus Designerhand mit Wirsing, Boskop, William-Christ-Birnen, Einmachgläsern, einem Zehnerpack Nelkenseife, Biberbettüchern und Walkfrottier zu.
»Wer war das?« Automatisch denke ich an Amante-e-Principessa-bei-Fuß, obwohl deren Strategie meinen Bestand bislang eher schrumpfen denn wachsen ließ.
»Schöne Grüße aus Bern!« Hundertvierundachtzig Zentimeter Mann tauchen hinter der an Drahtseilen schwebenden Registratur auf. Mein Bruder rückt sich in Positur und deklamiert wie früher als kleiner Bub unseren Spruch, von dem allerdings nur das Versmaß vollständig erhalten bleibt:

»Prosit Neujahr,
de Kopp voll Haar,
de Mul voll Zäng,
'ne Lover in de Häng!«

»Irre witzig«, erwidere ich und überlege, ob momentan ein Bazillus umgeht, der ausgewachsene Mannsbilder dazu treibt, Kirchenverse und Volksweisheiten zu verhackstücken, wobei mir das Loblied meines »Lovers« eindeutig sympathischer war als der in Mundart beschworene Kopf voller Haare, Mund voller Zähne und Liebhaber in den Händen. Ob Paul schon etwas ahnt?

»Okay, streichen wir den Lover wieder.« Paul sieht sich um. »Wie sieht's mit der Knete aus? Hier riecht's förmlich nach viel Knete.«
Meine beiden Kolleginnen hindern mich an der passenden Antwort, vermutlich sind sie von der volltönenden Männerstimme oder dem Geruch meines Gabentischs angelockt worden. Ihre fassungslosen Augen pendeln zwischen dem Kohlkopf auf meinem Schreibtisch und dem getönten Haaransatz eines Businessman, zwischen Nelkenseife hier und Monogrammsocken dort. Jetzt aber!
»Ob Sie wohl so nett wären, uns bekanntzumachen, Frau Besser?«
Ich unterdrücke nur mühsam ein Grinsen. Was so ein paar falschverstandene Pril-Blumen doch ausmachen, die machen sogar »Tante Emma« salonfähig. »Paul Besser«, erwidere ich, »im Hauptberuf ist er Headhunter, momentan hat er's eher mit Gemischtwaren.«
»Alles frisch aus der Schweiz von unseren Eltern.« Mein Bruder greift nach einem Schraubglas und hält es hoch. »Mögen die Damen Schweinswangerlsulz? Schmeckt hervorragend zu gerösteten Erdäpfeln.«
»Oh!« Die Oberhexe mit akademischem Grad tritt etwas zurück, die Unterhexe vor: »Das ist gut, Schweinebacke mit Bratkartoffeln, das kenne ich von daheim.«
Paul zwinkert mir zu und bestätigt, daß doch nirgends so gut gekocht würde wie bei Muttern, die den Nachwuchs notfalls noch über Ländergrenzen hinweg verwöhne. Seine Arme öffnen sich, sein Lächeln wird mild, diese pastorale Nummer hatte er schon früher drauf. Niemand sonst ist so begabt darin, die Leute zu verspotten und dabei weiterhin als netter Mensch angesehen zu werden. Die Dumme war regelmäßig ich, weil ich gelegentlich mit den Kommentaren herausgeplatzt bin, die mein Bruder prompt lieferte. »Unsere Eva schießt manchmal einfach übers Ziel hinaus!« hieß es dann, aber natürlich durfte ich mich nicht rächen, weil kein guter Christenmensch das tut, erst recht nicht an einem fünfzehn Jahre jüngeren Individuum. Mir reicht's.

»Bist du jetzt mit deinem Sketch durch?« Ich zeige zur Decke. »Wenn du willst, kannst du oben weitermachen.«

»Wieso oben? Ich denke, dein Platz ist hier unten.«

»Auch.« Zugegeben, es ist mir nicht unangenehm, unserem Familienstar vorzuführen, wo ich überall wirke. Ich führe ihn herum und lasse nicht einmal die Goldknebel zum Fliederdekor aus.

Paul greift umgehend nach der Klobürste, die ebenfalls einen vergoldeten Griff hat.

»Nobel! Und welche Rolle spielst du dabei?« Er schwenkt die Bürste.

»Ferkel.« Ich lenke seinen Arm nach unten. »Die Toilettenfrau bin ich jedenfalls nicht.«

»Etwa das Chefliebchen?« Er überfliegt mein Outfit, das nun wieder recht alltäglich ist. Jeans und Polohemd, alles eine Größe kleiner, eine Spur flotter, aber gemessen am Dreireiher dieses nachgetönten Kopfjägers weiterhin »von der Stange«. Genau das besagt sein Mienenspiel. Als Karrierefrau läßt er mich gerade noch durchgehen, Betonung auf Karriere.

»Mein Chef heißt Bosse«, erwidere ich, »mein Arbeitsplatz wurde soeben von dir mit milden Gaben aus Bern geschmückt, im Obergeschoß betreue ich Seminarveranstaltungen, und hier«, ich zeige auf den Flieder für zweihundert Mark den Quadratmeter, »halte ich lediglich ein Auge drauf, solange Konrad nicht da ist.«

»Konrad ist verheiratet, logisch.« Mein Bruder addiert Schlafcouch und Sanitärkeramik, das sehe ich ihm an.

»Er ist ledig, Anfang Dreißig, von Haus aus Banker, und einen Klumpfuß hat er auch nicht.«

»Aber dich.« Die Klobürste scheint es Paul angetan zu haben. Er greift schon wieder danach.

Ich nehme sie ihm ab. »Mich hat keiner.«

Paul nickt. »Eigentlich logisch, denn wenn ihr auch privat fest zusammen wäret, sähst du anders aus.« Er zeigt auf den Goldknauf über den weißen Borsten.

»Privat benutzt er meine Klobürste, und die ist aus der Kaufhalle.«

»Du willst sagen, er wohnt bei dir?«
Ich zucke die Schultern und nicke andeutungsweise mit dem Kopf, obwohl ich genausogut stramm durchnicken könnte, weil Konrad schließlich wirklich und wahrhaftig in meiner Eisdiele haust, vorausgesetzt er ist in Köln.
»Klingt zu schön, um wahr zu sein!« Pause. »Wieviel hast du abgenommen?«
»Willst du ihn kennenlernen?« frage ich dagegen.
Paul will. Und wie er will. In seinem Gesicht streiten Zweifel, er will es nicht glauben, womöglich mischt sogar die Angst mit, überrundet zu werden. Ich bin ihm eine vergoldete Klobürste und einen Platinring voraus, den er als nächstes entdeckt, wohl weil ich es mir angewöhnt habe, in kritischen Situationen daran herumzufummeln.
»Laß mal sehen!« Paul greift nach meiner Hand. »Auch von ihm?« Er wartet die Antwort nicht ab, sondern ergeht sich in einer Philosophie über männliche Geschenke, an denen angeblich sehr eindeutig abzulesen sei, welche Ziele damit verfolgt würden: »Das hier deutet auf ernsthafte Absichten hin, Schwesterchen. Halt dich ran!«
»Neulich wollte mir einer einen stahlblauen Zierspargel verehren. Und eine Zwiebel.«
»Ein Verrückter.« Obwohl mein Bruder den Platinschenker noch nicht einmal zu Gesicht bekommen hat, verteidigt er energisch dessen Refugium gegen einen Verrückten, von dem er nicht wissen kann, wie meschugge er wirklich ist.

Draußen an der Tür hängt ein Schild: »Heute Ruhetag!« Drinnen sitze ich, setze komplizierte Gebilde aus Bierdeckeln zusammen, höre ab und zu auf die Stimme des Radiosprechers und fühle mich wie im Kino beim Vorfilm. Mein Kino heißt »Bloomekörvge« und hat dreiunddreißig Betten, Kölsch vom Faß und bürgerliche Kost im Programm. Jeden Tag außer mittwochs, denn dann hat der Koch frei, und drei Amateure übernehmen seinen Platz.
Just for fun!
Pour s'amuser!

Die Tür zur Küche hin steht offen. Ich höre sie klappern und parlieren, lachen und stöhnen, alberner als jedes Mädchenkränzchen, es wundert mich jedesmal aufs neue, wie sie trotzdem zu Potte kommen. Vielleicht liegt darin die Stärke von Mann begründet, daß er jede Schaumschlägerei so nutzt, daß etwas dabei herauskommt. In diesem Fall eben Eßbares.
Mein Froschkönig hat sich auf Terrine, Pastete, Tarte und Quiche spezialisiert.
Mein Bruder ist abonniert auf Desserts, da schlägt unsere Mutter durch.
Hausherr Jan ist Meister der Pfanne. Messing, Gußeisen, Edelstahl, mit Sandwichboden oder Kupferkern. Seifenlauge ist verpönt, und wer Omelette und Schnitzel in demselben Geschirr brät, ist ein Banause.
Dies ist das schon vierte Meeting der drei, und obwohl ich eigentlich lesen wollte, sitze ich hier, spiele mit Pappdeckeln, rätsele dem Geruch aus der Küche nach und verstehe noch immer nicht ganz, wie ein einziger Monat ausreichen konnte, um mein Leben zugleich umzumodeln und sicher zu machen.
Einen Tag nach Neujahr ist Konrad nach Köln zurückgekommen, sechs Tage später besuchte mich mein Bruder, das Kennenlernen der beiden erfolgte über die Mitbringsel aus Bern hinweg, von denen ich angenommen hatte, daß sie meinen Liebsten zurückschrecken lassen würden. Weit gefehlt! Noch bevor die beiden Erfolgsmänner ihr woher? und wohin? und womit? abgeklopft hatten, ergötzen sie sich an meinem erntefrischen Gabenkorb und zitierten einander aus dem Stegreif, wie sie den Wirsing oder die Birnen am liebsten mochten. Konrads »Gemüseterrine an Limbourger Senfsauce« wetteiferte mit Pauls »karamelisierten Birnen in Blätterteig«, mir blieben vor Staunen Mund und Ohren offenstehen, und als ich mich dann endlich soweit faßte, daß ich ein spöttisches »Hoffentlich spielt Bocuse mit!« einwerfen konnte, eröffnete das Duo mir, daß es allenfalls eine gute Küche bräuchte. Mittlerweile habe ich den Verdacht, daß gleich beim ersten Kennenlernen der innere »Bocuse« übergesprungen ist, der ein ebenso eindeutiges Identifikationsmerkmal ist wie Anzugmarke oder Autotype. Zwei be-

gnadete Hobbyköche trafen aufeinander, mittlerweile drei, natürlich kam meine Eisdiele keine Sekunde lang als Werkstatt in Betracht, und obwohl keiner mich zwingt, Publikum zu spielen, sitze ich nun hier und schaue »meinen Männern« zu.
Es ist genaugenommen das erste Mal, daß ich meinen Bruder so erlebe. Happy, gelöst, manchmal verzichtet er jetzt sogar freiwillig auf die niedlichen »chens« hinter meinem Namen. Ich bin Eva und richte über die Dosierung von Zutaten, die ich nie zuvor geschmeckt habe.
Gerade koste ich ein Panché von Meeresfrüchten, nicke und beruhige Konrad, daß die Dosierung von Safran und Petersilie nicht besser sein könnte. Zum Glück hat er mir vorgesagt, was laut Rezept den Ton angeben muß. Er strahlt, dreht ab und trägt mein Lob in die Küche, wo er einen Wettstreit von Quirlen, Wiegemessern und Passierstäben erzeugt und dieses wohlige Gefühl in mir tätschelt, dem Geheimnis von drei Erfolgsmännern auf der Spur zu sein.
Konrad und Jan, seines Zeichens Mitbesitzer des »Bloomekörvge«, haben einmal zusammen studiert und gehaust und vermutlich noch mehr miteinander geteilt als die Kocherei. »Unseren Omelettes konnte schon damals keine widerstehen, weißt du noch …?« Schon senken sich die Stimmen nebenan, das dreifache Hoho signalisiert mir, daß auch mein Bruder nicht aus der Art schlägt. Sie schwelgen in Rezepturen, hüten eifersüchtig Kniffe und Tricks, sind höchst sensibel, wenn es an die Beurteilung ihrer Kreationen geht, und schärfen meine Kompetenz als Schiedsrichterin.
Lobe seine Safransauce, und er liegt dir zu Füßen!
Der Mittwoch ist unser Jour fixe, den verpaßt keiner von den dreien. Endlich begreife ich auch, was meinen Froschkönig dazu getrieben hat, in einem der billigsten Hotels von Köln zu logieren. Nostalgie. Rückbesinnung auf die Zeit, als die beiden Studenten eben hier als Kellner gejobt, die Anfänge der Bläck Fööss vom Bierhahn aus verfolgt und oben unter dem Dach ihre eigene »Katrin« oder »Rita« entdeckt haben. Genau der Grund, warum Jan – im Hauptberuf verscherbelt er Versicherungen – später als Geldgeber zurückgekehrt ist und jetzt via Geldhahn

mitbestimmen darf, welche junge Band im Keller probt und ob Katrin oder Rita die Auserwählte ist. Das komfortabelste von dreiunddreißig Hotelbetten gehört nun exklusiv ihm: »Die Mädels sind so was von rösig.«

»Rösig« von »rossig«? Bei Pferden bekanntlich genau die Zeit, zu der die Stute den Hengst empfängt. Das Lachen des Trios nährt meinen Verdacht, daß exakt so etwas gemeint ist. Mittlerweile habe ich allerdings die meisten der »Mädels« kennengelernt, die im »Blumenkörbchen« arbeiten. Durch die Bank Studentinnen, hübsch und selbstbewußt und voll mitleidiger Verachtung für all die »rösigen Opis hier«, die »Ein Kölsch, Frollein!« sagen und Delikates denken.

Jan genießt bei den »Frolleins« allerdings so eine Art Narrenfreiheit, weil er guten Jazz und die besten Speckpfannkuchen macht und im Grunde als »harmlos« gilt.

Mein Bruder wurde anfangs als »Lackaffe« eingestuft, hat es mit Hilfe seiner köstlichen Desserts aber immerhin geschafft, zwei Aushilfen auf seine Seite zu ziehen. Momentan macht er sich der dritten durch die Aussicht auf einen Job als Hosteß im Team meines Froschkönigs sympathisch.

Diese Verquickung von Privatem und Job ist geradezu typisch für Paul. Kaum wußte er Näheres über die »Shopping Tours« meines Liebsten, da riß er auch schon die Rekrutierung der benötigten Führerinnen an sich. Hübsch und intelligent sollen sie alle sein, die Feinheiten orientieren sich am jeweiligen Einsatzort. Wer Touristen durch Nobelläden lotst, muß notwendigerweise anders präpariert sein als jemand, der den Kontakt zwischen Einheimischen und ortsansässigen Firmen herstellt, die »Überschußware« dreißig Prozent unter dem Richtpreis abgeben, nachdem sie zuvor fünfunddreißig draufgeschlagen haben. Angeblich sind hinterher trotzdem alle hochzufrieden. Mir soll es recht sein, solange niemand mich zwingt, meine Baumwollenen »geführt« zu kaufen. Was ich zunächst als Witz losgelassen habe, ist offensichtlich für manche Mitmenschen teure Realität, denn sie entrichten klaglos ihren Obolus an Konrad, um selbst die banalsten Dinge im Troß kaufen zu dürfen.

»Vielleicht solltet ihr demnächst auch noch 'ne Führung durch die Hotelzimmer organisieren«, habe ich neulich gewitzelt, als ich in der Abrechnung einer Kölner Parfümerie – die natürlich ebenfalls für den Kundenzufluß Prozente an Konrad zahlt – auf Zahnbürsten stieß, die bekanntlich in jedem Hotelbad ausliegen. Mein Bruder hat daraufhin stellvertretend für Konrad einen so herzergreifenden Vortrag über »Vereinsamung« und »Gemeinschaftserlebnis« vom Stapel gelassen, daß ich ihn liebend gern noch einmal auf das Brauereipferd von unserem Nachbarn gehievt und dem Braunen auf die Hinterhand geklopft hätte. Passieren konnte dabei nichts, weil das Tier sanft wie ein Lamm war, trotzdem haben Paul und meine Eltern sich bald nicht mehr einbekommen. Ich hatte eine Woche lang Stubenarrest, aber das war die Sache wert. Mein Bruder ist zwar der »echte Junge«, aber er graust sich noch immer vor allem, was vier Beine hat und größer als eine Maus ist. Sogar um Iphigenie und Smilie macht er einen Bogen. Dafür bedient er sich im Gegenzug für die von ihm organisierten Hostessen regelmäßig der Designer-Liege auf der Marienburg. Hier schlägt ebenfalls unsere Mutter durch, die noch am Briefpapier spart und jede leere Hälfte abschneidet, um sie später für Kurzmitteilungen zu nutzen: »Liebe Eva, vergiß die Portoerhöhung – deine warmen Unterhosen – das Entfrostungsspray für Vater nicht!« Paul nutzt das Privatquartier »Unter den Ulmen«, um solcherart drei bis vier Blaue pro Nacht zu sparen. Für weniger logiert er nie, weil Hotels für ihn erst ab dem vierten Stern akzeptabel sind. Nie zuvor habe ich meinen Bruder so oft gesehen, jedenfalls nicht nach seiner Einschulung, als keine Nurse mehr gebraucht wurde und ich endgültig ausziehen durfte.
Mein Froschkönig nimmt bei den »rösigen Mädels« eine Sonderstellung ein. Sie bewundern ihn, soviel steht fest. Etwas von diesem Glanz fällt auch auf mich ab. Sie scheinen allerdings nicht ganz zu begreifen, warum ich nicht ebenfalls auf dem Grund eines Privatbades Schach spiele oder am Bungee-Gummiband den Sturzflug probe. Was wiederum mir rätselhaft bleibt, weil ich meine mindestens fünfzehn Jahre jüngeren Geschlechtsgenossinnen für couragiert genug gehalten hätte, den

Mann ihrer Wahl zeitlich befristet von der Strippe zu lassen, sobald die Interessen auseinanderdriften. Bei Konrad und mir driften sie sehr heftig auseinander. Mir wird nämlich schon im Paternoster schwindelig, und nach dem für den Freischwimmer vorgeschriebenen Sprung vom Einmeterbrett habe ich es wohlweislich unterlassen, jemals wieder unterzutauchen.
Immerhin tanze ich zusammen mit Konrad. Ebenfalls seit einem Monat, der gewonnene Kurs für Ehepaare hat pünktlich in der ersten Januarwoche begonnen und umfaßt zehn Doppelstunden, von denen sich jede einem bestimmten Tanz und ansonsten der Wiederholung der bereits gelernten Schritte widmet. Es ging mit langsamen Walzer los, auch English Waltz genannt, und obwohl ich bereits neunzig Minuten am Stück und drei Wiederholungsrunden hinter mir habe, fällt es mir schwer, mich auch nur auf eine einzige Figur zu besinnen.
Der Bierdeckel in meiner Hand ruckt zögernd über das karierte Tischtuch, dazu zähle ich »eins-zwei-drei«, was sonst Aufgabe unseres Lehrers Roland ist, dessen Lieblingsspruch »Der Herr führt« lautet. Bei Roland kommt der »Herr« aus dem Kohlenpott, das »e« wird zum langgezogenen »ä«, bei der soundsovielten Wiederholung konnte ich mich einfach nicht mehr beherrschen. Minutenlang rückte »die Dame« in den Vordergrund, die Dame wie sie sein sollte und nicht sein sollte, bei der Schilderung der letzten Variante richteten sich alle Augen auf mich. Ich trug meine üblichen Jeans und normale Straßenschuhe und produzierte weiter Blubbergeräusche, während Roland sein schwarz behostes Knie anwinkelte und schwarz gewienertes Leder zeigte und die Vorzüge von »hauchdünnen Sohlen und Riemchen« pries. Bei dem Wort »Riemchen« erwischte es mich erneut: Der »Hääär« führt in Riemchen, ich bin bald zusammengebrochen.
»Riemchen für die Dame, das Kratzbürstchen nicht zu vergessen.« Rolands Augen saugten sich förmlich an mir fest.
Ich fühlte mich persönlich angesprochen. »Wieso ›chen‹?« Wenn schon, wollte ich als ausgewachsene Kratzbürste gehandelt werden.
»Wir reden von der korrekten Aufrauhung der Ledersohle.« Es

folgte die Preisangabe zu besagtem Bürstchen, Tanzschuhen mit und ohne Straß sowie Transportbeutel mit Einzelfach oder paarig.
»Hört sich nach Doppelgrab an«, habe ich Konrad zugeflüstert. Offensichtlich nicht leise genug, denn wieder war ich der Eyecatcher, woran sich leider auch nichts änderte, als es mit dem »Eins-zwei-drei« Ernst wurde.
»Wir beginnen mit dem König des Standardtanzes!« Roland verneigte sich sozusagen vor sich selbst, die Spiegelwand warf seinen Diener und das willige Nicken von noch viel willigeren Frisuren zurück. Ich war gerade mit der Frage zugange, wie Haare es schafften, im Extremwinter 97 so auszusehen, als die Paare um uns herum in Bewegung gerieten: »Eins-zwei-drei-vor-Seit-ran.« Immerhin ist auf mein Gehör Verlaß, ich befolgte brav die Order…
»Hal-l-l-t!« Diesmal lallte das »l«, trotzdem parierten alle aufs Wort, blieben stehen und folgten dem Blick unseres Walzerkönigs – zu mir.
»Ich habe nur getan, was Sie gesagt haben.« Ich wußte sogar noch das Kommando: »Vor-Seit-ran!«
»Das gilt für den Häääarn! Die Ansage gilt grundsätzlich für den Häääarn!«
»Weil er dümmer ist, oder wie?« Eine bessere Erklärung fiel mir nicht ein, unserem Roland auch nicht, er hat sich für mein Empfinden reichlich läppisch damit herausgeredet, das sei so Usus.
Wahrscheinlich ist diese lateinisch verbrämte Unsitte daran schuld, daß ich bis zum heutigen Tag meinem Führer Konrad hinterherhinke, dessen tänzerisches Genie keine Grenzen kennt, leider. An dessen enormem Echo ist ebenfalls unser Antreiber schuld, der just in der Sekunde, als mein linkes Bein zurück, meine Hüfte vor, mein Knie in die Beuge und mein Stimmungsbarometer hoch ging, seine Aufforderung an den »Häääarn« richtete, »drei Damen weiter« zu rücken. Mein Versuch, synchron drei Herren zu überspringen, wurde abgeschmettert.
»Ich dachte, das wäre ein Kurs für – eh – Paare?« Es war schon

wieder der »Usus«, auf den er sich berief: »Schließlich wollen wir Sie hier fit für das gesellschaftliche Parkett machen, und da können Sie sich den Tänzer auch nicht aussuchen.«
Wie wahr, habe ich gedacht, denn nachdem ich nun ordnungsgemäß wieder drei Stellen zurückgerückt war, kam ich vor einem an, der sich bequem das Näschen zwischen meinen C-Körbchen hätte wärmen können. Deren Füllung muß ihm mächtig eingeheizt haben, denn von Führung konnte keine Rede sein, weshalb ich nach neunzig Minuten »English Waltz« kaum schlauer als zuvor war.
»Ich könnte dir privatissime auf die Sprünge helfen, meine Dame war sehr zufrieden.« Konrads Augen spiegelten das Lob der Dame, und ich sah prompt ein gemessen an Alter und Anlaß viel zu kurzes Röckchen über bemerkenswerten Beinen in Riemchenschuhen aufwirbeln, begleitet von einem affektierten Kichern, eins-zwei-drei-eins-zwei-drei. Ich habe strikt jede Nachhilfe abgelehnt, dafür übe ich nun heimlich, notfalls mit Bierdeckeln ...
»Vergewaltigst du jetzt Bierdeckel?« fragt dicht neben mir mein Bruder.
»Ich tan ...«, ich bremse mich in letzter Sekunde und mustere die Pappe zwischen meinen Fingern, ob die ebenfalls nichts verrät. Bestimmt nicht. Keiner käme bei dem Anblick eines in der Mitte durchgenudelten Pappdeckels auf die Idee, es könnte sich hierbei um eine Dame handeln, die vorschriftsmäßig in den Knien nachgibt, um IHM in DEN Standardtanz zu folgen.
»Geht sie mit dir auch so brutal um?« Diesmal spricht Paul Richtung Küche. Es braucht nicht viel Phantasie um zu wissen, wen er meint.
»Brutal? Schmeckt ihr dein Flammeri nicht? Mein Panché von Meeresfrüchten findet sie einfach superb.« Konrad taucht auf, ich lasse blitzschnell den Bierdeckel verschwinden – sicher ist sicher –, aber ihn interessiert sowieso nur das, was er mir über die Puddingschüssel meines Bruders hinweg an die Lippen führt: »Probier noch mal zusammen mit dem Seewolf!«
Ich gebe vor, ausgiebig zu kosten, während ich in Konrads Augen genau jenes eitle Leuchten entziffere, das der Walzer mit

einem Minirock, die Rumba mit einem Traum in Schwarz, der Quickstepp mit der Quirligen und der Tango mit der Elegischen ihnen entlockt. In meinem Mund mag sich Seewolf befinden, aber meine Zähne zermalmen die schiere Wut über Ehegesponse, die zeitgleich meine Zehen malträtiert und meine Nerven blankgelegt haben.

»Nun?« drängt Konrad, »wie ist mein Panché?«.

»Tja«, ich lasse die Zunge schnalzen, »also um ehrlich zu sein...«

»Natürlich sollst du ehrlich sein, eben hast du es toll gefunden, einzigartig, es ist haargenau dieselbe Sauce.«

»Eben war es ohne den Seewolf, zusammen fehlt etwas, vielleicht...?« Ich habe keinen Schimmer, was fehlt und ob etwas fehlt, was mir letztlich auch egal ist, weil es hier um weitaus mehr geht als um die Verkostung eines Panchés. Bis vor kurzem hätte ich noch jeden für verrückt erklärt, der aus Edelfischen Zöpfchen flicht und diese mal grün, mal gelb färbt. Der Seewolf ist nur das Medium, und Paul ist mein Handlanger, der mir wie erwartet gefällig souffliert, daß höchstwahrscheinlich eine Messerspitze Senf fehle. Was er bei der Konkurrenz bemäkelt, hebt sein eigenes Erzeugnis, jedenfalls glaubt er das.

»Exakt«, sage ich und lobe zum Dank den Mandelpudding, der nur halb so gut wie »Pollacks Mändelchen« aus dem Tütchen schmeckt, obwohl er ein Vielfaches an Zubereitungszeit benötigt und hochtrabend als »Flammeri« daherkommt.

»Frauen!« Konrad verschwindet maulig zu Jan, Paul folgt ihm triumphierend, dann klappert und scheppert es um so energischer. Wettstreit der Kochkönige und Walzerkönige, der Unterschied liegt nur in den Zutaten, spätestens bei der elegischen Tangobraut sah ich klar: »Lobe seine Safransauce, aber lobe mit kleinen Widerhaken!«

»Und was war bitte schön an meinem Tango Valentino auszusetzen?« Konrad zeigte sich vorgestern auf dem Heimweg ähnlich entrüstet wie gerade eben nach der winzigen Beanstandung seines Panché.

»Natürlich bist du ein exzellenter Tangotänzer«, habe ich erwidert und eingebracht, was ich ausgerechnet der Schwester jener

Sabine zu verdanken habe, die sich mit einem gewissen Ländler beim Silvestertango verknotet hat. Die wahre Kunst bei dieser Figur besteht darin, scheinbar vom starken Arm des »Häärn« gehalten zu werden, sich in Wirklichkeit aber aus eigener Kraft über dem Parkett schweben zu lassen. Genau das habe ich meinem Froschkönig gesteckt, und er war baff, schlichtweg vom Hocker und deutlich irritiert: »War der Knilch, mit dem du eben rumgemacht hast, zufällig Eintänzer in den Slums von Buenos Aires?«

»Ein sehr angenehmer Tänzer, kommt aus Düsseldorf.« Den Blitzableiter hinter seinem Rücken hat Konrad zum Glück nicht mitbekommen. Düsseldorf könnte immerhin stimmen. Aber wer findet schon einen Schraubstock angenehm? Mir tut jetzt noch das rechte Schulterblatt weh, die Hüfte hat auch etwas abbekommen, und ohne mein robustes Schuhwerk wäre mein dicker Zeh jetzt wohl nur noch Makulatur.

»Das kommt davon!« Konrad ist mitsamt Panché zurückgekehrt, der Probierlöffel ist frisch, seine Miene angespannt.

»Was kommt wovon? Ist dir noch was danebengegangen?«

»Ich rede von den Folgen deiner Wochenendexzesse.« Das Besteck klopft auf den Aschenbecher, was nicht eben appetitlich ist, jedenfalls nicht gemessen an Konrads Standard.

Natürlich weiß ich genau, worauf er anspielt. Ich reite, endlich reite ich wieder. Ohne die Ausritte mit Pity hätte ich einfach nicht die Kraft, all diese Koch-Tanz-Shopping-Tours durchzustehen. Es kommt einer Fügung des Himmels gleich, daß die letzten beiden im »Rappen« eingestellten Privatpferde herrenlos und deshalb reiterlos geworden sind. Der Besitzer sitzt wegen Steuerhinterziehung in U-Haft.

»Meinst du den Kräuterquark?« Natürlich meint er den nicht, trotzdem rümpft er brav die Nase. Ich weiß schließlich, daß er es als Zumutung empfindet, wenn ich lieber »das Zeug aus dem Plastikpäckchen« frühstücke als seine tollen Pasteten. Nach den letzten vier Wochen weiß ich jede Menge über ihn, und ebenso wie er auf Mailbox schaltet, sobald sein Handy privat piepst, schmuggele ich morgens meinen ollen Quark für eins achtundvierzig aus der Kühltheke im Supermarkt auf den Tisch. Ich

muß den Tag einfach normal anfangen, sonst bin ich kein Mensch.
»Das Zeug aus dem Plastikpäckchen ist zwar eklig genug, aber für Gliederschmerzen reicht es wohl doch nicht.« Sicherheitshalber fügt Konrad hinzu, daß er selbstverständlich meine Sucht meint, jeden Samstag und Sonntag in Gummistiefeln durch Pferdeäpfeln zu waten.
»Ätzend«, ruft mein Bruder aus der Küche. Offensichtlich hält sein Jubel über den gelobten Pudding nicht allzu lange vor.
Ich demonstriere den beiden mit Hilfe des letzten unversehrten Bierdeckels, wie ich zu traben und zu galoppieren pflege: »Garantiert ohne Pferdeäpfelkontakt, mein Stephanus ist kein Pony und kein Schaukelpferd.«
Paul präsentiert Konrad seine mit frischen Früchten garnierte Nachspeise. »Na?« Und zu mir hin: »Ich habe neulich noch gelesen, daß dieser Sport bei Frauen im gebärfähigen Alter sehr bedenklich ist.«
»Sieht gut aus!« sagt Konrad. »In meinem Bauch strampelt höchstens eure Kochkunst«, trompete ich gleichzeitig.
Schweigen antwortet mir, gerade so, als ob ich etwas Ungehöriges herausgelassen hätte. Jedenfalls fühle ich mich so, als die beiden Männer nun äußerst geschäftig mit Tellern und Gläsern zu hantieren beginnen und die Frage erörtern, ob zum heutigen Menü besser schlichtes Weiß oder zartes Grün passe: »Bald kommt schon der erste grüne Spargel.« Die Abwägung diverser Spargelanbauweisen lockt auch Jan aus seiner Küche, und noch beim Verzehr von Fisch-Fleisch-Flammeri geht es um diese Stangen.
»Wie wär's mit blauem Spargel?« werfe ich ein, als sich in meinem Kopf der süße Geschmack des Desserts mit der sauren Marinade eines Spargelsalatrezeptes und dem Auftritt eines mit blauem Epoxydharz versiegelten Zierspargels zu mischen beginnt. Ist ja pervers.
»Blau?« – »Interessant?« – »Warum eigentlich nicht?« Das Trio widmet sich ernsthaft der Frage, wie die gelegentlich zu beobachtende violette Verfärbung von Spargelspitzen zu intensivieren sei und welche geschmacklichen Konsequenzen das habe.

Offensichtlich habe ich mit meiner Frage in ein Wespennest gestochen. Hochbrisant, zum Glück verstehe ich zu wenig von der Materie, um mitreden zu müssen. Dafür verstehe ich um so mehr von Pferden.

Ausgerechnet der Besitzer eines blauen Spargelgewächses war Überbringer der frohen Botschaft: »Einer muß die Gäule bewegen, bis sich ein Käufer gefunden hat, und ich bin leidenschaftlicher Nichtreiter, mir sind schon Ponys zu hoch.«

Was mich keine Sekunde lang erstaunte, mit dieser Spezies kenne ich mich dank Paul aus, der immerhin Köpfchen genug besitzt, um räumliche Distanz zwischen sich und alle Vierbeiner zu legen, die größer und lebendiger als eine elektronisch gesteuerte Computermaus sind. Es muß einen handfesten Grund geben, wenn ein leidenschaftlicher Nichtreiter sich in einem ehemaligen Pferdestall einquartiert und obendrein als Schutzpatron von zwei Restexemplaren aufspielt, denen der Wirt des »Rappen« jede Mohrrübe mißgönnt. Dementsprechend war meine Reaktion: »Und du willst mir weismachen, dieser Geizkragen von Wirt füttert die Tiere solange durch?«

»Ist alles für ein halbes Jahr im voraus bezahlt, und wo Sabine und Melanie nun auch reiten, kommt es ihn sogar billiger als die Reithalle.«

»Na, dann ist doch alles paletti!«

»Sie bewegen die Pferde unter der Woche, da kannst du ja sowieso nicht, es ginge bloß um Samstag und Sonntag. Pity wäre mit von der Partie. Du bist doch eine Pferdenärrin, oder nicht?«

»Pferdenärrin und Nurse?« Offenbar hatte er bereits über meinen Kopf hinweg mit Pity verhandelt.

»Mach dir da mal keine Sorgen, auf den Jungen mußt du bestimmt nicht aufpassen, der reitet wie ein geölter Blitz.«

Ich habe eingewilligt. Ich bin happy. Jedes Wochenende, wenn ich mit Pity hinaus nach Oberlüghausen fahre, bin ich restlos glücklich. Es ist müßig, mir den Kopf darüber zu zerbrechen, was die Töchter des Wirts davon abhält, ihrer Reitleidenschaft auch am Wochenende zu frönen. Mir soll das egal sein. Was zählt, ist die Tatsache, daß dieser Ländler noch nie auf einem Pferderücken gesessen hat, sich schon bei der Übergabe einer

Mohrrübe selten dämlich anstellt und zum Glück meistens außer Haus ist, wenn wir eintreffen.
»Am Samstag kommt frisches Wild herein«, sagt es unmittelbar neben mir.
»Zweibeinig?« frage ich und habe das Bild vor Augen, wie die beiden Schwestern meinem Ländler letzten Sonntag das Steuer ihres Kleinwagens antrugen. Pity und ich hatten die frühere Bahn erwischt, deshalb kamen wir in den Genuß dieses Spektakels. Autocrossing à trois. Mehr nicht, schätze ich. Einem Zierspargelhalter ist kaum zuzutrauen, daß er doppelspurig liebt.
»Rotwild«, entrüstet sich der Sprecher neben mir, bei dem es sich um den Besitzer des »Bloomekörvge« handelt. »Sie können gerne mitkommen, Eva, ich dachte an Rehmedaillons.«
»Samstags nie«, wirft mein Bruder ein.
»Vielleicht überlegt sie es sich ja«, ergänzt Konrad.
Für Hirschmedaillons soll ich auf mein Reiten verzichten? Nie im Leben! Und wenn ich eins hasse, dann sind es Gespräche über mich in der dritten Person. »SIE braucht Bewegung«, sage ich.
»Bei jeder anderen würde ich sagen, da steckt ein Kerl hinter.« Paul klopft mir auf die Schulter. »Aber auf mein Schwesterchen ist Verlaß, die ist treu wie Gold.«
»Und dumm wie Bohnenstroh, wie?« Mir reicht's, sollen sie alleine zusehen, wie sie mit ihrem inneren und äußeren Bocuse klarkommen. Da ist es mir ja schon fast lieber, wenn einer aus lauter Sorge, mit seinen Gefühlen durcheinander zu geraten, den Schlüssel zu seiner Stallbehausung in einer Mauerfuge deponiert und mich per Zettel auffordert, mich »wie zu Hause zu fühlen«. Was ich anfangs schlicht ablehnte und darauf bestand, mit Pity in der Gaststube des »Rappen« einzukehren. Wie käme ich denn dazu, SEINE Dröppelminna und SEIN Klo zu benutzen? Leider mußten wir dann aber doch von diesem Schlüssel Gebrauch machen, weil Michael die beiden Sättel bei sich aufbewahrt. Angeblich ist die große Stallung vorn zu unsicher. Was ich schlicht für Unfug halte, denn keiner, der sich dort zu einer Planwagenfahrt einfindet, wird sich hinterher mit etlichen Kilo Lederzeug davonmachen. Wahrscheinlicher ist, daß die Töchter

des Hauses diesen Ort für ihre Verkleidung zum Jockey bevorzugen. Mir soll es recht sein. Notfalls lege ich eben eine »Dröppelminna«-Kasse an. Die Schänke ist mir ohnehin zu laut und zu rauchig. Außerdem ist mein Landsmann wie gesagt meistens abwesend.

Nicht sehr höflich, aber na ja!

Während ich zu Fuß heimlaufe – mein »Bocuse« hält es nicht einmal für nötig, mir zu folgen –, zwinge ich meine Gedanken auf Stephanus. Der Hengst hat nur noch ein Auge, die Neigung, sich in jedem Wasserlauf den Bauch und mir die Stiefel zu kühlen und einfach Charakter. Wir mögen uns. Nur noch drei Tage, dann bin ich wieder bei ihm. Die Nächte bis dahin überspringe ich diesmal. Rotwild, pah!

Der Hirsch ist nicht angeliefert worden, zumindest nicht zum vereinbarten Termin. Als ich gestern heimkam, hingen deshalb die Fahnen auf Halbmast. Es ist widersinnig, frisch durchgepustet und zugleich hundemüde in die Pedale zu treten und mich darum zu sorgen, wie Konrad und Paul mich heute begrüßen werden. Eine echte Fahne wäre keine schlechte Sache, notfalls könnte ich dann sofort kehrtmachen, wenn ich Pity abgeliefert habe.

»He, paß auf!«

Der Warnruf des Jungen kommt zu spät, oder fast zu spät, denn ich kann dem leuchtend roten Auto unmittelbar vor mir nur noch mit einem waghalsigen Schlenker ausweichen, der mich an meine defekte Rücktrittbremse erinnert und mich das letzte Kämmchen kostet. Es fällt über die Lenkstange und wird von mir selbst überrollt.

»Mistkiste! Was hat die hier zu suchen?« Auf der Marienburg läßt es sich herrlich Rad fahren, weil im Gegensatz zu allen anderen mir bekannten Stadtvierteln die Straßen breit und frei von parkenden Autos sind. Freie Bahn dem Träumer! Außer, ein feuerrotes Spielmobil blockiert sie. Führerlos. Die Kühlerhaube ragt dreist in unsere Zufahrt.

»Eigentlich ist die Straße ja breit genug«, meint Pity, »oder hältst du jedes Rot für so 'ne Art Capa?«

»Sehe ich so aus?« Ich bücke mich nach dem zerborstenen Schildpatt, halte die beiden Hälften gegeneinander und fluche erneut. Drei Zinken fehlen. Wenn ich diesen Capeador zwischen die Finger bekomme, geht es ihm schlecht.
»Micha findet sowieso, daß du verstrubbelt besser aussiehst.« Pity mustert mich. »Noch besser.«
»Liest er gerade Lolita?« Es würde mich kein bißchen wundern, wenn mein Ländler seine schlauen Computerbücher heimlich mit Erotika kreuzen würde. Ich steige wieder auf und lasse den Schotter stieben, die angeblich so kleidsamen Strubbel rauben mir die Sicht, aber taub bin ich deshalb noch lange nicht.
»Können's nicht fei achtgeben!«
Ich halte mir die Haare aus der Stirn, sehe nochmals Rot, diesmal eines, das glatt von Ernesto aus der Pfeilstraße stammen könnte. Derlei nennt sich Complet und kostet in aller Regel mehr, als ich im ganzen Monat verdiene. Die Frau riecht nach Geld, was sie aber noch lange nicht dazu berechtigt, hier außerhalb der Geschäftszeiten einzudringen. Der Boß ist wie üblich verreist, und ich will es meinem Bruder nicht geraten haben, eine »rösige Braut« unter dieser Adresse zu vernaschen.
»Vielleicht verraten Sie mir erst mal, wen oder was Sie hier überhaupt suchen?« Ich komme mir leicht idiotisch vor, wie ich da mit der Hand an der Stirn stehe. Sieht nach Ehrenbezeugung aus, dient aber nur der Bändigung der kammlosen Zotteln.
»Bemühen Sie sich nicht«, erwidert die Rote und klimpert mit ihrem Autoschlüssel, der sie als Verursacherin meiner Fast-Karambolage ausweist. Sie fügt hinzu, daß sie bereits alles gefunden hat, was sie sucht: »Sie gehören wohl zu dem Kind?«
»Ich bin elf und bald zwölf, und meine Mutter ist Eva auch nicht«, antwortet Pity für mich.
Kinderfrau? lese ich in ihren Augen. Von wegen!
»Sie gehen jetzt wohl besser, wir empfangen nur nach Anmeldung.« Hört sich klasse an, finde ich, passend zu diesem Park und dem schloßähnlichen Gebäude. Guter Abgang! Ich schiebe mit meinem Rad weiter, der Eismannkasten klappert laut. Seit Wochen will ich ihn abnehmen, doch er ist einfach ungeheuer praktisch, um unsere Stiefel zur U-Bahn-Station zu kutschieren.

Manchmal vergesse ich, mich nach dem Ausritt mit Stephanus wieder in einen Stadtmenschen zu verwandeln. So wie heute. Das Klappern der Holzkiste paßt zu meinen nach Pferdemist riechenden Gummistiefeln, den hineingestopften Jeans und dem Parka obendrüber. Ich schaue mich nicht mehr um, sondern schiebe verbissen weiter.

»He, hast du einen Turbo verschluckt?«

»Ich habe einen Mordshunger.« Bis eben stimmte das sogar.

»Und wer war die Rote?«

Ich zucke die Schultern. Hübsch war sie, soviel steht fest. Obendrein arrogant, aufgeputzt und mit einem Akzent gesegnet, den ich zuletzt im Fernsehen anläßlich einer Wiederholung vom »Hotel Sacher« gehört habe. Ich schwärme für alte Moserfilme, darin kam ebenfalls solch ein aufgebrezeltes »Füti«-Wesen vor. Dafür schwärme ich nicht.

Bevor Pity noch weiterbohren kann, fängt ihn die Haushälterin ab. Er folgt ihr maulend in das ehemalige Gesindehaus. Ausnahmsweise bin ich nicht unfroh über die englische Intervention.

»Wir hatten übrigens eben Besuch«, begrüßt Paul mich in der Halle des Haupthauses. »Eine sehr resolute Dame.«

»Und wo steckt Konrad?«

»Am Telefax. Er hat einen dicken Fisch an der Angel.« Mein Bruder zeigt auf meine gelben Gummistiefel. »Glaubst du, daß du als Ente besonders viel hermachst?«

»Fisch? Ich dachte, ihr wäret auf Hirsch scharf!« Ob die Rote der »dicke Fisch« war? Sieht so aus, leider war sie kein bißchen dick, immerhin hat Konrad sie nicht hinausbegleitet, was eigentlich ein Gebot der Höflichkeit wäre.

»Du solltest das nicht auf die leichte Schulter nehmen. Ihr Paps hat ein megadickes Portemonnai und will deinem Konrad fünf neue Shopping-Adventures in Austria finanzieren.«

»Austria, wie?« Mir ist mulmig. Das liegt an meinem leeren Magen, der seit heute früh nichts bekommen hat. Die Eiserkuchen bei meinem Ländler habe ich stehengelassen, weil ich mich nicht mit heimatlichen Schmankerln ködern lasse. Ich hätte zugreifen sollen. Mir ist mächtig übel. Wien, Wien, nur du allein!

Ich taste nach dem Stuhlgerippe vor meinem Schreibtisch. Die Glasschale beherbergt die letzten Boskopäpfel aus Bern. Bern. Wien. Grützi! Füti! Ich glaube, ich bekomme einen Gebirgskoller. Der Glasrand dreht sich immer schneller. Saust. Ich sause auch. Dann sause ich nicht mehr.

»Na ja!« Mein Bruder steht über mich gebeugt und hält sanft meine nun nur noch bestrumpften Füße hoch. »Wäre ja nicht übel, bloß bist du eigentlich schon ein bißchen alt dafür.«

»Ich bin noch nie ohnmächtig geworden.« Meine Stimme klingt weit weg. »Noch n-i-e.«

»Eben.« Das hört sich zufrieden an. »Wann war deine letzte Na-du-weißt-schon?«

»Spinnst du total?« Mein Kopf klärt sich. Meine Stimme ebenfalls.

»Ich bin dein Bruder, nun hab dich nicht so.«

Ich habe mich so laut, daß sogar Konrad im Obergeschoß etwas davon mitbekommen haben muß. Jedenfalls läßt er meine Taste elf blinken und dauerklingeln. Ich ziehe mich an dem Stahltisch hoch und versichere ihm, daß alles okay ist: »Bei mir schon!«

Eine Sturzflut von Worten antwortet mir. Alle fünf neuen Stützpunkte in Österreich werden nebst Einwohnerzahl, Infrastruktur und Anteil der besser verdienenden Senioren aufgezählt.

»Wolltest du dich zur Ruhe setzen?« frage ich in eine Atempause hinein.

»Im Gegenteil.« Zusammen mit Paul, der heimlich die Lautsprechertaste betätigt hat, bekomme ich nun zu hören, wie einzigartig diese fünf Stützpunkte sein werden. Expansion ist angesagt. Neuland. Bekanntlich haben die Alten das meiste Geld und wissen am wenigsten damit anzustellen, Konrad Kaspari wird ihnen helfen: »Gleichzeitig in fünf Städten, genial!«

»Du hast doch schon acht«, unterbreche ich ihn.

»Aber nicht solche. Jetzt heißt es klotzen statt kleckern.«

Ich bin dankbar, daß dieses Telefon nur unsere Stimmen miteinander verbindet. Vor meinen Augen klotzt es rot. Signalrot. Ampelrot. »Du hattest soeben Besuch, wie ich hörte.«

»Besuch wäre das falsche Wort.« Husten, Räuspern, dann folgen

Zahlen, es geht ausschließlich um Zahlen: »Und heute abend feiern wir! Ich habe schon mit Jan telefoniert, daß wir später kommen. Nur wegen dir!«
Nur wegen mir? »Ist der Hirsch da?« Rotwild, hämmert es hinter meinen Schläfen.
»Der Hirsch ist auch da, das kommt exakt hin.«
»Exakt wofür?«
»Es sind kaum Gäste im ›Bloomekörvge‹, und in drei Tagen werde ich wohl kaum zurück sein können, also ziehen wir quasi den Mittwoch vor.«
Alles klar! Ich nicke, lege den Hörer auf, lasse mich brav von meinem Bruder Richtung Treppe dirigieren und gebe mir Mühe, seine Empfehlungen zu meinem Outfit – »Soll er dein Bild als Landtrine mitnehmen?« – zu überhören. Erst als Paul mir zuflüstert, daß ich sicherheitshalber noch diese Nacht dem zukünftigen Vater mein süßes Geheimnis enthüllen solle – »Auch wenn du dir noch nicht ganz sicher bist!« –, reagiere ich: »Vergiß es! Ich bin genauso schwanger wie du, eher weniger, weil ich zum Glück nicht deine Wampe habe.« Meine Hand klatscht gegen seinen Jungmannbauch, dann wird mir richtig übel.
Über dem Eingang des »Bloomekörvge« hängt heute kein Schild »Ruhetag«. Ich sitze drinnen, starre auf die offene Küchentür und trinke Tee. Literweise Kamillentee. Ich hasse dieses blaßgelb gefärbte Wasser, das mich an strohiges Gras und Adam Wasser denken läßt. »Gut für die Magenschleimhäute, Evchen!« An meine Mutter erinnert es mich auch.

Moderne Rivalinnen bieten Kranzgeld

Ich kann nicht Tage oder gar Wochen nur von Kamillentee leben. Wer weiß, wann Konrad zurückkommt. Sogar mein Bruder scheint da so seine Zweifel zu haben und baut vor: »In der nächsten Woche wird es bei mir sehr eng, ich müßte wohl mal nach

Zürich, vielleicht sage ich auch kurz in Bern hallo, hast du schon etwas von Konrad gehört?«

Ich habe Paul versichert, daß ich mindestens dreimal täglich Wiener Schmarren zu hören bekomme. Dann habe ich den Hörer aufgeknallt und voll Wut den selbstgemachten Zwieback meiner Mutter und die Büchse mit dem Heiltee in den Mülleimer gekippt. Am liebsten hätte ich das seelenlose Bimmelim gleich hinterhergeschmissen. Gut zu wissen, mein Bruder zieht die Aussicht auf den Bärenzwinger und unsere Eltern einer goldenen Klobürste vor, solange deren rechtmäßiger Besitzer sich in Wien Kipferl vom Feinsten reinzieht.

Das ist nämlich die offizielle Version, die ich seit Montag gepaart mit »Guten Morgen, Evchen!« – »Mahlzeit!« und »Träum süß!« serviert bekomme. Heute morgen etwa hat Konrad mir sehr ausgiebig die überaus köstliche Mohnfüllung seines Kipferls geschildert, nachdem er sich bereits gestern über die Beimischung von Paranüssen ausgelassen hat. Dafür hat er meine Zwischenfrage, ob er etwa ins Bäckerhandwerk überzuwechseln gedenke, ausgesprochen knapp abgewehrt: »Ich hab nicht mal in Ruhe aufessen können, hier ist der Bär los, aber du verstehst das schon, bist ja ein kluges Mädel!« In mir klugem Mädchen explodierten prompt Mordgedanken, die allerdings beim Transport durch den Äther deutlich an Schärfe verloren. Mein »Kriege ich Zückerchen?« ist glatt an ihm vorbeigerauscht. Er war so weggetreten, daß er allen Ernstes wissen wollte, ob ich solche in Toffeeform oder hartes Karamell bevorzuge: »Ich bring dir gern welche mit. Die Wiener haben Patisserien, da schnallst du ab.«

Ich habe aufgelegt. Das ist nun exakt elf und dreiviertel Stunden her, in denen ich meinen leeren Magen mit den letzten Boskopäpfeln malträtiert, meine Logitech-Maus mit falschen Fingerimpulsen irregeführt und das »Mahlzeit!« meines Kipferllovers zu einem Kollegen umgeleitet habe, der mir noch einen Gefallen schuldig war. Dank Digitaltechnik konnte ich Konrads Anruf mühelos vorab identifizieren und per Mithörtaste sogar verfolgen, wie er nicht einmal abwartete, wer sich meldete, sondern einfach unseren Fachmann für Lebensversicherungen als

»Evchen« mißbrauchte und einen guten Appetit wünschte, weil bekanntlich nichts so rasch »dumme Gedanken« verjage wie ein ordentliches Essen. Es hat mich eine wahnsinnige Überwindung gekostet, mich nicht doch noch einzuschalten, statt dessen habe ich ohne es zu merken meinem mouse-man den patentierten Kugelkopf herausgebrochen.
Jetzt sitze ich wieder hier in meinem Eispalast und belauere das seelenlose Plastikgehäuse, von dem ich weiß, daß es spätestens in einer halben Stunde erneut losrappeln und das boskopsaure Rumoren in meinem Gedärm und die Gedanken in meinem Kopf, gegen die das radikalste Scheuerpulver ein Klacks ist, mit einem »Träum süß!« explodieren lassen wird. Irgendeine Großtante von mir ist an einem Magengeschwür gestorben, jedenfalls hatte sie eins, und tot ist sie ebenfalls. Angenommen, ich hätte ihren schwachen Magen geerbt, könnte es mich jetzt glatt selbst erwischen.
Ist ein Froschkönig das wert? Ist überhaupt ein Mann das wert? Der rote Boskop, den ich ungeschält in mich hineingegiert habe, bäuert. Ein widerlicher Geschmack, der sich nun in meinem Kopf mit frisch gerösteten Zwiebeln und gegrilltem Fleisch paart. Als ich eben am »Sultan-Expreß« vorbeihuschte, roch es so. Ich wäre liebend gern zu Mecit hineingegangen und hätte mich auf seine Lammspieße gestürzt und Kamillentee-Zwieback-Kipferln den Garaus gemacht. Bloß hätte ich dann meinem Freund erklären müssen, warum er vier Wochen lang quasi aus dem Rennen war.
Allein in meinem Strandkorb begreife ich selbst nicht mehr, wie ich so völlig abtauchen und mich von dem Ehrgeiz auffressen lassen konnte, einen Koch-Frosch-Tanz-Kipferl-König wie ein Rezept lesen zu wollen. Um ihn nachzuahmen? Neu zu backen? Mit einem Anti-Wien-Backpulver? Wie hirnrissig! Alles, was ich davon habe, sind ein suppiges Schwappen in der Magengrube und Piekser an jener Stelle, die sonst nur der da oben und allenfalls noch sein Handlanger im Beichtkabuff kennt.
Derweil ist bei den Drahtziehern meines Elends »der Bär« los. Mein Bruder begnügt sich mit dem überwachten Freigang von vierbeinigen Exemplaren im Berner Oberland…

Ich warte das Gute-Nacht-Klingeln ab, genieße das zuerst forsche, dann wütende, schließlich hilflose Tuten und gehe hinaus. Für die paar Schritte brauche ich nicht einmal einen Mantel. Mecit pinselt gerade das Fleisch am Grill mit würzig duftender Marinade ein, unterbricht seine Tätigkeit aber sofort, reibt sich die Hände an einem Küchentuch ab und kommt lächelnd auf mich zu. So, als ob nichts wäre. »Gut«, sagt er, »heute ist das Tandir-Iskender besonders gut, magst du kosten?«
»Ich war eine Ewigkeit nicht da.« Ich stocke, weil ich nicht weiß, wie ich meinem Freund etwa erklären soll, was ich selbst kaum auf die Reihe bekomme.
»Glaubst du, du hättest das Essen von der Hand verlernt?« Er zieht eine Schublade auf und hält mir Besteck hin. »Daran soll's nicht scheitern.«
»Brot wär mir lieber«, sage ich, »so wie immer.« Schon schiebe ich die dünnen Lammscheiben in eine Tasche aus noch warmem Fladenbrot, beiße zu, kaue, spüre meine Schulterblätter locker werden und begreife nicht, wie ich mich so lange kasteien konnte, wo der Himmel ein paar Meter nebenan lag. »Du bist der Größte!« Ich lecke mir die Finger ab. Köstlich!
»Du bist zu blaß und zu dünn.« Mecit schiebt mir einen Teller mit kleinen Kugeln zu, die harmlos aussehen, aber mächtig wie sonst etwas sind. Ein Gemisch aus Mandeln und Honig.
»Ich hab gerade 'ne Kamillentee-Zwieback-Diät hinter mir.«
»Ist das gerade schick, oder warst du krank?«
»Weiß nicht, nicht so direkt, ich hatte übrigens Besuch von meinem Bruder. So oft hab ich ihn all die Jahre zuvor nicht gesehen.«
Mecit weiß längst Bescheid. Köln ist eine Großstadt und diese Straße ein Dorf. Mein Dorf. Lediglich die Zweckbestimmung der von meinem Bruder erjagten Hostessen ist nicht korrekt durchgesickert. »Die sind nicht für sein Privatvergnügen«, verbessere ich, »sondern für Konrad.«
»Aha! Möchtest du einen Mokka?«
»Nein. Ja.« Ich verhaspele mich, setze neu an und erkläre meinem Freund, daß ich den Kaffee gern nehme, der Froschkönig sich aber keinesfalls mit den von meinem Bruder beschafften

Mädels verlustiere: »Das ist alles streng beruflich, jedenfalls bis jetzt.« Der Nachsatz entschlüpft mir ungewollt. Ich nähme ihn gern zurück. »War nur ein Jux.«
»So wie deine Diät?«
»Ich war sowieso zu dick.« Ich rühre in meinem Kaffee, obwohl es nichts zu rühren gibt, weil ich seit neuestem den Zucker weglasse.
»Laß dir nichts einreden.« Mecit schiebt mir die Zuckerdose zu. »Dein Landsmann hat dich übrigens vermißt.«
Ich schiebe die Dose wieder weg. »War er mit seinen beiden Stuten hier.«
»Stuten?« fragt Mecit. »Pferde?«
»Vergiß es!« Beschämt schaufele ich Zucker in meine Tasse, einen Löffel und noch einen. Das Wort ist mies, ich bin mies, jedenfalls manchmal. Es sieht so aus, als ob mein Ländler nicht einmal die Anreise aus Oberlüghausen scheute, um Lammspieße zu konsumieren, die ihresgleichen suchen. »Wenn's dir recht ist, komme ich jetzt wieder öfter.«
»Tu das.« Mecit wendet sich einem fremden Gast zu, bedient und kassiert, während ich mich satt zurücklehne und ihm zusehe. Ich bin Expertin im Beobachten fremder Meisterköche, die Kluft zwischen diesem da und dem Trio im »Bloomekörvge« könnte kaum größer sein. Muße hier und Wettstreit dort. Ich sehe auf meine Hände, die träge auf der Theke liegen, an der ich sitze. Die Bierdeckel in dem Ständer rechts interessieren mich nicht, die Gespräche ringsum rauschen an mir vorbei, trotzdem bin ich mir sicher, daß es nicht um »rösige Mädels« geht. »Du bist echt der Größte«, sage ich in eine Pause hinein und überlege, an welchen Tagen wohl die Invasion aus Oberlüghausen erfolgt. Warum sollte es gerade der Mittwoch sein? Dieser Mittwoch. Langsam lasse ich mich von dem Barhocker gleiten.
»Trink noch einen Mokka.« Mecit zwinkert mir zu. »Es lohnt sich.« Er serviert mir seinen starken Kaffee und irrt sich, irrt sich gewaltig. Wir irren sozusagen aneinander vorbei. Mir geht es ausschließlich um die Freundschaft mit dem Sultan und all das, was er mir zu bieten hat: »Deinem Espresso kann ich nicht widerstehen.«

»Türkischer Mocca«, verbessert Mecit sanft und hat ein Zucken in den Mundwinkeln, das mich warnen sollte. Statt dessen schiebe ich mir aus lauter Verlegenheit über meinen Irrtum eine und noch eine von den Honigmandelkugeln in den Mund, die für meinen Geschmack entschieden zu süß und zu mächtig sind. Trotzdem kann ich einfach nicht aufhören.
»Geht mir genauso, da kann ich auch nie widerstehen!« Ein fremder Zeigefinger schließt sich mit einem fremden Daumen im Pinzettengriff um ein Konfektstück, das ich soeben anpeile. Es fehlte nicht viel, und dieser Tölpel hätte mich aufgepickt. Ich kenne keinen anderen Menschen, den ich schon an der Art, wie er nascht, identifizieren könnte. Ein Mandelblattbrösel ziert seinen Norwegerpulli, der andere sein Kinn, ich will ihm das Zeug wegwischen, als mir gerade noch rechtzeitig einfällt, daß es in seinem Kaff bereits zwei Ladies gibt, die sich darum reißen, ihn zu betüteln. Meine vorwitzige Hand trudelt zurück auf meinen Schoß, wobei ich ihn einen Augenblick lang aus den Augen lasse, was er ausnutzt, um mir die geraubte Honigmandelkugel zwischen die Lippen zwingen zu wollen.
»Hör sofort damit auf!« Die Hälfte ist in mir drin, der Rest verteilt sich gleichmäßig über meine Kleidung, und im Gegensatz zu mir kennt er keinerlei Hemmungen, sondern beginnt nach Herzenslust an mir zu wischen: »Eben hast du doch auch …«
»Eben hatte ich gerade einen Heißhunger auf Süßes, normalerweise esse ich so was nie, nimm sofort deine Pfoten da weg!« Ich verjage seine Vorwitzfinger energisch aus der Cup-C-Region und kann einfach nicht aufhören zu reden: »Ich steh nun mal auf pikant, Konrads Panché von Meeresfrüchten ist einfach teuflisch gut, und erst sein Geschnetzeltes vom Rotwild.« Rot-rot-rot, teuflische Visionen von feuerroten Cabrios und nicht weniger roten Edelklamotten überfallen mich. Eigentor, lästert es in mir, das hast du nun von deiner Angeberei! Aus lauter Verlegenheit werfe ich die nächste Konfektkugel ein. Es ist schwierig, mit diesem klebrigen Zeug am Gaumen normal zu reden. Ein Königreich für einen Zahnstocher. Ich sehe mich suchend um. Er hält mir ein Holzstäbchen hin: »Das Zeug ist teuflisch, besonders unter Brücken.«

»Falls es dich beruhigt, meine Zähne sind noch alle echt.« Außer einem Stiftzahn, den ich einem Sturz verdanke, aber der zählt schließlich nicht zu dem unterstellten Ersatzteillager.
»Hätten ja auch Jacketkronen sein können, bestimmt kennst du jetzt jede Menge Leute mit teurem Porzellan im Mund.«
»Darüber, was einer im Mund hat, redet man normalerweise nicht.« Ich ignoriere seine ausgestreckte Hand, weil ich ihm ganz gewiß nicht den Gefallen tun werde, vor seinen Augen in den Zähnen zu puhlen. »Das ist einfach zu intim.«
»Du mußt es ja wissen.« Das Holzstäbchen zielt genau auf meine Brust. Ich raff's nicht und will schon ausholen, um ihm eine zu scheuern, als er grinsend einen Miniaturmandelblattkrümel aufpiekst: »Da war noch ein Ausreißer.«
In meinem Kopf spielt es Achterbahn. Ich hole tief Luft: »Wenn du es genau wissen willst, Konrad mußte nur kurz nach Wien, in der Branche ist das so, und ich konnte nicht mit, weil es in Köln ebenfalls boomt.«
»Echter Jet-Set, wie?«
»Bloß kein Neid! Bei dir läuft's ja auch nicht übel, wie man hört. Geschäftlich und überhaupt. Welche ist denn die Glückliche?«
»Leider die Falsche!«
»Tja!« Der zarte Schmelz der Genugtung eliminiert die klebrige Süße in meinem Mund. Ich hab's ja gewußt, er hat nicht das Zeug zur Mariage à trois, jetzt gibt's Ärger mit den beiden Bräuten. Ländler bleib bei deinen Leisten! Bei meinem Liebsten verhält es sich leider genau umgekehrt, der kreiert mühelos einen Stützpunkt nach dem anderen.
Was natürlich nicht ernsthaft vergleichbar ist, weil mindestens acht von dreizehn Stützpunkten völlig seriös sind. Zumindest fehlt mir der Beweis fürs Gegenteil. Der Banker-Vater, der Senioren in den Kaufrausch jagen will, um seine »Füti«-Tochter an den Mann ihrer Wahl zu bringen, ist dagegen schon sehr viel konkreter. Die reinste Männerseilschaft, denn der da oben hat ebenfalls sein Scherflein beigetragen, als er meine Rivalin mit Accessoires ausstattete, die bekanntlich jeden Mann »rösig« machen. Laut Paul soll sie sogar etwas »im Hirn« haben und höchstpersönlich die »Shopping Tours« in Wien aus der Taufe heben.

Das war jedenfalls die Botschaft, die mein Bruder mir zukommen ließ, nachdem ich es abgelehnt hatte, Mutterfreuden zu simulieren.

»Du könntest mir ja helfen«, sagt die Männerstimme neben mir. »Du scheinst immerhin ganz gut voranzukommen.«

»Nachhilfe, wie?« frage ich und zwinge mich zurück in die Realität des »Sultan-Expreß«. Dieser letzte Satz stinkt mir erst recht, denn laut Code meines Chefs rangieren Wörtchen wie »immerhin« und »ganz gut« auf einer Ebene mit »sie bemühte sich redlich«, was wiederum gleichbedeutend ist mit »sie packt's nicht«. Glaubt dieses Landei, nur weil ich aus Lieberhausen komme und keine Designerklamotten trage, wäre ich einer Wiener Patisserie auf Dauer sowieso nicht gewachsen. »Füti!« Ich springe vom Hocker, kippele, unterdrücke den Schmerz und marschiere schnurstracks zum Ausgang.

»Ich denke, dein Galan ist Franzose?«

»Belgier«, ich drehe mich um, »und was das ›Füti‹ betrifft...« Ich breche ab. Um ein Haar hätte ich auch noch die Identität der österreichischen Piepserin preisgegeben, die sich nicht mehr mit dem D1-Netz begnügt, sondern persönlich vorfährt und ihre Beute krallt. Rotes Complet zum roten Cabrio, die langen Haare dümmlich blond, Tarnung für clevere Augen und Finger, die mich spontan an Krallen denken ließen, egal wie glatt und gepflegt die Haut darüber aussah.

»Die Eiserkuchen am Sonntag waren übrigens für dich.« Michael sieht mich an. Sauber ist er auch, einer von der properen Art, die keinerlei Wert auf modischen Schick legt. Diese Gabardinehose ist der letzte Heuler, damit traute nicht einmal ich mich unters Volk.

»Vielleicht solltest du besser in neue Hosen investieren«, rufe ich zurück. Ich muß rufen, weil zwischen ihm und mir nun an die drei Meter Entfernung liegen.

»Okay, wenn du mir hilfst. Wie wär's mit morgen abend, ich könnte dich um fünf von deiner Firma abholen?«

»Untersteh dich!« Es fehlte nicht viel, und ich hätte einen Gast umgerannt, der von draußen kommt. So was! Dieser Ländler bildet sich allen Ernstes ein, ich ginge mit ihm shoppen.

Ich stürme weiter. Doch eine, die seit achtunddreißig Jahren auf flachen Sohlen durchs Leben latscht, sollte nicht auf hohen Stöckeln laufen wollen. Der Kanaldeckel hat sich heimtückisch hinter einem Rest Schneematsch versteckt, ich bleibe hängen, spüre die Metallfalle an meinem Fuß und reiße mich los, dabei bricht ein Absatz ab. Ich humpele weiter und wehre den Zugriff auf meinen Jackenärmel energischst ab: »Pfoten weg!«

»Ihr Absatz, junge Frau, Sie haben vielleicht einen Zahn drauf.« Der Fremde keucht.

»Ich dachte schon…« Ich schaue mich um, aber es gibt nichts zu sehen außer diesem Mann mit meinem Absatz, dessen Fehlen mich wie ein Kamel schaukeln läßt.

Der Mann vor mir nickt bestätigend. »Heutzutage möchte ich auch nicht als Frau geboren werden, da lebt man ja ständig in der Not, irgendein Sittenstrolch säße einem auf den Fersen, aber bei mir können Sie das vergessen, ehrlich!« Zum Beweis seiner lauteren Absichten klopft mein Samariter mir sogar notdürftig den Schuh an der Bordsteinkante zusammen: »So müßte es gehen, oder haben Sie es weit? Ich könnte Sie auch heimbringen.«

»Danke. Riesig nett. Bin schon da.« Wo bin ich überhaupt? Längst vorbei an meinem Eispalast, fast schon an der Aachener Straße. Ich warte in einem Hauseingang ab, bis mein Helfer verschwunden ist. Dann gehe ich heim.

Mein Anrufbeantworter spielt mir drei neue Wiener Schmarren vor. Es könnten auch noch mehr sein, aber beim dritten »Es ist mir unerklärlich, Eva…« betätige ich die Löschtaste. Mir ist ebenfalls manches unerklärlich. Immerhin bin ich nun satt und wieder mit Mecit im Lot, was zusammen für den nötigen Durchzug in meinem Hirn sorgt und alle Leichtgläubigkeit davonpustet.

Gedanken an Konrad, gerahmt mit Erinnerungsfoto, verfolgen mich durch die nächsten Tage: Bei der Arbeit in Schwarzweiß. Beim Sultan verblassend wie die Farben alter Fotografien. Morgens, mittags und abends grellbunt. Egal, was Konrad gerade sagt, ich sehe nur Ausschnitte von ihm. Gerade, als er am Telefon zur Schilderung einer völlig neuen Variante von Früh-

stückshörnchen aus dem vollen Korn ansetzt, passiert in meinem Kopf die Mega-Multi-Color-Farb-Explosion, und ich kann mich nicht länger beherrschen: »Welche Hose hast du gerade an?«
»Weiß nicht«, höre ich Konrad perplex erwidern, »Moment mal.«
Das ist der Beweis. Wer angeblich gerade im Frühstücksraum eines Tophotels Müslikipferl zu sich nimmt, kann wohl mit einem einzigen Blick an sich hinab kundtun, welche Beinkleider er dabei trägt. Es sei denn, selbige flögen sonstwo herum, weil ihr Träger sich nackt bis aufs Handy in seinem Pfuhl räkelt. Von wegen volles Korn! Ich weiß, was er kipferlt, und sehe rot. Rot in allen Schattierungen.

Kariert. Das Karo irritiert mich sekundenkang. Schwarz geränderte Vierecke in allen Farben, die ein Malkasten hergibt, dazu kniehohe Velourssstiefel in Ockergelb und ein gleichfarbiger Hut, der wie ein Kanister geformt ist und die blonden Haare tarnt. Ist sie's wirklich?
Ich schaue mich um, ob nicht ein feuerrotes Wägelchen meinen Verdacht erhärtet, dann schimpfe ich mich selbst naiv, was leider nicht eben neu und obendrein berechtigt ist. Wer passiert schon vollmotorisiert die Schranke zur Roßparade in Lüghausen? Bleibt nur noch die Frage, warum eine, die vor der eigenen Haustür eine weltberühmte Hofreitschule hat, unserer Dressurquadrille im Bergischen Land den Vorzug gibt.
»Es erschien mir günstiger, auf neutralem Terrain zu verhandeln.« Ein Handschuh in demselben schmuddeligen Gelb wie Hut und Stiefel stützt sich neben mir auf das Holzgatter und zuckt zurück. Ein paar Späne sind haftengeblieben.
»Wüßte nicht, was Sie und ich zu verhandeln hätten.« Ich starre geradeaus, wo sich auf der Koppel des Landgestütes stolze Pferdehalter produzieren. Recht laienhaft, es handelt sich um die Kopie von der Kopie der alljährlich im Ostenholzer Moor stattfindenen Show. Eigentlich bin ich nur gekommen, weil am letzten Sonntag statt Eiserkuchen diese Einladung für mich neben der Dröppelminna eines gewissen Ländlers lag. Zwei Pferde-

namen waren rot unterstrichen, was völlig überflüssig war, weil dieses »Stephanus« mein Auge auch ohne Nachhilfe magisch angezogen hätte. Ganz kurz war ich dem Herzstillstand nahe, denn ich glaubte, nun sei es soweit, und mein Liebling wäre zur Versteigerung angemeldet: Zum ersten! Zum zweiten! Zum dritten! Ich hörte schon förmlich den Hammer des Auktionators niedersausen, spürte den unerbittlichen Zuschlag am eigenen Leib, als meine inwendige Assistentin mich auf das fettgedruckte Wort »Wettbewerb« aufmerksam machte. Amen! Halleluja!
Natürlich bin ich dabei, wenn mein Hengst und Pitys Stute ihr Können zeigen, selbst wenn es sich hierbei bloß um eine mittelmäßig besetzte Show handelt. Das Bund junge Möhren in meiner Jackentasche ist den beiden in jedem Fall sicher, ich war extra auf dem Markt, um solche mit reichlich knackigem Grün zu ergattern, das zwar nicht mitgefressen wird, dafür aber die beste Garantie für Frische ist. Wenn ich so weitermache, ist allerdings von dem Frischesiegel bald nur noch der Strunk übrig. Ich befehle meinen Händen, umgehend ihr albernes Zupfwerk aufzugeben, und zwinge meine Augen auf den großkarierten Alptraum neben mir. Nicht daß diese Person sich am Ende einbildet, sie könnte mich einschüchtern.
»Verzichten Sie freiwillig?« Gelb zupft an Gelb, poussierlich, affig träfe genauso zu.
»Auf Ihre Gegenwart?« frage ich und rücke einen halben Meter weiter, wo mich der nächste Zuschauer stoppt. »Gern«, füge ich hinzu, »auf Sie verzichte ich liebend gern.« Der Mann neben mir zuckt zusammen, ich beruhige ihn: »Sie waren nicht gemeint. Sie können ruhig weiter nach vorn schauen.« Der Mann wendet brav den Kopf und bewundert Pitys Stute, die sich soeben unter dem Kommando des »Rappen«-Wirts auf die Hinterhufe schwingt und »Männchen« macht.
»Konrad ließ bereits durchblicken, daß Sie sehr – nun ja – nicht eben kooperativ sind.« Die Karierte beschwört die Erinnerung an unser erstes Zusammentreffen auf der Marienburg, als sie noch die Rote und ich selbst angeblich schon genauso stur wie heute war, was mir aber angeblich nichts nützen wird, im Gegenteil: »Conny und ich sind schon zu lange zusammen, um uns

von solchen Intermezzi auseinanderbringen zu lassen.« Ich erfahre, daß mein Konrad, den sie wie mein Bruder in »Conny« umtauft, ihr seit dem ersten gemeinsamen Opernball verfallen ist: »Damals besuchte ich noch das Mädchenpensionat Clos Saint-Denis.« Es folgt eine kaum weniger klangvolle Ortsangabe, die ich geographisch zwar nicht korrekt einordnen kann, die aber ebenfalls den französischen Sprachraum anpeilt. Die ehemalige Klosterschülerin bekundet reichlich Verständnis für meinen Froschkönig, der sich »wie jeder richtige Mann erst einmal die Hörner abstoßen« mußte. Hier entsteht eine Pause, begleitet von erneutem Zupfen an den gelben Handschuhen, die mittlerweile nicht hübscher geworden, aber garantiert splitterfrei sind. Sie seufzt: »Allerdings gibt es einen gewichtigen Unterschied zwischen Ihnen und all den anderen Damen.« Doppelpause. »SIE halten sich nicht an die Spielregeln.« Doppelseufzer, begleitet von einem musternden Blick, der bei meinem praktischen Schuhwerk beginnt und weder den aus der Jackentasche ragenden Möhrenstrunk noch meine straff zurückgesteckten Haaren ausläßt. »Sie kommen irgendwo aus den Bergen, nicht wahr?«
»Hinter den sieben Bergen bei den sieben Zwergen«, erwidere ich im Singsang einer Märchenerzählerin. Trotzdem versteht sie meine Anspielung auf deutsches Lesegut erst, als ich frage, ob sie mich wie ihre Vorgängerin mit giftigen Steckkämmen oder Äpfeln attackieren wolle.
»Heutzutage«, sie lächelt gequält, »regeln wir das eleganter, zumindest in meinen Kreisen, was halten Sie von der Stute dort?« Sie zeigt auf den Führungsring, wo soeben Pitys Stute mit acht von zehn Punkten fürs Männchenmachen belohnt und abgeführt wird.
»Wollen Sie mich hoch zu Roß erwischen?« Mir ist nach Lachen. Urplötzlich und sehr heftig. Die Karierte gäbe als Gladiatorin eine verdammt komische Nummer ab.
»Mit Roß. Erwischen wäre auch nicht ganz zutreffend, sagen wir belohnen.«
»Mich?« frage ich sicherheitshalber.
»Sie. Laut Konrad sind Sie völlig vernarrt in Gäule. Ihre beiden

Favoriten sind heute mit von der Partie, Sie dürfen frei wählen, den Rest erledige ich.«

»Konrad scheint Ihnen eine Menge über mich erzählt zu haben.« Das Wort »Gäule« nehme ich ihm übel, darüber reden wir noch, und über den Rest auch, ich schwör's bei Stephanus.

»Er erzählt mir alles. Also?« Diesmal betrachtet sie einen ihrer Absätze und verdreht zu diesem Zweck ihr wohlgeformtes Bein, bis das Röckchen nur mehr ein Lendenschurz ist und unserem Nachbarn schier die Augen aus dem Kopf fallen. Er hat längst begriffen, daß die Hauptarena heute auf der Zuschauerwiese liegt: »Siebzehn Mille«, sein Gesicht nimmt einen andächtigen Ausdruck an, »mindestens, darunter bekommen Sie heute kein solches Pferd.«

»Egal, das ist es mir wert.« Die großkarierten Schultern zucken gleichgültig, gerade so, als ob es um ein paar Groschen ginge, mit denen sie sich beim Einkaufsbummel von lästigen Bettelsprüchen freikauft. Ich fühle mich jedenfalls exakt wie einer von den »Hätten-Se-mal-ne-Mark-für-mich?«-Brüdern auf der Domplatte, minderwertig und lächerlich, und mitten hinein in dieses Jammerbild sticht ihr »es«: Das ist »es« ihr wert. Pars pro toto, Teil fürs Ganze. Nicht mit mir! Ich halte keiner Wirtstochter und keiner Bankierstochter die Steigbügel. Womöglich ginge all die großkarierte Contenance flöten, wenn publik würde, wie mein Froschkönig bei einer Außenseiterin loslegt. Soll ja schon vorgekommen sein, daß No-names den Markt erobern. Urplötzlich ist mir nach Fight: Ich bin nicht käuflich!

»Zwanzig«, raunt es neben mir, »verlangen Sie zwanzig.« Im Schutz seiner Wetterjacke reckt mein Nachbar den fleischigen Daumen in Victorypose, die Nähe zu seinem Hosenstall erheitert mich wider Willen, das Ganze hätte das Zeug zum Schwank.

»Vielleicht machen Sie diesen Herrn mit Ihrem Angebot glücklich«, ich zeige von dem Karo rechts von mir auf den Victorydaumen links, »ich behalte lieber Konrad.« Weg bin ich.

Ich behalte Konrad, singt es in meinem Kopf. Sie behält ES, echot es in mir. Kampfmelodie. Marschmäßig. Auf in die Liebe! Her mit Kiwi-Orange-Banane! Ich pfeife auf die Lösesumme. Zu Zeiten meiner Großmutter wurde Kranzgeld gezahlt, wenn die

Jungfrau geknackt, aber nicht geheiratet wurde. Üblicherweise zahlten der Verursacher respektive dessen Clan, im Zeichen der Emanzipation mag sich das geändert haben. Hier bietet eine mir siebzehntausend deutsche Mark auf vier Hufen, damit ich auf ihren Bräutigam verzichte. Soeben war von all den anderen Opfern die Rede, die selbiger schon auf dem Gewissen hat. Mein Instinkt sagt mir, daß ich die erste und einzige bin, die solcherart ausgeschaltet werden soll. Das katapultiert mich über die Konkurrenz hinweg, mein Ruhm ist bis an die Donau gedrungen, in Zukunft heißt es: »Köln, Köln nur du allein!«
Unter meinem linken Fuß federt es weich. Ein Pferdeapfel, das bringt Glück.

»Du bist da irgendwo in was reingetreten!« Michael Meinhard entsteigt unmittelbar vor der Omnibushaltestelle, die ich ansteuere, dem roten Kleinwagen seiner beiden Gespielinnen – Universalfarbe für Aufreißerinnen? – und zeigt auf meinen linken Schuh.
»Bringt Glück.« Ich hätte es mir denken sollen, daß einer wie er mich nicht einfach so mit einer Einladung zur Roß-Show bedenkt. Weil sein Zierspargel und sein elektronischer Hokuspokus mich kaltgelassen haben, will er mir jetzt mit seinen weiblichen Jagdtrophäen imponieren. Eine im Trachtenlook, die andere ladylike aufgezäumt, fehlt ihm nur noch etwas Großkariertes in seiner Sammlung. Er kommt zu spät. Wie meistens.
»Glück könnte ich brauchen.« Er tut einen weiteren Schritt auf mich zu, steht nun Schuhspitze an Schuhspitze mit mir, offensichtlich bevorzugt er dasselbe Schnürschuhmodell mir robuster Profilsohle wie ich selbst.
»Wir hatten nämlich eine Panne«, ergänzt die Lehrerin, die noch mit ihrer Lodenjacke kämpft, welche nicht über den dicken Zopfmusterpulli gleiten will. Michael steht da wie ein Klotz und macht keinerlei Anstalten, ihr zu helfen, ebenso wie er es seiner zweiten Gönnerin im eleganten Tuchmantel überläßt, das Auto zu verriegeln. Sie reicht ihm den Schlüssel und lächelt mild: »Aber zum Glück versteht Micha sich nicht nur auf Computer.«

Ich gratuliere dem Erfolgstrio und überlege, was der Busfahrer wohl sagen wird, wenn ich ihm gleich Pferdeköttelreste einschleppe. Ein prüfender Blick bestätigt mir, daß da noch jede Menge Dung zwischen Sohle und Absatz sitzt, die sich mittlerweile mit feuchtem Gras gemischt hat. Klasse! Mein Überschwang von eben sackt in sich zusammen. Können die drei nicht endlich machen, daß sie Land gewinnen? Das Lodengrün und elegantes braunes Wolltuch mit Pelzbesatz umrahmen ihn wie ein kostbares Bild, allerdings eins, das schleunigst abgeführt werden soll: »Da hinten winkt schon Paps!« Aber er gibt sich stur: »Geht schon mal vor, ich komme gleich nach.« Er schweigt mich an, bis die beiden außer Hörweite sind: »Was ist mit dir? Kommst du mit?«
Ich schüttele den Kopf.
»Wegen dem Glück an deiner Sohle? Muß ein Gaul mit 'ner prächtigen Verdauung gewesen sein, aber das kriegen wir schon hin.« Er sichtet das Buschwerk am Rand der Straße, entscheidet sich für einen Zweig, läßt es knacken und stochert mit der Stöckchenspitze in meine Richtung.
Ich schiebe seine Hand zur Seite: »Du solltest dich besser sputen, deine beiden Grazien sahen schon richtig grantig drein.«
»Ist schon okay«, er läßt den Autoschlüssel klimpern, »mittlerweile schwätzen sie drüben vor dem Kassenhäuschen mit ihrem Daddy und so 'ner Großkarierten. Soll ich dich heimfahren?«
»Kariert?« Ich sehe zu dem Holzverschlag hin, in dem heute die Frau des Züchters Billetts für zehn Mark das Stück verkauft. Die behäbige Figur mit dem hennaroten Haar zum grün gefärbten Nerz ist nicht eben leicht zu übersehen, trotzdem verschwindet sie momentan hinter dem Quartett, das eifrig gestikuliert und plötzlich die Köpfe wendet. Ich sehe blitzschnell weg. Sie ist es.
»Okay, fahr mich heim.«
Michael murmelt etwas von »Glücksbringer« und »Scheißschloß«, während er zuerst an der Beifahrertür und dann auf der Fahrerseite sein Glück versucht, endlich den richtigen Dreh findet und mir bei dem Versuch, mir formvollendet beim Einsteigen zu helfen, auf den Schnürsenkel tritt. Eben der perfekte Tolpatsch! Das fehlte noch, daß ich im Angesicht von Tu-felix-

Austria eine Bauchlandung hinlegte. Die Person überläßt nichts dem Zufall, womöglich ist sie längst glückliche Besitzerin meines Pferdes und verhandelt nun über den Rücktritt vom Kaufvertrag.
Und wenn sie den Gaul behält? krakeelt es in mir.
Grundlos? Ich tippe mir respektive Eva II gegen die Stirn, woraufhin es in mir »Aus Rache!« hetzt und neben mir »Meinst du mich?« fragt.
»Hast du vielleicht 'nen Wiener Bankier als Vater und 'ne großdeutsche Lösung im Visier?«
»Du kennst sie also wirklich näher? Und ich hab gedacht, die blufft nur, so wie sie da heute mittag in den ›Rappen‹ reingeschneit kam, aufgedonnert wie sonst was, Marke ›Mir gehört die Welt‹.« Michael vergißt zu schalten, der Wagen ruckelt, hinter uns hupt es. Diesmal erteile ich ihm allerdings keinen Rüffel, weil mich die Story gefangennimmt, der zufolge mein Froschkönig gemeinsam mit Tu-felix-Austria eine Filiale nach der anderen gründet und treue Helfer mit kleinen Extras belohnt. »Wie in Japan«, Michael drückt das Gaspedal durch, es reißt mich mit nach vorn, aber er kümmert sich nicht darum, sondern beendet seinen Sermon: »Da schicken sie gute Leute auch gratis in die Sauna oder so. Ein eigenes Reitpferd ist allerdings schon ein ziemlich großes Extra, finde ich.«
»Zu groß für mich?« schnappe ich zurück.
»Kommt auf die Dienste an, oder?«
»Zu hoch für dich, streng dich nicht an.« Einer, der findet, ein Siebzehntausendmarkköder wäre zu groß für mich, wird nie über den Topfrand seines Frömmersbach hinausschauen und erst recht nicht glauben, daß ich »No!« gesagt habe. Ich sollte mich nicht grämen, nicht wegen des Stillebens im Kopf dieses Ländlers.
»Aus dem Deal wird trotzdem nichts.« Die Gangschaltung knirscht. Diesmal hat er den Rückwärtsgang erwischt. »Wenigstens vorläufig nicht, ich habe selbst mit dem Anwalt des rechtmäßigen Besitzers gesprochen, solange der in U-Haft sitzt, tut sich nichts. Übrigens, dein Glücksbringer müffelt.«
Es ist nicht eben leicht, den Jubel über mein Pferd, das derzeit

unverkäuflich ist, mit dem Verdacht gegen meinen Froschkönig und einem müffelnden Pferdeapfel unter einen Hut zu bringen. An letzterem sind die Heizung in diesem Gefährt und nicht artgerechtes Futter schuld, denn so riecht einfach keine rein vegetarische Ausscheidung. Trotzdem bleibt das Odeur letztlich an mir hängen. »Brauchst du die noch?« Ich zeige auf das Käseblatt, das zwischen unseren beiden Sitzen klemmt. Obendrüber steht »Wochenspiegel«, was aber nichts daran ändert, daß dieses kostenlos an alle Haushalte verteilte Papier praktisch ausnahmslos beim Kartoffelschälen oder Schuhputzen zum Einsatz kommt, sofern nicht gerade das eigene Sofa unter Kleinanzeigen inseriert wird.

»Wie?« Ein Blick zur Seite, dann wieder geradeaus auf die Straße, sein Adamsapfel hüpft nervös. »Ja. Nein. Vielleicht.«

Ist er unter die Kartoffelschäler gegangen? Oder hat er inseriert? Dreifachbett gesucht? Ich schnuppere nach unten: »War ja nur so eine Idee, ich wollte dir keinesfalls zu nahe treten.«

»Und was willst du damit?«

»Meinen Glücksbringer entsorgen, wenn's genehm ist.«

Seltsamerweise scheint es ihn zu erleichtern, daß ich nicht an der Lektüre seines Käseblatts interessiert bin. Rührend! Ich bedanke mich übertrieben höflich, wische an meinem Absatz und knubbele das Papier mit Headlines über das neue Bürgerzentrum in der Vogelsanger Straße und Klagen gegen eine Kompostanlage und einem Rezept für »Mezeler« fest zusammen. Sicherheitshalber dreilagig, die abgedruckte türkische Vorspeise läßt mich spontan an Mecit denken.

Außer Konrad habe ich nur Mecit Bescheid gesagt, daß ich zur Roßparade in Lüghausen fahre. Er schaut solange nach Iphigenie und Smilie. Beide Hunde sind wieder einmal bei mir, weil Pity und Merhaba an diesem Wochenende zum Ausgleich für Silvester zu ihren Müttern nach London geflogen sind. »Bist du auch echt nicht traurig?« Die Kids waren besorgt um mich, schließlich sind sie nicht blöd und haben sehr wohl die nunmehr dreizehn Tage zählende Auflösung meines eheähnlichen Zusammenlebens mit einem gewissen Konrad Kaspari registriert. Der Elfjährige hat passend zur Unbedarftheit seines Ge-

schlechts in solchen Dingen »Wir konnten ja nicht ahnen, daß ER schon wieder die Mücke...« angesetzt, den Satz allerdings nicht zu Ende gebracht, weil er sich an dieser Stelle einen kräftigen Stoß mit dem Ellbogen von seiner Freundin einhandelte. Es ist gut, die beiden heute wiederzusehen. Ich schließe die Augen und sehe sie vor mir: Peter-Pity, dessen rechtes graues Auge immer von Haarfransen verdeckt wird, wogegen bei dem Königspudel das linke Auge verschwindet. Der Bobtail ist rundum zugewachsen. Dafür bietet mein Freund Mecit viel blanke Haut auf dem Kopf. Haut, die so aussieht, als ob er sie mit seinem guten Speiseöl polierte. Trotz meiner auf Trübsinn programmierten Gedanken verziehen sich meine Mundwinkel unwillkürlich zum Lachen.
»Riechst du ihn jetzt schon blind?« Michael bremst nicht eben sanft.
»Mecit?« frage ich und schnuppere, ob es tatsächlich schon nach frisch gegrilltem Fleisch riecht.
»Für wie blöd hältst du mich eigentlich? Tschüs denn!«
Verdattert steige ich aus, sehe ihn kurbeln und auf der schmalen Straße wenden und unvorschriftsmäßig schnell davonbrettern. Beinahe hätte er den vor meiner Haustür geparkten grauschwarzen Wagen gerammt. Grauschwarz? Mein Herz hämmert. Ein führerloser Daimler, dem man die Nobelmarke nicht an der Kühlerhaube ansieht. Tiefstapler sind rar gesät, erst recht solche mit belgischem Kennzeichen. Die Zahlenkombination bringt mich durcheinander, waren am Anfang wirklich drei Einser? Die Anwohnerparkscheibe fehlt. Wer weiß, wie viele Bußgeldbescheide schon nach Limbourg unterwegs sind. »Solange ich nicht abgeschleppt werde!« Konrad findet die deutschen Politessen sehr kulant, was immer das heißen mag. Ein notorischer Falschparker, der sich damit brüstet, noch an keinem seiner Stützpunkte zur Kasse gebeten worden zu sein. Ich beschließe, keineswegs so kulant wie die öffentlichen Ordnungshüterinnen zu sein. Wo steckt er?
»War das gerade nicht dieser Computerfritze?« Konrad raucht. Ein seltener Anblick, wie er da noch einmal gierig an seinem Glimmstengel zieht, bevor er die Zigarette in den Rinnstein

fitscht, mit seiner Stiefelette nachsetzt und keine Ruhe gibt, bis das Papier aufgeplatzt ist und die braunen Tabakbrösel herausquellen. Unappetitlich, denke ich, kaum die richtige Begrüßung. Fragt sich, was er selbst für ein »Fritze« ist. Ich sage nichts, gar nichts.

»Sorry.« Er startet zum verspäteten Begrüßungskuß, aber es ist einer von der lauen Sorte, außerdem riecht er verqualmt. »Ich wäre schon früher da gewesen, aber dann hat mir einer in Lustenau im Hotel die Autoschlüssel verlegt, und bis ich an den Ersatz im Handschuhfach kam, war's schon zu spät für deine Gäule. Wie war's?«

»Großkariert«, erwidere ich, »wenigstens weiß ich jetzt, von wem das ›Gäule‹ stammt.« Seine Autoschlüssel dürfte sie ebenfalls kassiert haben, um vorab auf neutralem Boden mit mir zu verhandeln. Gemeinsame Anreise bis Lustenau, Übernachtung inklusive. Adam und ich hatten mal ein Seminar dort. Die größte Rheinufergemeinde Österreichs, berühmt für südländisches Temperament und Toleranz. L-u-s-t-e-n-a-u. Ich muß mich bremsen, damit mir nicht die Gäule durchgehen.

»Du darfst das nicht falsch verstehen.« Zigarettenschachtel, Feuerzeug, das Anzünden der nächsten Zigarette erfordert seine volle Aufmerksamkeit, dann saugen seine Lippen an dem Filterstück, wieder und wieder: »Hat sie etwas gesagt?«

»Nein«, sage ich, »sie war stumm wie ein Fisch. Du verbrennst dir übrigens gleich die Finger.«

Erschrocken schnippst er die gerade angefangene Zigarette in den Rinnstein. »Dumme Frage, wie?«

»Wenn's dir recht ist, würde ich jetzt gerne Mecit von den Hunden befreien.« Im Vorbeigehen ziehe ich meine eigene Haustür zu, die Konrad aufgeschlossen hat, und kümmere mich nicht um den Protest in meinem Rücken. Ob er mir nachkommt? Egal, ich tauche ab in Wiedersehensfreude pur, lasse mich anspringen und abschnüffeln und umkreisen, das bringt kein Zweibeiner, garantiert nicht.

»Zum Abkühlen!« Mecit drückt mir eine Tasse mit dampfendem Mokka in die Hand.

Notgedrungen stehe ich still. Eine zweite Mokkatasse schiebt

sich in mein Blickfeld. Es ist mir nicht recht, daß der Sultan ohne mich zu fragen auch Konrad einschenkt. »Ich glaube, wir müssen jetzt los«, ich stelle meine Tasse ab, »nicht daß wir zu spät…«
Mecit versichert mir, daß wir alle Zeit der Welt haben, weil die Straßen am frühen Sonntagabend bekanntlich wie leergefegt sind und der Flieger gerade erst in London gestartet sein dürfte: »Außerdem muß ich noch auf meine Vertretung warten.«
Es ist ekelhaft, auf die Vertretung und ein Wunder warten zu müssen. Im Moment muß ich schon dankbar sein, wenn keine Gäste hereinkommen, die den Sultan mit Beschlag belegen und mich zwingen, zwischen »Kranzgeld« und »Lustenau« Stellung zu beziehen. Sobald ein Passant in der Schaufensterscheibe sichtbar wird, stopfe ich mir sicherheitshalber eine von diesen Mandelhonigkugeln in den Mund und spüle sie rasch mit Kaffee hinunter, sobald die fremde Gestalt weitergeht. Einmal vergesse ich, nach dem Griff zu Konfekt und Tasse den zweiten Hundekopf weiterzuhätscheln, und schon greift Konrad zu, es ist ausgerechnet die Hand mit seinem Platinring.
»Willst du ihn zurück?« zischele ich.
»Bestimmt nicht. Vielleicht sollten wir in Ruhe…«, sein Kinn ruckt Richtung Wand, hinter der mein Eispalast liegt. Ich kann mir denken, wie er mich besänftigen will. Daraus wird nichts, diesmal nicht, zum Glück stärkt der Sultan mir den Rücken, und dann leisten die Kinder mir Gesellschaft, ich werde sie bei mir schlafen lassen, er wird sich wundern.
»Falls du's noch nicht geschnallt hast, heute kommen die Kinder heim.« Ich sehe zur Seite, wo gerade eben noch Mecit stand, aber der Platz ist leer, statt dessen höre ich ihn nun am Eingang palavern. Noch ein Verräter! Kerle!
»Ich bin auch heimgekommen«, sagt der andere Kerl neben mir und rubbelt so heftig über den Ring an meiner Hand, daß es schmerzt.
»Autsch, verdammt! Und woher soll ich wissen, wann du gerade mal Lust auf Kölner Pflaster verspürst?« Lust, echot es in mir, L-u-s-t-e-n-a-u. Schnauze!
»Ich wollte dich überraschen und mit zu deinen Gäu…, also ich

weiß doch, wie dein Herz daran hängt. Ich dachte, wenn du Lust auf ein eigenes Pferd hast...«

»Mit IHR als Unterhändlerin?« Der Sultan soll aufhören zu quatschen! Wo die Aushilfe nur bleibt? Allmählich pressiert es wirklich. »MECIT!« Ich springe auf, trete auf eine Hundepfote, tröste die jaulende Iphigenie und verheddere die beiden Leinen und bin heilfroh, als Mecit mit einem jungen Mann hereinkommt, der ihm schon des öfteren geholfen hat.

»Ich lade schon mal die Hunde ein!« Meine Stimme hallt laut, viel zu laut in dem schmalen Raum.

»Ist recht.«

Ich laufe hinaus, der Metallgriff der hinteren Ladeluke an Mecits Lieferwagen klemmt, ich kurbele nach rechts und nach links, ich könnte heulen, aber den Triumph gönne ich Konrad nicht, der mir gefolgt ist. Die Idee, mich mit einem »großen Extra« zu bedenken, stammt also von ihm. Wozu? Als Lösesumme? Zweitfrauprämie? Die Hunde spielen verrückt, umkreisen mich und verflechten rotes und braunes Leder und mich gleich dazu, wie soll ich da aufschließen? »Bei Fuß!«

Gesunde Hunde haben bekanntlich feuchtkalte Schnauzen. Der Königspudel und der Bobtail sind kerngesund. Trotzdem sind es nicht die beiden, die mich jetzt vollmundig erwischen. Sehen kann ich nichts oder will ich nichts, es ist auch nicht nötig, weil Konrads Botschaften schon immer überzeugender waren, wenn sie ohne Worte rüberkamen. Diesmal ist es trotzdem anders als sonst, was vielleicht daran liegt, daß kein exotischer Prägedruck mitmischt. Oder das salzige Rinnsal läßt ihn anders schmecken. Ernsthafter vielleicht, so wie drei simple Worte mir plausibler erscheinen als all die gelackten Sprüche zuvor: »Du und ich!«

Du bin ich und hier! Ich ist er und ebenfalls hier! Tu-felix-Austria ist sie und weg vom Fenster! Ich habe die Weichen neu gestellt: Ich-glückliche-Eva! Und wenn mir nicht die Puste und das Anti-Wien-Backpulver ausgehen, behalte ich Konrad und bin glücklich, und wenn ich nicht gestorben bin, bin ich's noch in hundert Jahren, weil dann Dornröschen wachgeküßt wird.

»Mist!« Ich reiße die Augen auf.

»Das war ein Kuß«, protestiert es vor mir, »sogar ein ganz besonders schöner, sozusagen ein Dauerbrenner, wieso Mist?«
»Weil ich was durcheinandergebracht habe«, sage ich, »märchenmäßig, Brüder Grimm und so.«
»Er heißt Konrad und kommt garantiert in keinem Volksmärchen vor«, murmelt es neben mir, während gleichzeitig der Metallgriff aufschnappt und Mecit die beiden Hunde in den Laderaum bugsiert. »Nun mal dalli!«
»Danke vielmals, das hab ich noch so eben behalten.« Ein Seitenblick zu meinem Marathonküsser hin zeigt mir, daß ihm dieses Wortspiel nicht sonderlich behagt, was ich als erfahrene Bäumchen-wechsel-dich-Braut nur zu gut nachvollziehen kann. Welcher Mann hielte schon gerne den Platz für einen Prinzen frei, der sich noch mal eben ein kleines Jahrhundert Zeit läßt. Um Reiten zu lernen?
»Ich schlage vor, wir nehmen mein Auto.« Konrad sieht mich an, nur mich. Weil ein Jaguar mehr hermacht als ein klappriger Lieferwagen? Kommentarlos ziehe ich die Beifahrertür des Lieferwagens auf, klettere zu Mecit in die Fahrerkabine und plaziere meine zeitlos-unmodernen Schnürschuhe mit Profilsohle auf der Fußmatte aus struppigem Kokos.
»Und ich?« Konrad wirkt reichlich hilflos, wie er da in seinem schicken Doublecoat von außen an die Glasscheibe pocht.
Ich zeige mit dem Daumen hinter mich, wo reichlich Platz ist. Einen Moment lang scheint er aufmucken zu wollen, doch dann gibt er nach. Wir starten, im Rückspiegel sehe ich ihn mit den beiden Hunden schmusen, was ich ebenfalls nur zu gut nachvollziehen kann. Kompensation, heißt das im Fachchinesisch, Ersatzschmusen trifft's auch. In meinem Kopf formt sich ein Lehrstück für »Kerle«, die mehrspännig fahren und abwertend von »Gäulen« oder »Computerfritzen« reden. Ich-glückliche-Eva bin auf dem Erfolgstrip.
»Irgendwas müffelt hier!« Mecit schnuppert Richtung Straße, dann zum Laderaum hin, schließlich nach rechts. Rechts sitze ich. Mein »Glücksbringer« fällt mir ein, den ich doppelt und dreifach eingewickelt in meine Tasche gestopft hatte und der nun begünstigt von der Wärme erneut zu duften beginnt.

»Muß von draußen kommen.« Hastig schiebe ich den Heizungsregler zurück. In der nächsten Viertelstunde wird es verflixt frisch, was mir aber immer noch lieber ist, als diesen Pferdeköttel einzugestehen. Ein kurzer Tritt ins volle Glück ist eine Sache, die Aufbewahrung eine andere.
Ob die Karierte meine Lektion geschluckt hat?

Die Flirtschule

Die karierte, ehemals rote, heute blond wallende und sich morgen mit Kapotthut tarnende Amazone erweist sich als äußerst hartnäckig. Es gibt wenige rote Flitzer mit Wiener Kennzeichen, bereits bei unserer Rückkehr vom Flughafen kreuzte sie unseren Weg. Konrad gab vor, nichts zu bemerken. Eine Methode, die er in den folgenden Tagen noch öfters praktizierte, sobald rotlackiertes Metall aufblitzte.
Mittlerweile piepst nur noch sein Handy verdächtig, was mich allerdings sehr viel weniger als früher stört, weil Konrad nun anders reagiert, sobald Austria-in-der-Krise sich wie üblich außerhalb der offiziellen Bürozeiten übers D1-Netz mausig macht. Er drückt einfach die »no«-Taste, manchmal drückt er auch »yes« und sagt »Jetzt reicht's!« in sein B&O-Kästchen. Hinterher ist er regelmäßig scharf auf meinen Obstkorb, was mir zunächst verdächtig vorkam und zur Folge hatte, daß ich abblockte. Irgendwie kam's mir so vor, als ob wir da zu dritt auf unserem Luftbett zugange wären, manchmal sogar zu viert, was erst recht abstrus ist. Erstaunlicherweise scheint gerade mein Widerstreben den Froschkönig in Fahrt zu bringen, denn er verfolgt mich mit seiner Liebesglut in den ehemaligen Eiskeller und in die Badewanne und sogar in das Stiegenhaus, das zum Glück nur noch vom Hausbesitzer selbst, der über mir wohnt, benutzt wird. Die Mansarde steht leer, manchmal trockne ich dort Wäsche, sogar beim Wäscheaufhängen hat Konrad mich unlängst bedrängt. Er findet, daß keine Frau ihn jemals so wie ich gefordert hat: »Du

bist einfach anders, bei dir fühlt sich ein Mann noch echt als Explorer.«

Es ist nicht übel, Fähnchenspicker und Neuland zu spielen. Außerdem ist es jetzt fast wie verheiratet, nur viel schöner. Natürlich mußte Eva die Inwendige wieder das letzte Wort behalten und unken, daß Abenteurer, auch wenn sie sich englisch »explorer« nennen, gewöhnlich recht bald nach neuen Eiländern Ausschau halten, weil der Kick nie lange anhält.

Genau daran muß ich denken, als unmittelbar nach der Rückkehr meines Bruders und der Wiederaufnahme des Jour fixe für Hobbyköche im »Bloomekörvge« das Wort »Kick« fällt. Ich lasse umgehend die Bierdeckel sinken, mit denen ich gerade die Schrittfolge beim Cha-Cha-Cha memoriere, und spitze die Ohren. Harmlos! Der Kick, von dem die drei Männer in ihrer Küche schwärmen, bezieht sich lediglich auf die soundsovielte Variation bei der Zubereitung von Nobelfressalien. Gerade, als ich mich daran erinnere, wie ich vom Grundschritt in die bislang schwierigste Tanzfigur komme, bei der ich ähnlich wie bei der Skigymnastik hin und her wedeln muß, allerdings im Takt, unterbricht mich erneut Eva II. Mit einem triumphierenden Aufschrei, der sich auf die zum Flüstern abgesenkten Stimmen nebenan bezieht: Wenn Kerle flüstern, ist was im Busch! Eher im Ofen, witzele ich und verspüre dennoch ein mulmiges Gefühl im Bauch. Das verstärkt sich noch, als mein Double stur behauptet, für einen echten Explorer mache es wenig Unterschied, ob sich der nächste Kick zwischen zwei Frauenschenkeln oder im Backofen oder an einem Bungeesprungband oder beim Tauchen abspiele: Hauptsache Neuland!

Irgendwann muß das Explorerteam sein Menü fertiggestellt, den Tisch gedeckt und mich zum Essen gerufen haben. Die Tatsache, daß ich nun vor einem Vorspeisenteller sitze, belegt immerhin, daß ich dieser Aufforderung Folge geleistet habe, obwohl ich noch immer mit der Frage zugange bin, wie lange etwas Neuland ist. Gläserklirren reißt mich endgültig aus meiner Versponnenheit. Drei Gläser, drei Trinker, es dauert, bis ihnen auffällt, daß ich nicht mit von der Partie bin: »He, Eva, willst du nicht mit uns anstoßen?«

»Kommt drauf an.« Ich tippe zart mit der Vorspeisengabel gegen das Hotelporzellan. »Eben habe ich irgendwas läuten hören.«
Die drei Männer zucken zusammen, als ob ich gerade auf echtes Meißen eingehämmert hätte. »Tja!« – »Also das ist so...« – »Genaugenommen dürften wir noch gar nicht darüber reden...«
Ich spieße das Wachtelei auf, von dem spielend vier Hälften gleichzeitig in meinen Mund paßten: »Knackt ihr 'nen Tresor oder 'ne Jungfrau?«
Sie verwahren sich, und dann rücken sie schließlich doch mit dem Extrakick heraus, der um einen »Z-Punkt-Jean-Marie-Claude« kreist: »Das wird der Knüller!«
Obwohl ich mich mittlerweile daran gewöhnt habe, daß Gaumenkitzel der Vielsternekategorie nach ihren Schöpfern benannt werden, hört sich das hier nicht so an, als ob sich hinter dem »Z« ein Zander versteckte. Sicherheitshalber frage ich aber noch einmal nach: »Wollt ihr ihn dünsten oder grillen?«
Diesmal wird mein »köstlicher Humor« wie ein Sakrileg aufgenommen, zumal wirklich jeder zivilisierte Mensch im Rheinland wissen müsse, wer sich hinter diesem Kürzel verbirgt: »Ich sage nur ›Kö-Schocker‹«, sagt mein Bruder. Ich zucke die Schultern. »Dom-Schocker«, ergänzt Konrad. Ich zucke erneut und sehe Jan an, doch der steuert keinen dritten »Schocker« bei, wohl weil ein solcher nicht existiert. Ich bin schon soweit, freiwillig auf dieses alberne Spiel zu verzichten, doch das lassen die Männer nicht zu, die es offensichtlich nicht ertragen, ihr Top-secret für sich zu behalten. Die Lammschulter nebenan im Backrohr beginnt schon komisch zu riechen, der Ruccolasalat krunkelt seine knackigen Blätter ein, was aber der Begeisterung über zukünftige Gaumenkitzel nichts anhaben kann, die echte VIPs für andere VIPs kochen werden und sich dabei vom Herausgeber des »Schocker« Band eins und Band zwei und demnächst dann wohl Band drei benoten lassen. In diesen Werken wird offensichtlich vom Jägerschnitzel bis zum Hummercocktail alles madig gemacht, was nur zum Essen und nicht zum Erleben angeboten wird. Es fällt mir schwer, mir vorzustellen, wie ich etwa

ein Wachtelei »erleben« soll, dessen Verweildauer in meinem Mund allenfalls in Sekunden zu berechnen ist, von »atmosphärischem Background« ganz zu schweigen. Allenfalls einer, der auf Diät bedacht ist, mag etwas davon haben, wenn er sich die Wachtel oder die Kuh oder den Hirsch im Hintergrund plastisch vorstellt. Das schlägt jedem normalen Menschen auf den Appetit. Ob Z-Punkt am Ende ein verkappter Weightwatcher ist? Das erklärte immerhin seine Popularität, denn in Deutschland sind bekanntlich mehr als genug Leute übergewichtig. Trotzdem habe ich Hunger bis unter die Arme.

»Ist das nichts?« Paul stößt mich mit dem Ellbogen in die Seite. Ich zeige Richtung Küche: »Es riecht komisch!«

Das bringt immerhin Pfannenkönig Jan auf Trab. Es dauert eine Weile, bis er mit seinem Braten zurückkehrt, dem sogar ich ansehe, daß er ursprünglich eine andere Form gehabt haben muß. In einem geradezu sensationellen Tempo wird tranchiert und vorgelegt, das Gemüse ist auch nur noch lauwarm, trotzdem sitzen sie da wie die Ölgötzen und scheinen auf etwas zu warten.

»Ist noch was?« frage ich und fange an. Möglicherweise stammt das Grummeln in meiner Magengrube doch bloß vom Hunger.

»Du tust so, als ob es die normalste Sache von der Welt wäre, wenn demnächst hier im ›Bloomekörvge‹ Kölner Größen vom Banker bis zum Krätzchensänger ihre Lieblingsgerichte inszenieren.«

»Iwan mag am liebsten Erbsensuppe, so in dem Stengel?« frage ich. Die Berichte über die Leib- und Magenspeise des inhaftierten Kölner Bankiers sind damals sogar bis nach Lieberhausen gedrungen.

»Pleitiers sind natürlich nicht mit von der Partie.«

»Weil die schlechter kochen?« frage ich.

»Weil die Assoziation hier«, mein Liebster tippt sich gegen die Stirn, »dann nicht stimmt.«

Ich kaue erst einmal zu Ende. »Und wer bezahlt für den Spaß?« frage ich, als ich endlich den Fleischbrocken mit einem kräftigen Schluck Wein hinuntergespült habe, der zum Glück von einem fachkundigen Winzer und nicht von einem VIP stammt. Mein Bruder findet mich kleinkariert. »Zuerst einmal bezahlen

natürlich wir«, ergänzt Konrad. »Der Umbau hier wird eine ganze Stange Geld kosten«, hängt der Mitbesitzer des »Bloomekörvge« an.
Ich schiebe meinen Teller beiseite, was sowohl an der miesen Qualität des Essens wie auch an meiner Neugier liegt. Das hört sich ja glatt so an, als ob die Freude an dem neuen Megakick doch nicht völlig ungetrübt sei. »Euer Z-Punkt-Schocker verteilt bestimmt auch nicht für lau Zensuren, außerdem kochen schon genug VIPs beim Biolek im Fernsehen, also wenn ihr mich fragt..., was gibt's als Dessert?«
Es sollte Soufflé geben, aber weil dieses luftige Gebilde in Null Komma nichts zusammenfällt, gibt es ersatzweise einen Nachschlag VIP-Schwärmerei. Meine Zweifel scheinen das Trio erneut zusammenzuschmieden, denn sie rechnen nun mir und vermutlich sich selbst vor, daß die Rechnung einfach aufgehen muß, wenn ein Mann vom Berühmtheitsgrad des Z-Punkt-Schockers an die Eitelkeit von seinesgleichen appelliert und die Presse herlotst: »Das gibt jede Menge Publicity, und was bei Biolek Kulisse ist, findet bei uns live in einer der ältesten Kölner Kneipen statt.« Sie spekulieren auf Lokalkolorit-Klüngel-Medienrummel-Abdruckrechte-Verfilmung-Starruhm und präsentieren mir sogar schon den passenden Namen: »Stars im Freßkörbchen«.
»Hört sich typisch kölsch an.« Ich überlege, ob ich gleich noch beim »Sultan« wegen eines Desserts vorstellig werden soll. »Und paßt so gut zu dem Schild über der Tür.«
Es hagelt Protest gegen mein »Schandmaul«. Natürlich wird der Name, der seit knapp einem halben Jahrhundert existiert, abgeändert. Ebenso wie Küche und Schankraum in Hinblick auf zukünftige Kamerateams miteinander verbunden und die Hausgäste ausgelagert werden: »Nebenan bei der Mia laufen die Geschäfte sowieso mies, die ist froh um jede zusätzlich verkaufte Frikadelle, und wenn uns erst die Kölner Szene die Bude einrennt, stört der Hotelbetrieb sowieso.«
»Wolltet ihr nicht nur mittwochs so ganz privat und nur zum Hobby kochen?«
»Was gibt es Schöneres, als Hobby und Geschäft zu vereinen?«

Konrad sieht mich an, mit warm glänzenden Augen und feuchten Lippen und genau so, wie er neuerdings dreinzuschauen pflegt, wenn sein Explorertrieb ihn mir bis hinauf zum Trockenspeicher nachsetzen läßt.
An seinem Gesichtsausdruck ändert sich nichts, als er von mir zu meinem Bruder und von diesem zu Jan hinsieht, ich beobachte allenfalls eine Steigerung dieses von innen kommenden Leuchtens, während gleichzeitig meine Eingeweide gluckern und Hunger signalisieren. Mordshunger.
»Wenn ihr meint! Ich melde mich dann schon mal im Abo beim Sultan an!«
»Natürlich bist du weiterhin mit von der Partie, dein Humor bringt genau die richtige Würze ins Gespräch, das darf sich vor laufender Kamera auf keinen Fall steif anhören.« Konrad spricht, die anderen beiden nicken.
»Habt ihr auch schon 'ne Vorstellung von meinem Outfit?« frage ich und will's nicht glauben, was dieses Grüppchen sich da bereits klammheimlich ausgekocht hat.
»Logisch!« Sie haben nichts vergessen und stellen sich zum Ausgleich für meinen würzigen Humor ein eher edles Outfit vor. »Wir schauen bei Ernesto auf der Pfeilstraße rein«, verkündet Konrad, »der hat für alle Gelegenheiten das Richtige.«
Leider bekomme ich nicht mehr mit, ob sie meinen wortlosen Abgang mit Türenknallen ebenfalls als belebende »Würze« abhaken. Ich brauche etliche Tassen türkischen Mokka und noch mehr von Mecits himmlischen Honigmandelkugeln, bis ich soweit bin, daß ich weiß, wie mein Mittwoch in Zukunft aussehen wird. Ausgerechnet der letzte Satz des VIP-Trios und Michaels Zeitung zur Verpackung eines Pferdeköttels weisen mir den Weg.

Die Klotür öffnet sich, eine Wolke Rasierwasser weht mich an, mein Bruder folgt. So, wie er heute aussieht, könnte er glatt im nächsten Köln-Krimi mitspielen. Die im Nacken zu langen Haare glänzen ölig, der schwarze Hemdkragen mündet in Metallecken, und die Krawatte ersetzt eine Lederkordel, die auf eine schmutziggelbe Fransenweste abgestimmt ist, welche her-

vorragend mit dem Kapotthut und den kniehohen Stiefeln von Austria-vor-dem-Fall harmonierte.
»Schick«, sage ich, »habt ihr auch schon ein passendes Motto für euer erstes Treffen mit Z-Punkt-Schocker?«
Paul mustert mich. »Treib's heute abend bitte nicht zu toll mit deinem Schandmaul, kann schließlich nicht jeder wissen, daß du ein Junge werden solltest. Immerhin stimmt dein Untenrum. Von Ernesto?«
»Sie wollte partout nicht«, ruft mein Liebster und folgt aus dem Bad mit der Fliederblümchenkeramik und der goldenen Klobürste, das sich im Gegensatz zu meinem eigenen Winzbad auch abriegeln läßt. Es stört ihn, bei mir nicht einmal ungestört pischern zu können, und zieht es deshalb vor, seine Körperpflege »Unter den Ulmen« zu betreiben. Meine eigene Verschönerung hat heute im Marmorkabinett meines Chefs stattgefunden, was aber lediglich damit zusammenhängt, daß ich bis gerade eben gearbeitet habe. Dieser Ausruf meines Liebsten könnte als Überschrift für die letzte Woche gelten. Ich wollte einiges nicht, das fing mit dem gewünschten Besuch der Edelboutique an und hörte beim Fähnchenspicken auf. Die neuen Jeans habe ich mir allein gekauft, sie passen prima, jedenfalls solange ich mich nicht hinsetzte, dann kneifen sie im Schritt.
»Die Bluse ist vielleicht etwas zu extravagant. Kenne ich die nicht von irgendwoher?«
Ich verrate Konrad, daß ich genau diesen orangeroten Spitzefummel trug, als wir unser erstes Meeting mit seinem neuen Geschäftsführer hier in Köln hatten.
»Lieb von dir, daran zu denken«, er umrundet mich, dimmert die Niedervoltstrahler hoch und läßt hundert Prozent Synthetik Funken sprühen, »aber doch etwas zu overdressed.«
»Ich könnte noch was ausziehen.« Natürlich ist das nicht ernstgemeint, trotzdem gibt es mir ein gutes Gefühl zu wissen, daß mein Untendrunter zum ersten Mal auch dem kritischsten Auge standhielte. Dafür hat es allerdings auch mehr gekostet als meine komplette Frühjahrsgarderobe zu Lieberhausener Zeiten.
»Wir gehen nicht zu einer Busenshow, sondern zum Kochen«,

antwortet mein Bruder stellvertretend, »können wir jetzt endlich losfahren?«
Erst als ich auf mein Eismannrad steige, begreifen sie, daß ihr Ziel nicht mit meinem identisch ist. Es macht Spaß, wie ich den Jaguar zwinge, sich meinem Tempo anzupassen, damit die beiden Insassen mir aus heruntergekurbelten Fenstern ihr »Halt!« und »Du kannst doch nicht ernsthaft...!« zurufen können. Bis zum Chlodwigplatz führe ich sie im Geleitzug mit, dann wird mir die Sache zu dumm und ich biege in die nächste Grünanlage ab. Offen gestanden ist es mir lieber, nicht schon vorab preiszugeben, was ich heute vorhabe.
Animiert von meiner Wut und reichlich Mokka und süßem Konfekt auf halbleeren Magen habe ich mir vor einer Woche etwas ausgedacht, was mir jetzt immer fragwürdiger erscheint. Was für eine Idee, geboren aus einem Käseblatt, von dem nach der Entsorgung eines Pferdeapfels immerhin noch so viel übriggeblieben ist, daß ich den neuen Terminkalender des Bürgerzentrums »Vogelsang« entziffern konnte, dem ich natürlich keinerlei Beachtung geschenkt hätte, wenn da nicht dieses dicke Ausrufezeichen gewesen wäre. Mir ist prompt eingefallen, was für ein Theater Michael um die Herausgabe dieser Seiten gemacht hat, mittlerweile weiß ich auch, warum. Ihm geht es weder um den Gestaltungswettbewerb »Töpfer dich frei!« noch um das Treffen der Aquarienfreunde oder gar sportliche Ertüchtigung, sondern ums Flirten. Nachdem ich ihm private Nachhilfestunden versagt habe, will er sein Glück nun offensichtlich mit Hilfe eines gewissen Uwe Kaltenbach dingfest machen, der sich Beziehungsexperte nennt und ein Seminar anbietet: »Komm, flirt mit mir von fünf bis sechs!«
Ich könnte schwören, daß Michael Meinhard in letzter Sekunde doch noch kneift, zumal ich beim besten Willen nicht weiß, wie er zehn Wochen lang jeden Mittwoch diese Gewalttour von und nach Oberlüghausen absolvieren will. Es sei denn, seine beiden Grazien stellen ihm ihr Auto zur Verfügung, damit er sie hinterher mit mehr Sachverstand beflirtet. Schwachsinn pur!

»Zweihundertvierzig Mark«, sagt der Jüngling an der Anmeldung, nachdem er säuberlich meinen Namen und meine Anschrift in seine Liste eingetragen und sicherheitshalber nochmals laut wiederholt hat, daß »Besser, Eva« beim Flirtseminar mitmacht.

»So viel?«

Der Jüngling belehrt mich und alle hinter mir Anstehenden lauthals über die Qualifikation von Herrn Kaltenbach, der bereits nachweislich an sich selbst verzweifelnde Individuen vor der völligen Vereinsamung gerettet habe: »Es gibt Menschen, die müssen die Sprache der Liebe lernen wie Babys ihre Muttersprache.«

»Ist schon gut.« Ich suche in meinem Portemonnai, lasse vor lauter peinlichem Berührtsein etliche Münzen zu Boden klimpern, danke den netten Helfern, zahle und steuere hochroten Kopfes den Ausgang an. Nur weg hier!

»Flirten ist im ersten Stock zweite Tür links neben der Rückbildungsgymnastik«, brüllt es mir nach.

»Alles klar«, hauche ich und will schon dankbar für den Tölpel sein, der einen Meter weiter gegen den Schirmständer bollert, als ich dessen Gesicht erkenne. Eins, das puterflammenrot anläuft, was seinen Besitzer aber nicht davon abhält, meine Hände zu wringen und sogar noch den da oben zu bemühen: »Wenn das kein Wink des Himmels ist!«

»Der Wink kam eher aus deinem Käseblatt, und wie du weißt, bin ich auch Psychologin, genau wie dieser Kaltenwasser, deshalb ...«

»Bach«, verbessert er, »Kaltenbach, aber ich versteh dich schon.«

Ich entwinde ihm meine Hände. Wahrscheinlich hat er irgendwo gelesen, daß kräftiges Zupacken männlich wirke. Den Passus übers Rotwerden hat er vermutlich überlesen, denn das schlägt meines Wissens ins weibliche Fach. Nicht einmal ein Adam Wasser ist auch nur ein einziges Mal in meiner Gegenwart errötet, obwohl er weder besonders männlich noch besonders tough war. »Dann ist es ja gut.«

»Aber toll find ich's trotzdem.« Ersatzweise greift er nun nach

meinem Jackenärmel, den eine Beimischung von echter Seide sehr schick, aber eben auch hochempfindlich macht, was mein Gegenüber nicht zu stören scheint, denn er knautscht den Stoff, als ob es sich um meinen alten »Pflaumensack« aus wattiertem Stepp handelte.
Ich schiebe seine Grapschfinger weg. »Natürlich muß ich einiges mitschreiben, es geht um eine wissenschaftliche Arbeit, aber wenn du mal Hilfe brauchst…« Fieberhaft überlege ich, wie ich von meinem Job rund ums große Geld eine Beziehung zur Psychologie und von dort zum Flirten von fünf bis sechs konstruieren könnte. Weiterbildung ginge. Thema: Die Verflechtung von Mammon & Eros. Das erlebe ich sozusagen hautnah an meinem eigenen Girokonto. Mein Guthaben schrumpft, damit mein erotisches Kapital wächst. Fragt sich nur, wie etwas wirken soll, was man nicht einmal sieht? Der Bodystocking hat zweihundertneunundachtzig Mark gekostet, plus die zweihundertvierzig Mark für diesen Kurs, und wofür? Für die Katz!
»Phantastisch.« Mein Landsmann versichert mir, diesmal gottlob ohne Tuchfühlung, wie gern er meine Hilfestellung beim Flirten annehmen wird: »Frauen sind darin ohnehin geschickter.«
Ich will ihm gerade klarmachen, was generell von solch übersteigerten Hoffnungen wie den seinen zu halten ist, als jemand sich zwischen uns drängt. »Flirten Sie auch mit?« Blond, nicht unhübsch, für mein Empfinden reichlich keß. Die Frage scheint ausschließlich meinem Gesprächspartner zu gelten, der die junge Frau mit seinem üblichen sonnig-naiven Lächeln bedenkt.
»WIR machen ebenfalls mit«, antworte ich stellvertretend und sehe Michael fest in die Pupille: »Kommst du?« Ich gehe vor, allerdings nicht zu schnell. Wäre ja noch schöner, wenn ich mir gleich im Treppenhaus den ersten Minuspunkt einhandelte.

Uwe Kaltenbach erinnert mich an Adam Wasser. Das beginnt bei dem Haarschnitt à la Prinz Eisenherz, erstreckt sich auf den jeansblauen Einheitslook und wird auch durch das Pfeffer & Salz-Jackett kaum abgemildert. Zumal er selbiges kurz

nach Betreten des Zimmerchens, in dem ein Diaprojektor noch farbige Zierfische an die Wand malt, auszieht und lässig über eine Stuhllehne wirft. »Gehen wir's locker an.« Er lächelt in die Runde, umschwänzelt vom Anschauungsmaterial der Fischfreunde hinter sich und gläubig angestaunt von dreizehn Seminarteilnehmern vor sich. Mein Geschlecht stellt die Mehrheit. Wir sind neun gegen vier. »Ich bin der Uwe.« Er dreht sich um, schrickt vor einem besonders farbenprächtig flimmernden Meerbewohner zurück, betätigt endlich den Ausschalter des Projektors, ruckelt die Wandtafel hoch und malt in bester Schönschrift seinen Vornamen darauf.
»So!« Er sieht sich um, sieht mich an – warum mich? Das war schon früher in der Schule so! –, hält mir die Kreide hin und fordert mich auf, gleich als erste vorzutreten und mich vorzustellen: »Locker vom Hocker!« Er zeigt auf die Tafel.
Ich schreibe »B., Eva.« Links oben. In gut leserlichen Druckbuchstaben. Dann will ich mich wieder hinsetzen. Diese Stunde stehe ich durch, keine Sekunde länger, ich will mein Geld zurück, der Kerl spinnt. Fehlt nur noch, daß er uns Spielzeugpistolen in die Hand drückt, um unsere unlockeren Gefühle abzuknallen.
»Danke.« Uwe Kaltenbach strahlt. Nicht einmal die Weihnachtsbeleuchtung in der Fußgängerzone hätte bei diesem Strahlen mithalten können. Auslöser bin ich, wie er nun coram publico mitteilt. Worüber ich mich nur ja nicht grämen soll – eine durchblutungsgestörte, eiskalte Hand streichelt über die meine –, weil wir in dieser Runde ja einer vom anderen lernen wollen: »Und woran lernt man besser als an Fehlern?« In Ermangelung eines Zeigestocks tackert er mit seinem Kuli gegen mein »B.«, damit geht es los. Die Angst, meinen vollständigen Namen preiszugeben, sei ein Symptom für die Vereinsamung der Menschen heutzutage und speziell in unserem Kulturkreis, wo sich alles nur noch ums liebe Geld und andere Äußerlichkeiten drehe: »Was machen Sie beruflich?«
»Psychologie«, antworte ich.
»Guter Witz.« Als unser Lehrer und meine Mitschüler sich wieder hinreichend beruhigt haben, erfahre ich, daß die »Flucht in

Märchenwelten« natürlich ebenfalls nicht ganz unproblematisch sei.
»Okay.« Tue ich ihm eben den Gefallen. »Ich arbeite in der Anlageberatung, hab's pausenlos mit Millionären zu tun, wohne in einem Eispalast und dressiere einen Jaguar fahrenden Froschkönig.«
»Nun gut, lassen wir das fürs erste.« Unser Coach entwindet meinen Fingern die Kreide und nimmt die »Flirten-Sie-auch-mit?«-Fragerin aus dem Treppenhaus ins Visier, die brav »Ursula« und dahinter in Klammern »Usch« unter sein »Uwe« malt. »Usch ist mein Spitzname, die meisten nennen mich so.«
»Usch, Sie haben das geradezu vorbildlich gemacht.« Mit der Kugelschreiberspitze auf dem »Usch« wird uns verdeutlicht, daß Usch-Ursula den Mut hat, Nähe zu signalisieren: »NÄHE ist das A und O!« Der Kuli kratzt auf Schiefer, ein unangenehmes Geräusch.
»Mit Ihrem komischen Fisch wird das nie etwas«, rufe ich gepeinigt dazwischen.
»Mein Fisch«, unser Lehrer hält sein wie ein Fisch geformtes Schreibgerät in die Luft, »ist nicht nur äußerst praktisch, sondern darüber hinaus ein vorzügliches Flirtinstrumentarium, ich bin nämlich astrologisch betrachtet ein Fisch.« Es folgen Anekdoten aus dem Leben eines fischigen Flirtexperten, der kein alternatives Café, keine Kundgebung und keinen Elternabend versäumt und mittels seines schreibenden Fischs über kurz oder lang jede Sprachhemmung eliminiert und Neugier freisetzt: »Selbst unsere B-Punkt-Eva konnte der Versuchung nicht widerstehen.« Er zeigt auf mich.
Alle Köpfe wenden sich mir zu, meiner senkt sich automatisch, was mich noch wütender macht. Schließlich gehöre ich zum Sternzeichen des »Wassermanns« und könnte diesen Zierfisch mit Leichtigkeit erledigen. Selbst ein Adam Wasser hat es wenigstens bis zum Vierbeiner gebracht, er ist Steinbock. Konrad ist Widder. Ich scheine auf Hornviecher abonniert zu sein.
Nebenan werden nun Stühle gerückt, die an der Rückbildung ihrer Gebärmutter arbeitenden Frauen verabschieden sich lautstark, wenig später ertönt ein Cha-Cha-Cha. Frisch in der

Tanzschule gelernt, meine Fußspitze wippt mit, was ebenfalls registriert wird. Zur Abwechslung mit Wohlwollen. Die spontane Reaktion meines Körpers auf lateinamerikanische Rhythmen beweise, daß sich hinter meiner distanzierten Fassade sehr viel Glut verberge: »Frau B-Punkt-Eva ist uns noch für manche Überraschung gut!«

Und ob! Ich nicke, weil die größte Überraschung wohl mein leerer Platz in den nächsten Wochen sein wird. Lieber pfeife ich auf die zweihundertvierzig Mark.

Nachdem alle Teilnehmer sich mehr oder weniger locker vorgestellt und ihre Beurteilung entgegengenommen haben, entläßt Uwe uns mit einer Hausaufgabe, passend zum Motto des nächsten Treffens, welches NEUGIER lautet. Wir sollen unter Einsatz aller verfügbaren Mittel auf uns neugierig machen, weil »Nähe« und »Neugier« höchst zutreffend die beiden Pole jedes Flirts beschrieben.

»Aber bei mir passiert nichts, nie, deshalb bin ich ja hier«, jammert eine Teilnehmerin.

»Eben«, bestätigt die nächste, »außer Spesen nix gewesen.«

»Also bezahlen täte ich für einen Kerl nie«, wirft eine dritte ein und löst eine Diskussion über die Regelung der Finanzen zwischen den Geschlechtern aus, was wiederum Uwe Kaltenbach zu unterbinden trachtet, weil uns das zu weit vom eigentlichen Thema wegführe: »Schließlich wollen wir ja zuerst einmal andocken, nicht wahr?«

»Aber wenn ich dann die ganze Zeit da wie auf Kohlen sitze und nicht weiß, ob der Typ auch für sein Jägerschnitzel bezahlt, steht mir echt nicht mehr der Sinn nach Poussieren.«

»Immer durch zwei, sage ich.« Ein haariger Arm im Polokurzärmel – und das im Februar – fährt hoch in die Luft, saust fallbeilartig hinab und veranschaulicht plastisch die Erfolgsdevise des Mannes – wenigstens was die pekuniäre Seite angeht.

»Wenn es sich lohnt, lass' ich auch gern mal was springen«, widerspricht ein anderer und schaut sich um, was nervöses Haarzupfen und Lächeln bei unserer neunköpfigen Majorität zur Folge hat.

»Lohnen«, hakt unser Flirttrainer ein, »ein weiteres Schlagwort

unserer Leistungsgesellschaft.« Es folgt eine Präzisierung der Aufgabenstellung von vorhin, derzufolge wir keineswegs mit materiellen Ködern auf uns neugierig machen dürfen: »Schaffen Sie immaterielle Anreize, etwa über Ihr Sternzeichen.«
»Ich bin Jungfrau«, kichert es hinter mir. Weiblich.
»Steh ich nicht drauf.« Männlich.
»Die Symbolik.« Uwe Kaltenbach holt tief Luft. »So begreifen Sie doch, die Realität als solche ist ernüchternd, was zählt, sind unsere Träume, die wir auf ein Gegenüber projizieren und auf Erlösung hoffen, so wie früher im Paradies.«
»Äpfel.« Erneut einer von dem Männerquartett. »DIE Symbolik kapier ich auf Anhieb.«
Sonores Hoho, helles Hihi, das Stundenziel ist erreicht, der Mann vor mir betätigt erleichtert das Zeitschloß an seinem Metallköfferchen: »Und somit können wir die biblische Eva getrost als Vorbild für die moderne Frau bezeichnen. Meine Damen, lassen Sie sich etwas Hübsches einfallen, um die Herren auf Ihre – hm – Äpfelchen neugierig zu machen.«
»Und worauf sollen die Herren uns anspitzen?« Ich bin gespannt, wie er sich jetzt herausredet.
Er kneift, wie könnte es anders sein. Statt konsequent das Naturapfelexempel auf Mann auszudehnen, schießt er auf dem Weg zur Tür einen letzten Giftpfeil auf mich ab. Angeblich ist die Neigung zu sexistischen Äußerungen geradezu symptomatisch für scheinemanzipierte Frauen, die ihrer eigenen Weiblichkeit mißtrauen und deshalb die rüde Terminologie der Männerwelt nachahmten: »Welchen echten Mann gelüstet es schon nach einer Eva mit Haaren auf den Zähnen und womöglich noch auf der Brust?« Diesmal klickt das Türschloß.
»Der hat dich ja ganz schön auf dem Kieker gehabt.« Michael bückt sich nach den Schnipseln unter meinem Stuhl. »Sehr viel hast du heute wohl für deine wissenschaftliche Arbeit nicht zu Papier gebracht?«
Gerade will ich ihm mitteilen, daß er in Zukunft leider auf meine Teilnahme verzichten muß, als sich erneut die dreiste Person von vorhin zwischen uns schiebt: »Gehen Sie auch noch einen mit trinken?« Wieder gilt die Frage exklusiv meinem

Landsmann. »Klar«, erwidert der, »warum nicht«, und zu mir hin: »Du kommst doch mit?«
Ich sehe auf meine Uhr, viertel nach sechs, wenn ich mich beeile, könnte ich mich der Tafelrunde im »Bloomekörvge« als Dea ex machina zugesellen. »Heute nicht, sorry, ich muß wirklich los.«
»Ihr Froschkönig wartet in seinem Jaguar auf sie«, kichert die trinkfreudige Flirtelevin namens Usch-Ursula.
»Usch küßt schon seit Jahren vergeblich jeden Laubfrosch und hofft, daß mehr daraus wird«, erklärt eine andere und zwinkert mir zu. »Der letzte ist mit ihrem ›Mini Austin‹ davongehüpft.«
Ich zwinkere zurück und nutze Uschs lautstarke Empörung, um mich davonzumachen. Vielleicht komme ich doch wieder. Die letzte Rednerin ist gut drauf, was bei ihrer Vorstellung als »Annemarie Irgendwas« noch nicht zu erkennen war. Meine Neugier ist geweckt, die Laubfrosch-Story erzeugt die nötige Nähe, außerdem kann ich meinen Landsmann unmöglich im Stich lassen. Fast regt sich sogar etwas wie Solidariät mit Melanie in mir. Oder ist Sabine die Glückliche? Egal, beide sind wie ich Pferdenarren, das genügt. Ich werde Michael retten. Tu felix Michael. Es sei denn, mein Froschkönig käme doch noch zu der Einsicht, daß ein Jour fixe ohne mich ein verlorener Abend ist, und cancelte zukünftig das VIP-Kochen.

»Hi!« Ich stehe in der wie üblich halboffenen Küchentür des »Bloomekörvge« und sehe in die Runde. Etwas ist anders, das liegt nicht an dem vierten Mann. Sie sitzen mit hinter die Hemdkrägen gestopften Küchentüchern um den Tisch mit der häßlichen Resopalplatte und füttern einander mit Konrads Gänseleberpralinen, Nüßchen vom Kalb aus Jans Messingkasserolle und Pauls Topfennockerln. Für Teller ist kein Platz auf dem Tisch, der üblicherweise der Vorbereitung der Speisen dient. Vier Gourmets, die direkt ins Kochgeschirr langen, urig und männlich, schwelgend und angeschickert, lediglich mein Erscheinen stört sie.
»Du? Schon?« fragt mein Froschkönig und tastet mit den bloßen Fingern seinen nicht gerade sauberen Mund ab.

»Z-Punkt-Jean-Marie-Claude.« Der Neuling nennt tatsächlich nur den ersten Buchstaben seines Nachnamens, läßt sein »Punkt« wie einen weiteren Vornamen klingen und hebt dabei sein Gesäß eine Handbreit vom Küchenstuhl. Außer mir scheint das jedoch niemandem aufzufallen.
»War wohl ein Flop, Schwesterchen?« Paul grinst.
»Das Nüßchen ist jetzt natürlich kalt.« Der König der Pfanne zeigt auf das verbliebene Fleischstück, von dem er gerade noch goldbraune Kruste an meinen Liebsten verfüttert hat.
»Keine Bange!« Ich zeige Konrad, wo ihm die Soße bis zum Nasenflügel klebt, lehne dankend die Teilhabe am Kalbsnüßchenrest ab, versichere meinem Bruder, daß dies ein sehr vergnüglicher und darüber hinaus lehrreicher Abend für mich war, und liefere gleich eine Kostprobe für den Neuling mit: »Unter anderem ging es um die Vereinsamung von Personen, die sich hinter ihrem Kürzel verstecken.«
Diesmal schafft »Z-Punkt-Jean-Marie-Claude« es, sich zur Gänze von seinem Sitz zu erheben. Die rechte Hand auf die Tischplatte gestützt – mit links erwischt er eine Gänseleberpraline – teilt er mir mit, daß er sich im Gegenteil einiges auf seinen Namen zugute halte, der über die Grenzen seiner Heimatstadt Düsseldorf hinaus einen guten Klang besitze, ihm in der Fachpresse zu den vorzüglichsten Rezensionen, Kontakten mit »Gott und der Welt« und einem Berühmtheitsgrad verhelfe, den er wiederum keinesfalls bei seinen Freunden ausspielen wolle: »Und wer sind Sie, wenn ich fragen darf?«
»B-Punkt-Eva, genannt Evchen, was ich hasse, nicht verwandt oder verschwägert mit der biblischen Eva oder der in der bonten Kerke zu Lieberhausen.«
»Mein Freunde haben mir schon verraten, daß sich hier stets sehr originelle Gäste heimisch fühlen. Lieberhausen hat vorzügliche Eierkuchen, wenn Sie vielleicht ein Originalrezept...?«
»Ich hasse Eierkuchen.«
»Sehr mächtig.« Der VIP-Schocker fixiert meine Taille.
Langjährige Gewohnheit läßt mich automatisch den Bauch einziehen: »Diäten hasse ich auch.«
»Sind Sie sicher, daß Ihr Nachname nicht mit einem ›H‹ be-

ginnt? ›H‹ wie Hasserin, hoho, darauf müssen wir unbedingt noch einen trinken. Prost!«
»Prost!« – »Freundschaft!« – »Nasdarowje!« Sie stoßen an, trinken und bemerken nicht einmal, daß ich mich davonmache. In meiner Eisdiele lasse ich Iphigenie zu mir auf die Designer-Luftmatratze kriechen. Kiwi-Orange-Banane, diesmal nur als Muster. Ich ziehe das Laken straff darüber und kraule den Bobtail, der wohlig zu grummeln beginnt. Konrad haßt es, wenn der Hund sich zu uns ins Bett verirrt. Selber schuld.

An Landjunkern übt sich's besser

Der Hund kann nichts dafür, daß er einmal der Anwärterin auf Konrads Hand gehörte, die seit neuestem mich anpiepst und häppchenweise mit Details über eine Liebe versorgt, die ihresgleichen sucht, jedenfalls wenn ich ihr Glauben schenkte. Sogar von ihrem »Hascherl Iphigenie« hat sie sich getrennt, als Konrad seine »Shopping Tours« in Deutschland startete: »Der Conny braucht halt immerzu etwas zum Kuscheln.« Ich habe ihr mitgeteilt, daß Konrad sich entschieden gegen die Anwesenheit des Bobtails in unserem Bett verwahrt, woraufhin sie in »Luftmatratze« verbessert und hinzugefügt hat, daß »der Conny« ihr einfach alles erzählt: »Und natürlich will er nicht, daß unsere Iphigenie Zeugin einer schlamperten Affäre wird.«
Es fällt mir schwer, den Hund nicht spüren zu lassen, was in mir vorgeht. Armes Viech, jetzt verstehe ich endlich seine Aversion gegen Stiefel, Hüte und hohe Stimmen. Und was das Ankuscheln betrifft, sehe ich jetzt möglicherweise auch klarer.
Kaum hat sich nämlich der neue Kick in Konrads Kopf festgesetzt, läßt sein Entdeckerehrgeiz auf meinem Eiland nach, statt dessen will er mich »kuschelig« sehen. Jedenfalls interpretiere ich so seinen Versuch, meine neue schlanke Silhouette aufzupäppeln. Momentan schwärmt er von Strudelteig. Es ging be-

reits gestern abend los, heute morgen ging es weiter, mittlerweile ist mein Bruder als Verstärkung dazugekommen, plötzlich stehen die beiden neben meinem Schreibtisch im Entree »Unter den Ulmen«. Ich habe nicht einmal mehr Zeit, den bedächtig auf und ab marschierenden Vollmond verschwinden zu lassen, den mein Ländler mir anläßlich seiner PC-Schulung im Obergeschoß als Bewegungsbildschirm eingespielt hat. Seit unserem letzten Treffen bei diesem idiotischen Flirtseminar lasse ich ständig dieses kugelige Mondgesicht über einem geheimnisvoll aussehenden Haus aufgehen. Der Anblick beruhigt mich irgendwie.

»Was hast du heute gegessen?« fragt Paul anstelle einer Begrüßung. Wir haben uns zuletzt am Sonntag gesehen, und der liegt immerhin zwei Tage zurück.

»Hoffentlich weniger als du«, kontere ich und erwische ihn frontal im Bauchspeck.

»Dafür ist mein Gemüt auch ausgeglichen. Also?«

»Sie ißt nur noch ihren Kräuterquark aus der Plastikschachtel«, assistiert Konrad, »obendrein Magerstufe, es ist wahrlich kein Wunder.«

»Magersucht«, konstatiert Paul, »eine Großtante von uns ist sogar daran gestorben.«

»Das war ein Magengeschwür«, verbessere ich, »außerdem spinnt ihr blödes Zeug.«

»Und was hast du dann gegen unseren Strudelteig?«

»Nichts«, ich tippe den mouse-man an, woraufhin der spazierende Mond verschwindet und wieder langweilige Zahlen freigibt. Es gefällt mir nicht, meine Himmelsgestirne mit den beiden zu teilen.

Paul strahlt und klopft mir auf die Schulter: »Na bitte, warum nicht gleich so! Du wirst sehen: Das wird morgen ein Hochgenuß.« Die beiden Männer übertreffen einander in Schilderungen, wie sie für mich und mit mir den Teig so hauchdünn ausziehen werden, bis das Karo des Küchentuchs darunter sichtbar wird, was der Beweis für die optimale Konsistenz ist: »Und dann kommt die Fülle!«

»Ihr könnt mir ja ein Stück aufbewahren«, schlage ich vor. Bis gerade eben war ich mir noch unschlüssig, ob ich nicht vielleicht doch mit von der Partie sein sollte, wenn ein preisgekrönter Verseschmied aus Bergheim bei Köln Sauerkraut mit Speck einwickelt und der auf Leichen spezialisierte Krimiautor mitten aus der Südstadt dasselbe mit süßen Zutaten tut. Morgen kochen die Dichter, erstmalig vor laufender Kamera. Es ist ein Witz, daß ich ausgerechnet jetzt, wo ich nicht mehr befürchten muß, mit meiner Figur Schatten zu werfen, auf Verewigung verzichte. Ich habe keine Lust auf eine »kuschelige« Mastkur. Frau ahnt die Absicht und ist verstimmt.

»Aber du hast doch gesagt…«, empört sich mein Bruder.

»Ist dir das Fett schon auf die Ohren geschlagen?«

Mein Bruder findet, daß ich eine höchst befremdliche Wandlung durchmache, die absolut unkleidsam sei und ihn an gewisse Emanzen denken lasse.

Konrad wartet immerhin bis zur Reinstallation unserer exotischen Bettstatt auf dem Fußboden, um mir höchst anschaulich zu vermitteln, daß er wahrlich nichts gegen die Strudelfolgen an meiner Anatomie einzuwenden hätte: »In Kleidern machen sich Twiggymaße zwar besser, aber ›entre nous‹ bin ich einfach verrückt nach deinen vier runden Kullerpfirsichen.« Diese Sorte hatten wir noch nicht, er zählt laut mit, während er sie erkundet: »Eins-zwei-drei-v-i-e-r«, der Explorer erwacht zu neuem Leben, und es kostet mich viel Kraft, die in meinen Halbschlaf geschickte Aufforderung abzulehnen, gleich morgen unter seiner Anleitung den Weichselkirschmarzipanstrudel meines Lebens zu fabrizieren.

»Occupé!« habe ich im Wegdämmern gemurmelt, daran erinnere ich mich genau.

»Nicht übel!« Michael muß beobachtet haben, wie ich in meinem kurzen Rock von dem Herrenrad kletterte und das Bein über die Stange zog, was nicht im ersten Anlauf gelang, weil ich schlicht an Hosen gewöhnt bin.

»Der blöde Rock ist schuld.« Ich ziehe den Saum nach unten und kontrolliere hastig die seidig glänzenden Blickdichten darunter. Alles paletti. Zum ersten Mal durchflutet mich tiefe Verbundenheit mit all jenen Frauen, die ich seit meinem Einzug in die Großstadt ihre Nylons begutachten und glattstreichen sah. Auf meiner Packung stand »Chinchillagarn«, das suggerierte schon Luxusfeeling pur.

»Macht sich aber gut. So hab ich dich noch nie gesehen. Dein Fahrgestell ist klasse.«

Etwas Ähnliches hat die Verkäuferin in der Strumpfboutique auch gesagt, allerdings sehr viel eloquenter. Die Folge war, daß ich mir diesen Rock gekauft habe. Mein erster Mini zu Ehren der »guten Beine«, die ich schon achtunddreißig Jahre als stilles Kapital mit mir herumtrage. Gute Beine und gute Brüste, am liebsten hätte ich's mir schriftlich geben lassen. Frauen sind bekanntlich die kritischste Prüfinstanz, und wenn jetzt sogar schon ein Ländler aufmerkt, könnte etwas dran sein. An seiner Wortwahl sollte er allerdings feilen. Deshalb und wegen seiner Sabine – oder Melanie? – besucht er schließlich dieses Seminar. So'n Pech aber auch, ätzt Eva die Inwendige, woraufhin ich zum Beweis dafür, daß ich keineswegs die amouröse Bindung an Oberlüghausen vergessen habe, umgehend den Liebhaber selbst daran erinnere:

»Fahrgestell?« wiederhole ich. »Falls du von meinem Rad redest, kann das natürlich nicht mit dem Auto deiner Grazien mithalten.«

»Rad? Auto? Ach so, klar, Sabine steigt übrigens zum Frühjahr auf Motorrad um.«

Gut zu wissen, denke ich, jetzt spielt er auch noch den Biker-Bräutigam. »Gute Fahrt denn!«

»Erst im April, ist ja auch noch viel zu kalt, nicht daß du dir in dem Ding da den Pips holst, ich könnte dir meinen Parka geben.« Ehe ich es verhindern kann, markiert seine Hand an meinem Oberschenkel die Stelle, die seine Wetterjacke gerade noch abdecken könnte.

»Danke vielmals, nicht nötig, ich muß später noch wohin, deshalb.« Synonym fürs Unbekannte, ich sehe mich meine Pracht schon in eine Kneipe tragen und abwarten, bis Konrad ohne mich den Kirschstrudel meines Lebens zelebriert hat. Der wandernde Vollmond auf meinem PC hat mich zum Narren gehalten und mich mein erotisches Kapital an die falsche Adresse radeln lassen, so sieht das aus. »Dein Bewegungsbildschirm ist übrigens was für Mondsüchtige«, füge ich hinzu.

»Ich könnte dir auch Raupen aufspielen, die aus Efeublättern krabbeln, täuschend echt, sogar mit Ton, du hast doch CD-ROM.«

»Hört sich wahnsinnig aufregend an. Erzählst du das gleich auch da drinnen?« Als Kind hatte ich ein Bilderbuch, das »Die kleine Raupe Nimmersatt« hieß. Theoretisch hätte ich es noch immer, weil es jeden Umzug bis hin nach Lieberhausen mitgemacht hat. Ich bezweifle, daß ein Adam Wasser etwas mit meinen Kindheitserinnerungen anstellen kann. Ob er's wegwirft? Ich bringe ihn um, wenn er's tut.

»Wenn's dir gefällt, halt ich auch 'nen Vortrag über meine elektronischen Raupen, in natura ist das natürlich noch viel spannender.« Michael grinst und nimmt mir den Fahrradschlüssel aus der Hand. »Du gestattest, deine Kette ist noch offen.«

Ich gestatte, weil es blödsinnig wäre, auf meinem Hoheitsrecht über eine Fahrradkette zu beharren. »Dürfte ich vielleicht meinen Schlüssel wiederhaben?« Ich strecke die Hand aus.

»Sorry.« Michael mag ein eher harmloser Vertreter seiner Rasse sein, die klammheimliche Einsackmethode beherrscht er trotzdem. Ein Versehen, wie er mir versichert. »Bei dir müßte auch mal einer mit dem Ölkännchen ran, das quietscht wie Hund, wenn du willst…«

»Danke nein.« Ich stopfe mir den Schlüssel in die Tasche und steuere das Bürgerzentrum an, bevor er noch mehr Anzüglichkeiten von sich geben kann. Im Treppenaufgang bremsen mich weitere Mitflirter, die über der Erörterung unserer Hausaufgabe »Neugierig machen mit allen Mitteln« glatt vergessen, zügig treppauf zu klettern. Notgedrungen höre ich mir an, wie eine sich damit brüstet, gleich zwei Bücher über Astrologie gekauft und schon jede Menge über sich dazugelernt zu haben: »Da merkt man erst mal, was so alles in einem steckt, wenn's da schwarz auf weiß steht.« Umgehend werden nun wenige Stufen vor Erreichen des ersten Stocks Sternzeichen diskutiert, Aszendenten erfragt, zeitgemäße Abwandlungen des fallengelasse-

nen Handschuhs aus weiblicher Sicht und ein Malheur mit einem umgekippten Bierglas inklusive anschließender Dekolletétrockenlegung seitens der Männer erörtert. »Bier klebt so«, gibt eine Frau zu bedenken. Eine andere ergänzt, daß es auch nicht gut röche. Man einigt sich auf die Investition in einen Schoppen Wein für die erste Flirtinstanz.
»Könnten Sie mal bitte weiter...«, werfe ich ein. Weiter komme ich nicht, weil aus der angelehnten Tür der turnenden Jungmütter über uns jemand »Ruhe!« brüllt und gleichzeitig die Kursteilnehmerin eine Stufe vor mir energisch verkündet, das sei ihr alles zu abgedroschen und wir sollten uns besser der Lyrik zuwenden, weil doch gereimt selbst das Unsägliche sagbar würde. Das aktiviert umgehend einen männlichen Hobbyreimer, der aus dem Stegreif losdichtet und erst gestoppt wird, als er recht unverhohlen zum »Flirt mit seinem Bogen« auffordert. Die Metapher »Bogen« wird in Frage gestellt, ein Gegenvorschlag lautet »Degen«, die Frauenstimme von vorhin beharrt auf ihrer lyrischen Verpackung, es kommt nun sehr viel Nähe zwischen den Kontrahenten auf, während die »Ruhe!«-Rufe von oben sich mehren. Vergeblich! Es gluckert dicht an dicht zwischen Rauhputz und Handlauf und rund um jenen Spaßvogel, der mir schon letzte Woche durch seine sommerlich kurzen Ärmel aufgefallen ist. Soeben skandiert er direkt in mein Ohr »A-u-s-z-i-e-h-e-n!«
Mir wird heiß, sehr heiß. Woher weiß er, was ich unter meiner Jacke trage? Laut der netten Verkäuferin, welche die Qualität meiner Beine und meines Busens entdeckt hat, darf und soll sündhaft teure Unterwäsche wie die meine in dieser Saison offen hergezeigt werden. Aber doch nicht auf Bestellung und obendrein so rüde. Ich raffe mein Revers zusammen und lasse erst wieder los, als die Reaktion von Usch-Ursula mir klarmacht, daß nicht ich gemeint war, sondern deren eigene lyrische Verpackung »von H&M für nur neununddreißig Mark und mit echter Spitze«. Es wurmt mich, wie dieser »Ich-bin-der-Frühling«-Heini nach den Dessous von Usch-Ursula giert. Ob ich beim Flirten von fünf bis sechs meine Jacke anbehalte oder »gute Brüste« herzeige? Die Erinnerung an die letzte Stunde gibt den Aus-

schlag, diesem Kaltenbach zeige ich's. Wie zufällig schäle ich mich aus meiner Jacke, während ich die letzten drei Stufen im Troß erklimme.
»Was hat oben die Farbe von der Müllabfuhr und unten die Form von 'ner Rolle Klopapier?«
Hinter mir kichert es. Ich wende mich um, folge den Blicken hin zu meinem orangefarbenen Körperstrumpf und weiter zu Usch-Ursula, welche zweifelsfrei diese Rätselfrage kreiert hat und soeben meinem Ländler zuraunt, daß der Einsatz »äußerer Mittel« ja ausdrücklich ausgeklammert worden sei: »Weil das die Phantasie plattmacht.«
Erneut kommt mir jene Annemarie zu Hilfe: »So wie bei deinem Johann, der dir nach der gemischten Sauna stiften gegangen ist?«
Usch-Ursula bestreitet sowohl den Saunagang als auch den Absprung ihres letzten Freundes: »Den habe ich geschaßt, weil er immer nur das eine wollte.«
»Geld«, bestätigt Annemarie, »und dein Auto.«
Es ist Uwe Kaltenbach zu verdanken, daß Usch-Ursula nicht handgreiflich wird. Er arbeitet sich mit seinem Metallkoffer durch unsere kreisförmig um die beiden Frauen formierte Truppe und beschwört den Verzicht auf jede Form körperlicher Krafteinwirkung: »Gerade bei unserem Thema wäre das der blanke Hohn. Der schönste Flirt findet immer im Kopf statt.«
»Na ja«, sagt der Kurzärmlige und sieht aus, als ob er nun auch gern seine zweihundertvierzig Mark zurückfordern würde.
»Sie müssen das sehr genau differenzieren.« Unser Trainer schließt auf, marschiert vorweg in den Raum, in dem uns diesmal statt Dia-Fischen an der Wand diverse Futtertüten auf den Tischen erwarten, die Uwe einen kurzen Fluch entlocken: »Irgendwann bringe ich diesen Fischheini um!« Dann schreitet Uwe erneut zur Tafel, wo er großflächig unser heutiges Thema fixiert: NEUGIER.
Er legt die Kreide aus der Hand. »Ich bin sehr neugierig.« Diesmal sieht er gezielt über mich hinweg und nickt wohlwollend, offenkundig hat er einen Freiwilligen gefunden.
Gereimtes, Scherzhaftes, Pantomimisches, Stockendes, Pathe-

tisches, zweimal wird Heinz Erhard kopiert, astrologisch überwiegen die im Feuerzeichen Geborenen. Der einzige »Wassermann« außer mir erinnert mich an den Aalverkäufer, der neulich vor dem Hertie seine Ware anpries, weshalb ich umgehend beschließe, mich mitsamt meinem Müllabfuhr-Klorollen-Schick zu verweigern. Insgeheim tüftele ich noch an der Formulierung dieses »No!«, als unser Coach auch schon »als unseren letzten Kandidaten« meinen Ländler aufruft. Frechheit! Ich sollte auf meinem Recht zur Selbstdarstellung bestehen und täte es vielleicht auch, wenn Michael nicht soeben ein Plüschtier in die Luft hielte, das in Ermangelung von Schweif und Mähne erst bei sehr genauem Hinsehen als Pferd auszumachen ist.
»Das ist Brunhilde, sie ist fast so alt wie ich selbst.« Es folgt der Steckbrief von Klein-Michael, der in grauer Vorzeit von einem Kirmesgaul fiel und sich mit diesem Spielzeug die »dumme Angst« abgewöhnen sollte: »Ich habe dem Pony aus Wut die Zotteln abgeschnitten, da war die Hölle los, weil's doch von ›Steiff‹ und richtig teuer war.« Zum Beweis wird der Knopf im Ohr hergezeigt. »Na ja, manchmal bin ich noch immer etwas schüchtern, das war's eigentlich.« Er sieht mich an. Warum mich, verdammt?
Trotzdem ärgert es mich, daß dieser Uwe Kaltenbach umgehend die schwache Vorstellung meines Landsmannes benutzt, um sich aufzuspielen: »Sie sehen«, gönnerhafte Handbewegung zu Michael hin, »das Spiel mit der Neugier ist gar nicht so einfach. Ein paar haben soeben gegähnt, so richtig vom Hocker gerissen hat diese Geschichte niemanden, obwohl sie durchaus ihren Reiz hätte haben können, etwa als Appell an ein butterweiches Frauenherz. Daran werden wir in den folgenden Wochen kräftig arbeiten.« Es folgt die Ankündigung einer Videokamera, die uns helfen wird, uns selbst über die Schulter zu sehen. »Aber zuerst einmal setzen wir auf das unmittelbare Erlebnis und beginnen mit der Keimzelle des Flirts. Wir werden nun paarig vorgehen.« Diesmal sehen alle meine Geschlechtsgenossinnen bestürzt drein.
»Abwechselnd«, erläutert unser Coach.
»Und der Rest?«

»Die überschüssigen Damen werden als externe Beobachter und Helfer agieren, später wird gewechselt, über die Reihenfolge entscheidet das Los.« Uwe schreibt, reißt Papier und kniffelt neun Pinne: »Das sind unsere Damen!« Er hält den vier Männern uns neun Damen hin, sie greifen zu und verlesen laut die Namen der Glücklichen. Ich bin nicht dabei.

»Glück gehabt!« Annemarie Irgendwas taucht neben meinem Tisch auf, an dem ich noch immer leicht unschlüssig sitze, weil ich nicht weiß, ob und wie ich mich als helfende Beobachterin bei vier Flirt-Paaren einbringen soll. Usch-Ursula hat sich von dem Kurzärmligen ziehen lassen, der bereits heißblütig die soeben verteilte Flirtanweisung befolgt. Ich weiß nicht, was konkret auf diesem Zettel stand, jedenfalls inspiriert es den Mann dazu, seiner Partnerin einen allenfalls durch seine Größe und DAS Markenfabrikat bestechenden Joggingschuh mit losen Schnürsenkeln hinzuhalten und dabei einbeinig zu schwanken.
»Das mit dem Glück könnte hinkommen«, antworte ich. »Ist der Typ so meschugge oder die Order?«
»Beides.« Die Frau neben mir kichert, ihre Imitation von Uwe Kaltenbach ist nicht übel: »Bändeln Sie unter Berücksichtigung emanzipatorischen Gedankenguts und origineller Methodik mit einer hübschen jungen Frau in der Straßenbahn an!«
»Stand das auf dem Zettel?« frage ich.
»Wörtlich.«
»Ich glaube, ich brauche einen Kaffee.« Wir einigen uns auf die Cafeteria im Untergeschoß und schleichen uns hinaus, als Uwe Kaltenbach uns den Rücken zuwendet, um mit Usch-Ursula darüber zu diskutieren, ob sie einem Wildfremden im Zeichen der Emanzipation die Joggingschuhe zubinden sollte. »Höchstens, wenn der den Arm in Gips hätte oder so«, hören wir sie noch widersprechen.
Beim Kaffee für eine Mark die Tasse – echte Bürgerpreise, ganz im Gegensatz zum Flirtobolus – klärt Annemarie mich über ihre Verbindung zu Usch-Ursula auf: »Wir haben uns über eine Wohnungsanzeige kennengelernt, jetzt wohnen wir zu dritt, Gisela kennst du ja auch schon, das ist die mit der poetischen Ader.«

Ich erfahre, daß Usch-Ursula durchaus nette Momente und glattweg das Zeug zur Florence Nightingale hat: »Aber zur Zeit hat sie ihre kritische Phase.«

»Hab ich gemerkt.« Ich nicke und krame in meiner Tasche nach Süßstoff. »Du auch?«

»Eklig, aber besser.« Annemarie zeigt auf ihre durchaus wohlgeformte Taille und führt weiter aus, wie katastrophal mehr als ein Monat Enthaltsamkeit auf die labile Wohngenossin wirkt: »Dann ist sie kaum auszuhalten, erst recht nicht, wenn Gisela oder ich gerade einen an der Angel haben. Im Grunde sind wir beide nur Usch zuliebe hier. Sie ist eindeutig männersüchtig.« Annemaries Kaffeelöffel zeigt auf mich. »Momentan ist sie auf Klein-Michael scharf.«

»Ach ja?« Mir rutscht die Süßstoffdose aus der Hand, viele kleine weiße Punkte hüpfen über die Resopalplatte. »Schiet!«

»Meinst du die Ausreißer da?« Ihr Finger zeigt auf den Tisch zwischen uns. »Oder Uschs Baggerversuche?«

Ich sammele meinen Süßstoff ein. »Ich meine das Saccharinzeug hier, für das andere bin ich nicht zuständig, da könnten sich höchstens zwei Ladies in seinem Kaff beschweren.«

»Gleich zwei?« Annemarie spitzt anerkennend die Lippen.

Ich zucke die Schultern. »Weiß auch nicht, wie er das anstellt, so umwerfend war seine Hottahü-Nummer wahrlich nicht.«

»Er hat dabei dich angesehen. Nur dich.«

»Logisch, ich reite ja auch bei ihm, außerdem sind wir beide vom Land, das verbindet.«

»Paß auf, gleich gehen dir deine Dinger schon wieder hopsen.«

Dinger? Ich sehe an mir hinab. Orangeverpackte Zuckertüten, nicht übel, dann höre ich sie kichern.

»Weiter unten!«

Diesmal falle ich nicht auf diese Frau herein, die hinter ihrer burschikosen Fassade eine ganz Durchtriebene zu sein scheint. Beharrlich weigert sie sich, mir mein rein platonisches Interesse an Michael Meinhard abzunehmen. Erst als ich mit meinem echten Froschkönig herausrücke, wird sie schwankend: »Du meinst, du hast wirklich einen mit Jaguar und so.«

»Quasi.«

»Und was willst du dann hier?«
»Freundschaftsdienst, genau wie bei dir und Gisela, schließlich kenne ich Michael schon eine Ewigkeit, und außerdem wollte ich mich revanchieren. Er hat mir ein paar Sachen am Computer erklärt.«
»Ihr arbeitet also auch noch zusammen?«
»Bestimmt nicht, das war bloß ein Zufall, eigentlich ist er nämlich Grafiker, irgendwie laufen wir uns ständig über den Weg.«
»Logisch, Köln ist ja auch ein Dorf.«
Um zu belegen, daß dieses Köln trotz fast einer Million Einwohnern tatsächlich etwas von einem Dorf hat, wo selbst die Wege von Millionären und Imbißbudenbesitzern sich kreuzen, erzähle ich hastig weiter vom Sultan, dessen Tochter ausgerechnet mit dem Sohn meines Chefs dieselbe Schule besucht, während die zugehörigen Mütter beide in London leben, was letztlich wieder die Voraussetzung für meine Berufung in die Großstadt war.
»Als Ersatzmutter?«
»Als Koordinatorin in der Vermögensverwaltung.« Ich schiebe die Adresse nach. Du hast den Doktortitel und den nackten Jüngling im Teich und die goldene Klobürste vergessen, hetzt es in mir.
»Nobel«, findet mein Gegenüber.
»Schon, aber im Grunde bin ich doch nur eine bessere Pinnwand.« Nach diesem Geständnis ist mir auf Anhieb wohler ums Herz. Wir beiden Frauen sehen uns in die Pupille, dann marschieren wir zum Kuchenbüffet, und nachdem wir vier weitere Markstücke in Kaffee und genausoviel in je eine Schnitte Bienenstich investiert haben, wissen wir, was uns auf Anhieb miteinander verbunden hat. Wir schwimmen nicht nur auf einer Wellenlänge, sondern wir sitzen obendrein in demselben Boot. Ich bin keineswegs die einzige, die für ihren Arbeitgeber zusätzlich Hund und Kind, Sanitärkeramik und Weihnachtsgans managt, lediglich die vertragswidrig mitbetreuten Objekte variieren. Konrads goldene Klobürste ist mir schon entschlüpft, als mir auffällt, daß diese ja in die rein private Abteilung gehört. Egal! Es kommt auf den roten Faden an, der sich durch unser Frauenleben zieht und in einer Flirtschulung gipfelt, deren

Coach sich nicht entblödet, kräftig das Appellieren an unser weiches Frauenherz einüben zu wollen.
»Der kann mich mal!« sage ich.
»Kreuzweise«, bestätigt Annemarie.
Es ist ein Fehler, daß wir diesem fehlgeleiteten Menschen überhaupt noch die Chance geben, unser Verschwinden als unterlassene Hilfeleistung zu interpretieren. »Es gab hier symptomatische Konfliktkonstellationen zu bewältigen, meine Damen«, empfängt uns Uwe Kaltenbach im ersten Stock.
»Noch mehr Schnürsenkel?« frage ich.
»Und meine Brunhilde.« Das ist mein Ländler. Er sieht mich an wie jemanden, der fahnenflüchtig geworden ist, während dieser seelenlose Beziehungsexperte sich darüber ausläßt, wie dringend »gerade unser junger Mann hier« etwas Unterstützung benötigt hätte.
Wie schon so oft, wenn ich mit meiner schnoddrigen Art vorgeprescht bin, ist mir hinterher nach Ankuscheln. Mein regulärer Kuschelpartner hat es gerade mit Strudelteig, obendrein ist er sauer auf mich, vielleicht sollte ich heute wirklich Michaels soundsovielte Einladung zum »Sultan« annehmen? Nach Lammspießen ist mir ebenfalls, außerdem verdient Usch-Ursula, die erneut Anstalten macht, sich meinen Ländler zu krallen, einen Dämpfer. Sicherheitshalber fordere ich Annemarie auf, uns zu begleiten, was diese umgehend akzeptiert.
»Und ich?« fragt Usch-Ursula.
»Wenn ich Sie noch zu einem Bierchen bitten dürfte.« Der Kurzärmlige schiebt seinen Joggingschuh vor, an dem noch immer die Schürsenkel lose sind. Zweite Appellrunde, leider nur mit Bier, wo Bier doch so klebt.
»Frau muß auch gönnen können.« Ich hake meine neue Freundin und Michael unter, der mir die Fahrradkette aufschließt und erneut meinen Schlüssel einstecken will.
»Die Nummer ist alt«, erinnere ich ihn.
»Versuchen kann man's ja mal.« Er grinst.
Ich rufe ihm seine beiden Flirtobjekte in Oberlüghausen ins Gedächtnis zurück, Annemarie murmelt »Nomen est omen«, dann radeln wir los.

Wir essen Kichererbsenpüree, trinken beschwipsten türkischen Mokka und unterziehen meinen Ländler einem emanzipatorischen Intensivtraining: »Hast du dir ernsthaft eingebildet, du könntest mit der Story von ’nem Pferd namens Brunhilde, vor dem du als kleiner Steppke Schiß hattest, bei irgendeiner Frau ’nen Blumentopf gewinnen?«
»Genaugenommen war Brunhilde gar kein Pferd.«
Annemarie und ich werfen uns einen Blick tiefsten Einvernehmens zu. Er schummelt. »Sondern?« fragen wir im Chor.
»Kennt ihr diese Tretroller, ihr wißt schon?«
Wir stöhnen. Alles klar, Brunhilde war nicht mal ein lebendiger Vierbeiner, sondern ein Wipproller, vor dem er Angst hatte.
»Sie ist auf diesen roten Roller von ihrer kleinen Schwester drauf, angeblich wollte sie mich abhängen, aber sie hat gewartet, bis ich aufgesprungen war.«
»Wer sie?« Wir sind perplex.
Michael braucht noch einen weiteren Mokka mit Schuß, ehe er damit herausrückt, daß Brunhilde seine erste Flamme war, mit der er Roller gefahren ist: »Sie bekam schon winzige Brüstchen und Härchen und so.«
»Und wie sieht man das beim Tretrollerfahren?« hake ich nach. Das wird ja immer toller.
»Sie war nackig, weil ich sie doch im Bach überrascht habe, ich wollte eigentlich auch baden, na ja.«
»Und dann seid ihr beide nackig losgedüst?« frage ich atemlos.
»Schon, nur sehr weit sind wir nicht gekommen.«
»Du hast sie …?« Ich suche nach dem richtigen Wort. Ein frühreifer Knabe, soviel steht fest, und wenn die Maid schon Busen und Härchen bekam …
»Ich habe zu lenken vergessen und bin mit ihr in die Kiesgrube gekullert.«
Er ist ein Pechvogel. Mein Herz tut sich auf und wird butterweich. »Du Dämel, du!« Irgendwie muß sein Kopf auf meiner orangefarbenen Spitze gelandet sein, jeder Atemzug von mir läßt ihn vibrieren, er hat einen Wirbel, der sein nicht sonderlich dickes und ansonsten glatt anliegendes Haar drollig aufspringen läßt. Beim Aufwachen muß er komisch aussehen, womög-

lich zipfelt es dann überall auf seinem Kopf. Das Sträußchen Haar erinnert mich an die Stoppeln, die von der Mähne seines Steifftiers übriggeblieben sind. »Und dann hast du dir einfach die Story von 'nem Pferde namens Brunhilde aus den Fingern gesaugt?«

Er schüttelt den Kopf, der mittlerweile immer tiefer gerutscht ist und meinen ohnehin kurzen Rock auf Handtuchbreite zusammenstaucht: »Das stimmte auch, weil ich mein Kuscheltier nach ihr getauft hatte, und dann hab ich's kahlrasiert, als sie nichts mehr von mir wissen wollte, so war das.«

Ganz schön rabiat, denke ich. Nie im Leben wäre ich auf die Idee gekommen, mit einem Adam Wasser oder Konrad Kaspari so ins Gericht zu gehen. Da kann einem ja bange werden. Energisch schubse ich den Schmuser weg und hangele mich von meinem Stuhl: »Bettzeit!«

Neben mir prustet es. Das ist Annemarie, offensichtlich ist ihr der Cognac nicht bekommen, mit dem Mecit unseren Kaffee angereichert hat. Viel Rückendeckung ist heute nicht mehr von ihr zu erwarten. Zum Glück habe ich es nicht weit, nur ein paar Schritte, es ist vertrackt, rückwirkend einen kleinen Jungen trösten zu wollen und plötzlich ein ausgewachsenes Mannsbild im Arm zu halten. Jetzt schiebt er mein Rad, seines holt er später, und dann bringt er Annemarie heim. Sie wird doch nicht etwa?

»Occupé!« Ich drehe mich zu ihr um. »Ich meine tschüs!«

»Ist schon klar«, darauf sie. Ihr Grinsen ist ausgesprochen anzüglich, trotzdem komme ich nicht dazu, dieses Mißverständnis aus der Welt zu räumen. Ein neues taucht auf, direkt aus meiner Eisdiele und im Pyjama und höchst empört.

»E-v-a!« Konrad greift nach meinem Arm und zieht.

Ich sperre mich, weil ich es hasse, wie ein unmündiges Kind gezerrt zu werden. Außerdem ist das immer noch meine Wohnung.

Ein zweites »EVA!«. Fast identisch in der Modulation, trotzdem ist der Stimmträger ein anderer.

»Zwei?« murmelt es hinter mir. Das ist Annemarie, sie hat so eine Art, fast lautlos und doch bestens verständlich zu reden. »Ich glaub's nicht, irgend etwas mach ich falsch.«

Ich würde ihr gern meinen Bruder vorstellen, doch der läßt mich nicht, packt nun ebenfalls zu und zerrt. Meine Beine wackeln, alles an und in mir wackelt, ich bin mir nicht einmal mehr sicher, ob mein Ländler tatsächlich zu meiner Rettung vorgeprescht ist. Jedenfalls höre ich Paul jemandem körperliche Gewalt androhen, was laut unserem Flirtexperten ausdrücklich verboten ist. »Wenn Sie sich nicht augenblicklich schleichen, bekommen Sie eins auf die Nase!« sagt Paul, bevor er mich in meinem Strandkorb absetzt: »Ist ja nicht zu fassen! Und so etwas nennst du Kultur?«
»Wieso Kultur?« Rotweiße Streifen, das Korbgeflecht ist unirot, mir ist nach Urlaub mit echten Wellen, auf denen Schaumkrönchen hüpfen. Zipfelig, so wie eben.
»Zum Lachen finde ich das keineswegs, wenn du nicht einmal mehr weißt, welchen Bären du uns aufgebunden hast.«
»Bären? Meinst du die in Bern?« Braunbären, arme Viecher, müssen sich Tag für Tag vor den Touristen produzieren, mein Fall wäre das nicht.
»Es ist zwecklos.« Paul. Oder Konrad?
Egal. Ich schlafe in meinem Korbhäuschen ein. Als ich wach werde, bietet sich mir der Blick auf zwei Männer, die sich die aufblasbare Kiwi-Banane-Orange-Bettstatt teilen. Es sieht zum Brüllen komisch aus, was ich ihnen auch umgehend mitteile, als ich aus dem Bad komme und »Der nächste bitte!« rufe. Putzmunter, völlig katerfrei, was dem Duo vor mir ebenfalls zu mißfallen scheint.
»Dir sollte es speiübel sein«, verkündet mein Bruder.
»Wie du dir unseren Strudel entgehen lassen konntest«, ergänzt Konrad.
Während die beiden meinen Kaffee schlürfen und ofenwarmes Fladenbrot stippen, das Merhaba mir auf dem Weg zur Schule hereingereicht hat, erörtern sie weiter den gestrigen Abend, schwärmen von hauchzartem Studelteig und pikanten Füllungen und dem unglaublichen Feedback, das ihre Aktion bereits in der Presse gefunden hat.
»Toll!« Hauchzart und pikant paßt, auf die Presse pfeife ich.
Ich teile den beiden mit, daß ich auch in Zukunft keinerlei Gelü-

ste auf das hauchdünne Auswellen von Strudelteigen verspüre, sondern an meinem Kulturtreff festhalte. Jetzt fällt es mir wieder ein, ich habe locker von Gestaltungsversuchen von und für Laien gesprochen, die regelmäßig jeden Mittwoch stattfinden. Jour fixe fürs Flirten. Hosianna.

Finanzhai? Kronprinz? Anlernling?

Der Knöterich beginnt schon zartgrüne Blätter zu treiben, im Sommer wird sein üppiges Grün die Aussicht auf den Platz in der Ecke dort hinten verdecken. Solange kann ich unsere Nische noch von weitem durch die große Scheibe von »Manni's Rästorang« erkennen, weshalb ich manchmal sogar einen Umweg einbaue und langsam vorbeiradele, auch wenn ich gar nicht mit Michael verabredet bin. Es gibt nichts wirklich Spektakuläres zu sehen, nur eine Sitzbank mit braunem Kunstlederbezug, einen Bistrotisch und eine Yuccapalme, an der ich jedesmal mit dem Ärmel meiner neuen Jacke hängenbleibe. Etliche Fäden sind schon gezogen, obwohl Michael mich nun jedesmal vorwarnt. Leider immer erst dann, wenn's schon zu spät ist, trotzdem finde ich seine Besorgnis sehr rührend. Auch seine Art, sich über unser Reserviert-Schildchen zu freuen, sobald er die Tür aufstößt, geht mir ans Herz.
Seitdem er weiß, daß Konrad und ich einen Tanzkurs besuchen, erwartet Michael von mir zusätzlich Nachhilfe in gesellschaftlicher Etikette: »Den guten Benimm hab ich damals verpaßt, weil's mir bis zur Tanzschule in der Stadt einfach zu weit war, und Brunhilde war ja auch kein Thema mehr, was sollte ich mich da plagen?« Die Art, wie er mich fragt, ob er alles richtig macht, läßt mich allerdings manchmal an der Ernsthaftigkeit seines Anliegens zweifeln.
Trotzdem erfüllt es mich mit leisem Stolz, wie er nun vor mir hergeht, nachdem er mir vorschriftsmäßig die Tür aufgehalten hat, und mich gleich – wie üblich zu spät – vor der Yuccapalme

warnen und in Ermangelung eines Stuhls den Bistrotisch ein Stück für mich abrücken wird: »Wenn du willst, stemm ich dir auch die Bank aus der Wand, aber das gäb dann 'nen Mordsradau!«
Natürlich habe ich darauf verzichtet, alle Augen auf uns zu lenken. Allerdings hat es ganz kurz ein hinreißendes Bild in meinem Kopf gegeben, wie einer wegen mir das Inventar eines Szenelokals auseinandernimmt. Nicht übel! Seine neue Frisur ist auch nicht übel. Die streichholzkurz geschnittenen Haare geben ihm etwas Pfiffiges, von seinem Norwegerstrick hat er auf mein beharrrliches Zureden hin ebenfalls Abschied genommen, mittlerweile verzichtet er sogar auf seine quietschenden Profilsohlen.
»Achtung, Palme!« Er dreht sich zu mir um und erwischt mich über der Inspektion seines Schuhwerks: »Zufrieden? Laut Werbung trägt der Mann von Welt das, oder galt das für was anderes?« Seine Hand streicht über die Jacke, die den fürchterlichen Parka ersetzt, zupft an Pulli und Hemdkragen, dabei blitzen mich seine Augen an. Ihn reitet der Übermut, ich kenne diesen Schelmenblick.
»Für deine Trevirahose galt dieser Werbeslogan jedenfalls nicht«, kontere ich und rutsche auf der Bank durch, vor der er gerade den Tisch für mich abgerückt hat.
»Die ist aber hundertprozentig bügelfrei.« Michael war im Begriff, sich neben mir zu plazieren, jetzt steht er noch einmal auf, so als ob das Panorama seiner marineblau verpackten Beine mich eventuell nachgiebig stimmen könnte. Ein Modell von der Sorte, die es wahlweise mit Bauchweiten bis zu einem Meter gibt. Michaels Bauch ist beneidenswert flach, obwohl er, soweit ich weiß, keinerlei Sport betreibt und erst via Flirtschulung ans Radfahren gekommen ist. Mit dem Leihrad, was ihn mit nunmehr zwei halben Leihtagen pro Woche bestimmt nicht billig kommt. Ich habe mich bereits nach einem Secondhand-Modell umgehört, das er dann beim Sultan parken könnte.
»Denk an SIE!« sage ich. »Bis zum Sommer müssen wir dich endgültig auf Vordermann gebracht haben.« Endgültig ist ein saublödes Wort, denke ich. Warum wohl? krakeelt Eva die In-

wendige. Die Antwort bleibe ich ihr schuldig, statt dessen drehe ich mich nach dem Fenster mit dem Knöterich davor um, so als ob der in den paar Minuten seit unserem Eintritt in die Höhe geschossen sein und unsere Ecke unsichtbar gemacht haben könnte.

»Im Sommer trage ich sowieso Jeans«, sagt Michael. Schon habe ich Horrorvisionen von bollerig zusammengenähtem Drillich, der jeden Körper in einen Klumpen verwandelt, bei mir war's sogar einer mit vier Extrablubbs an den einschlägigen Stellen. Jede Wette, daß er es schafft, seinen keineswegs unansehnlichen Korpus solcherart zu verschandeln?

»Jeans sind nicht gleich Jeans.« Mir wird täglich klarer, daß das nahe Ende unseres Flirtseminars mich noch längst nicht entbehrlich macht. SIE hat trotz all unserer Zusatzübungen auch noch nicht angebissen. Vielleicht bringen ja seine Sommerhosen die Wende. »Sommer haben wir übrigens auch noch keinen.«

»Eben.«

»Wir könnten es mit etwas Flottem für den Übergang probieren, irgendwo gibt's jetzt sogar so 'ne italienische In-Marke im Angebot, zweite Wahl, aber meistens stimmt das nicht, die zeichnen einfach den ganzen Posten runter, wenn bei einem Teil ein Fädchen gezogen ist oder so, war bei ...«, weiter komme ich nicht, weil Michaels »Was machst du eigentlich Ostern?« dazwischen platzt.

»Wir waren bei deinem Outfit.« Trotzdem eine gute Frage! Was mache ich Ostern?

Für Konrad steht schon fest, was rund um den höchsten kirchlichen Feiertag angesagt ist. Er könnte mich wenigstens fragen, ob es mir recht ist, ihn und meinen Bruder nach London zu begleiten, um das neue Programm aus der Taufe zu heben. Wie Paul findet, versteht es sich allerdings von selbst, daß ich meinem Liebhaber nach besten Kräften helfe, den Verlust von fünf österreichischen Stützpunkten zu verschmerzen. Austria hat einen Rückzieher gemacht. Mir ist es noch immer unbegreiflich, wie Konrad sich als gewiefter Geschäftsmann auf den »Handschlag« von einer verlassen konnte, die heute rot und morgen kariert des Weges kommt. Jetzt zahlt er Lehrgeld, und genaugenommen ist nicht einzusehen, wieso ich gleichzeitig zur Kasse gebeten werden soll. Nichts gegen London, das ich nicht einmal persönlich kenne und von dem Pity und Merhaba mir oft genug vorschwärmen. Ich hätte auch nichts dagegen, mit den beiden Kids durch Winkel zu stromern, die sich schon beim Erzählen sehr viel interessanter anhören als die First-class-Absteige, welche die beiden Männer anpeilen. Seitdem ich weiß, daß meine beiden kleinen Freunde ihre Ostereier in Stonehenge suchen werden, habe ich erst recht keine Lust mehr auf diesen London-Trip.

»Wenn du Zeit hättest«, Michael attackiert die Spitze eines Yuccapalmenblattes, »könntest du mir ja das Reiten beibringen. Autsch!«

»Reithosen«, sage ich mechanisch, »mit deinem Treviraschick machst du alle Pferde scheu, eine Kappe brauchst du auch. Laß doch endlich die arme Palme in Ruh!« Ich ziehe an seiner Hand und begutachte die Fingerkuppe, mit der er mitleidheischend wackelt. Nichts, kein Tröpfchen Blut und nicht mal eine winzige Schramme, manchmal denke ich, daß er ganz schön gewieft ist.

»Ansteller! Wieso willst du auf einmal reiten lernen?«

»Weil ich sozusagen ein Pferd habe.«

»Klar, Brunhilde mit Knopf im Ohr.« Offen gestanden hatte ich gehofft, diese Phase wäre überstanden. Wie es aussieht, habe ich noch massig Arbeit mit ihm.

»Stephanus hat keinen Goldknopf im Ohr, oder?«

»Laß die blöden Späße! Stephanus kann jeden Tag verkauft sein.« Leider, weil der Besitzer gegen eine saftige Geldbuße plus Steuernachzahlung aus dem Knast entlassen worden und ab nach Teneriffa ist, von wo aus er seinem Agenten die Order erteilt hat, alles abzustoßen, was ihn noch an Germany bindet. Für Stephanus werde ich garantiert so schnell keinen Ersatz finden. Überhaupt hänge ich längst an dem einäugigen Viech, das sich noch immer in jeder Pfütze wälzt, was meinem neuen Reitdreß kein bißchen bekommt. Trotzdem.

»Eben.« Daumen und Zeigefinger kniffeln die rechte Bügelfalte zusammen und rutschen nach unten, wieder nach oben, etwas

ist im Busch, inzwischen kenne ich sein stummes ABC, er hält mit etwas hinterm Berg.
»Ist er etwa schon verkauft?«
»Hm!«
Ich fahre hoch, bin stinksauer, möchte ihn umbringen, weil dieser Bauer mich mit seinen garantiert bügelfreien Beinkleidern verfolgt, während mein Liebling vielleicht gerade verladen wird. Ich könnte heulen. »Die Zuckerkringel!« schluchze ich. »Was ist jetzt mit den Kringeln?« Gebäck aus einer Top-Bäckerei, das ich für hohe Feiertage und den drohenden Abschied auf Vorrat gekauft habe. Sonst bekommt Stephanus immer nur Möhren von mir, aber er ist ein Süßer, und diese Kringel liebt er über alles.
»Gib sie ihm halt, wenn du kommst.« Lässig. Locker. Geradezu fröhlich.
»Er ist also noch da. Wie lange?«
»Kommt auf dich an.« Michaels Lippenzucken wird breit. Ein Kasperlemund, und ich will ihm schon an die Gurgel fahren, als ich endlich begreife. KLICK. Dieser Idiot hat mein Pferd gekauft.
»Du hast wirklich ...?«
Er nickt. Ich falle ihm um den Hals und gebe ihm einen Kuß, das ist ein Reflex. Trotzdem muß ich an Silvester denken, als wir in der ehemaligen Sattelkammer miteinander getanzt haben, wo vor seinem Einzug mein Pferd aufgesattelt wurde. Sein Pferd, verbessere ich mich.
»Und du willst ihn wirklich behalten?« frage ich.
»Logisch.«
Ich widerspreche ihm nicht, obwohl ich's kein bißchen logisch finde. Dann fallen mir seine beiden Landladies ein, von denen eine seine Herzensdame ist. Welche, will er mir noch immer nicht verraten. Reiterinnen sind sie alle beide. Von montags bis freitags, dann übernehme ich.
»Ist es wegen IHR?«
»Wie-wo-was?«
»Mein Gott, deine Flamme, wegen der wir den ganzen Affenzirkus mit Flirten und neuen Klamotten machen.«

»Sozusagen.« Seine Finger kniffeln schon wieder, diesmal allerdings mindestens fünf Zentimeter neben der ursprünglichen Hosenfalte.
»Laß endlich diese saublöde Spielerei!« Meine Nerven liegen blank.
»Du weißt ...?« Aus dem Kniffeln wird ein Knubbeln.
»Ich weiß, daß nicht mal deine Plastikhose so 'ne Behandlung aushält.«
»Ach so, das meinst du.« Er löst die Hand. »Besser so?«
»Und warum bringt SIE dir nicht das Reiten bei?«
»Soll ich mich vielleicht blamieren? Überhaupt ist sie die Osterferien über weg.«
»Also doch die Lehrerin.«
»Sie sind alle beide weg, auf der Schönheitsfarm.«
»Aha!« Wer's nötig hat. Ich überlege, wo genau die beiden es nötig hätten. Eigentlich sehen sie sehr passabel aus, höchstens die Lehrerin hat ein paar Pfund zuviel drauf. Schlecht für den Brautzauber, ich wette auf die Köchin, das paßt auch sonst besser.
»Sie haben bei 'nem Preisausschreiben gewonnen«, fügt Michael hinzu. »Zwei Wochen wahlweise mit Vollpension oder Heilfasten. Kommst du?«
»Ehe ich zulasse, daß mein Pferd sich 'ne Wampe anfrißt, weil deine Herzensdamen heilfasten, muß ich wohl kommen, und dann kann ich dich genausogut in einem sattelfest machen. Zwei Wochen müßten reichen.« Konrad wird explodieren. Paul auch. »Gib Stephanus einen dicken Kuß von mir.«
»Mach ich.« Diesmal ist Michael für seine Verhältnisse unglaublich schnell. Noch ehe ich »Pieps« sagen kann, hat sein Mund meinen erwischt und festgenagelt, kein bißchen zimperlich, ich mag handfeste Küsser, wenigstens theoretisch.
»Bist du eigentlich total beknackt?« Ich schnappe nach Luft.
»Du hast gesagt ...«, er erläutert mir, daß er unmöglich einen Kuß von mir überbringen kann, ohne ihn zuvor empfangen zu haben: »Ist doch logisch.«
»Manchmal glaube ich, du hast es faustdick hinter den Ohren.«
»Willst du mal nachschauen?«

»Ich muß los, höchste Zeit, laß den Quatsch!« Ich schiebe seinen Kopf weg und gebe vor, auf meine Uhr sehen zu wollen. Falsche Reihenfolge, lästert es in mir.
Michael grinst und schnipst nach dem Kellner, der uns mittlerweile schon gut kennt und jeden Dienstag unseren Lieblingstisch reserviert, damit ich Michael für das »Flirten von fünf bis sechs« am darauffolgenden Tag auf Vordermann bringe. Schließlich kann ich nicht verantworten, daß mein Landsmann blind darauf gedrillt wird, Frauenherzen »butterweich« zu flirten. Meine Nachhilfe umfaßt die kritische Hinterfragung von Flirtansatz, Zielgruppe und eigener Intention.
»Was willst du selbst?« predige ich Michael als Kernfrage und sinniere seitdem oft genug neben Konrad liegend, warum ich nach dessen Obstkorb giere und auch wieder nicht. Der Austritt von Austria sollte mich butterweich stimmen, doch das ist nicht der Fall. Höchstens mein schlechtes Gewissen pocht ab und zu, wenn Konrad wieder einmal vergeblich versucht, mit seinem Paarprogramm bei mir zu landen. Gewöhnlich lautet meine Antwort: »Occupé!« Mit der doppelten »Nachhilfe« für meinen Ländler ist es schließlich nicht getan, das Wochenende gehört weiterhin meiner Reitleidenschaft. Die beiden Kinder und die Hunde und der Sultan dürfen ebenfalls nicht zu kurz kommen, einen Job habe ich auch noch, also wann? Ganz abgesehen davon, daß Standardtanzen, Essengehen, Smalltalken, prominente Köpfe erkennen und noch mehr Smalltalken sowieso nicht mein Ding ist. Bin ich Headhunter? Talkfritze? Bloß unsere Nächte sind noch immer exotisch. Es ist schwierig, den Anteil von Kiwi-Banane-Orange-Adventures auf eine Sieben-Tage-Woche hochzurechnen.
Ob mein Ländler es in seinem umgebauten Pferdestall tut? Brav nach Anweisung? Gehemmt ohne seine Bügelfalten? Passend zu den »bonten Kerken« in unserer gemeinsamen Heimat? Geküßt hat er anders, ganz anders. Bei der Vorstellung, er könnte unsere Sattelkammer entweihen, wird mir regelrecht schummerig. Nur nichts anmerken lassen!
»Gleich ist sie hin«, sagt es neben mir, »das hält die beste Palme nicht aus.«

»Wieso Palme?« Ich bin noch immer halb in jener Sattelkammer, deren Besitzer mir nun etwas von Palmen erzählen will. Das pure Ablenkungsmanöver, er soll ja seine Pfoten bei sich behalten …

»Die Dinger heißen nun mal so, ich bin froh, daß ich nicht Palme heiße, guck mal, wie die schlappmacht. Hast du was gegen Yuccas?«

»Du kannst mir mit deiner Yucca gestohlen bleiben und den Buckel runterrutschen und mich kreuzweise.«

»Ganz schön rabiat, wie?«

»Alles nichts gegen das, was du mit kleinen Mädchen anstellst«, fauche ich.

»Das war ja nur ein Plüschtier, dem ich die Mähne geschoren habe, außerdem war ich noch ein Bub.«

»Aber gemeint hast du die zweibeinige Brunhilde, mir machst du nichts vor!«

»Jetzt ist sie restlos hin!«

SIE? Ich sehe auf meine Hand, endlich habe ich es geschafft: Die widerspenstige Blattspitze ist gekappt, dafür nehme ich glatt den blutigen Kratzer in Kauf, an dem mein Ländler nun saugt, um jeder Infektionsgefahr vorzubeugen. Kein übles Gefühl, ein bißchen kitzelt es auch, trotzdem läßt mich der Gedanke nicht los, ob er mit IHR schläft.

Konrad ist wie erwartet explodiert. Paul desgleichen. Es ist ausgerechnet der Oberhexe zu verdanken, daß der Verdacht der beiden in die falsche Richtung gelenkt wurde. Sie schimpfen nun unisono auf die Schwangerschaftszicken meiner Kollegin, die ihrer Meinung nach schuld daran ist, daß ich in Köln ausharre.

Tatsächlich hat die von langer Hand geplante und endlich realisierte Bauchfüllung meiner Widersacherin etliches ins Rollen gebracht. Mit einer Woche überschwappendem Glück ging es los, mein Boß schien sich schon halbwegs in seine Vaterrolle zu schicken, doch als im Zustand morgendlicher Übelkeit obendrein Brötchen-Konfitüre-Milchkaffee aus ihr heraus und einem neuen Großkunden auf die blankpolierten Schuhe schwappten, ging der Ärger los. Der Kunde sagte »Pfui Teufel!«, und die junge Mutter vergaß jeglichen Liebreiz und das Damesein erst recht. Manfred Bosse war nicht gewillt, ihr zu verzeihen, da sie ihm ein dickes Geschäft verdarb. Nun ist doch der Frührentner aus Bremerhaven der Glückliche, und mein Chef verliert von jetzt auf gleich eine erprobte Mitarbeiterin und kann das zweite Ticket für die Cook-Inseln, das ich auf seinem Schreibtisch gesichtet habe, diesmal tatsächlich seinem Alukoffer anbieten.

Um meinen beiden Männern daheim und vielleicht auch mir selbst zu beweisen, wie unabkömmlich ich in Köln bin, habe ich den abgesprungenen Kunden angerufen und an den »Menschen« in ihm appelliert. Es hat gewirkt, fast schon zu gut, denn nun brüte ich hier über zwei Einladungen zum Abendessen, von denen ich nicht weiß, wie ich sie halbwegs höflich ausschlagen soll. Eins jedenfalls steht fest: Mir ist weder nach einem Arbeitsessen mit meinem Boß noch mit dessen Kundschaft. Erst recht nicht, wenn ich gerade in die große Freiheit starte. Seit einer geschlagenen dreiviertel Stunde lauere ich darauf, daß Konrad und Paul endlich losfahren, am Ende verpassen sie noch ihren Flieger. Es ist fürchterlich, an meinen Schreibtisch genagelt zu sein, jeden Besucher freundlich anlächeln zu müssen und so zu tun, als ob ich mit meinem Job verheiratet wäre. Ohne das pausbäckig lächelnde Mondgesicht auf meinem Monitor wäre ich vor lauter Nervosität vermutlich schon vom Stuhl gekippt.

»Und du willst es dir nicht noch überlegen?« Konrad bildet die Vorhut, seine neuen Frühjahrsschuhe sind entschieden leiser als die Stiefeletten zuvor, hastig klicke ich meinen auf und ab wandernden Vollmond weg und zeige auf die sich statt dessen präsentierende Tabelle:

»Bestimmt nicht. Du siehst ja selbst, was hier los ist.«

»Mandelspekulatius, Zimtsterne, Pfeffernüsse«, sagt eine zweite Männerstimme, die zweifelsfrei zu meinem Bruder gehört, der sich ebenfalls neue Schuhe geleistet haben muß, was aber keineswegs den Schwachsinn rechtfertigt, den er verbal absondert.

»Was soll der Quatsch?« Ich blitze ihn an. »Vielleicht solltest du auch umbuchen, wie wär's mit Nervenheilanstalt?«

»Der Quatsch kommt von dir, Schwesterchen!« Ich folge dem Zeigefinger meines Bruders und bekomme den Schluckauf. Eigentlich ein ekliges Gefühl, doch im Moment hochwillkommen, ein wahres Geschenk von dem da oben, weil es einfach hochnotpeinlich ist, meine angebliche Überarbeitung zu Ostern mit einer Preisliste für Weihnachtsgebäck belegt zu haben.

»Ein Irrtum«, ich ordere »löschen«, »jeder kann sich mal irren, HICK.«

»Sie hat den Schluckauf, was sagen wir dazu?« Paul sieht Konrad an, der Blickwechsel der beiden taugt nicht, dafür habe ich einen Riecher. Fehlt nur noch, daß mein Bruder verpetzt, wie ich früher regelmäßig losgehickst habe, wenn ich dem Familienrummel entkommen wollte. Mit der Zeit bekam ich darin regelrecht Routine, was heute natürlich nicht mehr gilt, denn schließlich bin ich erwachsen und Herrin meiner Entscheidungen. Ach ja? höhnt es in mir.

»Was passiert eigentlich mit euren hundertzwanzig Rosen, wenn ihr den Flieger verpaßt?«

»Verdammt!« Küßchen rechts und links und eins in die Mitte, das stammt von meinem Liebhaber, dann sind sie weg. Ich hole tief Luft, lehne mich zurück, warte auf meinen sich nach zehn Minuten Nichtstun vollautomatisch einspielenden Mond und werde erneut aufgescheucht. Diesmal vom Chef persönlich, der seit dem kurzfristigen Ausscheiden der Oberhexe immer öfter seine Chefwürde vergißt und persönlich zu mir in die Halle marschiert, um mit mir über Peanuts zu reden. Jedenfalls kann ich persönlich nicht erkennen, welchen Nutzen die Firma Bosse davon hat, wenn wir den Pektingehalt meiner Äpfel in der Obstschale auf meinem Schreibtisch oder die Gefährdung des nackten Steinjünglings draußen durch Moosbefall erörtern. Heute geht es offensichtlich um das nahe Osterfest. Ich liebe das Fest der Auferstehung, dieses Jahr sogar ganz besonders, allerdings ohne solch ein Geschwafel über Einsamkeitsgefühle, die ich heuer weder empfinde noch fürchte.

»Wo aber doch jetzt auch unser Pity für drei Wochen nach Stonehenge reist«, insistiert Manfred Bosse.

»Ich werd's verkraften«, erwidere ich, »notfalls kann ich ja was

aufarbeiten.« Ich überzeuge mich davon, daß diesmal kein Weihnachtsgebäck über meinen Bildschirm flimmert.
»So wahnsinnig viel läuft bei uns über die Ostertage ja auch nicht.«
»Eben.« Halleluja, tiriliert es in mir, meine Nase riecht Heu und Osterglocken, es fällt mir schwer, mein Becken davon abzuhalten, auf diesem Stahlgerippe von Stuhl einen flotten Trab zu simulieren. Ich bin schon gespannt, wie mein Ländler sich hoch zu Roß anstellt.
»... abenteuerlich«, sagt es neben mir.
»Woher wollen Sie das denn wissen?« fahre ich auf. Soweit ich weiß, hat Manfred Bosse Michael höchstens ein einziges Mal anläßlich der PC-Schulung im Obergeschoß gesehen, und das auch nur, weil der Verdacht aufkam, die Wenigzahler vom Arbeitsamt hätten das Marmorkabinett im Parterre verstopft. Der Hinweis kam natürlich von der werdenden Mutter, die damals noch keine war.
»Ich verspreche Ihnen, daß die Prospekte nicht übertreiben, ein sehr guter Freund von mir war in derselben Hotelanlage, man wohnt in völlig individuell gestalteten Pfahlhäusern.«
»Gratuliere!« Wie meint er denn das? Michael meinte er jedenfalls nicht. Na, denk mal scharf nach! stichelt meine Untermieterin.
»Mit Ihnen wird es wunderbar werden, Sie sind einfach eine außergewöhnliche Frau, Ihnen traue ich einfach alles zu, Sie schnorcheln nicht zufällig?« Während Manfred Bosse die beiden Tickets, die ich längst kenne, aus seiner Tasche zieht und mir damit vor der Nase herumwedelt, führt er detailliert aus, wie alle Himmelszeichen, die Schicksalsschläge inbegriffen, uns beide aufeinander zu trieben: »Ich möchte darauf wetten, daß sich hinter Ihrer rauhen Schale ein butterweicher Kern verbirgt, und wie Sie unseren Großkunden zurückgeholt haben, das war einfach Spitze!«
Mein buttriger Kern gibt Pfötchen, das Landei läßt grüßen, dem Typen zeige ich's, wie wär's mit einem Rundumschlag? In meinem Kopf kreuzen sich zwei Einladungen für den heutigen Abend. Why not?

Wie nicht anders zu erwarten, kennt mein Chef das Viel-Sterne-Lokal mit dem falsch herum schaufelnden Wasserrad. Sein neuer Kunde kennt es ebenfalls. Heute abend dürfen die beiden zusammen dieses Kunstspektakel genießen, während ich zum Flirttraining mit einem Ländler durchstarte, der gottlob noch längst nicht perfekt ist. Die Vorstellung, wie die beiden Herren in jener Gourmetmühle aufeinandertreffen, zunächst an einen Zufall glauben und dann zu demselben von mir reservierten Tisch geführt werden, entschädigt mich doppelt und dreifach für die Mühe, die es mich gekostet hat, ihnen klarzumachen, daß ich auf gar keinen Fall zu Hause abgeholt zu werden wünsche. Wahrscheinlich habe ich es lediglich meiner »für eine Frau außergewöhnlichen Art« zu verdanken, daß sowohl mein Boß wie auch sein »dicker Fisch« unabhängig voneinander klein beigaben.
Hoffentlich haben Konrad und Paul ihr Flugzeug nicht verpaßt! Hoffentlich rufen sie bald an, damit ich endlich aufbrechen kann. Heute zu »Mannis Rästorang«, morgen zum letzten »Flirten von fünf bis sechs«, und ab Karfreitag zwölf Tage lang hinaus aufs Land zu einem einäugigen Gaul, den ich ins Herz geschlossen habe und mit Zuckerkringeln füttern werde. Sein neuer Besitzer bekommt auch einen ab, falls er darauf steht. Es irritiert mich kurz, nicht zu wissen, welche Sorte Gebäck mein Ländler bevorzugt. Ich werde es herausfinden. Hauptsache, ihn gelüstet es nicht nach hundertzwanzig roten Rosen. Nie zuvor habe ich etwas so Idiotisches gehört, und wenn der Plan, das angeknackste Selbstwertgefühl des modernen Mannes mit einer Badewanne voller Rosen aufzupuschen, nicht von Konrad und Paul gekommen wäre, hätte ich an einen Aprilscherz geglaubt.

Das Telefon schlägt nur einmal kurz an, da hebe ich schon ab, und noch bevor ich dazu komme, mich vollständig zu melden, schwappt mir schon die Erfolgsmeldung von zweimal hundertzwanzig roten Rosen ins Ohr, mit denen mein Mann-Duo ebenso wie vier weitere Teilnehmer an dem »Create-a-new-man«-Projekt unmittelbar nach ihrer Landung auf dem Airport begrüßt wurden: »Es war orgiastisch!«

»Hoffentlich ist eure Badewanne groß genug«, erwidere ich, »wär ja sonst schade drum bei dem Preis.« Ich bin zwar nicht über die aktuellen Blumenpreise auf dem laufenden, aber billig ist das bestimmt nicht.
»Wir haben sogar einen eigenen Whirlpool, ist alles in der Pauschale enthalten«, belehrt mich mein Bruder, der demzufolge das von meinem Liebsten begonnene Gespräch an sich gerissen hat, was mir ganz lieb ist, weil ich bei ihm kein Blatt vor den Mund nehmen muß. Bei der nachfolgenden Schilderung all der Wohltaten, die Mann außerdem erwarten, wäre mir das wahrlich schwergefallen: »Gesichtsmassage, Maniküre, neuer Haarschnitt und Beratung in puncto Stil und Mode, Meditationsübungen, Champagner bis zum Abwinken, unsere Suite ist ein Traum.«
»Eine höchst wohltuende Erfahrung«, tönt Konrad dazwischen, »auch als Mann einmal so hofiert zu werden.«
»Ich dachte, ihr testet das Programm von dieser Hotelkette nur, um euch später 'ne goldene Nase daran zu verdienen?« frage ich irritiert. Schlimm genug, wenn zwei ausgewachsene Männer zu Testzwecken Rosenresli spielen, aber doch bitte nicht obendrein zum Vergnügen!
»Das eine schließt das andere nicht aus.« Diesmal erfolgte die Antwort im Chor, was mich umgehend an die Chorstimme erinnert, die in »Mannis Rästorang« auf mich selbst wartet.
»Tschüs denn, ich muß jetzt los, piekst euch nicht an den Dornen!« Ohne weiter auf den Protest zu achten, von dem mich gottlob ein gutes Stück Nordsee und etliche Kilometer Land trennen, lege ich auf.

»Hast du an Brunhilde gedacht?« Ich flüstere, weil Usch-Ursula direkt vor uns, umflattert von duftigen Volants, die Treppe hochschwebt. Etwas ist im Busch, dazu paßt auch das »Traumsäckchen«, das sie seit neuestem mit einem Foto bestückt, auf dem Annemarie mit neunundneunzigprozentiger Sicherheit unseren Flirttrainer erkannt haben will.
»Hörst du sie nicht röcheln?« Michael klopft sich auf die pralle Hosentasche. »In der italienischen Hose, die du mir aufge-

schwätzt hast, bekomme ich entschieden weniger verstaut als in meinen Treviras.«
Hinter uns wiehert es. Das ist der Kurzärmlige mit der Vorliebe für zotige Sprüche, der sich nun an uns vorbeidrängelt, die Volants drei Stufen weiter vorne mit einem Pfiff bedenkt und allen, die schon vor uns oben angekommen sind, mitteilt, daß »unser Micha« zu höchst unlauteren Wettbewerbsmethoden greife und seinen besten Freund darüber hinaus als »SIE« tituliere. Das Antwortlachen der beiden Mitmänner fällt heute jedoch ausgesprochen künstlich aus, sogar ihre Haltung ist anders, sie sitzen separat von den Frauen brav auf Stühlen statt wie üblich auf der Fensterbank und lassen mich mit ihren eingezogen Bäuchen und zusammengerückten Knien zu flatternden Liddeckeln an Tanzstundenbräute denken, die fürchten, als Mauerblümchen sitzenzubleiben.
Was den vier Mannen heute glatt blühen könnte, denn nach nunmehr zwölf Trainingsrunden haben wir neun Frauen beschlossen, unsere zahlenmäßige Überlegenheit nicht länger als Makel zu empfinden, sondern im Gegenteil voll auszuspielen. Jetzt zittern die Kerle, ob wir sie nehmen und wie wir sie nehmen, was unser Trainer geschlechtssolidarisch dadurch zu überspielen trachtet, daß er zunächst alle möglichen Aufnahmewinkel für seine Videokamera erprobt und, nachdem er sein Stativ diverse Male von hier nach dort und wieder zurück geschoben hat, leicht atemlos fragt, wann es denn endlich mit der ersten weiblichen Flirtoffensive losginge.
»Jederzeit.« Annemarie steht auf, ihre Wohngenossin Gisela und ich folgen ihrem Beispiel: »Wir nehmen Michael Meinhard.«
»Alle drei gleichzeitig?« Das Kameraauge schwenkt an uns entlang.
Wir nicken. Zögernd erhebt mein Ländler sich. Seine Hände tasten nach den vertrauten Bügelkniffen, vergeblich. Statt dessen erwischt er die Beule von Brunhilde, löst einen Zwischenruf des Kurzärmligen aus, wird rot, sieht mich an. Ich sehe weg. Da muß er durch. Mit genierlich verschränkten Händen tritt er zu uns, seufzt, tritt vom rechten auf den linken Fuß – und spitzt in Er-

wartung unseres Anbaggerversuchs die Ohren. Alles, was er weiß, ist, daß er Brunhilde nicht vergessen, sich locker geben und den Rest uns Frauen überlassen soll.
Wir haben beschlossen, ihn zuerst einmal schmoren zu lassen.
»Tja!« Er wartet. Als wieder nichts passiert, wurschtelt er das Plüschpferdchen aus seiner Hosentasche. Eine anstrengende Tätigkeit, jedenfalls wenn es nach seiner Gesichtsfarbe geht. Ich sehe weg, ehe mein butterweicher Kern die Oberhand gewinnt.
»Tja«, wiederholt er, »das ist übrigens Brunhilde.«
Annemarie gähnt, Gisela rezitiert einen Passus aus den deutschen Heldensagen, aus dem Auditorium ertönt Kichern, unser Coach verdreht verzweifelt die Augen, die Kamera surrt unbeirrt.
»Ich hab sie wie gesagt mit drei Jahren kahlgeschoren.« Der mähnenlose Pferdchenkopf wird vorgehalten, der Steiffknopf blitzt golden. Das Kichern vor uns wird lauter.
»Die andere Brunhilde war auf meiner Schule und sehr, na ja, also gut entwickelt war sie auch schon.« Michael starrt wieder in meine Richtung, diesmal allerdings eindeutig unter Augenhöhe.
Ich senke den Kopf und die Augen – meine Hügellandschaft ist gemeint –, ich sehe rasch wieder hoch. »Haben Sie der jungen Dame auch den Kopf rasiert?« Das »Sie« muß sein, weil wir uns schließlich erflirten.
Einen Augenblick lang ist er irritiert. »Sie hatte Zöpfe bis hier.« Er tippt gegen meine Rückenpartie.
Ich kiekse.
»Vielleicht sollten wir uns lieber setzen«, schlägt Gisela vor und nutzt das Stühlerücken, um mich auf mein knallrotes Dekolleté aufmerksam zu machen: »Knöpf dich lieber rasch zu!«
Ich nicke dankbar. Michael sieht mir interessiert zu, wie ich plötzlich viel zu große Knöpfe durch viel zu kleine Knopflöcher zwänge.
»Die Zöpfe«, erinnert Annemarie ihn.
»Also, ich hab sie nicht abgeschnitten.«
»Sondern?« fragt Gisela sanft und legt etwas Gereimtes nahe.
»Gedichtet hab ich auch nicht, obwohl sie mindestens so schöne

Haare wie Rapunzel hatte.« Er sieht schon wieder mich an, wenigstens ist diesmal die Blickhöhe unbedenklich.
»Gekämmt«, schlage ich vor und gebe mich ahnungslos.
»Nein, verdammt!« Michael springt hoch, baut sich vor mir auf und funkelt mich an: »Ich bin nackert mit ihr Roller gefahren, du müßtest das doch als erste wissen, das vergeß ich bis an mein Lebensende nicht.«
»Wieso müßte ich als erste …?« Ich springe ebenfalls auf. Das hört sich ja glatt so an, als ob ich diejenige welche gewesen wäre.
»Hör endlich auf mit diesem Affenzirkus!«Er greift nach mir, was ich bekanntlich hasse, ganz besonders, wenn er dabei die Zuckerkringel zerbröselt, die ich extra eingepackt habe, damit er Stephanus schon einmal gebührend auf meinen Besuch am Karfreitag einstimmen kann.
»Hör du endlich auf, mir die Zuckerkringel zu demolieren!«
»Ich pfeife auf deine Kringel und auf Plüschtiere sowieso!« Brunhilde fliegt Annemarie in den Schoß, die teuren Plätzchen landen bei Gisela, und ich bin ratlos, weil dieses Spiel mir so völlig entgleitet. Außerdem ist es die pure Verschwendung.
»Und womit belohne ich unser Pferd jetzt?«
»Wie immer.« Er spitzt die Lippen.
Uwe Kaltenbach mischt sich ein, rudert mit den Armen und versucht, des Tumults um uns herum Herr zu werden. Es gelingt mir nicht, auch nur einen einzigen Seminarteilnehmer davon zu überzeugen, daß ich nicht der Nackedei auf Michaels rotem Roller war und ihn auch nicht unter dem »Deckwort Brunhilde« mit Küssen zu traktieren pflege. Angeblich haben sie alle von Anfang an geahnt, daß da etwas im Busch war. Wir erhalten die höchste Flirtpunktzahl, was immerhin ein schwacher Trost ist.
Zum Schluß gibt es dann sogar noch eine echte Verlobung. Unser Coach ist Opfer seiner eigenen Lehre geworden und schildert fast schon sympathisch, wie er zunächst immer wieder von »einer gewissen jungen Dame in Volants« als Berater in heiklen Flirtsituationen zu Hilfe gerufen wurde und plötlich feststellen mußte, daß der eigentliche Akteur er selbst sein sollte: »Da war's auch schon zu spät, also heiraten wir wohl.« Es folgt die an uns alle gerichtete Einladung zum Polterabend am ersten Mai.

Es wird gratuliert. Einer nach dem anderen tritt vor, schüttelt dem Paar die Hände, wünscht ewige Liebe und Kinder wie die Orgelpfeifen, ein paar Gratulanten verirren sich auch zu mir.
»Ich hab wirklich nichts mit seiner Brunhilde zu schaffen«, beteuere ich ein ums andere Mal und sehe Michael an. Er sieht weg. Die Lacher sind auf seiner Seite.
Die Tür geht auf. Ein Delegierter der Seniorentanzgruppe beschwert sich, daß man nebenan nicht einmal mehr den Rhythmus vom Foxtrott mitbekäme, geschweige denn den vom langsamen Walzer, weil es bei uns so laut wie beim »Deibel« zuginge: »Isch dächt, Sie poussiere, dat mät man doch hösch!«
Uwe Kaltenbach übersetzt für alle Zugewanderten. Wieder sieht er mich an. Oder Brunhilde? Wie kommt dieses kahlrasierte Plüschtier, das eben noch bei Annemarie gelandet ist, in meine Hand? Mysterium. Mir raucht der Kopf.

Der verführte Verführer

»Meinen Sie wohl, Herrn Kaspari wäre es recht, wenn die Shopper der Luxuskategorie ausnahmsweise nur in einem Modell der Fünfer-Reihe befördert würden?« Ich gebe mir Mühe, das Plüschpferdchen in meinen Händen mit genau jenem sorgenvollen Blick anzusehen, den der Geschäftsführer der Ein-Mann-Zentrale im Obergeschoß soeben mir geschenkt hat.
Schon amüsant, wie gestandene Männer neuerdings an meinen Lippen hängen und Wert darauf legen, mein Urteil über die nichtigsten Dinge zu erfragen. Besonders, wo ich niemals einen Hehl daraus gemacht habe, wie wenig ich von Staatskarossen und Designermöbeln und Viel-Sterne-Gastronomie verstehe und auch gerade erst den mit Office-Shortcut-Leisten oder Power-Point-Folien gespickten Daten-Highway betrete. Jeder der Frager weiß mehr von der Materie, niemand erwartet wirklich ein Statement zur Sache von mir, sondern eher eine Bestätigung seiner persönlichen Verbundenheit mit mir.

Ich bin wer. Über mich wird gemunkelt. Nur was genau ich bin, hängt noch in der Schwebe, und genau diese Ungewißheit treibt meinen Marktwert in die Höhe und läßt Erfolgsmänner »Männchen« machen.
Brunhilde ist bloß ein Plüschtier, außerdem weiblich, nach dem soundso vielten »Meinen Sie wohl, Herrn Kaspari/Bosse wäre es recht…?« habe ich sie zu meiner Vertrauten befördert, mit der ich heimlich Zwiesprache halte, während ich an meinem Schreibtisch-Stahlgerippe residiere und die Erinnerung an das Fischessen für Anlageberater mit einer leuchtend roten Hummerschere dekoriere.
Das von Michael installierte Office-Paket macht die Verwaltung von Terminen selbst für ein Greenhorn wie mich allmählich zum Kinderspiel. Begriffe wie »ClipArt Gallery« haben mich zwar zunächst irritiert, doch nachdem mein Landlord mir nahegelegt hat, einfach meine zweifelsfrei blühende Phantasie zu aktivieren und mir eine stinknormale »Galerie« dekoriert mit mannigfaltigen »Clips« vorzustellen, die mich wahlweise mahnen, informieren, korrigieren und sogar mit bunten Bildchen bedienen, beginnen meine Ausdrucke fröhlichen Comics zu gleichen, die mich aus der Masse herausheben. Es munkelt immer kräftiger, die Wellen schwappen hin und her, allmählich wird die Sache albern.
»Kerle sind wie kleine Kinder, Brunhilde!«
Das Pferdchen zwischen meinen wendigen Fingern nickt, zur Belohnung kraule ich ihm den kahlrasierten Hals.
»Morgen«, sage ich tröstend, »morgen siehst du ihn wieder, dann geht's endgültig hinaus nach Oberlüghausen, und du kannst dich schiefwiehern, wenn du ihn zum ersten Mal reiten siehst.«
»Pardon, Sie telefonieren gerade? Ich sah keine Taste blinken, deshalb, aber wenn Sie später ein Minütchen Zeit erübrigen könnten?«
Blitzschnell lasse ich Brunhilde im Papierkorb verschwinden. Sorry! »Ich telefoniere keineswegs.«
»Um so besser, Frau Besser.« Manfred Bosse lacht sonor, beugt sich vor, versorgt mich mit einer Wolke After-shave und teilt mir

gedämpft mit, daß es natürlich auch sehr viel später ginge: »Sagen wir zwanzig Uhr? Aber diesmal legen Sie mich nicht mehr herein, obwohl es trotz allem ein sehr ersprießlicher Abend war, Herr Sanders und ich hätten auch nichts gegen ein Dinner zu dritt einzuwenden.«
»Jetzt gleich wäre prima.« Ich stehe auf.
»Gut, gut.« Nicht gut, sagt sein Rücken, der vor mir herspaziert und hinter den offenen Türen seiner Mitarbeiter demonstratives Kopfneigen produziert. Schon wieder SIE! Sie bin ich, bloß daß ich keine Lust mehr habe, einen sich geprellt fühlenden Liebhaber aufzurichten. Hätte ich ihm bloß nicht eben noch das Fisch-Meeting mit einer Hummerscherengrafik garniert. Der Typ nimmt das glatt als Ermutigung.
»Sehr, sehr hübsch.« Mein Boß blättert in einem Ordner und lobt meine Memos, meine Efeuranken und bewußten Hummer im Vierfarbendruck und betont, wie bedauerlich er es doch fände, wenn unsere Talente sich nicht doch noch zusammentäten. Seine Hand rückt aus.
Ich weiche zurück. Zum nächsten Rendezvous mit mir schicke ich ihm den Steinjüngling aus seinem Teich, ich schwör's.
»Nein, nein, ich will nichts erzwingen, es geht um Geschäfte.« Sicherheitshalber bleibe ich trotzdem stehen. Was gut so ist, obwohl seine Piraterie diesmal Konrad gilt, der offensichtlich noch mehr zu bieten hat als mein hauseigener »Fruchtkorb«. Umrechenbar in Mark und Pfennig, mein Chef tut's laut und sogar mit einem gewissen Stolz, weil mein »Eh-Bekannter« offensichtlich bei seinen Projekten die phantastischen Möglichkeiten des Kreditwesens übersehen habe: »Wir gründen einfach unsere eigenen Shopping Tours und finanzieren Lusteinkäufe vom Mieder bis zum Nerzmantel.«
»Wir?«
»Sie und ich.« Manfred Bosse will mir die neue Abteilung zu treuen Händen anvertrauen, und ich darf auch ganz allein entscheiden, ob ich auf Dauer wirklich noch die Strapaze auf mich nehmen will, »das da oben« durchzuziehen: »Bei mir sind Sie gewinnbeteiligt«, bedeutungsvolle Pause, »E-v-a.«
»Danke vielmals, Herr Bosse.« Betont, deutlicher geht's nicht.

»M-a-n-f-r-e-d«, korrigiert er sanft, »in dir steckt einfach mehr, dafür habe ich einen Riecher.«
Der Riecher meines Chefs verfolgt mich zurück an meinen Arbeitsplatz, wo ich Brunhilde aus dem Papiermüll fische und darüber sinniere, daß unmöglich zwei Karrieremänner unabhängig voneinander so irren können. In mir steckt etwas. Es will heraus. Nur wo und wie?

»Ich hab die Faxen dicke!« Annemarie läßt sich in meinen Strandkorb plumpsen.
»Liebeskummer?« frage ich und überlege, ob ich meine Freundin bitten soll, Brunhilde nicht zu quetschen, die hinter ihr liegt.
»Wenn's das nur wäre.« Sie winkt ab. »Stell dir einen Kerl vor, der's zu etwas gebracht hat und sich plötzlich einbildet, alle Weiber müßten scharf darauf sein, ihm den Arsch nachzutragen.«
Ich räuspere mich.
»Ich weiß«, Annemarie wirft ihren Oberkörper zurück, der zum Glück nicht allzu kompakt ist, »meine Ausdrucksweise ist rüde, aber ein Arsch bleibt ein Arsch, du kannst froh sein, daß du nichts mit solchen Typen zu tun hast.«
»Na ja.«
»Oder doch?« Sie ruckt vor, und ich nutze die Chance, um blitzschnell Brunhilde zu befreien. Es reicht, daß ihr Besitzer heute abend ohne uns auskommen muß.
Freundschaft geht vor, habe ich gedacht, als Annemarie mich anrief und um dieses Treffen bat. Ich denk's noch immer, andererseits habe ich Mühe, die Frage zu verdrängen, wie weit der Knöterich die Ecke in den zwei Tagen seit unserem letzten Besuch in »Mannis Rästorang« zugewuchert haben mag. Vor meinem Date mit Annemarie hatte ich Michael sogar die Möglichkeit einer vorgezogenen Stippvisite in Oberlügausen angedeutet, worauf er aber nicht eingegangen ist, eher schon ist er ausgewichen, warum? Ich seufze.
»Hat ER dich draufgesetzt?« Meine Besucherin zeigt auf Brunhilde.
»Bestimmt nicht.« Ich mag nicht über Michael reden, also rede

ich von meinem Boß, der gelegentlich auch »das Zeug zu einem echten Na-du-weißt-schon« hat und sich die »Shopping Tours« seines Untermieters unter den Nagel reißen wollte. Skrupellos, aber natürlich würde ich nie und nimmer von einer erkalteten Liebe profitieren wollen: »Niemals, eher hacke ich mir die rechte Hand ab.«

»Zum Glück bist du ja Linkshänderin.«

Meine linke Hand umklammert Brunhilde. Ich nicke.

An diesem Frauenabend nicke ich noch öfters, was allerdings immer seltener mit den Männern zu tun hat, die mich als Frau beschäftigen. Daran ist die Schaltfläche schuld, die Annemaries Geschichte in mir anklickt. Sie hat der Ehefrau ihres Arbeitgebers die für dessen Geliebte Jutta bestimmten roten Rosen geschickt: »Ich war's schlicht leid, ewig und drei Tage auch noch sein amouröses Gedächtnis zu spielen. Rote Rosen für Jutta, gelbe für Anita, die Ehefrau bekommt Saisonblumen und die Tussi aus der Bar 'nen sprechenden Plastikstengel. Er ist bald aus dem Hemd gesprungen vor Wut, weil doch die Rosen doppelt soviel gekostet haben wie das Gemüse, das er seiner Frau sonst so anschleppt, und sie ihm die dornige Ladung mitsamt Kärtchen vom ›Bussi-bussi-Bär‹ um die Ohren geknallt hat. Ich habe ihr recht gegeben. Das war's dann. Job adé! Hast du auch noch was anderes als Tee?«

Hier fing mein Nicken im neuen Dialogfeld an. Ohne einen Hauch von schlechtem Gewissen habe ich die Magnumflasche Champagner von Konrad geöffnet. Die ersten beiden Gläser waren Seelentröster, die bauchige Mitte diente unserer Inspiration, der Bodensatz besiegelte die Veränderung der »Gallery«, die ich mir laut Michael Meinhard schlicht als Galerie mit vielen bunten Optionen vorzustellen habe und mich munter drauflos bedienen soll.

»Du bist SEIN zweites Gedächtnis, stimmt's?« fasse ich zusammen.

»War«, verbessert Annemarie.

»Ich war das zweite Gedächtnis von dem anderen IHM, stimmt's?«

»Bist«, verbessert Annemarie.

Diesmal könnte sie unrecht haben. Mit weit ausholenden Bewegungen mache ich ihr klar, was passierte, wenn wir unsere Gedächtnisse zusammenpackten: »Eine Explosion. Hast du Karl Marx gelesen?«
»Früher, aber bei dir hätt ich das nie gedacht.«
Ich unterschlage, daß ich lediglich ausgewählte Quellentexte im Rahmen meines Studiums konsumiert habe. Immerhin ist einiges von dem paradiesischen Zustand nicht entfremdeter Arbeit hängengeblieben: »Wir gründen eine Zweites-Gedächtnis-Agentur. Punktum.«
»Und du glaubst, da kommt wer?«
Ich zähle alle Anlässe auf, die Chefs-Ehemänner-Liebhaber-Väter üblicherweise verschlampen, und verweise auf all jene Anleger, die nur zu gern auf einen kurzen Plausch über ihre diesbezüglichen Nöte neben meinem Stahlgerippe stehenzubleiben pflegen: »Natürlich versorgen wir unsere Kunden auch mit Ideen und besorgen die Geschenke oder reservieren Tische oder machen Arzttermine aus. Na eben alles, was wir sowieso schon tun.«
»Ich habe einen Ausweis für dieses Nobelkaufhaus, auf Unterhaltungselektronik und Spirituosen bekomme ich auch Prozente, und Gisela hätte da einen heißen Draht zum Blumenhandel, zu Büchern glaube ich auch.« Meine Geschäftspartnerin in spe schlägt vor, ihre Wohngenossin gleich dazuzunehmen, die ebenfalls massiv unter entfremdeten Arbeitsbedingungen leide: Außerdem gleicht sie meine schnoddrige Art aus, sie könnte sogar auf Wunsch reimen, wir drei geben ein starkes Trio ab: »Am besten ziehst du gleich bei uns ein.«
An diesem Punkt allerdings gehen unsere Auffassungen auseinander. Zwar mag es praktisch sein, den Auszug von Usch-Ursula aus der Wohngemeinschaft in Holweide zu nutzen, doch mir ist einfach nicht nach Rückkehr in ländliche Regionen. Ich mag mein Viertel hier und meine Freunde, außerdem laufen bekanntlich alle wichtigen Geschäfte in der City ab.
»Meine Eisdiele ist zentraler«, widerspreche ich energisch und hebe Brunhilde auf, die mir irgendwann entsprungen ist. »Ich könnte sie eventuell als Office zur Verfügung stellen.«

»Aha.« Annemarie schüttelt die leere Magnumflasche und summt etwas, was vage nach Hochzeitsmarsch klingt. »Leider nix mehr zum Anstoßen drin.«
Ich verschweige ihr, daß sie auf dem falschen Trip ist und für heute sowieso genug Kribbelwasser im Bauch hat. Statt dessen biete ich ihr für eine Nacht Konrads Hälfte meiner exotischen Bettstatt an. Das Leck ist repariert, doch das hält nur äußerlich. Ich behalte ebenfalls für mich, wie ich mein Wohnungsproblem zu lösen gedenke.
Über mir wohnt der Hausbesitzer, der fast schon ein Freund ist. Darüber befindet sich der Dachboden, privat genau das Richtige für mich. Es wird nicht allzu schwierig sein, einen Mann, dem regelmäßig auf dem Weg zum ausverkauften FC-Spiel einfällt, daß er keine Eintrittskarte hat, sich eigentlich längst ein Sitzkissen kaufen wollte und schon wieder vergessen hat, sich eine Monatskarte für die Straßenbahn zu besorgen, davon zu überzeugen, daß ich die ideale Mieterin sowohl für sein Parterre wie auch fürs Dachgeschoß bin. Mir schweben Gutscheine für Sponsoren vor. Und ein Michael Meinhard etwa könnte mich elektronisch unterstützen, denn natürlich läuft heutzutage nichts mehr ohne Maus-Mann. Unter weiblicher Regie, logisch!

»Hi!« Ich winke ihm zu, woraufhin er die beiden Fensterflügel aufstößt und sich hinauslehnt.
»Hi!« Er wedelte mit Armen, Kopf und Oberkörper zurück.
»Paß auf, daß du nicht rausfällst!« rufe ich.
»Öffnung zu klein – Sekunde – ich komme.« Weg ist er, dafür quietscht wenig später die Stalltür, er prescht auf mich zu. Die Entfernung zwischen uns beträgt drei, höchstens vier Meter, trotzdem schnaubt er, als ob er soeben einen 1000-Meter-Lauf absolviert hätte. »Da bist du ja schon.«
»Bin ich zu früh?« Scheinheilig, so als ob ich keinen Schimmer hätte, daß ich um ein Haar sein raffiniertes Spielchen durchkreuzt hätte. Ich hab's trotzdem getan, bloß ohne sein Wissen, die Begegnung auf dem Kölner Hauptbahnhof war Zufall oder Fügung, jedenfalls lief der Zug der beiden Landladies

mit Verspätung ein. Wir sind uns vor dem Zeitungskiosk begegnet.

»Kein bißchen. Du bist genau richtig.« Konrads Nasenlöcher weiten sich erregt.

»Alles schon ausgeflogen?« frage ich.

»Längst, sie sind mit dem Zug los, ist alles inklusive, du weißt schon.«

»Klar«, sage ich, »Beauty-farm am Tegernsee.«

»Wieso Tegernsee?«

»Nicht Tegernsee?«

»Doch, aber woher weißt du? Eigentlich war's nämlich der Chiemsee.«

»Du wirst es mir gesagt haben«, sage ich lässig, »woher sonst sollte ich so schlau sein?«

Michael nickt zögernd. Ja woher sonst?

Seine beiden Nachbarinnen haben kurz gestutzt, als sie mich in der Bahnhofshalle sichteten.

»Sie sind aber fix«, hat die gertenschlanke Köchin gemeint, und ihre Schwester Melanie hat genickt. Halb anerkennend, halb skeptisch, ich bin rasch auf Stephanus zu sprechen gekommen, woraufhin die beiden mir versicherten, daß dieser Kauf ihnen endgültig die Augen geöffnet habe: »Micha war nicht zu bremsen – wir hätten uns ja gern beteiligt – liebend gern – er hat seinen letzten Pfennig investiert.« Aus lauter Verlegenheit habe ich angefangen, von Schönheitsfarmen zu schwärmen und vorgegeben, auch schon immer einmal dorthin gewollt zu haben.

»Sie brauchen das nicht, Sie haben doch Ihren lebendigen Jungbrunnen!« Es war sehr irritierend, von zwei so viel jüngeren Frauen zu hören, daß meine veränderte Ausstrahlung ihnen Beweis genug für die Wirkung des richtigen Mannes sei: »Davon träumt schließlich jede Frau!« Ich konnte schlecht nachfragen, welchen Mann sie meinten.

Kurz vor Abfahrt meines eigenen Nahverkehrszuges schickte die Lehrerin ihre Schwester los, um ein paar frische Laugenbrezeln zu kaufen: »Ich riech's bis hierhin, köstlich!« Ein Vorwand, wie ich nun weiß, denn Melanie wollte mir lediglich mitteilen, wie unsterblich Sabine sich doch gleich beim ersten Tref-

fen in den Michael verliebt habe: »DAS war verdammt hart für sie, ehrlich.«
WAS, verdammt? Ich hab's gedacht und geschwitzt und sogar meine frisch gekaufte Zeitung liegengelassen: »Ich muß dann mal los, viel Spaß auch, bis demnächst!«
Ich war schon oben auf dem Gleis angelangt, als es hinter mir nach Laugengebäck duftete: »Wollte Ihnen doch noch persönlich tschüs sagen, 'ne Zeitlang war ich ja echt sauer auf Sie, wo Melanie doch so etwas von vernarrt in den Micha war.« Mit einer geschenkten Brezel bin ich sodann ins falsche Abteil geklettert. Ich habe allerdings erst beim Aussteigen bemerkt, daß ich bei den Rauchern gesessen hatte.
Ob ich noch qualme? Stephanus beschnuppert jedenfalls ausgiebig meine Hand, bevor er vorsichtig den Zuckerkringel von meinen Fingerspitzen zupft.
»Belohnt man Pferde nicht normalerweise erst nach dem Ritt?« fragt mein Reitschüler.
»In diesem Fall dient's der Motivation.« Ich beende die Prüfung seines Outfits – die Breeches stehen ihm gut, die Samtkappe auch – und nagele seine Augen fest: »Du bist schließlich ein absoluter Anfänger, das ist für ein so sensibles Tier eine harte Nuß.«
Er sieht auf seine Schuhkappen, die sich ins Erdreich wühlen und heftig mit Torf und Streu zugange sind. »Klar, jetzt wo du's sagst.«
»Genaugenommen ist's natürlich nicht wirklich eine Premiere für dich.« Ich ziehe den Sattelgurt fest und kontrolliere die Steigbügel, die exakt auf seine Beinlänge eingestellt sind. Ein Heimtücker der Extraklasse. Na warte!
»Wieso? Verstehe ich nicht!« Er rempelt gegen das Hinterteil des Hengstes, dessen Schweif ihm zur Strafe ins Gesicht wedelt. Wohlverdient, wahrlich.
»Das Kirmespferd«, erinnere ich Michael sanft, »als du ein kleiner Bub warst.«
»Ach so, sicher doch, alles klar.« Diesmal bringt er unseren Vierbeiner mit seinem Herumzappeln zum Steigen. Vorderhufe in die Luft, kurzes Wiehern, ich male mir aus, wie ich zum Finale

der ersten Reitstunde den Bachlauf anpeile, in dem ich selbst gelandet bin, als ich noch nichts von der Vorliebe des Hengstes wußte. Im April schadet es nichts, wenn das Bad etwas intensiver ausfällt, und wahre Naturtalente verdienen es, die üblichen Schulungsstadien im Galopp zu überspringen. Immer vorausgesetzt, die beiden Landladies haben nicht übertrieben: »Micha war gar nicht mehr von der Stute herunterzubekommen, er wollte um jeden Preis bis zu unserer Abreise fest im Sattel sitzen!« Aus Sicherheitsgründen wurde Michael auf der zweiäugigen Stute angelernt, die am Wochenende Pity reitet, was mir nun sehr gelegen kommt. Na warte, Junge!

Er sitzt aufrecht, hält die Zügel locker, lauscht beflissen meinen Anweisungen und trabt bereits mit vorschriftsmäßig federndem Gesäß los, als ich den Mund erst zum entsprechenden Kommando öffne. Ich stoße das Gatter auf und zeige auf die buckelige Wiese: »Einmal bis zur Tannenschonung und zurück.« Ich habe noch nicht ausgesprochen, da arbeiten seine Hacken schon, dirigieren seine Hände, mein Stephanus gehorcht ihm willig, die beiden bieten ein elegantes Bild.

Nicht mehr lange! Die grasigen Buckel durchzieht jener Bach, der zwei Landladies grundsätzlich die andere Richtung bevorzugen läßt, die landschaftlich weniger reizvoll, dafür aber frei von Gewässern ist. Mein Obergauner wird sich wundern. Gleich. Höchstens noch ein paar Meter.

Der Schweif fliegt, die Hinterhufe heben sich, der Pferdekörper streckt sich, seine Kappe fliegt. Hilfe! Woher sollte ich ahnen, daß dieser verflixte Gaul plötzlich die Sprungnummer draufhat, statt sich wie üblich in jeder Pfütze zu wälzen?

Ich renne los, meine Absätze sinken tief in die regenfeuchte Wiese, glitschen, lassen mich schlittern, da liege ich. »Schiet!«

»Halb so wild.« Mein Retter gleitet von seinem Roß, zieht mich hoch, hebt gleichzeitig elegant seine Kappe auf und führt uns beide zurück zu seinem Stall-Haus. »Zum Glück habe ich eine Dusche eingebaut, die's endlich tut, und von deinen geliebten Jeans habe ich auch noch welche in Reserve. Frisch gebügelt.«

»Jeans bügelt man nicht, du Trottel!«

Michael beteuert, daß er eben noch sehr viel von mir lernen müsse: »Aber zuerst versorge ich unser Pferd, okay?«
Soll ich protestieren? Meine Frühjahrspracht aus topmodischem Leinen in Saharabeige ist grasgrün und erdbraun geflämmt, die feuchten Stellen erreichen soeben mein Alles-in-einem-Dessous, sogar meine kammlos flatternden Haare haben etwas abbekommen. Ich steuere seine Dusche an, memoriere den sicheren Sprung über den Bach und das nicht weniger gekonnte Flirtmanöver, zu dem mein Ländler mich drei Monate lang genötigt hat, um angeblich eines von zwei Herzen zu erobern, die ihm beide auf Anhieb verfallen waren.
Mein Herz hüpft, jedenfalls fühlt es sich so an, wie ich mir ein auf und ab titschendes Herz vorstelle. Trab-Rhythmus, hoch und runter, das Wasser ist heiß, verflixt heiß, ich glühe.
»Willst du mich verbrühen?« brülle ich.
»Soll ich dich retten?« Sein Schatten schiebt sich vor den Vorhang, auf dem Fische Fangen spielen.
»Untersteh dich!«
»Und deine frische Wäsche?«
»Leg sie hin. Irgendwo. Hast du eigentlich 'nen Fischtick?«
»Ich bin einer. Sternzeichenmäßig. Wenn die Beine zu lang sind, krempel ich sie dir um.«
»Bin ich ein Baby?«
»Nee, Wassermann-Frau, paßt eigentlich gut.«
Ich schweige, warte, endlich gibt er auf. Seine Unterhose ist weiß und aus kochfester Baumwolle und natürlich mit Schlitz, dagegen sah ich selbst in meiner Lieberhausener Montur verführerisch aus. Die Jeans hat er tatsächlich gebügelt, nicht zu fassen, der Saum schlappt mir über die Socken, die vorne zipfeln, genau wie meine Haare und alles, was eben noch hübsch in einem durchgehenden Spitzentraum arrangiert war. Verführpelle adé!
Auf dem Tisch liegt die Leinendecke mit Brautzugmotiv, die ich schon kenne, darauf steht ein Windlicht. Schummerig, trotzdem reicht es, um ihn bei meinem Anblick losprusten zu lassen. Ich räche mich, doch das ist Stunden später, nachdem wir süßen Reis zu Korinthenstuten mit Leberwurst gegessen und Kaffee

aus seiner Dröppelmina getrunken und zugesehen haben, wie meine Kleider trockneten.
»Damit kannst du unmöglich heimfahren!« Er ist aufgestanden und hat alle Teile hochgehalten, auch das Nichts aus Spitze, das sogar ein bißchen länger. Weil ich geschwiegen habe – so leicht mache ich es ihm nicht –, hat er mir angeboten, die Sattelkammer für mich zu richten: »Kein Problem, ehrlich nicht.« Ich habe so getan, als ob ich nur deshalb akzeptierte, weil ich mich genierte, grün-braun-gefleckt oder in Männerkleidung zurück in die Stadt zu fahren. Als ob das heute oder morgen einen Unterschied machte ...
Es macht einen, aber vorher lasse ich ihn noch ein bißchen zappeln. Er richtet mein Bett, stolpert über seine eigenen Cordsamtschlappen und wünscht mir endlich eine gute Nacht: »Schlaf schön und träum süß!«
»Wir haben was vergessen«, rufe ich ihm von meinem Gastbett nach.
Er dreht sich um: »Wir? Vergessen?«
»Du mußt Stephanus noch ’nen Gutenachtkuß von mir geben.«
»Dazu müßte ich aber erst einen abholen.«
»Eben.« Ich rücke zur Seite, die Campingliege hält noch viel weniger aus als eine Designerluftmatratze, und wahrscheinlich ernten wir auch nichts Exotisches. Blaue Flecken, so viel steht fest. Nichts, was in Styropor oder Glaswolle verpackt eingeflogen werden und nachreifen muß. Ich bin zu Hause, ich sag’s laut, was er prompt mißversteht und mir auszumalen beginnt, wie wir es uns hier zu zweit gemütlich machen werden.
Doch die Story von meinen Plänen, wie ich mich selbständig machen und den Dachboden als Wohnung ausbauen werde, läßt ihn aussehen wie einen von meinen Lieblingsäpfeln, den der Sturm hat zu Boden titschen lassen: »Aber du hast doch gesagt, du fühlst dich bei mir wie zu Hause.«
Frau braucht sehr viel Geduld, um Mann das geheimnisvolle Wechselspiel von Nähe und Neugier zu erklären: »Bist du neugierig auf deine Socken, die du jeden Tag anhast?«
»Ich wechsle sie täglich!« protestiert er.
»Willst du das bei den Frauen ähnlich halten?«

»Niemals. Ich schwöre.« Er schwört so inbrünstig, daß unsere Klappliege erneut zusammenbricht. Der Eid wird ebenerdig beendet, das ist sicherer und überzeugt ihn stärker als jedes Wort. Ich habe was. Jetzt weiß ich auch, was und wo. Er wird's lernen, mit neuen Pantinen und in einem ordentlichen Bett. Ich habe die Provisorien satt. Er hat auch was.

Lea Wilde

Männer aus zweiter Hand

Roman

Band 13084

Sarah Urban ist frisch geschieden und kennt die Männer. In der Ehe schlaffen sie ab und außer Haus sind sie feurig funkelnde Liebhaber. Kurzerhand beschließt die selbstbewußte Solo-Mutter, den Spieß umzudrehen. Fortan funkeln bei ihr zwei Leihmänner in Wechselschicht: Ein grundsolider (verheirateter) Arzt liebt Sarah werktags, ein flotter (verheirateter) Starfotograf peppt ihre einsamen Mutter-&-Kind-Wochenenden auf. Anfangs weiß Sarah nur, was sie nicht mehr will: nie mehr einen Ehemann, der an ihren Koch-, Putz- und Erziehungskünsten herummäkelt und bei anderen Frauen den Paradiesvogel markiert. Sie glaubt, ihr Allheilmittel in den Männern aus zweiter Hand gefunden zu haben. Die lassen ihren Alltag zu Hause und bescheren Sarah ein paar glückliche Stunden. Alles läuft nach Plan, bis eine der beiden Ehefrauen als Kochbuchautorin Karriere macht. Sarah soll deren Mann, Tochter und Musterküche nun rund um die Uhr übernehmen. Doch sie pfeift auf den Dreierpack und greift statt dessen auf ihre alte Liebe zurück, einen begnadeten Hobbykoch und feurig funkelnden Solo-Vater, den sie nur mit vier Kindern teilen muß.

Fischer Taschenbuch Verlag

fi 2007 / 3

Sabine Deitmer

Die schönsten Männer der Stadt

Balzgeschichten

Band 13620

Da sind sie, die Männer, die unsere Herzen höher schlagen lassen: charmant und unbeholfen, eitel und großmäulig, mit Hühner- oder Heldenbrüsten. Unauffällige Männer, die mit selbstverfaßten Gedichten Stürme der Leidenschaft entfachen. Männer, die so schön sind, daß wir sie vor unserer besten Freundin verstecken. Liebhaber, von denen wir uns nach heißen Nächten nur ungern, und Ehemänner, von denen wir uns nach Jahren ohne Lust nur allzu gern trennen. Sabine Deitmer erzählt komisch, poetisch und böse, wie frau sich über die Männer hermacht. Schräge, schaurig-schöne Geschichten, die für die Heldinnen ausnahmslos glücklich enden.

»Sabine Deitmer gilt inzwischen als Kult-Autorin.«
Hamburger Abendblatt

fi 2079 / 3

Die Frau in der Gesellschaft

Cornelia Arnhold
Bastardlieben
Erotische Geschichten
Band 12328

Kerstin Bauer
Hommage an eine Schlampe
Roman
Band 13338

Martine Carton
Etwas Besseres als einen Ehemann findest du allemal
Roman
Band 4718

Sabine Deitmer
Die schönsten Männer der Stadt
Balzgeschichten
Band 13620

Anna Dünnebier
Der Quotenmann
Roman
Band 11779

Angélica Gorodischer
Eine Vase aus Alabaster
Roman
Band 13278

Christine Grän
Die kleine Schwester der Wahrheit
Roman
Band 10866

Tina Grube
Ich pfeif auf schöne Männer
Roman
Band 13320
Lauter nackte Männer
Roman
Band 13768
Männer sind wie Schokolade
Roman
Band 12689

Karin Hartig
Reihenhaus-Blues
Roman. Band 13239

Eva Heller
Beim nächsten Mann wird alles anders
Roman
Band 3787

Bettina Hoffmann
Abgang mit Applaus
Band 11613
Die Emanzen sind los
Die Gründung des Frauenstaates Lilith
Roman
Band 12424

Anna Johann
Ich liebe meine Familie - ehrlich
Roman
Band 13082

Fischer Taschenbuch Verlag

fi 21 / 10 a

Die Frau in der Gesellschaft

Anna Johann
Geschieden, vier Kinder, ein Hund – *na und*?
Band 11118

Jil Karoly
Ein Mann für eine Nacht
Roman
Band 13276
Mein wundervoller Wonderbra
Roman
Band 13619

Dagmar Kekulé
Paulinas wilde Reiter
Roman
Band 13680

Claudia Keller
Windeln, Wut und wilde Träume
Briefe einer verhinderten Emanze
Band 4721

Claudia Keller
Kinder, Küche und Karriere
Neue Briefe einer verhinderten Emanze
Band 10137
Frisch befreit ist halb gewonnen
Reisebriefe einer verhinderten Emanze
Band 10752
Der Flop
Roman. Band 4753
Kein Tiger in Sicht
Satirische Geschichten
Band 11945

Hannelore Krollpfeiffer
Telefonspiele
Roman
Band 12423

Fern Kupfer
Zwei Freundinnen
Roman
Band 10795
Liebeslügen
Roman
Band 12173

Anna von Laßberg
Eine Liebe in Bonn
Roman
Band 12760

Ulla Lessmann
Helenens gestörte Ruhe
Roman
Band 13529

Doris Lerche
Der lover
Band 10517
Eine Nacht mit Valentin
Erzählungen
Band 4743

Fischer Taschenbuch Verlag

fi 21 / 12 b

Die Frau in der Gesellschaft

Doris Lerche
21 Gründe, warum eine Frau mit einem Mann schläft
Erzählungen
Band 11450

Hera Lind
Ein Mann für jede Tonart
Roman
Band 4750

Frau zu sein bedarf es wenig
Roman
Band 11057

Das Superweib
Roman
Band 12227

Die Zauberfrau
Roman
Band 12938

Das Weibernest
Roman
Band 13770

Frances Lucas
Die Gegenspielerin
Roman. Band 13280

Wer sich nicht wehrt, kommt an den Herd
Zwanzig amüsante Kurzgeschichten von **Hera Lind** und anderen Superweibern
Herausgegeben von Ingeborg Mues
Band 13857

Susi Piroué / Caroline Baur
Liebe Freundin, liebe Feindin
Ein Roman in Briefen. Band 13352

Gisela Schalk
Frauen in den besten Jahren
Kurzgeschichten
Band 12073

Birgit Stobbe
Frauen wie wir
Roman
Band 13264

Susan Szabo
Amor zählt bis drei
Roman
Band 13406

Lea Wilde
Adam, rück den Apfel raus
Roman. Band 13767

Männer aus zweiter Hand
Roman
Band 13084

Dorit Zinn
Küß keinen am Canale Grande
Roman. Band 13458

Mit fünfzig küssen Männer anders
Roman
Band 12939

Fischer Taschenbuch Verlag

fi 21 / 3 c

Frauen in spannender Gesellschaft

Helga Anderle
Sag beim Abschied leise Servus
Wiener Mordgeschichten
Band 12859

Britt Arenander
Flirt mit fatalen Folgen
Band 13275

Pat Barker
Die Lockvögel
Band 12309

Maria Benedickt
Ein Hund in Teufels Küche
Band 13720

Binder & Ko
Der Mörder war wieder der Gärtner
Band 13527

Sabine Deitmer
Bye-bye, Bruno
MännerMord-Geschichten
Band 4714

Sabine Deitmer
Auch brave Mädchen tun's
Mordgeschichten
Band 10507
Dominante Damen
Band 12094
Kalte Küsse
Band 11449
NeonNächte
Band 12761

Sarah Dreher
Jenseits
Ein Stoner-McTavish-Roman
Band 12825
Stoner Goes West
Band 11556

Miriam Grace Monfredo
Das Erbe von Seneca Falls
Band 12830

Anna Johann
Ihr erster Auftrag
Band 13535

Dagmar Kekulé
Paulinas wilde Reiter
Band 13680

Barbara Neely
Night Girl
Band 12316

Marieluise Ritter
Requiem für einen Macho
Band 13526

Shirley Shea
Jagdtrieb
Band 12824
Katzensprung
Band 11021

Katrin & Erik Skafte
Lauter ganz normale Männer
Ein Krimi – Nur für Frauen
Band 4732

Fischer Taschenbuch Verlag